Widerspiel

PROLOG

»Die Madonna!«

Kristina starrte auf das dürre weiße Bein der Kranken, das aus den zerwühlten Laken ragte. Sie sah krallenartige gelbe Zehennägel. Im Zimmer hing ein fauliger Geruch. Kristina versuchte, durch den Mund zu atmen.

»Die Madonna«, flüsterte die Sterbende ein zweites Mal.

Das Bein verschwand unter dem Leintuch, und damit verlor Kristina den Vorwand, ihrer Mutter nicht ins Gesicht blicken zu müssen, wo die blaugrünen Augen immer wässeriger wurden und davonzuschwimmen schienen.

»In der oberen Schublade. Rechts, Kristina!« Ihr spitzer Finger zeigte auf den kleinen Sekretär in der Zimmerecke.

Das Medaillon lag auf hellblauem Seidenpapier. Der Heiligenschein formte ein seltsames Ornament, eine Art Klammer, die die Köpfe der Muttergottes und ihres Kindes goldstrahlend umschloß. Die Madonna blickte unter schweren Lidern aus dem mit den königlichen Insignien der Lilie geschmückten Rahmen geistesabwesend in die Ferne.

Behutsam nahm Kristina das Medaillon mit der Schwarzen Madonna in die Hand. Sie ertappte sich dabei, daß sie, eine gebürtige Polin, diese Maria noch immer mit dem deutschen Städtenamen Tschenstochau verband, statt mit dem polnischen Tschenstochowa. Seit sechshundert Jahren befand sich die Schwarze Madonna im Pauliner-Kloster von Tschenstochowa – *die* Mutter Gottes schlechthin, die Königin Polens. Kristina aber hatte nie in dieses fundamentale National der Polen einzutauchen vermocht, das gleichsam von der Schwarzen Madonna ausgelöst wurde. Kristina, wohl unter dem Einfluß der deutschstämmigen evangelischen Mutter, hatte den Madonnenkult, diese Symbiose von Staat und Religion, immer als etwas Fremdes empfunden.

Sie betrachtete die Sterbende ohne Rührung. Die Mutter hatte ihr ganzes Leben in Breslau verbracht und eben nicht in Wroclaw, und selbst nach dem Fall der Stadt und der Eroberung durch die Sowjets im Frühjahr 1945 hatte sie standhaft an der deutschen Version des Namens festgehalten. Bald aber würde sie neben ihrem sechs Jahre zuvor verstorbenen Gatten Henryk am Stadtrand, in ehemalig deutscher Erde begraben liegen, belagert von polnischen Namen wie Wawrzyniak, Trsyzak oder Kochanowski. Wie oft hatte Kristina in den letzten Monaten ihre kränkelnde Mutter in der Straßenbahn begleiten müssen, dorthin, nur wenige Schritte von der Endstation entfernt, wo Ingeborg Malek, geborene Ehrlich, auf dem kleinen Friedhof jenen Platz inspiziert hatte, den sie eben als letzte deutsche Bastion für die Ewigkeit zu halten gedachte.

»Er soll das Medaillon kriegen!« sagte Ingeborg Malek plötzlich mit erstaunlich kräftiger Stimme.

Kristina starrte auf das Medaillon in ihrer geöffneten Hand. Immer wieder hatte ihre Mutter während der letzten Tage von ihrem fernen Neffen gesprochen, dem sie, mangels eigener männlicher Nachkommen, den Platz des Sohnes in der kleinen Familie eingeräumt hatte. Ein Leben lang hatte Kristina unter der Präsenz des abwesenden Cousins gelitten, und wenn er während der Schulferien aufgetaucht war, hatte sie alles getan, um ihn bei jeder möglichen Gelegenheit zu reizen, ihm das Leben sauer zu machen.

»Das Madonnenmedaillon und die paar alten Bücher!«

»Ich weiß, Mutter. Du hast es oft genug gesagt.«

Kristina erinnerte sich daran, daß ihre Mutter ihr während eines Ferienaufenthaltes des ungeliebten Cousins befohlen hatte, den um zwei Jahre Jüngeren zu einer Freundin mitzunehmen. Und damals hatten die beiden Mädchen dem Jungen versprochen, ihn ins Zauberland zu befördern, wenn er mit verbundenen Augen den entsprechenden Zaubertrank schlucken würde. Gehorsam hatte er das Getränk geschluckt, hatte die Binde von den Augen genommen, einen Moment lang irritiert geblinzelt, als er seine Peinigerinnen vor sich gesehen hatte und keine Feen oder Prinzessinnen, und dann war er wortlos davongegangen. Als Kristina am Abend nach Hause gekommen war, hatte sie all ihre Märchenbücher zerrissen vorgefunden, ihr Protest bei der Mutter war jedoch ohne jede Wirkung gewesen.

Ingeborg Malek hatte die Augen geschlossen. Sie schien nicht mehr zu atmen. Kristina trat erschrocken ans Bett, beugte sich tief über die reglos Daliegende, als diese erneut den fernen Neffen beschwor.

»Kommt er?«

Die Frage kam so unvermittelt und heftig, daß Kristina zurückfuhr. Es war nicht Eifersucht mehr, die in ihr nagte, sondern die erneute Angst, in die sich diesmal auch eine leise Hoffnung mischte, daß das Wiederauftauchen des fernen Cousins erneut Einfluß auf ihr Leben haben würde.

»Er kommt, Mutter! Vor einer Woche habe ich ihm geschrieben, daß du ihn noch einmal sehen möchtest.«

Kristina zögerte, bevor sie die Worte aussprach. »Ein zweites Mal!« Damit nahm sie ihrer Mutter die letzte Hoffnung auf ein Überleben. Gleichzeitig gestand sie sich ein, daß sie mit den beiden knappen Worten auch ein kleines bißchen Rache genommen hatte.

Er!

Aber Ingeborg Malek schien von all dieser bösartigen Regung ihrer Tochter nichts bemerkt zu haben, oder war es möglich, daß die Sterbende selbst so etwas wie Boshaftigkeit empfinden mochte? Mit einem Mal wurden ihre Lippen wie von einem unheimlichen Sog, der den zerfallenen Körper zu erfassen schien, ganz nach innen gezogen, so daß die Mundpartie die Form eines mehrfach gefältelten Trichters annahm. Und dann kam eine scheinbar letzte Explosion. Die Höhle klaffte mit einem dumpfen Geräusch auf, und mit den zurückschnellenden Lippen schoß ein kurzes, bellendes Lachen in den Raum.

Kristina wandte sich schaudernd ab. Sie ging zur Tür, ohne sich noch einmal umzuwenden, und als sie langsam über die gescheuerte, ausgetretene Treppe hinunter in den Hof stieg, war ihr, als ob das trockene Lachen der Schlußpunkt hinter dem langen Leben ihrer Mutter gewesen sei.

»Kommt er?«

Die hastige Frage erreichte sie aus der Dämmerung des Hausflurs. Sie blieb stehen.

»Den Brief hat er bekommen!«

»Wann ist mit ihm zu rechnen?«

Langsam wandte sich Kristina dem Schatten zu, der sich aus der Nische schräg über den hellen Lichtstreifen im Hauseingang legte.

Sie zuckte mit den Schultern.

»Wroclaw liegt nicht gerade vor seiner Haustür.«

Daß jetzt zum zweiten Mal innerhalb von Minuten die Frage nach »ihm« gestellt worden war, nach diesem fernen und doch irgendwie immer allgegenwärtigen Cousin, überraschte sie nicht, aber es verstimmte sie. Wer war er denn schon, dieser ferne Cousin, für den sich die eigene Mutter und der Schatten im Treppenhaus mehr zu interessieren schien als für sie!

»Was versprecht ihr euch schon von seiner Ankunft?«

»Das überlasse nur uns, Kristina!«

»Was wißt ihr eigentlich von ihm?«

Kristina hatte diese Frage lauter als beabsichtigt ausgesprochen, und sie spürte auch schon den harten Griff des Mannes an ihrem Oberarm, bevor sie imstande gewesen wäre, aus dieser erstickenden Düsternis hinaus auf den kleinen Platz zu fliehen, wo ein paar Kinder an Stangen herumturnten.

»Wir wissen alles über ihn!«

Überrascht stellte sie fest, wie sich ihre Verkrampfung zu lösen begann. Sie spürte so etwas wie Vertrauen in die offensichtlich omnipräsente Organisation, vertreten durch den massigen Mann vor ihr. Er betrachtete sie wie einen leblosen Gegenstand, nicht wie einen Menschen.

»Und warum ausgerechnet er?«

Kristina hatte diese Frage oft und immer wieder gestellt, sich selbst und diesem Mann hier, den sie seit langem kannte, ohne wirklich je etwas von ihm und über ihn erfahren zu haben.

»Du benachrichtigst mich?«

Die Stimme des Mannes war leise und sanft.

Kristina nickte.

»Mich, Kristina. Niemanden sonst!« sagte die Stimme noch leiser, als Kristina bereits das braungestrichene Tor aufgestoßen hatte und einen Augenblick geblendet im grellen Sonnenlicht stand.

Bevor sie auf die Straße hinaustrat, wandte sie sich noch einmal um und schaute zurück auf das rosafarbene Haus, das sie soeben verlassen hatte. Der Fensterladen im Zimmer ihrer sterbenden Mutter stand weit offen. Ein kleines Fetzchen gelblicher Tüll winkte schlaff aus dem schwarzen Loch.

Würde Konrad Sembritzki noch rechtzeitig eintreffen?

ERSTER TEIL

1

»KOMM!«

Die Botschaft erreichte ihn diesmal nicht aus den Schattenreichen des Geheimdienstes, in denen er sich oft genug verirrt hatte. Der Ruf kam aus einer Welt, die er längst verloren zu haben glaubte, selbst wenn er sich dem Land auch nach seiner Emigration in die Schweiz dunkel verpflichtet gefühlt hatte: Polen – Wroclaw – Breslau.

Sembritzki war ein Grübler, der seine Ausflüge in die Vergangenheit eigentlich längst auf Literatur beschränkte. Er war ein Mann der Bücher, und Bücher waren Ersatz für Leben, dachte er manchmal, wenn ihn das Bedürfnis packte, aus seiner engen Berner Wohnung unten am Fluß auszubrechen, einzutauchen in ein anderes Dasein, das Abwechslung bot und mit Überraschungen nicht geizte. Aber dann verkrallte er sich jedesmal um so verbissener in seinen Beruf als Antiquar, als Vergangenheitsbeschwörer, als rückwärtsgewandter Mann, der sich wiederum erstaunt und gelegentlich fassungslos erinnern mußte, wie oft er als Handlanger jener, die die Gegenwart in den Griff zu bekommen suchten, unterwegs gewesen war, als Geheimagent in den Diensten des Bundesnachrichtendienstes.

»KOMM!«

Es war der Ruf einer Sterbenden. Sterben muß jeder allein, dachte Sembritzki. Und ein Lebender muß imstande sein, sich von Dingen und Menschen zu lösen, die einer Zeit angehören, die wir gern als die bessere ansehen, weil sie vergangen ist.

»KOMM!«

Sembritzki sah sie wieder vor sich: Bilder einer kleinen, zähen Frau, die voll war von Geschichten, in die sie ihren Neffen einhüllte. Der Geruch von Ölfarben und feuchtem Lehm – eine blau-weiß geflieste Küche, wo diese Frau ihre Staffelei aufgebaut hatte, und das Podest für ihre Plastiken. Die Kuchenkrümel, die rosaroten Steppdecken der Betten in ihrem Schlafzimmer, die goldgerahmten Seelandschaften an der Wand, die Fläschchen aus kantig geschliffenem, zartlilafarbenem Glas auf der mattbraun schimmernden Kommode.

Breslau! – Ingeborg Malek, geborene Ehrlich, war für ihn eine der letzten Überlebenden aus einer Zeit, die ihm als Kindheit so unendlich viel bedeutete, sich aber längst aufgelöst hatte. Als Breslau im April 1945 endgültig gefallen und dann alles, was deutsch war, vertrieben oder enteignet worden war, hatte diese kleine, zähe Frau im Schutz ihres polnischen Mannes die deutsche Festung gehalten und damit auch die Kindheitsträume Konrad Sembritzkis, seine Ferienträume gerettet. Von dieser Zeit wäre er endgültig befreit, wenn er dieser Frau Beistand leistete gleichsam bei ihrer letzten Kapitulation, die das Kriegsende um 42 Jahre überdauert hatte.

Sembritzki trat an das Fenster seines Arbeitszimmers und schaute auf die Aare hinunter, die träge und grau dahinfloß. Noch war nichts vom nahen Frühling zu spüren. Die Schweizer Bundeshauptstadt Bern gab sich zugeknöpft, abweisend beinahe. Sembritzkis Kindheitserinnerungen an Breslau waren farbiger, lebendiger als die Landschaft zu seinen Füßen.

»Ich komme«, sagte er leise.

Wroclaw!

Der Gedanke, daß er sich nicht wie ein gewöhnlicher Tourist bei der polnischen Botschaft in Bern einfach um ein Visum bemühen konnte, sondern daß er überhaupt erst einmal die Erlaubnis zu einer solchen Reise einholen mußte, verstörte ihn. Er empfand es plötzlich als Last, daß all seine Schritte registriert wurden: Noch immer war Konrad Sembritzki Angestellter des Bundesnachrichtendienstes, ein Agent im vorläufigen Ruhestand zwar, aber eben doch mit bundesdeutschen Geldern gespeist – oder mindestens dürftig unterstützt. Die Tatsache, daß er sich nicht spontan privat verhalten durfte, daß alles, was er tat, in irgendeinem Computer in der Zentrale von Pullach gespeichert wurde und so den privaten Charakter verlor, dämpfte die Erregung, die ihn beim Lesen des Briefes gepackt hatte.

Langsam, den Blick noch immer auf dem bleiernen Fluß, griff er nach dem Telefonhörer. Beinahe automatisch drehte er die Wählscheibe, nannte er seinen Namen, seinen Decknamen, ließ sich weiterverbinden, einmal, ein zweites Mal.

»Polen?« fragte der Mann am andern Ende der Leitung erstaunt.

»Polen«, antwortete Sembritzki. »Wroclaw.«

Schweigen. Dann erneut die ausdruckslose Stimme des andern.

»Warum?«

»Todesfall in der Familie. Eine Tante liegt im Sterben.«

»Lassen Sie die Frau sterben, Sembritzki!«

Sembritzki hörte den Wirbel, den der andere mit den Fingern auf dem Schreibtisch klopfte.

»Meine persönliche Angelegenheit!«

»Irrtum! Osteuropa ist zur Zeit . . .«

Die Stimme erstarb.

»Ja?« fragte Sembritzki gedehnt. Hatte der andere den Satz abgebrochen, um Sembritzki zu irritieren, oder hatten die BND-Leute drüben gegenwärtig tatsächlich eine Sache laufen, die nicht die kleinste Störung duldete?

»Ja?« fragte Sembritzki noch einmal.

»Kommen Sie her!« sagte der Mann.

»Pullach?« fragte Sembritzki überrascht.

Der andere lachte beinahe mitleidig. »Freitag zwischen 15 und 16 Uhr 30 in den Pfälzer Weinstuben.«

»München?« fragte Sembritzki überflüssigerweise. Aber er bekam keine Antwort mehr. Der Mann in Pullach hatte aufgelegt.

»Osteuropa ist zur Zeit . . .!« Der Satz verfolgte Sembritzki noch, als er eine halbe Stunde später in einem alten Fotoalbum blätterte.

Ferienbilder aus Breslau. Der alte Henryk Malek hatte Stationen aus Sembritzkis Jugend festgehalten, Momentaufnahmen mit gezacktem Rand, überbelichtet. Der kleine Konrad in kurzen Hosen, x-beinig und mit spitzem Kinn: in eine Wiese gestellt, vor einem Kirchenportal, auf einem Korbsessel stehend, in hohen Reitstiefeln, mit schmerzverzerrtem Gesicht, weil ihn die Ränder ins Geschlecht schnitten: auf allen Fotos hier wirkte der kleine Konrad etwas verloren. Wo waren die andern, die ihn beschützten, die Tante, der Onkel?

Osteuropa ist zur Zeit . . .!

Der unvollendete Satz legte sich wie ein Schatten über die Bilder aus Sembritzkis Jugend. Wie schmal war doch der Grat, auf dem er ging, und wie groß die Gefahr, daß seine kleine private Welt erneut aufgebrochen würde! Ein Zufall, und schon . . . Osteuropa war immer auch sein Territorium als Agent gewesen. Die Aussicht, wenigstens einmal als Tourist, als Privatperson dorthin reisen zu können, wo seine menschlichen Wurzeln lagen, versetzten ihn in eine seltsame Spannung.

Hatte ihm nicht vor zwei Tagen erst ein unbekannter Kollege ein Flugblatt des ausgehenden Mittelalters zum Kauf angeboten? Plötzlich und unerwartet hatte der Mann vor seiner Tür gestanden, im braunen Lodenmantel, mit einem kleinen schwarzen abgewetzten Koffer in der Hand. Bevor Sembritzki zu Wort kommen konnte, hatte sich der Mann schon in den Flur gedrängt, hatte durch die halboffene Tür in Sembritzkis Arbeitszimmer gespäht und war dann mit einem Ausruf der Überraschung ans Fenster gestürzt. »Dieser Blick auf den Fluß!« hatte er mit slawischem Tonfall gesagt. Und dann war er gleich zur Sache gekommen:

Sembritzki sei doch Antiquar. Spezialist für die Geschichte der Medizin. Überhaupt, ein Kenner der mittelalterlichen Literatur . . .

Woher er all das wisse, hatte Sembritzki gefragt.

»Sie sind doch kein unbeschriebenes Blatt, Herr Sembritzki!« hatte der andere geantwortet und seinen Koffer aufgeklappt.

Dann hatte er die Fotokopie des Flugblattes auf den Tisch gelegt und Sembritzki – so hatte Sembritzki es jedenfalls in Erinnerung – lauernd aus den Augenwinkeln beobachtet.

»Ja?« hatte Sembritzki gefragt und das Blatt in die Hand genommen.

»Müßte Sie doch eigentlich interessieren, Herr Sembritzki! Ist ja Ihr Gebiet!«

Sembritzki hatte dem Fremden einen kurzen, erstaunten Blick zugeworfen und sich gefragt, wieso der andere dermaßen gut über ihn Bescheid wisse, während er bemerkte: »Ein mittelalterliches Monster! Ein Stück Prodigienliteratur!«

»Das Monster von Krakau!«

Die Antwort des Fremden kam wie aus der Pistole geschossen, daran erinnerte sich Sembritzki genau, und wiederum war ihm der lauernde Blick des Fremden aufgefallen.

Osteuropa!

Im Zusammenhang mit dem Brief seiner sterbenden Tante in Wroclaw bekam das Wort rückblickend eine neue Bedeutung. Wroclaw, Krakow – zwei polnische Städte!

Aber vor zwei Tagen hatte Sembritzki, noch ganz eingepackt in seine private, hermetische Welt, die Wachheit nicht besessen, um hinter dem Besuch des fremden Antiquars mehr als nur ein Stück Berufsalltag zu sehen. Der Mann war wieder gegangen, als Sembritzki kein Interesse am Kauf des Flugblatts gezeigt hatte. Es war vielleicht weniger mangelndes Interesse gewesen, was Sembritzki vom Kauf abgehalten hatte, als der horrende Preis.

»Vielleicht überlegen Sie es sich noch einmal«, hatte lächelnd der Mann gemeint und die Fotokopie des Flugblatts auf den Schreibtisch gelegt.

»Ich wohne im *Bären*«, hatte er noch hinzugefügt. »Stefan Mikuli ist mein Name!«

Zum fünfzehenden / ist ein wunderbarlich Monstru oder kind gebore in der statt zu Krakow in Poland / im jar als man zalt

1547. am 4. tag Hornungs / hat iij.tag gelaebt / mit so vil koepffen und angsichten / verglychet de hudskoepffen / mit gaenfüssen unnd henden / mit einem schwatz der sich verglychet am end einer naterzungen / mit flammigen ougen: hat ouch zwey ougen ob dem nabel gehebt / was ein Knaeblein / mit einer langen nasen einem zinken verglycht.

Sembritzki buchstabierte Wort für Wort des Textes, der sich um das phantastische Bild rankte, das hier nur als blasse Kopie vor ihm lag und in seiner monströsen Geblähtheit, mit seinen auf den ganzen Körper verteilten Augen dennoch eine Menge von Assoziationen in ihm auslöste.

Da erst kam ihm der Gedanke, daß dieser geheimnisvolle Stefan Mikuli seine Gedanken in eine bestimmte Richtung in Marsch zu setzen versucht haben mochte.

Sembritzki verließ seine Wohnung, ging über den schmalen eisernen Steg hinüber auf die Straße, die die Aare säumte, und fuhr mit dem Aufzug hinauf zur Münsterplattform.

»Mikuli?« fragte der Concierge im *Bären.*

Wie war dieser mißmutige Ausdruck im Gesicht des Concierge zu deuten, als er hinzufügte: »Herr Mikuli war nur eine einzige Nacht bei uns, obwohl er für drei Übernachtungen gebucht hatte. Seine Abreise war ein wenig überstürzt.«

Als Sembritzki wieder an seinem Schreibtisch saß, beschloß er, sich bei seinem Freund und Kollegen Bartels in München umzuhören. Der Brief seiner Tante, das Auftreten Mikulis, der Satz des Mannes aus der Pullacher BND-Zentrale: Osteuropa ist zur Zeit . . .

Hatte dieser Satz etwas mit dem phantastischen Bild zu tun, das ihm Mikuli scheinbar so zufällig angeboten hatte? Im Mittelalter wurden Monstererscheinungen als Zeichen nahenden Unheils gedeutet. Sembritzki erinnerte sich an einen Einblattdruck, der eine Zeitlang in seinem Besitz gewesen war und in einer phantastischen Darstellung die Stadt Wenden in Lyfflandt in der Nähe Rigas zeigte, die ein Jahr später vom furchtbaren

Moskowiter Zaren Iwan dem Schrecklichen belagert und ausgehungert worden war. Sembritzki hatte es sich längst, gepackt von der mysteriösen Welt, in die er berufshalber immer wieder eintauchte, zur Gewohnheit gemacht, Bilder zu deuten, sie gleichsam als einzig bekanntes Glied einer stillen, unsichtbaren Nachrichtenkette aufzufassen.

Sembritzki erhob sich. Er hatte seinen Entschluß gefaßt. Er würde seine sterbende Tante in Breslau noch einmal sehen. Breslau, eine Chiffre in der Vergangenheit, weiter nichts. Breslau, nicht Wroclaw! Krakau lag rund zweihundert Kilometer entfernt.

2

Sembritzki stand unentschlossen vor dem imposanten Portal der Pfälzer Weinstuben in der Münchner Residenzstraße. Er war nicht abergläubisch. Er hielt sich jedenfalls nicht für abergläubisch. Trotzdem mußte er sich zurückhalten, um den beiden Bronzelöwen vor dem Eingang nicht über die Schnauze zu streichen. »Das bringt Glück, sagt die Legende!« hatte ihm Bartels jedesmal erklärt, wenn sie nach einem Treff das Lokal verließen.

Eine Welle von Rauch und Lachen und Wortfetzen schlug ihm entgegen. Es gab in ganz München wohl keinen geeigneteren Ort für konspirative Gespräche als die Pfälzer Weinstuben und insbesondere den Viersäulensaal, wo sich Gäste an den langen gescheuerten Tischen drängten, wo die Gespräche wie Kaskaden zum Kreuzrippengewölbe hochstiegen und wie Sprühregen zurückfielen, in dem sich alles aufgelöst hatte, was für fremde Ohren nicht bestimmt war.

Der Mann, der ganz am Ende eines Tisches vor einer Griebenwurst und einem Schoppen Weißwein saß, war nicht der Mann, mit dem er in Pullach telefoniert hatte.

Kürsteiner!

Warum war sein unmittelbarer Vorgesetzter in der Zentrale nicht selbst gekommen? Warum hatte man ihm als Gesprächspartner einen ausgewiesenen Ostspezialisten geschickt?

Mühsam bahnte sich Sembritzki einen Weg zwischen Stuhlbeinen, Gästen und üppigen Serviererinnen in Pfälzer Tracht. Kürsteiner hatte ihm nur einen schnellen Blick zugeworfen und gleich wieder seine gewaltigen Schneidezähne in die Wurst gehauen.

»Frei hier?« fragte Sembritzki und zeigte auf den Platz Kürsteiner gegenüber.

»Bitte«, antwortete Kürsteiner, der von dem, was sich um ihn herum tat, scheinbar keine Notiz nahm.

»Laß es!« sagte Kürsteiner unvermittelt zwischen zwei Bissen.

»Lange nicht mehr gesehen«, gab Sembritzki zur Antwort und winkte der Bedienung. Eine Serviererin nahm die Bestellung entgegen. Kürsteiner kaute. Sembritzki steckte sich einen Zigarillo in den Mund.

»Privat also?« fragte Kürsteiner endlich.

»Meine Tante stirbt. Eine Schwester meiner Mutter«, fügte er zur Erklärung hinzu und spuckte einen Tabakkrümel auf den Boden.

»Richtig«, gab Kürsteiner kauend zurück. »Bist ja selber ein halber Polack!«

»Masuren«, korrigierte Sembritzki tonlos. Aber Kürsteiner schien gar nicht hinzuhören. Er stierte ins Glas, als er einen tiefen Schluck nahm und das Gespräch erneut in eine andere Richtung lenkte.

»Erbschaft in Aussicht?« fragte er.

Sembritzki zuckte mit den Schultern. »Kleinigkeiten. Bücher wahrscheinlich.«

»Antiquar!« schnaubte Kürsteiner. Die Serviererin schob Sembritzki einen Schoppen hin.

»Du bist kein unbeschriebenes Blatt drüben, Sembritzki!«
»Ich habe nie in Polen gearbeitet!«
»Tschechoslowakei!«
Sembritzki schwieg. Er nahm einen großen Schluck, stellte das Glas betont langsam und mit Nachdruck auf den Tisch und wartete ab, was Kürsteiner sonst noch vorzubringen hatte.
»Operationen auf eigene Faust scheinen deine Spezialität zu sein!«
Sembritzki schwieg.
»Frauengeschichten!«
Einen kurzen Augenblick lang spürte Sembritzki die Wut in sich hochsteigen. Aber schon hatte er sich wieder unter Kontrolle. Das durchgebissene Ende des Zigarillos fiel auf den Tisch.
»Gegenüber der Außenwelt waren all meine Abgänge, in der ČSSR und anderswo, gänzlich unspektakulär.«
»Für die Außenwelt!«
»Ich gehe privat! Und nur privat!« Sembritzki schaute Kürsteiner unter halbgeschlossenen Lidern an. Damit hatte er den entscheidenden Satz gesagt – den Satz, der Kürsteiner zu einer Stellungnahme provozieren mußte. Wenn man in der Zentrale entschieden hatte, die günstige Gelegenheit eines Todesfalles in Sembritzkis Familie beim Schopf zu packen und dem trauernden Hinterbliebenen gleich noch einen Auftrag mitzugeben, dann war der Augenblick gekommen, diese Botschaft zu formulieren. Doch Kürsteiner schwieg.
»Dann also!« Sembritzki zog eine Banknote aus der Tasche und strich sie auf dem Tisch glatt.
»Moment mal!«
Vor diesem Moment hatte er sich gefürchtet. Wie würde der Auftrag lauten? Auskundschaften der Stimmung in Polen? Stärke der russischen Streitkräfte im Raum Breslau? Transportwege der Warschauer-Pakt-Truppen innerhalb von Polen? Die Verbindungen in die DDR?
Sembritzki hatte sich auf der Reise nach München alle mögli-

chen Aufträge durch den Kopf gehen und sich die entsprechenden Ausreden einfallen lassen, um seinen Kopf aus der Schlinge ziehen zu können.

»Du hast wohl noch nie daran gedacht, dir die Reise nach Wroclaw bezahlen zu lassen?« fragte Kürsteiner. Er hatte seinen Teller weit von sich geschoben und lehnte sich vor. Sembritzki konnte seinen säuerlichen Atem riechen.

»Wie sollte ich!«

»Schließlich bist du Angestellter des Bundesnachrichtendienstes.«

Sembritzki schwieg. Es war soweit. Jetzt wurde über Geld gesprochen.

»Ich verstehe dich nicht, Sembritzki. Du hast Gelegenheit, dir die Reise vom Verein spendieren zu lassen, und du machst keine Anstalten zuzupacken!«

»Warum sollte ich?«

Mit einem schiefen Grinsen lehnte Kürsteiner sich wieder zurück.

»Spielst du wieder den Einzelkämpfer?«

Da endlich begriff Sembritzki. Es war gar nicht die Rede davon, daß der BND ihm einen Auftrag mitgab, der BND fürchtete, daß Sembritzki auf eigene Faust losziehen könnte.

»Nein, Kürsteiner. Da täuschst du dich! Ich fahre wirklich ganz privat nach Polen. Und ich lasse mir auch die Reise von niemand bezahlen! Von euch nicht und von niemand sonst!«

»Gut!«

Sembritzki schaute Kürsteiner überrascht an.

»Kein Auftrag von euch?« Er konnte es sich nicht verkneifen, die Frage so direkt zu stellen.

»Kein Auftrag von uns!«

»Neue Praktiken?«

»Wir brauchen deine Dienste nicht mehr, Konrad!«

»So ist das!« Sembritzki stand langsam auf. Er wußte nicht, ob er erleichtert oder enttäuscht war. Erleichtert, weil man ihn einfach so gehen ließ, enttäuscht darüber, daß er anscheinend als Agent in der Zentrale nicht mehr gefragt war.

»Ein Besuch in Wroclaw, weiter nichts!«

Kürsteiner war noch immer mißtrauisch.

»Ein Besuch am Sterbebett meiner Tante, sonst nichts!«

Kürsteiner hatte sich ebenfalls erhoben, war um den Tisch herumgegangen und dicht vor Sembritzki stehengeblieben, so dicht, daß seine Züge zu verschwimmen begannen und Sembritzki angewidert einen Schritt zurücktrat.

»Sembritzki, der Augenblick ist schlecht für ein Begräbnis.«

»Ist das eine Warnung, Kürsteiner?«

»Eine Feststellung!« antwortete Kürsteiner leise und kehrte an seinen Platz am Tisch zurück.

»Tut mir leid!«

Hinter Sembritzki ging eine Lachsalve hoch. Fast brutal wurden Gläser aneinandergestoßen. Und Kürsteiner, offensichtlich resigniert, zuckte mit den Schultern.

»O. K. Was immer du im Sinne hast. Ich weiß von nichts!«

Sembritzki konnte das Mißtrauen Kürsteiners beinahe körperlich spüren.

»Ich verstehe dich nicht!« sagte er. »Ich kann euch wirklich nicht verstehen. Für euch scheint es unvorstellbar zu sein, daß einer wie ich sich wie ein gewöhnlicher Tourist benehmen könnte!«

Kürsteiner schwieg. Er stocherte mit der Gabel in den Resten seiner Wurst herum.

»Servus.«

Sembritzki wandte sich zum Ausgang.

»Wohin gehst du?«

Kürsteiners Frage kam leise und schnell. Sembritzki blieb überrascht stehen.

»›Was immer du im Sinne hast, ich weiß von nichts!‹ hast du gesagt, Kürsteiner. Was soll jetzt die Frage?«

Hinter einer der vier wuchtigen Säulen blieb Sembritzki noch einmal stehen und schaute zurück. Kürsteiner saß mit gesenktem Kopf da, die Arme hatte er auf den blankgescheuerten Tisch gelegt.

Wieviel Glück brauchte er? überlegte Sembritzki, als er beim Ausgang über die Bronzenase des Löwen strich, der dieses historische Gebäude bewachte, das einst nur Bayerns Fürsten offengestanden hatte.

Zum Beispiel das Glück, den jungen Mann im Regenmantel abzuhängen, der gleichzeitig mit Sembritzki die Weinstube verlassen hatte und im Abstand von vielleicht zwanzig Metern hinter ihm herschlenderte. Immer das alte Spiel! Sembritzki hatte für solche Methoden, die einen großen Teil der geheimdienstlichen Alltagsroutine ausmachten, nur ein Lächeln übrig.

Kürsteiners abschließende Frage irritierte ihn trotzdem. Warum hatte Kürsteiner sie gestellt? Er mußte doch wissen, daß Sembritzki hier in München jedenfalls keinen Schritt tun konnte, der nicht von irgendwem registriert wurde. Oder hatte er sie aus Neugier gestellt, weil er Sembritzki nicht traute?

Sembritzki spazierte betont langsam zum Hofgarten hinauf. Und während er überlegte, welchen U-Bahn-Eingang am Odeonsplatz er wählen sollte, um seinen Beschatter auszutricksen, wurde ihm der Unsinn eines Fluchtversuchs bewußt. Was hatte er denn verbrochen? Und was hatte er schon vor? Eine sterbende Tante in Polen zu besuchen. Das war ein klar umrissenes Ziel, und es war ein geradliniger Weg, der ihn zu diesem Ziel führen würde – ein risikoloser Weg. Zögernd blieb Sembritzki vor der Treppe, die in Münchens Untergrundbahnnetz hinabführte, stehen. Er wußte, wie nahe er daran war, mit diesem Schritt ins Dunkel des Schachtes sozusagen wieder den Schritt in die Illegalität zu tun, sich nicht mehr absehbaren und planbaren Abläufen anzuvertrauen, sondern der blitzschnellen Eingebung des Augenblicks, der Improvisation, der Willkür, dem leeren Raum, den er mit seiner Phantasie zu erfüllen hatte.

Nein! Er zog seinen Fuß zurück, der einen kurzen Augenblick lang über der obersten Stufe der Treppe geschwebt hatte, und nahm den Weg in Richtung Schwabing. Und dabei dachte er, daß so gewaltige Erfindungen wie das Rad oder die Herstellung des Feuers nicht am Ende eines langen geraden und überschaubaren Weges sich offenbart hatten, nicht das Produkt logischen Denkens gewesen waren, sondern unvermutet, aus der Leere, aus dem vagen Bereich des Möglichen, das immer wieder mit Gefahr gekoppelt ist, blitzschnell, schlagartig wie ein Blitz eingefallen waren.

Er hatte jedesmal Mühe, die kleine Buchhandlung seines Freundes und Kollegen Bartels zu finden, die mitten in Schwabing, von einer Pizzeria zur Linken und einem heruntergekommenen Mietshaus zur Rechten bedrängt, wie eine Art Bunker ins Erdreich eingelassen, sich den Blicken Neugieriger entzog. Bartels residierte gleichsam unter Tag, in einem Verlies, das man über ein paar ausgetretene Stufen aus Sandstein erreichte. Bevor Sembritzki die braungelb gestrichene Tür aufstieß – sie erinnerte ihn an die Tarnfarben von Kampfanzügen –, schaute er noch einmal zurück. Es waren jetzt zwei Männer, die ihm nachblickten, ohne den geringsten Versuch zu machen, unauffällig zu wirken: der junge im Regenmantel und ein zweiter Mann, der eine dunkelblaue Wolljacke trug und eine graue Schirmmütze. Der zweite hatte ihn hier vor Bartels Buchhandlung also schon erwartet. Man kannte seine Schritte; man kannte sogar seine Gedankengänge. Man hatte ihn im Griff.

»Da bist du ja!«

Auch Bartels zeigte keinerlei Zeichen von Überraschung, als er Sembritzki blinzelnd im Raum stehen sah, einen unsicheren Sembritzki, dem es nicht gleich gelang, in dem schummerigen Licht sich zu orientieren. Bartels Zigarette glühte kurz auf, und aus den konzentrischen Kreisen seiner dicken Brillengläser schossen mehrfach gebrochene Blitze.

»Du hast mich erwartet?«

Bartels drehte sich wortlos um und verschwand durch einen ockerfarbenen Vorhang im Hinterzimmer. Auf dem leise vibrierenden Stoff war für einen kurzen Moment hart sein Schatten gezeichnet, doch so blitzschnell, wie das Deckenlicht aufgeflammt war, erlosch es wieder, dann leuchtete der Schein einer grünbeschirmten Tischlampe, der die Umrisse verschwimmen ließ. Als Sembritzki den Vorhang vorsichtig beiseiteschlug, sah er nur Bartels Rücken. Der Buchhändler hatte sich über eine rote Kaffeemaschine gebeugt. Er füllte den Filter mit Kaffeepulver. Sembritzki ließ sich auf dem zerschlissenen Sofa nieder, auf dem er so manche Nacht verbracht hatte. Bartels ließ sich Zeit. Er stellte eine blaugemusterte Kaffeetasse vor Sembritzki hin, auf einen der Bücherstapel, die wie Stalakmiten in Bartels tiefhängenden Himmel hineinwuchsen, und reichte seinem Gast einen Blechlöffel.

»Du hast mich also erwartet?« fragte Sembritzki noch einmal.

Bartels hob nur kurz den Blick, schob sich eine fettige Haarsträhne aus der Stirn und schüttelte unwillig den Kopf.

»Man hat mir deine Ankunft angekündigt!« brummte er.

»Mann! Zum Teufel, Bartels, was ist denn los bei euch? Ich fahre nach Polen, und schon ist der ganze Verein aufgeschreckt.«

»Und das wundert dich?«

Bartels war aufgestanden und goß Kaffee ein. Seine Haut war wie Pergament.

»Auf dich ist kein Verlaß!« Bartels stellte den Topf zurück und setzte sich auf den abgewetzten Lederhocker.

»Das ist nicht dein Ernst, Bartels!«

»Sicher nicht. Aber der Verein ist dieser Meinung!«

Bartels zündete sich mit seinen gelben Fingern eine Zigarette an, ließ das Streichholz so lange brennen, bis es zwischen Zeigefinger und Daumen von selbst erlosch, steckte es umständlich in die Schachtel zurück, zog den Rauch tief in sich hinein, und mit dem dünnen Rauchstrahl, der aus seiner Mundhöhle schoß, kam auch ein Satz, der Sembritzki in seinem Innersten traf.

»Du mit deinen Ostsehnsüchten und unseligen Verstrickungen!« Sembritzkis Hand zitterte leicht, als er die Tasse zum Mund führte.

»Meine Familie stammt aus dem Osten, Bartels.«

»Ich weiß. Das aber ist kein Grund, dich immer wieder dahin zurückzuträumen!« Und nachdem er den Rauch noch einmal tief eingeatmet und mit einem Schmatzgeräusch wieder ausgestoßen hatte, sagte er mit hintergründigem Lächeln: »Melancholie ist ein Zeichen dafür, daß man irgendwo irgendwann etwas versäumt hat im Leben!«

»Ich habe in meinem Leben nichts versäumt!« sagte Sembritzki hastig.

»Eva Strakovà! Milena Davis!«

»Milena Davis ist in Haft. Und Eva wahrscheinlich auch!«

»Eben!« Bartels nickte.

»Eben?« Umständlich nahm Sembritzki einen Zigarillo aus der Schachtel, drehte ihn eine Weile unentschlossen zwischen den Fingern und steckte ihn dann in den Mund.

»Eva aus Prag. Milena aus Ostpreußen. Deine Versäumnisse liegen im Osten!«

»Ich habe nichts versäumt!« Aber Sembritzkis Stimme klang wenig überzeugend.

»Diese Frauen sind nicht ganz ohne Schuld . . .!«

»Hör auf, Bartels! Ich habe die beiden – vielleicht geliebt!«

»Eben!« antwortete Bartels. »Eben deshalb besteht bei dir die Gefahr, immer wieder das gutmachen zu wollen, was du, aus welchen Gründen immer, da drüben oder hier zerstört hast!«

»Bin ich beim Psychiater oder in einem BND-Verhör?« fragte Sembritzki bitter.

Bartels reagierte nicht. Er drückte seine Zigarette auf der Streichholzschachtel aus und steckte sie dann wie geistesabwesend in die ausgebeulte Tasche seines graublauen Kittels. Sembritzki war aufgestanden und ging, immer wieder behindert von Bücherstapeln, im Zimmer auf und ab.

»Was soll das alles, Bartels? Warum redest du wie die Katze um den heißen Brei herum? Kürsteiner wollte nicht auspacken und du nicht!«

»Es gibt nichts auszupacken, Sembritzki!«

»Warum paßt es euch nicht, daß ich nach Polen fahre?«

»Die Zentrale sieht es nun eben einmal nicht gern, wenn ihre Leute privat über die Grenze gehen. Besonders dann, wenn sie auf Grund der Tatsache, daß der Osten ihr Spezialgebiet ist, drüben ein paar Leute aufscheuchen könnten!«

»Ihr seid doch sonst auch nicht pingelig!«

Bartels nahm seine dicke Hornbrille ab und kratzte mit dem Zeigefinger Talg von den Bügeln. Er dachte nach.

»Hast du wirklich nichts anderes vor, als drüben deine Tante zu begraben?« fragte er, ohne aufzusehen.

»Nichts! Wie käme ich dazu?«

»Was hat denn dieser Antiquar von dir gewollt?«

»Welcher Antiquar?«

Bartels hob den Kopf und betrachtete Sembritzki mit einem Ausdruck, der zwischen Mitleid und Belustigung schwankte. »Ach, komm! Natürlich hat dich in Bern ein Antiquar besucht. Stefan Mikuli!«

»Sieh mal einer an! Dann seid ihr es also gewesen! Ihr habt ihn so rasch wieder verscheucht!«

»Wer ist der Mann?« fragte Bartels, ohne Sembritzkis ironischen Ton Beachtung zu schenken.

»Ich weiß es nicht! Ein Antiquar, irgendeiner, der mir ein mittelalterliches Flugblatt verkaufen wollte!«

Bartels schaute *überrascht* auf. Oder hatte sich Sembritzki getäuscht?

»Was wollte er noch?«

»Ich weiß es nicht, Bartels! Als ich ihn aufsuchen wollte, war er spurlos verschwunden. Euretwegen! Ihr habt ihn verjagt. Nehme ich jedenfalls an.«

Bartels schwieg und schenkte sich eine zweite Tasse ein, ohne Sembritzki zu fragen, ob auch er noch Kaffee wollte.

»Was stellte das Flugblatt dar?« fragte Bartels schließlich.

»Das Monster von Krakau!«

Bartels kniff die Lippen zusammen. »Krakau!« brummte er nachdenklich und zündete sich eine neue Zigarette an.

»Wohin gehört dieser Stefan Mikuli?« fragte Sembritzki, der Bartels nicht aus den Augen ließ.

Bartels zuckte gleichgültig die Schultern.

»Wir wissen nichts Genaues. Einzig, daß er mit dir Kontakt aufzunehmen versuchte. Und dann ist er plötzlich, wie du sagst, spurlos verschwunden. Aber gleich darauf kam deine Anfrage wegen der Polenreise!«

»Zufälle, Bartels! Wer immer dem Zufall wirklich begegnet: er reißt überraschende Lücken in ein Leben«, murmelte Sembritzki spöttisch, obwohl er dem Satz, den er zitierte, im Grunde genommen glaubte. Doch Bartels hatte anscheinend gar nicht zugehört. Er war damit beschäftigt, unter einem Stapel von Büchern einen großen Umschlag aus Halbkarton hervorzuziehen, der ein merkwürdiges Muster von getrockneten Kaffeeflecken aufwies. Er hielt den Umschlag ein Weilchen unsicher in den Händen, zupfte sich am Ohrläppchen, drehte den Karton einmal um, und dann griff er entschlossen hinein, zog ein großes Stück gewellten dicken Papiers hervor und reichte es Sembritzki.

»Das Monster von Krakau!«

Sembritzki starrte konsterniert auf die gruselige Figur auf dem gewellten Bogen. Er sah den kahlen Kopf, die rüsselartige Nase, Augen, aus denen seitlich Flammen schlugen, einen Körper, dem überall Hunde- und Schweineköpfe entwuchsen, Schwimmhäute wie Enten, anstelle von Händen und Füßen, und einen Schwanz, der sich teilte wie die Zunge einer Giftschlange.

»Das ist ja das Original, Bartels!«

Bartels zündete sich schon wieder eine Zigarette an. Im Schein des aufflammenden Streichholzes verzerrte sein Gesicht sich momentan zu einer scheußlichen Grimasse, und es kam Sembritzki fast so vor, als ob die Flammen hinter dem mehrfach gerillten Glas der Brille hervorbrachen.

»Ja, das Original!« sagte Bartels wie beiläufig und schaute gebannt auf das Streichholz, das zwischen seinen Fingern erlosch.

»Was soll ich damit?«

Bartels schaute ihn fragend an. »Wundert es dich nicht, daß *ich* das Original besitze, das dir dieser geheimnisvolle Herr Mikuli als Kopie gezeigt hat?«

»Mich wundert vor allem, daß du dich auf einmal für mittelalterliche Prodigienliteratur interessierst, Bartels!«

Sembritzki konnte sich einfach nicht vorstellen, daß Bartels, dessen Spezialgebiet als Buchhändler die Literatur des Buddhismus war, plötzlich auf das deutsche Mittelalter umgestiegen war, auf jenes mysteriöse Gebiet, in dem von Wunderzeichen, außergewöhnlichen Erscheinungen, Mißgeburten, Monstern und Katastrophen berichtet wurde. Eine wahre Flut von Flugblättern und Flugschriftenliteratur mit derartigen Sensationsmeldungen hatte damals die europäischen Länder überschwemmt, und so manches dieser reißerischen Produkte der noch jungen Buchdruckerkunst hatte die Zeit überlebt und war bei rührigen Antiquaren, in Archiven und Bibliotheken gelandet. Wie aber war Bartels an dieses kostbare Stück herangekommen?

»Zufall, mein Lieber!« antwortete Bartels endlich. »Wie hast du doch so schön gesagt. Wer dem Zufall wirklich begegnet: er reißt Lücken in dein Leben!« In Bartels Stimme klang unverhohlen Spott durch.

»Was treibst du für ein Spiel, Bartels?« fragte Sembritzki. Er war wütend. Er hatte gehofft, daß ihm Bartels als Freund begegnen würde, und statt dessen spielte er den Geheimnisträger.

»Ich treibe kein Spiel mit dir!«

Zum ersten Mal an diesem Tag sah Bartels seinem Freund offen in die Augen. »Ich kenne da einen Mann in Krakau . . .«

»Euer Mann in Krakau?« unterbrach ihn Sembritzki und stieß verächtlich die Luft durch die Nase.

Aber Bartels ließ sich nicht beirren. »Ja, unser Mann in Krakau! Du gehst nun einmal nach Polen. Und da nicht nur wir uns Sorgen um dich machen, sondern noch andere Leute deinen scheinbar so privaten Besuch in Breslau . . .«

»Er ist privat!« rief Sembritzki.

»Ich weiß. Nur bist du einer von denen, die Mühe haben, Privates vom Offiziellen zu trennen!«

»Laß mich mit deinem Mann in Krakau zufrieden, Bartels. Ich fahre nicht nach Krakau!«

»Vielleicht doch, mein Lieber!«

»Du weißt mehr, als du sagst!«

»Nein. Ich hätte nur gern gewußt, warum sich der geheimnisvolle Antiquar für deine Polenreise zu interessieren schien? Warum er dir die Monsterkopie zeigte. Und warum er so plötzlich untertauchte!«

»Ein Nachrichtenauftrag für mich?« fragte Sembritzki und schüttelte den Kopf.

»Kein Nachrichtenauftrag, mein Lieber. Nur – dieser Mann in Krakau ist auch dein Mann. Für alle Fälle!«

Sembritzki schwieg.

»Ein Antiquar – dein Codewort lautet: das Monster von Krakau!«

»Aha.« Sembritzki tat unbeteiligt.

»Ach was!« sagte Bartels und schmiß seine Zigarette wütend in einen leeren Blumentopf.

»Wenn du Schwierigkeiten bekommen solltest!« fügte er hinzu.

Sembritzki packte Bartels am Ärmel und zog ihn zu sich herüber, wobei er gegen einen Bücherstapel stieß, der in sich zusammenstürzte. Bartels verzog keine Miene.

»Warum sollte ich in Schwierigkeiten kommen?« Sembritzki kniete und schichtete Buch um Buch wieder aufeinander. »In was willst du mich hineinziehen, Bartels?«

Aber Bartels war nicht mehr bereit, dieses Thema länger zu diskutieren. Schlurfend ging er zu einem der zahlreichen Bücherregale mit durchhängenden Brettern, räumte einige große Bände beiseite und legte dahinter ein Schränkchen aus lackglänzendem, gemasertem Holz frei.

»Ich will dich heraushalten, Sembritzki, das ist alles!«

Er öffnete das Schränkchen, griff hinein und kam mit zwei fleckigen Gläsern in der Hand und einer Flasche unter dem Arm zurück.

»Kieliszek wódki?« fragte er und blinzelte Sembritzki hinter seinen dicken Brillengläsern zu.

»Dziekuje owszem«, gab Sembritzki zögernd zurück. Es gelang ihm nur mühsam, in diese für ihn längst versunkene Sprachwelt zurückzufinden, die wie in einem Nebel in weichen Konsonanten und Nasallauten ruhte.

Bartels zog die Wodkaflasche unter seinem Arm hervor, rieb die beiden Gläser am Ärmel seines Kittels halbwegs sauber und ließ das farblose Getränk aus dem Flaschenhals gurgeln.

»Na zdrowie!« murmelte er, hob sein Glas gegen das Licht der Tischlampe und stellte es brüsk ab, ohne getrunken zu haben. »Ist ja eigentlich dein Gebiet, mein Lieber. Das Mittelalter!« sagte Bartels und zog schroff seinen Arm zurück. Er tastete sich wieder durch den mit Bücherstapeln verbauten Raum und kehrte mit einem schmalen Bändchen zurück, in dem er eine Weile geduldig blätterte.

»Hier!« sagte er dann und streckte Sembritzki das Bändchen hin. »Das Trostbüchlein für werdende Mütter aus dem Jahr 1554. Verfaßt von dem Zürcher Arzt Jacob Rueff!«

»Was soll ich damit?« fragte Sembritzki, der sich für diese antiquarische Rarität zwar brennend interessierte, aber damit rechnete, daß ihm Bartels dies Buch nicht ohne besondere Absicht zeigte.

»Eine Art Hebammenbuch mit praktischen Ratschlägen und Hinweisen auf eine ganze Kollektion von Mißgeburten!«

»Aha«, murmelte Sembritzki, das Monster von Krakau gehörte natürlich auch zu den Mißgeburten, die Rueff in seine Sammlung aufgenommen hatte. Er beschrieb es genau und lieferte sogar noch einen Kommentar, in dem es hieß, diese Wesen seien als Heimsuchung Gottes, als Zeichen des Himmels zu werten. Rueff zitierte in diesem Zusammenhang den Römer Plinius, der berichtete, daß in Afrika immer wieder seltsame Tierwesen geboren würden, die ihren Ursprung in der von Geilheit bestimmten Vermischung einander fremder Wesen hätten.

»Na zdrowie!« sagte jetzt endlich auch Sembritzki, klappte Rueffs Trostbüchlein für werdende Mütter zu und hob dann sein Glas in Richtung Bartels.

»Szczepanska! Andrzey Sterecki!«

Sembritzki nickte. »Sterecki. Szczepanska.« Er wiederholte Name und Adresse des Krakauer Antiquars, mit dem er sich wegen des Flugblattes in Verbindung setzen sollte. Nur keine Notizen, dachte er, obwohl er als Antiquar wohl kaum in Verdacht kommen würde, wenn er die Adresse eines Krakauer Kollegen bei sich trug.

Bartels, der Sembritzki die ganze Zeit über prüfend angeschaut hatte, hob jetzt ebenfalls sein Glas und prostete seinem Kollegen zu.

»Zum Wohl, Konrad!«

Sembritzki war nicht überrascht, daß Bartels ins deutsche Idiom zurückgefunden hatte. Daß ihn Bartels mit seinem Vornamen angesprochen hatte, brachte ihn jedoch fast aus der Fassung. Er leerte sein Glas in einem Zug, stand auf, reichte Bartels flüchtig die Hand, zog sie gleich wieder zurück, als er den abwesenden Blick sah, und trat, ohne sich noch einmal umzublikken, durch die Vorhangtür in den Laden zurück. Als er die Klinke der Ladentür bereits in der Hand und rasch einen Blick auf seine beiden Bewacher draußen geworfen hatte, hörte er noch, wie Bartels den Telefonhörer abnahm und langsam die Wählscheibe drehte. Zwanzig Minuten später stand er am Münchner Hauptbahnhof. Der vertraute Rhythmus der Zahlen, die Bartels gewählt hatte, als Sembritzki die Höhle des einsamen Buchhändlers verlassen hatte, ging ihm nicht aus dem Kopf. Warum hatte Bartels den BND angerufen?

3

Wroclaw.

Sembritzki blieb auf dem Bahnhofsplatz stehen. Wenn er an seine Reise zurückdachte, quer durch die Deutsche Demokratische Republik, über Görlitz-Zcorcelec, so kam es ihm, einmal in Wroclaw angekommen, ganz so vor, als erwache er aus einem Traum. Er hatte in Bern den Zug in dem Gefühl bestiegen, als ob weder das Reiseziel noch die Zeit eine Rolle spielten. Je länger die Reise dauerte, um so stärker spürte er seine wachsende Lust an der Fortbewegung, am Erfahren der Landschaft.

Und er hatte festgestellt, daß dieses Sichfortbewegen zu einem nicht genau umrissenen Ziel doch ungleich stärker auf ihn wirkte, als alle Erfahrungen, die er sitzend, an Ort, in der Literatur gemacht hatte. Mit jeder Grenze, die Sembritzki überquert hatte, von der Schweiz in die Bundesrepublik Deutschland, von der Bundesrepublik in die Demokratische Republik, von der DDR nach Polen, hatte er ein Stück von seiner routinierten Sicherheit abgelegt. Und mit diesen Schüben der Loslösung von Gewohntem wuchs auch sein Bedürfnis, hier, weit entfernt von zu Hause, sich in einer neuen Welt zurechtzufinden, sie für sich zu entdecken.

»Ofiar Oswiecismskich«, sagte er zum Taxifahrer, der den möglichen Fahrgast bereits seit längerem scheinbar gleichgültig beobachtet hatte. Straße der Auschwitz-Opfer! Auch wenn der Taxifahrer Sembritzkis mühsame, wenn nicht gar fehlerhafte Aussprache vielleicht nur halb verstanden hatte, öffnete er mit einem kleinen Nicken nicht ohne Stolz den Schlag seines Polonez und ließ den Mann aus dem Westen einsteigen.

Sembritzki lehnte sich im Polster zurück und versuchte angestrengt, in der Welt, die draußen an ihm vorbeizog, bekannte Punkte auszumachen, Koordinaten zu legen über ein Gebiet, das ihm in seiner Jugend so vertraut gewesen war, weil er es an der Hand seiner Tante buchstäblich Schritt für Schritt entdeckt hatte. Aber da waren nur wenige historische Merkpunkte geblieben; um sie herum war das ganze Stadtbild neu entstanden. Seine Welt der Erinnerung war dahin. Was vor ihm lag, mußte er neu erkunden, wenn er sich nicht verlieren wollte. »Bernhardin-Kloster, Nationalmuseum, Maria-Magdalenen-Kirche, Ossolineum, St. Maria auf dem Sande«, murmelte er vor sich hin, in einem Versuch, den Fluß der vorüberziehenden Bilder in eine Struktur zu bringen, ihn seiner eigenen inneren Ordnung von früher zu unterwerfen.

»Rynek!« Erleichtert sprach Sembritzki den polnischen Namen des Marktplatzes aus. Der Fahrer nickte ihm beruhigend zu. Jetzt hatte Sembritzki wieder festen Boden unter den Füßen. Er sah den steilen Giebel des Rathauses und entdeckte weiter hinten die barocken Fassaden der rekonstruierten Bürgerhäuser, die den Salzmarkt säumten.

Vor einer Reihe von trübgrauen Garagentüren, die mitten im Zentrum die makellosen Fassaden der Häuserzeilen abrupt unterbrachen, hielt der Taxifahrer seinen für polnische Verhältnisse luxuriösen, dem Renault ähnlichen Polonez an.

»Wieviel?« fragte Sembritzki.

Der Fahrer beobachtete schweigend Sembritzki im Rückspiegel.

»300 oder 400 Zloty?«

»Zloty sind kein Geld«, murmelte der Mann und lächelte wie zur Entschuldigung.

Sembritzki nahm zwei Dollarscheine aus seiner Tasche und schob sie durch den Zwischenraum zwischen den beiden Vordersitzen.

»Pan jest bardzo uprzejmy«, murmelte der Fahrer und öffnete dann eilig den Schlag.

Und dann stand Sembritzki mitten in dieser kleinen Oase im Zentrum von Breslau, wo Kinder in bunten Pullovern an Turngeräten herumhangelten und sich immer wieder ihre geröteten, verfrorenen Finger in den Mund steckten. Obwohl in ein paar Tagen Ostern sein würde, hatte sich der Frühling noch nicht so richtig zeigen wollen. Die Eisenstangen der Turngeräte waren wohl recht kalt.

Sembritzki erkannte das Haus sofort wieder, auch wenn es nicht mehr in zartem Hellgrau, sondern in mattem Rosa aus der Zeile herausstach. Es war schmaler als die anderen Gebäude. Nur zwei Fenster hatten auf der Frontseite Platz, und der runde Torbogen, der in den weißen Sockel eingelassen war, wirkte so ganz und gar nicht einladend, sondern hatte etwas von einem gähnenden Schlund an sich. Hatte er oben im zweiten Stock hinter dem sanft wehenden Vorhang das Gesicht einer Frau gesehen? Ging es der Tante etwa besser?

Sembritzki ging durch das geöffnete Tor mit dem Rundbogen in den schattigen Gang, der sich nach drei, vier Metern links und rechts nach beiden Seiten teilte. Er überlegte kurz, wandte sich entschlossen nach rechts und stieg über die ausgetretene, blanke Holztreppe nach oben. Als er im zweiten Stockwerk nachdenklich am braungestrichenen Treppengeländer lehnte und tief einatmete, um noch einmal die Erinnerungen an all die Gerüche zu wecken, die den Türchen von Adventskalendern entduftet waren, die seine Tante für ihn ausgeschnitten hatte, aus den grünen, schlammigen Tiefen der Teiche, aus denen die Geschichten stiegen, die seine Tante um eine fröhliche Entenfamilie gerankt hatte, wurde die Wohnungstür aufgestoßen, und vor ihm stand seine Cousine – vierzig Jahre älter als damals.

»Guten Tag, Konrad«, sagte sie auf deutsch und strich sich hastig eine dünne graue Strähne aus der Stirn.

Wie damals hatte seine Cousine auch jetzt die Träume, die ihn dank der suggestiven Kraft seiner Tante, ihrer Mutter, umfingen, gesprengt. Schon damals hatte sie hinter der Tür gelauert, wenn sie hörte, daß ihre Mutter dem ungeliebten Vetter, der als Feriengast gekommen war, eine Geschichte erzählte, und sie war jedesmal genau in dem Augenblick unter irgendeinem Vorwand hereingestürzt, wenn die Tante fast den Höhepunkt ihrer Erzählung erreicht hatte.

»Du kommst zu spät, Konrad!«

Sembritzki sah die Tränen, die sich aus ihren Augen lösten und zu den Mundwinkeln hinunterliefen.

Zu spät, dachte er. Ingeborg Malek hatte nicht auf ihn gewartet. Auch ihre letzte Geschichte hatte für ihn zu früh ein Ende gefunden.

»Wann?« fragte er und streckte ihr automatisch die Hand entgegen.

»Vor vier Tagen!«

»Du warst bei ihr?«

»Nein«, erwiderte Kristina auffallend heftig und hielt sich, erschrocken über ihre Abwehrhaltung, die Hand vor den Mund. »Ich konnte nicht, Konrad!«

Sembritzki dachte an den Tod der eigenen Mutter, die im Sanatorium dahingedämmert war und, im Gegensatz zu ihrer viel vitaleren Schwester, ohne Aufhebens und sich selber fremd diese Welt verlassen hatte. Auch da war er zu spät gekommen, um persönlich den Abgang jener Frau mitzuerleben, die sein Leben belastet und immer wieder umzudirigieren versucht hatte. Als Schuldbeladenen hatte seine Mutter den Sohn in der Welt zurückgelassen.

»Ist sie hier gestorben?«

»Im Krankenhaus! Bis zuletzt hat sie sich gegen den Tod in fremder Umgebung gewehrt. Doch dann konnte sie keine Flüssigkeit mehr halten, sie wäre vertrocknet, wenn . . .«

»Natürlich«, sagte Sembritzki beinahe grob.

»Vor fünf Tagen haben sie sie abgeholt. Wie ein Kind haben sie sie ganz hoch über ihren Köpfen über die Treppen getragen.«

Kristina hielt inne, und zum ersten Mal in seinem Leben empfand Sembritzki so etwas wie Sympathie, eine Art Zuneigung zu dieser Frau, die sich, auch das wußte er, die Liebe ihrer Mutter immer wieder hatte erkaufen müssen, wie auch er die Gunst seiner eigenen Mutter durch eine ganze Reihe von Zugeständnissen und Akte der Selbstverleugnung immer wieder neu hatte ergattern müssen.

»Komm herein!«

Sie öffnete die Tür ganz und ließ Sembritzki an sich vorbei eintreten. Er spürte einen Moment lang die Spitze ihrer Brust an seinem Arm und fragte sich, warum er dabei zusammenzuckte. Hatte sich in der Wohnung überhaupt etwas verändert?

Der schwere Duft von Parfum schien unverändert. Noch immer stand das Klavier mit den beiden beweglichen, an der Frontseite befestigten Leuchtern rechter Hand neben der Tür, darauf die vergoldete Uhr, die von zwei neckischen Putten gestützt wurde, dann die gestickten Decken mit den Vogelmustern und die beiden zerbrechlichen hellblauen Porzellanschälchen.

Sembritzki hatte genug gesehen, genug von diesen Bildern, die sogar einen apokalyptischen Krieg überdauert hatten. Dieses schwebende Gefühl des Abgehobenseins vom Bekannten und Bestimmenden, das ihn auf der Reise gepackt hatte, schien in dieser bekannten Umgebung wieder zu ersticken.

»Zum Friedhof«, sagte er trocken, um der beklemmenden Umgebung zu entfliehen.

Kristina, die ihn stumm von der Seite beobachtet hatte, griff wortlos nach ihrem dunkelblauen Mantel. Und nachdem Sembritzki doch noch einen schnellen Blick ins Zimmer geworfen hatte, auf rosafarbene Steppdecken, Blumenarrangements in schweren goldenen Rahmen, auf die prallen, mit orientalischen Mustern bestickten Kissen, auf die drei weißen Lilien des Kissens im Ehebett, wandte er sich endgültig ab.

Wortlos schritten sie nebeneinander her, über den Marktplatz, zur nächsten Straßenbahnhaltestelle.

»Die Linie 3?« fragte Sembritzki, um das Schweigen zu brechen.

»Die 3!« nickte Kristina. Und dann schwiegen sie wieder, bis der blau-weiße Wagen kam und sie zustiegen. Auf der Fahrt zum Friedhof erzählte Kristina auf Sembritzkis Aufforderung aus ihrem Leben. Die Jugend ließ sie aus, unterdrückte Erinnerungen an ganz früher, an die Ferieninvasionen ihres Cousins und berichtete von ihrem Geschichtsstudium an der Universität von Krakau, wo sie ganz besonders – Kristina lächelte – vom Dozenten für mittelalterliche Geschichte, Professor Zygmunt Baranczak, profitiert habe, doch habe sie ihr Studium nicht abgeschlossen, weil, bedingt durch die lange Krankheit ihres Vaters, ein Mitglied der Familie schließlich habe Geld verdienen müssen. Sie sei nach Wroclaw zurückgekehrt, habe zu Hause gewohnt und als freie Übersetzerin und Sekretärin gearbeitet. Erst nach dem Tod ihres Vaters sei sie hier wieder ausgezogen und erneut nach Krakow übergesiedelt. Zwar arbeite sie nach wie vor als freie Übersetzerin mit den Spezialgebieten Deutsch und Englisch, doch habe ihr Leben insofern eine interessante Wende genommen, als sie jetzt mindestens die Hälfte ihres Arbeitstages als enge Mitarbeiterin ihres ehemaligen Lehrers Baranczak am Historischen Seminar von Krakow verbringe, und insbesondere damit beschäftigt sei, die wissenschaftlichen Arbeiten Baranczaks ins Deutsche zu übertragen.

Sembritzki hatte nur mit einem halben Ohr hingehört. Er spürte das kantige Holz der Sitzbank in seinem Rücken und nahm im Rhythmus der Schläge, die durch das ramponierte Geleise verursacht wurden, nur einzelne Wörter und Satzfragmente wahr.

»Wir sind da«, sagte Kristina endlich und schaute ihren Cousin mit verletztem Lächeln von der Seite an. »Du hast mir ja gar nicht zugehört. Nicht wahr?«

Sembritzki wandte sich ihr im Aufstehen zu.

»Du bist in diesen – Baranczak – verliebt? Ist es nicht so?«

Kristina warf ihm einen erstaunten Blick zu. Eine Röte flog ihr über die Stirn.

»Davon habe ich kein Wort gesagt, Konrad.«

Sie stieg vor Sembritzki aus der Straßenbahn. Sembritzki bemerkte, daß der Stoff auf der rechten Seite ihres dunkelblauen Mantels abgenützter war als jener links; vermutlich pflegte sie dort ihre Schultertasche mit dem langen Riemen zu tragen. Und als ihm auffiel, daß sie diesmal nur ein kleines Täschchen aus grauem Kunstleder in der Hand hielt, ärgerte er sich darüber, daß er sich unentwegt in Nebensächlichkeiten verlor und sich beim Zuhören immer wieder von seinen eigenen Gedankengängen ablenken ließ, die, ausgelöst durch ein Wort des Gesprächspartners, eine neue Assoziationsreihe bei ihm freimachten, während sein Gesprächspartner in seiner Erzählung gewissermaßen geradeaus weiterfuhr. So war es auch diesmal gewesen. Er hatte bemerkt, wie sie das Wort Baranczak ausgesprochen hatte und sich erinnert, wie er selbst vor Jahren den Namen Eva Stratovà auf ähnliche Weise ausgesprochen hatte, ihn durch einen Augenblick tiefen Atemholens wie etwas Kostbares von den andern Wörtern abgehoben hatte.

»Nein, davon hast du nichts gesagt, Kristina«, sagte er beinahe entschuldigend, als er neben ihr herging und sich bemühte, ihren Schrittrhythmus anzunehmen, um wenigstens auf diese Weise eine Übereinstimmung herzustellen.

»Dort!« sagte Kristina endlich. Sie beschleunigte ihre Schritte und drängte Sembritzki damit wieder aus dem künstlich hergestellten Einklang. Und da sah er auch schon den Eingang zum Friedhof, der sich linker Hand, überraschend, mit einem Male zwischen einer Lücke in der Häuserzeile und einem grauen rissigen Gemäuer auftat.

»Dort!« sagte Kristina ein zweites Mal und zeigte irgendwohin mitten hinein in dieses Gewirr von Kreuzen und Grabsteinen, wo das leuchtende Gelb eines Osterglockenstraußes die Blicke auf sich zog. Aber es waren nicht in erster Linie die Osterglocken gewesen, die Sembritzkis Blick in diese Richtung gelenkt hatten, sondern die grauen Umrisse einer männlichen Gestalt, die in der Verlängerung des leuchtenden Straußes an einem Baum lehnte. Daß sich der Mann nicht abwandte oder davonging, als sie sich dem Grab näherten, machte ihn stutzig. Auch die Tatsache, daß Kristina einmal kurz in Richtung des

Mannes nickte und dann so tat, als ob sie der Fremde nichts anginge.

»Kennst du den Mann?« flüsterte Sembritzki.

»Ja.«

»Ach so!«

»Ein Bekannter!«

»Ist er deinetwegen hier? Oder hat er deine Mutter gekannt?«

»Deinetwegen, Konrad!«

Sembritzki blieb überrascht stehen. Nachdenklich betrachtete er einen weißen Grabstein, wo seit dem 8. Januar 1981 Jerzy Wawrzyniak ruhte. *Jezu ufam Tobie* – Jesu, ich vertraue dir, stand mit dunkelbraunen Buchstaben am untern Rand des Grabsteins.

»Was will er von mir?« fragte er endlich und schaute erneut zu dem Mann hinüber, der sich eine Zigarette angezündet hatte und nur noch im Profil zu sehen war.

»Nachher, Konrad. Zuerst das Grab!«

Da lag sie also jetzt, unter der gesprungenen Grabplatte, die an der Bruchstelle einen Ansatz von Moos erkennen ließ. Auf dem schwarzglänzenden Gedenkstein war oben, zwischen den Buchstaben S. und P., das Medaillon eines freundlichen älteren Herrn mit Schnurrbart zu sehen. Henryk Malek, 1902–1980. Und neben dem Gedenkstein, der sich in der Form eines Parallelogramms leicht nach Westen neigte, war trapezförmig ein zusätzlicher, ebenfalls schwarzer Stein angebracht, auf dem ein Kreuz eingraviert war. Sembritzki wunderte sich, daß seine protestantische Tante unter dem Einfluß ihres Mannes eine so pompöse letzte Ruhestätte akzeptiert hatte. Aber vielleicht hatten die vierzig Jahre, die seit Kriegsende vergangen waren und die nun ganz vom polnischen Geist und Glauben geprägt waren, auch diese sonst so zähe Frau gleichsam in die Knie gezwungen.

Das also war es gewesen! Sembritzki fühlte eine leise Enttäuschung in sich hochsteigen. Mit diesem Gang zum Grab seiner

Tante war seine Mission zu Ende. Er hatte ihr den letzten Wunsch erfüllt und konnte wieder abreisen.

»Das wär's!« sagte er mehr für sich als zu Kristina, die stumm neben ihm stand und offensichtlich mit ihren Gedanken ganz anderswo als bei ihrer toten Mutter war.

»Das hier ist für dich, Konrad!«

Kristina holte aus ihrer grauen kleinen Tasche einen in hellblaues Seidenpapier gewickelten Gegenstand hervor und reichte ihn Sembritzki. »Von ihr!« murmelte sie und machte eine kleine Kopfbewegung in Richtung Grabplatte.

»Die Königin Polens!« Sembritzki blickte erstaunt auf die kostbare Nachbildung der Ikone mit der Schwarzen Madonna von Tschenstochau! War es so etwas wie Rührung, das ihn überkam? War es Trauer oder ganz einfach Dankbarkeit darüber, daß ihm seine Tante das berühmte Gnadenbild aus der Marienkapelle zurückgelassen hatte?

»Panna swieta!« sagte Sembritzki leise und lächelnd Kristina zugewandt. »Ist das die richtige Bezeichnung? Heiliges Fräulein?«

»Królowo Polski – Königin Polens!«

Sembritzki war überrascht, als er hinter sich plötzlich die Stimme des Fremden hörte. Er war so vertieft gewesen in die Betrachtung des Madonnenbildnisses, daß er gar nicht bemerkt hatte, wie der Unbekannte sich ihm genähert hatte.

»Wer sind Sie?«

»Jerzy Wozniak.«

Der Mann schaute ihn mit schnellen, kleinen Augen prüfend an.

»Was wollen Sie von mir?«

»Ich möchte mit Ihnen sprechen, Herr Sembritzki!«

Wozniaks Deutsch war zwar korrekt, aber immer wieder wurde die Härte der Konsonanten gebrochen, schlichen sich unprogrammierte Nasallaute ein.

»Worüber, Herr Wozniak?«

»Nicht hier!«

»Ich bin nicht nach Wroclaw gekommen, um Geschäfte zu machen!«

»Bitte, Konrad!«

Sembritzki wandte sich erstaunt Kristina zu.

»Was hast du mit diesem Mann zu tun, Kristina?«

»Er ist ein Freund!«

»Deine Freunde sind nicht unbedingt meine Freunde!«

»Da hast du recht. Das war schon immer so!« Kristinas Stimme klang plötzlich schrill, und in einer heftigen Bewegung klemmte sie ihre graue Tasche unter den Arm.

»Entschuldige, Kristina!« Sembritzki faßte sie am Ellbogen. »So habe ich es nicht gemeint. Vergiß, was früher war! Vergiß deine Eifersucht!«

»Also, Herr Sembritzki?«

Blitzschnell hatte der Mann im dunkelgrauen Rollkragenpullover Sembritzkis Schwäche ausgenutzt.

Sembritzki zuckte resigniert mit den Schultern.

»Wo?«

»Sie kennen das Rathaus?«

Sembritzki nickte. Er versuchte seine Neugier zu kaschieren, indem er betont langsam und umständlich das hellblaue Seidenpapier wieder um die Königin Polens schlug und sie dann in die Tasche seiner grünen Lederjacke gleiten ließ.

»Linker Hand neben der Post ist ein großes Restaurant. Im ersten Stock. Dort treffen wir uns in einer halben Stunde. Zufällig, Herr Sembritzki!«

»Zufällig?« Sembritzki stellte sich absichtlich naiv, um den andern zu provozieren. Aber Wozniak zeigte nur ein verächtliches Lächeln.

»Sie haben mich schon verstanden, Herr Sembritzki! Wir wissen, wer Sie sind!«

»Wir?«

Doch auf diese Frage bekam er keine Antwort mehr. Wozniak hatte sich umgedreht und ging bereits mit schnellen Schritten zwischen den Gräbern dem Ausgang zu. Sembritzki, der ihm nachgegangen war, sah, wie er draußen vor dem Friedhofeingang einen kleinen Polski Fiat bestieg und davonfuhr.

»KRN 6537«, sagte Sembritzki nachdenklich für sich. Er hörte hinter sich Kristinas Schritte.

»Der Mann kommt aus Krakau, Kristina! Ein Krakauer Nummernschild!«

»Ja. Ich sagte dir ja, er ist ein Freund!«

»Und was will er von mir?«

»Er will etwas von dir, das in gewisser Weise auch mich betrifft, Konrad. Ich denke, du bist mir mindestens diesen einen Freundschaftsdienst schuldig!«

»Jetzt wird aufgerechnet, nicht wahr?« Aber er stellte die Frage eher sich selbst.

Vierzig Minuten später betrat Sembritzki den Eingang des Restaurants. Rechts neben der Tür befand sich, wie in den meisten polnischen Gaststätten, die Garderobe. Sembritzki ging daran vorbei. Dem prüfend fragenden Blick des Mannes wich er aus: Seine dunkelgrüne Lederjacke mit den vielen Taschen war für ihn wie Koffer, Tasche oder Waffenfutteral in einem; er legte sie ungern in Garderoben ab. Er stieg die Treppe hinauf in den ersten Stock, vorbei an eigenartigen Ornamenten, die ihn an orientalische Zeichen erinnerten – oder stammten sie aus der Welt der Inkas? Es roch nach irgendeinem Desinfektionsmittel. Ihm fiel auf, daß im Gegensatz zu seinem letzten konspirativen Treffen in den Pfälzer Weinstuben in München hier alles beinahe lautlos vor sich ging. Nicht einmal das Klirren eines Löffels, kaum ein lautes Wort oder ein Lachen, obwohl das Publikum, wie Sembritzki erstaunt feststellte, eher jung war. Man saß zwischen pinkfarbenen Wänden und unter einer dunklen Lamellendecke mit toten Kristalleuchten an den kleinen Tischchen, die Leute tranken Kaffee, Tee oder eine der drei Sorten Mineralwasser, die neben dem Aufgang wie in einem Gabentempel aufgebaut waren.

Wozniak hatte sich unmittelbar neben der Treppe niedergelassen, so daß er den Aufgang im Auge behalten konnte und auch keine unmittelbaren Nachbarn und Lauscher hatte. Sembritzki ging langsam durch den Raum, zögernd, ganz als ob er sich nach einem freien Platz umsähe, scheinbar zufällig entdeckte er schließlich Wozniaks Tisch, trat näher, zeigte auf den freien Stuhl und fragte: »To miejsce jest wolne?« Sein Polnisch klang hart und irgendwie gequält; ihm fehlte, wie er selbst mit Bedauern merkte, dieses Weiche, Fließende, das er an dieser Sprache so liebte.

Wozniak machte eine einladende Handbewegung.

»Kristina?« fragte er leise und schaute an Sembritzki vorbei in den Raum, als wolle er sich bei jedem einzelnen Gast vergewissern, ob es sich um einen Spitzel oder um einen gewöhnlichen Bürger handle.

»Kristina wartet zu Hause auf mich!«

Wozniak senkte den Kopf. »Gut!«

»Warum gut?«

Zum erstenmal huschte ein Lächeln über das verschlossene, mürrische Gesicht des Polen. »Kristina ist Partei!«

»Partei? Wie soll ich das verstehen?«

»Später!« Wozniak winkte ab.

»Tee – herbata!« sagte Sembritzki zur Serviererin, die sich lautlos genähert hatte.

»Sie sind . . .?« Wozniak machte eine kurze Pause und zeichnete mit dem Zeigefinger ein großes S auf die Glasplatte des Tischchens.

Sembritzki schwieg abwartend.

»Haben Sie mich verstanden, Herr Sembritzki?«

»Sie haben nichts gesagt, und gefragt haben Sie mich auch nichts, Herr Wozniak.«

Sembritzki blieb stur. Er war noch nicht bereit, sich auf das kleine Versteckspiel einzulassen, bei dem jeder wartete, daß zuerst der andere ein kleines Zipfelchen seiner wahren Identität zeigte.

Wortlos stellte die Serviererin ein Glas mit heißem Wasser und einen Teebeutel vor Sembritzki auf den Tisch. Sembritzki tauchte den Teebeutel ins Glas und schwenkte ihn nachdenklich im Wasser hin und her.

»Sie verweigern sich?« fragte Wozniak endlich und hob seinen Blick. Verwunderung? Traurigkeit? Sembritzki wußte nicht, wie er Wozniaks Ausdruck deuten sollte.

»Ich verweigere mich dieser Art von Gesprächen, Herr Wozniak. Ich bin als Tourist hergekommen. Oder besser: als Mensch, der um den Tod einer engen Verwandten trauert.«

Wozniak nickte. »Ich verstehe. Sie befinden sich hier in einem fremden Land . . .«

»Sie sagen es«, unterbrach ihn Sembritzki.

»Trotzdem! Sie könnten uns einen Dienst erweisen!«

»Uns?«

Wozniak zuckte resigniert mit den Schultern. Und wieder zeichnete er ein S auf die Glasplatte.

»Verstehe ich Sie richtig?« Sembritzki schaute Wozniak an.

»Ich denke schon.« Wozniaks schnelle, kleine Augen verrieten mehr als seine ruhige, tiefe Stimme.

»Solidarnosc?« Sembritzki hatte das Glas an die Lippen gehoben und das Wort kaum hörbar ausgesprochen.

Wozniak nickte. »Sie haben Geheimdiensterfahrung?«

Sembritzki stellte überrascht das Glas ab. »Was hat das damit zu tun? Und wer . . .«

»Wir haben überall unsere Leute. Sogar in Bern.« Wozniak sagte das beinahe entschuldigend und schaute argwöhnisch auf die Treppe hinab, von wo eine kleine, dunkle Frau mit altmodischer Lochstickerei über dem Ausschnitt an einem Nachbartisch Platz nahm. »Wir brauchen Ihre Hilfe, Herr Sembritzki.«

Sembritzki lachte in sich hinein. »Ihr habt überall eure Leute, wie Sie vorhin selbst bemerkt haben. Und ihr seid für eure konspirativen Fähigkeiten bekannt. Aber ihr fragt ausgerechnet mich, einen Mann, der sich hier kaum auskennt und außerdem noch einem Verein angehört, der sich unter anderem auch für das interessiert, was in euren Kreisen vorgeht!«

»Alle sind daran interessiert zu erfahren, was bei uns vorgeht,

Herr Sembritzki. Der polnische Geheimdienst, der KGB, der BND und der CIA. Das ist nichts Neues.«

»Also?«

»Wir brauchen einen neutralen Mann!«

»Ich bin nicht neutral.«

Wozniak schüttelte bekümmert den Kopf, als könne er Sembritzkis mangelndes Verständnis einfach nicht fassen. Er bestellte einen zweiten Kaffee, griff blitzschnell nach der Hand des völlig überraschten Sembritzki, drückte sie einmal kurz und fest und lehnte sich wieder zurück. Sembritzki hatte sich nicht gerührt, obwohl ihn die kleine persönliche Geste dieses anscheinend so selbstbeherrschten Mannes beinahe aus der Fassung gebracht hätte. Er schaute über Wozniaks Kopf hinweg auf das große Wandbild oberhalb des Aufgangs: eine orientalische Schönheit mit einem Busen, den Schleier mehr enthüllten als verbargen.

»Herr Sembritzki! Wir haben einen Verräter in unseren Reihen!«

Sembritzki gab sich gelangweilt. »Und was habe ich damit zu schaffen? Sie sind doch sicher intelligent genug, um den Mann zu enttarnen!«

»Intelligent genug – das schon, Herr Sembritzki. Aber befangen. Uns sind die Hände gebunden!«

Sembritzki hüllte sich in Schweigen. Er steckte sich einen Zigarillo zwischen die Lippen und war erstaunt, als Wozniak keine Anstalten machte, ihm Feuer zu geben. War er einfach zu sehr mit sich und mit dem beschäftigt, was er vortragen wollte, oder wußte er so genau Bescheid, daß ihm sogar bekannt war, daß der BND-Mann Sembritzki seine Zigarillos nur zu kauen und nicht zu rauchen pflegte?

»Krakau?« fragte Sembritzki unvermittelt und zeigte mit der Zigarillospitze auf Wozniaks Brust.

»Krakow«, korrigierte Wozniak und drängte Sembritzkis Hand mit dem Zigarillo nach rechts weg, als ob er da den Lauf eines Gewehres von sich ablenken müßte.

»Erzählen Sie!«

Nicht daß Sembritzki seine Meinung geändert hatte und bereit war, sich mit Wozniak einzulassen. Aber der Name Krakow hatte ihn elektrisiert. Er mußte an Bartels denken; er dachte an das Flugblatt mit dem Monster von Krakau und an Bartels Bitte, sich mit dem Krakauer Antiquar Sterecki in Verbindung zu setzen. Obwohl es ihm unwahrscheinlich vorkam, daß zwischen dem Auftauchen Wozniaks und Bartels angeblichen Berufsinteressen ein Zusammenhang bestand, faszinierte ihn plötzlich die Möglichkeit, da etwas herauszufinden, an dem er – theoretisch mindestens – seinen Scharfsinn prüfen konnte.

»Erzählen Sie!« wiederholte er und legte den angefeuchteten Zigarillo auf den Rand des Aschenbechers.

»Unmittelbar nach Ostern kommt es zu einem Treffen zwischen dem engsten Führungskreis der Krakower Solidarnosc-Gruppierung und dem Vertreter einer anderen Organisation, über die ich Ihnen nichts erzählen kann und will.«

»Ein Schulterschluß?«

Wozniak machte eine ablehnende Bewegung. »No comment, Mr. Sembritzki!«

»Weiter!«

»Für uns hängt von diesem Zusammentreffen sehr viel ab. Für uns und für . . .«, das Zögern ließ ihn beinahe verlegen wirken, und das anschließende Wort sprach er mit einer Ehrfurcht aus, wie man sie einer großen Kostbarkeit vorbehält, deren Namen nur Eingeweihten preisgegeben wird, »Polen!«

»Weiter!« drängte Sembritzki ungeduldig, ohne auf Wozniaks Stimmung einzugehen.

Wozniak gab sich einen Ruck.

»Unser engster Führungszirkel ist nicht dicht!«

»Verräter?«

Wozniak verschränkte die Hände und erklärte: »Jedenfalls haben wir festgestellt, daß von Zeit zu Zeit Informationen unseres Kreises in die Hände des polnischen Geheimdienstes gelangen. Und wir wissen nicht, wie!«

»Sie haben nicht einmal einen Verdacht?«

Wozniak richtete einen prüfenden Blick auf Sembritzki. Er schien unschlüssig, ob er die Frage beantworten sollte. »Doch«, sagte er endlich, und er sprach noch leiser, »aber der Verdacht ist im Grunde absurd. Falls wir jedoch den richtigen Mann verdächtigen sollten, säßen wir in einer anderen Klemme. Wir könnten es uns nämlich gar nicht leisten, ihn zu eliminieren. Seine Position in der Gesellschaft und selbst in politischen Kreisen ist viel zu stark!«

»Er ist Euer Mann, sagten Sie. Ein Soli-Mann!«

Wozniak nickte. »Der einzige, der nicht im Untergrund wirkt. Deshalb ist er auch so wertvoll für uns!«

»Baranczak!« sagte Sembritzki rasch und ließ sein Gegenüber nicht aus den Augen. Aber Wozniak verzog keine Miene, verriet sich auch nicht mit einem kleinsten Zeichen von Überraschung. »Sie könnten es genausogut selbst sein, Wozniak!« gab Sembritzki zu bedenken.

»Und was Sie jetzt tun, könnte ein Versuch sein, mich einzusetzen, um Feuer zu legen.«

»Könnte ich.« Wozniak wirkte bekümmert.

»Was hat Kristina mit der ganzen Sache zu tun?«

»Kristina gehört nicht zum engsten Führungszirkel. Und sie wird auch nicht über alles informiert, was bei uns diskutiert wird. Sie ist – sagen wir es einmal so – eine Sympathisantin.«

»Und in diesen Professor Baranczak verliebt«, warf Sembritzki rasch ein.

Wozniak nickte. »Von Kristina haben wir erfahren, daß Sie nach Wroclaw kommen würden. Die Bestätigung erhielten wir von unserem Vertrauensmann in der polnischen Botschaft in Bern, nachdem Sie sich dort um ein Visum bemüht hatten.«

»Und wer hat Sie über meine berufliche Identität informiert?«

Wozniak schüttelte leicht den Kopf und schwieg. Seine flinken Augen bewegten sich unaufhörlich. Daß sein Blick immer wieder zu der düsteren Frau am Treppenaufgang gewandert war, hatte Sembritzki bemerkt – so wie ihm auch aufgefallen war, daß die Frau wiederholt interessiert zu ihnen herübergeschaut hatte.

»Bekomme ich auf meine Frage eine Antwort, Herr Wozniak?«

Wozniak schüttelte ein weiteres Mal den Kopf. »Erst, wenn Sie sich bereit erklären, für uns zu arbeiten.«

»Ich denke nicht daran!«

Sembritzki holte ein paar Zlotys aus der Tasche und legte sie auf die Glasplatte.

»Nicht einmal Kristina zuliebe?«

Sollte das Wozniaks letzter Trumpf sein?

»Kristina will ihren Liebsten retten! Und ich soll ihr dabei helfen? Indem ich ihn von jedem Verdacht befreie? So ist es doch?«

»Unter anderem, Herr Sembritzki.« Wozniak nickte bekümmert. »Also?«

Sembritzki erhob sich. »Ich denke nicht daran, mich in einem fremden Land als Abwehrmann zu betätigen. Ich will mich nicht in irgendeine Sache verwickeln lassen. Das wäre außerdem nicht im Interesse des BND, wie Sie sich vorstellen können.«

»Bitte, Herr Sembritzki!« Kaum hatte Wozniak den Satz ausgesprochen, mit leiser Stimme, da preßte er seine Lippen fest zusammen.

Sembritzki wandte sich der Treppe zu. Bevor er an den Toiletten vorbei auf die Straße hinunterstieg, warf er der kleinen, dunklen Frau den Ansatz eines Lächelns zu. Das alte Zifferblatt auf der Rathausfassade zeigte genau vier Uhr. Der Mann in der grauen Kunstlederjacke verglich mit seiner Armbanduhr.

4

Krakow – Krakau.

Wenn Sembritzki daran zurückdachte, wie er hergekommen war ... »Der Mann da drüben beim Rathaus!« hatte ihm Wozniak ins Ohr geflüstert, als er kurz nach ihm das Restaurant verlassen hatte. Aber Sembritzki hatte es ignoriert – was interessierten ihn polnische Geheimpolizisten oder irgendwelche Spitzel? Bislang hatte er sich als Tourist in keiner Weise verdächtig gemacht – es sei denn, der düster dreinblickenden Dame im Restaurant hätte sein Zusammentreffen mit Wozniak mißfallen.

Als Sembritzki sich dann auf den Weg zur Wohnung der Tante begab, mußte er feststellen, daß der Mann in der grauen Jacke, auf den Wozniak ihn aufmerksam gemacht hatte, nicht etwa Wozniak folgte, der in der Gegenrichtung davongegangen war, sondern ihm selbst. Und als er, nur um sicherzugehen, daß er sich nicht getäuscht hatte, ein paar Schlenker und Arabesken einbaute, blieb ihm der Mann auf den Fersen. Sein Erstaunen kannte aber keine Grenzen, als ihm plötzlich Wozniak entgegenkam. Er tauchte aus einer Seitenstraße auf und raunte Sembritzki im Vorübergehen zu: »KGB.« Und schon war er wieder verschwunden.

Warum sollte sich ein Kollege von drüben ausgerechnet für Sembritzki interessieren?

Eine Antwort auf diese Frage würde er kaum von Wozniak erhalten, so viel war ihm gleich klar. Wenn einer ihm Aufschluß geben könnte, dann höchstens Bartels' Kontaktmann in Krakau – Sterecki! Krakau lag nicht an seinem Weg. Aber hatte Bartels ihn nicht gebeten, mit dem Krakauer Antiquar Kontakt aufzunehmen? Wie auch immer: Vor sich selber und gegenüber der Welt, der er verpflichtet war, repräsentiert durch seinen BND-Kollegen Bartels, hatte Sembritzki nun eine Rechtfertigung für einen Abstecher nach Krakau gefunden.

Bartels war *ein* Motiv, ein anderes Kristina. Sembritzki hatten Schuldgefühle beschlichen, wenn er sich erinnerte, wie er Kristina auf dem Friedhof von der Seite angesehen hatte, wenn er an ihre leicht gebeugte Haltung dachte, an die Haut, die sich über den Backenknochen spannte, dann in viele kleine Fältchen zersprang, an ihre unruhigen Hände, die unablässig über ihre schäbige Tasche glitten, als suche sie Sicherheit im Ertasten des Leders und seiner Formen. Die späte Liebe hatte ihr die Jugend nicht zurückgegeben. Es mußte gerade diese Liebe sein, die ihre Bewegungen so spitz und fahrig und nervös machte, die sie aus dem Gleis geworfen hatte. Mit der Liebe war auch die Angst gekommen, überlegte Sembritzki – die Angst vor einem Verlust. Baranczak war ein bedeutender Mann, und ihr bedeutete er noch mehr.

Und dann war da noch ein drittes Motiv, das Sembritzki sich allerdings kaum eingestehen wollte. Wozniak! Sein forsches Auftreten hatte ihn anfänglich verstimmt, das gab Sembritzki inzwischen zu. Doch dahinter hatte eben auch Angst gepocht, Angst und Verunsicherung. Wozniaks unruhige kleine schwarze Augen waren Sembritzki nicht stechend vorgekommen, sondern wie die Augen eines Vogels, der auf jeden Laut, auf jeden Schatten, der unvermutet aus seinem Rücken, von hinten kam, blitzschnell reagierte. Wozniak war ein Verzweifelter, der einen Außenstehenden nur deshalb um Hilfe bat, weil er keinen Ausweg mehr wußte – weil er hilflos und allein war. Es war diese Einsamkeit, die Sembritzki mit Wozniak verband. Sembritzki kannte sie nur zu gut – bei allen Einsätzen als Agent hatte sie ihn überfallen.

So waren sie denn eine halbe Stunde später in Wozniaks Fiat gemeinsam fortgefahren; Sembritzki hatte das Bücherpaket mitgenommen, das ihm seine Tante hinterlassen hatte. Kristina war irgendwie erleichtert und beinahe fröhlich gewesen. Und je länger die Fahrt dauerte, desto mehr spürte Sembritzki die Maßstäbe in seinem Innern sich verschieben; er begann zu notieren, daß er nicht mehr wie ein gewöhnlicher Tourist reagierte, daß vielmehr seine alte Neugierde wach wurde, sein Blick für Einzelheiten, für das kleine, überraschende Detail, für das Touristen auf ihrer Suche nach dem lohnenden *großen* Eindruck und den plakativen Klischees, die man nie vergißt, einfach kein Gespür haben.

Mit einem Male war er wieder bereit, was er als Erfahrung mit sich trug, in Frage zu stellen. Auf seinem Weg, unterwegs nach Krakau, begannen bekannte Städtenamen wie Oppeln, Gleiwitz, Beuthen und Kattowitz, Fixpunkte einer ehemalig deutschen Landschaft, sich langsam aufzulösen, und wie in einem Dämmerzustand glitten sie vorbei: Opole – Gliwice – Bytom – Katowice. Die Begriffe der eigenen Sprache waren ihm entschwunden.

Mit geschlossenen Augen fuhr er dösend immer tiefer ins Innere dieses ihm fremden Landes hinein. Nur die Schlaglöcher auf der Landstraße und häufiger noch in den Städten ließen ihn aus seinem Zustand aufschrecken.

Gesprochen wurde wenig. Wozniak und Kristina wechselten an und ab ein paar schnelle Worte, meistens wenn vor oder hinter ihnen ein ganz gewöhnlich aussehendes Auto auftauchte, das aber die zwei verräterischen Anfangsbuchstaben MO im Nummernschild aufwies. MO – Milicja Obywatelska – Bürgermiliz.

Erst als sich links und rechts fast geometrisch formierte kleine Berge aufbauten, als die Hochkamine wie Finger von dem verdämmernden Horizont aufragten, als Fördertürme wie mittelalterliche Wehrtürme herrschten, die Straßen noch holpriger wurden, die Gebäude noch abweisender und düsterer, da taute Sembritzki langsam wieder auf. Und plötzlich war die Apathie, die von ihm Besitz genommen hatte, wie abgefallen.

»Krakow«, sagte Wozniak gegen zehn Uhr nachts mit einem Unterton, der voller Stolz schien. Und es kam Sembritzki in den Sinn: Irgendwo hatte er gelesen, daß man mit dem Betreten der Stadt Krakau sozusagen ins Zentrum der polnischen Innerlichkeit vorstoße.

»Hotel Francuski!«

Sembritzki zuckte mit den Schultern. Er kannte sich in Krakau nicht aus. Er kannte diese Stadt nur von Bildern, er hatte Bücher und Fotobände konsultiert. So fremd wie in Krakau war er im Osten noch nirgendwo gewesen.

»Ich habe da ein Zimmer für Sie reservieren lassen, Herr Sembritzki!«

»Wie liebenswürdig, Herr Wozniak. Für wie lange – wenn ich fragen darf!«

»So lange Sie wollen!«

»Nach Ostern fahre ich in die Schweiz zurück!«

Darauf gab Wozniak keine Antwort. Er hielt vor dem langen klotzigen Gebäude des *Hotel Francuski* in unmittelbarer Nähe der alten Stadtmauer und ließ Sembritzki aussteigen. »Gute Nacht. Ich werde mich morgen bei Ihnen melden.«

Sembritzki reagierte nicht. Er nickte Kristina kurz zu und betrat das Hotel; in der rechten Hand trug er die Reisetasche, unter den linken Arm hatte er das Paket mit den Büchern geklemmt, die ihm seine Tante hinterlassen hatte.

Am Morgen blieb er nach dem Aufwachen noch eine halbe Stunde liegen. Er blickte über die messingleuchtende Bettumrandung auf die verblichene rosafarbene Tapete. Der Tüllvorhang blähte sich leicht. Im Hinterhof sang eine Frau, schepperte ein Abfalleimer, wurde eine Tür zugeschlagen. Es waren ihm vertraute Geräusche, die hier in Krakau jedoch fremdartig klangen, als ob sogar Lärm ein fremdes Idiom angenommen und sich alles noch so Bekannte ihm entfremdet hätte. Draußen die fürstliche Treppe, die sich auf dem ersten Absatz großzügig nach beiden Seiten teilte, schien ihren aristokratischen Schwung eingebüßt zu haben, nur noch Relikt einer reicheren Zeit, als Krakau unter dem k. u. k. Einfluß Österreichs gestanden hatte. Er konnte die Gedanken über solch enervierende Wandlungen und Veränderungen einfach nicht abschütteln . . .

»Eine Nachricht für Sie!« flüsterte ihm die Concierge zu, als er nach dem Frühstück das Haus verlassen wollte.

»Marienkirche« stand auf einem zusammengefalteten Stück Papier, das hastig aus einem Notizbuch herausgerissen worden sein mußte. Wozniak! Wer sonst! Wozniak hatte ihm die nächstliegende touristische Sehenswürdigkeit vorgeschlagen, und warum nicht? Sembritzki hatte ohnehin vorgehabt, dieses Gotteshaus aus dem 14. Jahrhundert zuallererst zu besuchen, um endlich den berühmten Flügelaltar seines Landsmannes Veit Stoß mit eigenen Augen zu sehen. Veit Stoß – die Stadt an der Weichsel, deren Anziehungskraft schon früher ungeheuer gewesen sein mußte, hatte ihn einfach polonisiert: Wit Stowsz hieß er hier inzwischen. Eine Annektion: Veit Stoß = Wit Stowsz. Konrad Sembritzki = ? Welche Gleichung hatte man für ihn in der Hinterhand? Sembritzki – widerstandlos fügte sich sein Familienname bereits in die alte Heimat ein.

Als er schließlich aus der düsteren Florianska auf den weiten Marktplatz hinaustrat, dessen sich die Sonne mit geradezu südländischer Kraft bemächtigt hatte, holte ihn der Westen ein weiteres Mal ein. Wohin er schaute – italienische Renaissance! Alles war wie im Traum: In diese Phantomstadt hatte sich kaum ein Mensch verirrt, nur Tauben plusterten sich in graublauen Schwärmen und gurrten. Wohin hatte er sich zurückbewegt? Ein beinahe verlassener Platz, von den langgestreckten Tuchhallen in zwei Teile getrennt und beherrscht von den beiden ungleichen gewaltigen Türmen, deren einer mit einer goldenen Krone gefaßt war. Elf Uhr! Und wie vor über siebenhundert Jahren blies der Turmwächter seine wehmütige Melodie über die Stadt: *Hejnal Mariacki.* Zu jeder vollen Stunde erinnerte der Trompetenruf an jenen Tag, als während der Belagerung der Stadt durch die Mongolen der Turmwächter mitten im Spiel vom Pfeil eines Feindes getroffen worden war, und auch an diesem Tag brach der Bläser plötzlich seine Melodie ab, und die unten horchten, waren mit ihren Sehnsüchten und Gedanken allein.

Da war etwas nicht zu Ende gedacht und nicht zu Ende gelebt. Und Sembritzki kam es vor, als ob er selbst hier im Osten etwas zurückgelassen habe, was noch seiner Erfüllung harrte.

Melancholie ist ein Zeichen dafür, daß man in seinem Leben etwas verpaßt hat – im Nachhall der unerfüllten, traurigen Melodie des Turmwächters holten Bartels' Worte ihn ein. In der Marienkirche – war das nicht ein typisch polnischer Treffpunkt? Sembritzki tastete nach dem Madonnenmedaillon in seiner Jackentasche, als er sich durch den Windfang zwängte.

Kosciol Mariacki!

Ein gewöhnlicher Werktag. Doch da war ein Kommen und Gehen, ein Schlurfen und Füßescharren, Absätze hallten auf dem Steinboden, Gebete wurden gemurmelt, wie schwarze Schemen tauchten Priester aus Nischen und Türen auf, wurden von der Menge verschluckt, traten wieder hervor und lösten sich irgendwo in der Düsternis von Rundbögen und Seitenaltären auf. Und immer neue Menschen drängten nach, darunter viele junge Männer. Mehr noch als diese äußere Geschäftigkeit aber war es eine unsichtbare Welle aus Weihrauch, mehrfach gebrochenem Licht und monotonem Gemurmel, die alle Sinne gleichzeitig ins Schwingen brachte. Sembritzki wurde Teil dieser großen Bewegung, die nach vorn drängte, dorthin, wo im Allerheiligsten Wit Stowsz seinen blaugoldenen Himmel geschaffen hatte, den Madonnenaltar. Da stand die Heilige Jungfrau als gleißende Sonne im Zentrum ihres Universums, Bündel von Strahlen schossen in alle Richtungen, auch erdwärts, wo sich die Heiligen drängten. Heilige? dachte Sembritzki. Einfache Bürger waren es, obwohl sie in goldene Gewänder gehüllt waren. Da hatte Veit Stoß überzeugend Himmel und Erde verstrebt, indem er Männer aus Krakau, Köpfe aus dem Leben der Zeit, in den Altar eingebaut und so die Gleichung von Pole und Katholik im Bilde greifbar gemacht hatte.

Da wurde sich Sembritzki bewußt, daß er der einzige Mensch zu Füßen des Altars war, der aufrecht dastand. Um ihn her knieten die Gläubigen oder machten rasch einen tiefen Knicks. Sie bekreuzigten sich und gingen leise davon.

Als Sembritzki sich langsam und widerstrebend auf die Knie niederließ, überlegte er, daß trotz allem, was er in diesem Augenblick erlebte, diese beinahe diesseitige Madonna des Veit Stoß nicht den magischen Sog ausübte wie die Schwarze Madonna von Tschenstochau, die ihren Ursprung wahrscheinlich irgendwo im Osten hatte und nicht in Schwaben. Die Schwarze Madonna, so schien es ihm, war ein Wesen, auf das zuzuträumen der Inhalt eines ganzen Lebens werden konnte.

»Du mit deinen Ostsehnsüchten und unseligen Verstrickungen!« Wieder kam ihm ein Satz Bartels in den Sinn, und er gestand sich ein, daß ihn Frauen eigentlich immer fesselten, solange sie Bild waren, Wesen wie im kostbaren Goldkranz der Madonna von Czestochowa, Brennpunkt einer unendlichen Sehnsucht.

Und als sich Sembritzki dann beinahe verschämt aus den gleißenden Lichtbündeln der Krakauer Madonna stahl, wurde ihm deutlich, daß er hier vorübergehend jeden Gedanken an einen möglichen Verfolger oder Beschatter verdrängt hatte.

»Konrad Sembritzki!«

Es war eine Männerstimme hinter ihm, die ihn aufschreckte. Doch es war nicht Wozniaks Stimme. Sembritzki blieb regungslos stehen. Dann spürte er kurz die Hand des Fremden auf seiner Schulter und hörte die geflüsterten Worte: »Knien Sie neben mir!«

Sembritzki suchte in die interessierte Pose des Touristen zurückzufallen, als er sich halbwegs umwandte und dem Mann nachschaute, der sich in eine Bankreihe zwängte, und obwohl er bereits im Schatten eines gewaltigen Pfeilers kniete, erkannte er ihn sofort wieder. Selbst kniend war er ungewöhnlich groß; mit seinem schwarzen Vollbart wirkte er fast wie das lebendige Modell eines jener Krakauer Bürger, die Stoß zu Füßen der Maria zu Heiligen gemacht hatte.

Zdenec!

Es lag Jahre zurück. In Prag war es gewesen, in einer Wohnung am Stadtrand. Dieser Mann war es gewesen, der Sembritzki vor Jahren in Prag in Evas Wohnung empfangen hatte, in der Wohnung jener Frau, die Sembritzki einmal geliebt hatte.

Es war wohl der Versuch gewesen, diese absterbende Liebe wieder zu beleben, der ihn dazu gebracht hatte, Eva in ihrer konspirativen Umgebung aufzusuchen, die unter dem Decknamen »Hussiten« im tschechischen Untergrund als Friedensbewegung wirkte.

Langsam näherte sich Sembritzki der Bankreihe, in der Zdenec kniete. Ja, es bestand kein Zweifel. Er war es! Mit gesenktem Blick kniete er da, nur seine gewaltigen gefalteten Hände, die das dunkelbraune Holz umklammerten, als ob sie es zerdrücken wollten, zeugten von seiner inneren Spannung.

»Zdenec!« flüsterte Sembritzki, als er sich neben ihm niederließ.

»Sie erkennen mich noch?«

Sembritzki nickte. Nur mühsam unterdrückte er die Bilder, die ihn bedrängten: die Bilder von seiner Flucht aus Prag, quer durch Böhmen an die tschechisch-deutsche Grenze, in Begleitung des gekauften Mannes Havas, der ihm als Pfadfinder gedient und ihm den Rücken freigehalten hatte.

Sembritzki schaute Zdenec verstohlen von der Seite an. Zdenec mußte wissen, ob Eva in Gefangenschaft war oder in Freiheit lebte, Eva – die Frau, die er – und mit ihr seine verstummende Liebe – damals geopfert hatte, um selbst heil über die Grenze zu kommen. Er hatte die Hoffnung nie aufgegeben, daß sein Verrat ohne Folgen geblieben sei, daß Eva und ihre Organisation, der ja auch Zdenec angehörte, überlebt hatten. Zdenecs Anwesenheit gab ihm neue Hoffnung.

»Sie haben die Papiere ausgehändigt«, flüsterte Zdenec plötzlich, als ob er Sembritzkis Gedanken erraten hätte.

»Er hätte mich sonst erschossen!«

»Sie waren bewaffnet!«

»Ich habe ja auch geschossen, Zdenec!«

Eingehüllt in die Atmosphäre der Kirche, in diese Mischung von Unterwerfung, Verzückung und Hingabe, fühlte Sembritzki sich selbst in die Rolle des Beichtenden gedrängt, aus der er sich kaum mehr zu befreien vermochte.

»In einer halben Stunde unten an der Weichsel, Herr Sembritzki. Unterhalb des Wawel!«

Sembritzki nickte. Er war froh, sich endlich erheben zu dürfen, emporzutauchen aus dieser Woge, die ihn mit Schuld bedrückte, anstatt ihm jene Erlösung nahezubringen, die der Altar doch anzubieten schien.

Als Sembritzki auf den Marktplatz hinaustrat, verklang eben der Mittagsruf des Trompeters auf dem Turm, und noch ganz in seinen Erinnerungen und Bildern einer abgelebten und wiedererstandenen Zeit verstrickt, bemerkte er den Mann nicht, der von einem Tischchen des Straßencafés unter den Arkaden der Tuchhallen zu ihm herüberschaute. Gedankenverloren ging er die prächtige Grodzka hinunter, durchquerte er die Altstadt von Norden nach Süden und erreichte endlich die Weichsel genau an der Stelle, wo der Fluß in fast rechtem Winkel seinen Lauf änderte. Dort, zu Füßen des gewaltigen Kalkfelsens, auf dem die polnischen Könige sich hatten krönen lassen und wo sie residierten, setzte er sich auf eine Holzbank und schaute auf den träge dahinfließenden Strom, der dem Auge an dieser Stelle wenig Reize bot. Die Uferanlagen waren schmucklos; das andere Ufer zeigte die trostlosen Fassaden von Neubauten und Fabrikgebäuden. Krakau war zwar an den Fluß gebaut worden, und trotzdem lebte die Stadt ganz aus ihrem mittelalterlichen Kern heraus und schien den Fluß nur als eine Art zweiter Stadtmauer zu akzeptieren.

»Sie müssen uns helfen, Herr Sembritzki!«

Beinahe lautlos hatte sich Zdenec ihm genähert und sich in einigem Abstand zu Sembritzki auf die Bank gesetzt.

»Wie käme ich dazu?«

Zdenecs monotone Stimme antwortete leise: »Sie haben eine Schuld abzutragen!«

»Ich bin als Tourist hier«, gab Sembritzki verstockt zurück, griff nach einem kleinen Stein auf dem Uferweg und warf ihn in hohem Bogen in den Fluß.

»Sie haben Geheimdiensterfahrung!«

Sembritzki zuckte mit den Schultern.

»Was wollen Sie mit meiner Geheimdiensterfahrung, Zdenec? Wenn ich mich recht erinnere, gehören Sie einer friedlichen Bewegung in Prag an. Wollen Sie sich einen Spion als Söldner kaufen?«

»Wir haben Kontakte zu Soli-Leuten aufgenommen!«

Sembritzki schlug die Beine übereinander.

»Habe ich mir gedacht. Wozniak und Sie stecken unter einer Decke.«

»Irgendwo gibt es eine undichte Stelle, Sembritzki!«

»Das hat mir schon Wozniak mitgeteilt!«

»Also?«

»Die Informationen über mich stammen von Ihnen?« fragte Sembritzki.

»Am Mittwoch vergangener Woche haben die polnischen Sicherheitsbehörden in Warschau zwei Mitglieder der pazifistischen Bewegung ›Frieden und Freiheit‹ festgenommen!«

Zdenec hatte eine eigene Marschroute.

»Und?« fragte Sembritzki betont gleichgültig.

»Jacek Czaputowz und Piotr Niemcyk«, fuhr Zdenec leise fort. Zum erstenmal drehte er den Kopf und schaute Sembritzki von der Seite an.

»Ich kenne die beiden nicht!« Sembritzki zwang sich, geradeaus zu sehen.

»Freunde, Herr Sembritzki. Unsere Freunde und vor allem auch Freunde der Leute um Wozniak.«

»Evas Freunde?«

Endlich hatte Sembritzki den Namen jener Frau über die Lippen zu bringen vermocht, die er einst geliebt und dann in purer Selbstbehauptung geopfert hatte.

»Auch Evas Freunde!«

»Was ist mit Eva?«

Sembritzki nahm den feuchtgeknatschten Zigarillo, den er sich eben erst zwischen die Zähne gesteckt hatte, wieder aus dem Mund und drehte ihn nervös zwischen Daumen und Zeigefinger hin und her. Wütend über sich selbst und die Welt, die ihn nicht in Ruhe ließ, warf er ihn in die Weichsel. Eine Frau mit Kinderwagen ging vorbei. Ein kleiner brauner Hund schnupperte an Sembritzkis Hosenbein. Und ein Mann in einer grauen Kunstlederjacke blieb ganz in der Nähe von Zdenec und Sembritzki dort stehen, wo die Böschung zum Fluß hinunter abfiel, und steckte die Hände in die Hosentaschen.

Zdenec faßte nach Sembritzkis Arm, drückte ihn kurz am Ellbogen und beugte sich zu ihm herüber.

»Heute abend an derselben Stelle, neun Uhr. Weiteres über Eva. Und Ihre Antwort. Bitte«, flüsterte er und erhob sich rasch. Sembritzki blickte ihm nach, wie er mit großen Schritten am Ufer entlang ging, dann kurz entschlossen links abbog und ins Stadtzentrum zurückmarschierte. Sembritzki blieb noch lange sitzen, so lange, bis der Mann an der Böschung sich endlich umdrehte, mit völlig ausdruckslosem Gesicht einen Blick auf Sembritzki warf und dann den Weg nahm, den Zdenec gegangen war. Als Sembritzki eine halbe Stunde später ins Hotel zurückkehrte, wartete Kristina auf ihn.

»Mein Chef . . .«, begann sie zögernd. Sembritzki bemerkte auch diesmal die Röte, die ihr bei der Erwąhnung dieses Mannes ins Gesicht stieg.

»Professor Baranczak«, ergänzte Sembritzki lächelnd. »Und?«

»Er würde dich gerne kennenlernen!«

»Ach?«

Kaum hatte Wozniak ihn auf Baranczak als möglichen Maulwurf im Solidarnosc-Bau hingewiesen, ging der Verdächtige bereits in die Offensive. Sembritzki war irgendwie verärgert über die Schnelligkeit, mit der in Polen Informationen liefen.

»Woher weiß Professor Baranczak, daß ich in Krakau bin?«

Kristina war verlegen. »Ich habe es ihm gesagt, Konrad. Ich habe ihm schon von dir erzählt, als Mutter im Sterben lag und dich bat herzukommen!«

»Du benutzt mich als Weißwäscher, Kristina!«

»Nicht als Weißwäscher, Konrad. Ich meinte, du könntest Professor Baranczak . . .«

»Von jedem Verdacht befreien!« fiel ihr Sembritzki ins Wort. »Und zu diesem Zweck hast du allen alles gesagt, was es zu sagen gibt. Du hast Baranczak von meiner Reise nach Wrozlaw erzählt. Dasselbe hast du auch Wozniak gesagt. Wem noch?«

»Nein, Konrad. Niemand sonst!«

Sembritzki sah sie scharf an. »Zwei genügen!«

»Bitte!« Sie biß sich auf die Lippe.

»Wann?« fragte Sembritzki und wußte genau, daß er sich mit dieser weiteren Frage bereits halbwegs zum Partisanen Wozniaks und auf eine gewisse Weise auch Kristinas machte.

»Halb neun Uhr«, erwiderte sie rasch. Sembritzki konnte ihre Erleichterung spüren.

Sembritzki schüttelte den Kopf. »Halb zehn! Ich habe vorher . . .« Er brach den Satz ab.

»Halb zehn«, wiederholte Kristina, ohne zu fragen, was er denn in der von ihr vorgeschlagenen Zeit vorhatte.

»Und wie komme ich zu der Ehre dieser Einladung, Kristina?« fragte er sie noch, während er sie zur Tür begleitete.

»Professor Baranczak ist Historiker. Sein Spezialgebiet ist das Mittelalter. Und er hat sich auf die Geschichte der Medizin spezialisiert.«

»Welch schöner Zufall«, murmelte Sembritzki, aber Kristina schien den spöttischen Unterton zu überhören.

»Ein großartiger, ein gebildeter, feinfühliger Mensch. Aber du wirst ja . . .«

Sie mußte wohl gemerkt haben, wie ihre Stimme weich und schmelzend wurde. Sie brachte den Satz nicht zu Ende.

»Halb zehn Uhr!«

Sembritzki schüttelte ihr kurz die Hand und sah ihr ein Weilchen nach, bevor er sich umdrehte. Und dann sah er die Frau an der Bar. Er sah nur ihren Rücken, eine schwarze Wolljacke, langes schwarzes Haar, das sich farblich kaum vom Stoff abhob. Es war eigentlich nicht die Frau, die ihn gefangennahm, er sah ja nicht einmal ihr Gesicht; es war das ungerahmte Gemälde, das einen weiblichen Akt zeigte – ebenfalls in Rückenansicht. Er zögerte. Es widerstrebte ihm, sich einfach neben diese Frau zu setzen, die sich ihm gleich zweifach, einmal nackt und einmal bekleidet, von hinten zeigte. Aber bot sie ihm mit dem unverhüllten Bild nicht einen Anknüpfungspunkt? Steckte Absicht dahinter?

Er machte ein paar Schritte auf sie zu, blieb jedoch unschlüssig stehen.

»Ja, ich *bin* Malerin.« Sie hatte sich nicht einmal umgedreht. »Das wollten Sie mich doch fragen.«

Da merkte Sembritzki überhaupt erst, daß sie ihn in der spiegelnden Wand hinter der Glaswand der Bar beobachtet hatte.

»Das hätte ich nicht gefragt, weil mir die Frage zu plump erschienen wäre«, entgegnete er und setzte sich auf den Barstuhl neben sie. Er versuchte, sie möglichst unauffällig von der Seite her anzuschauen.

»Sie können mich viel besser in den Spiegelflächen betrachten!« Sie sagte das ganz sachlich.

Sembritzki bestellte bei der jungen Serviererin im zeitfremden Minirock ein Bier. Er wartete, bis sie dann wieder verschwunden war. »Sie scheinen ja gerade auf mich gewartet zu haben«, sagte er endlich und prostete ihr zu, ohne sich ihr zuzuwenden. Er konnte im Spiegel beobachten, wie sie ihren Martini gleichzeitig an die Lippen setzte.

»Ausländer? Deutscher?« fragte sie. Es war Sembritzki gar nicht aufgefallen, daß sie ihn von Anfang an auf deutsch angesprochen hatte. Sie sprach es mit durchaus polnischem Akzent, und auch die charakteristische singende Satzmelodie war nicht zu überhören.

»Deutscher! Aber das wußten Sie ja sowieso!«

»Ich habe es Ihnen angesehen! Als Malerin bin ich eine gute Beobachterin!«

»Und Sie können vom Malen leben?«

Sie schüttelte den Kopf. Sie wandte sich ihm zum ersten

Male zu. Sembritzki war irritiert und wußte nicht weshalb. Das Gesicht erinnerte ihn an jemand.

»Nein, vom Malen kann ich nicht leben. Zwar verkaufe ich ab und zu ein Bild. Zum Beispiel hier im Hotel. Manchmal finde ich einen Käufer, wenn ich draußen an der Stadtmauer ausstelle. Doch mein Geld verdiene ich auf andere Weise.«

»Wie denn?« fragte Sembritzki schnell. Er war überrascht, als er auf die indiskrete Frage gleich eine Antwort erhielt.

»Ich bin als Sekretariatsmitarbeiterin in den Salzbergwerken von Wielicka tätig.«

Sie stand auf, legte ein paar Geldscheine auf den Tresen und nickte ihm einmal kurz zu.

»Auf Wiedersehen!«

»Auf Wiedersehen.« Sembritzki schaute ihr nach, wie sie, das Bild unter dem Arm, durch die Halle ging und auf die Straße hinaustrat. Er wußte nicht, was er von der Begegnung halten sollte. Einen Augenblick lang hatte er anfangs das Gefühl gehabt, daß sie hier auf ihn gewartet hatte, aber sie war zu rasch aufgebrochen, und sie hatte kein wirkliches Interesse an ihm gezeigt.

Es war bereits kurz vor acht Uhr, als Sembritzki das *Francuski* verließ. Er hatte eine Weile geschlafen, hatte dann lange am Schreibtisch gesessen und die Fotokopie studiert, die ihm Bartels mitgegeben hatte: das Monster von Krakau, vor allem die Hunde- und Schweineköpfe, die aus Brust, Knie und der Ellbogenbeuge des Ungeheuers herauswuchsen; auch auf seinem fetten Bauch waren Augen und der Ansatz zu Nase und Mund zu erkennen. Eine Reihe von Assoziationen schossen Sembritzki durch den Kopf, als er sich bemühte, dies mittelalterliche Flugblatt mit der Person in Beziehung zu bringen, die es ihm mitgegeben hatte: Bartels war Buchhändler; er war ein äußerst belesener und gebildeter Mann; zudem war er Agent eines Geheimdienstes, ein Mann, der Codes und verschlüsselte Botschaften zu lesen verstand. Hatte er die Gedanken Sembritzkis möglicherweise so in eine bestimmte Richtung lenken wollen, weil er von höherer Stelle den Befehl bekommen hatte, gewisse Informationen, die vermutlich Polen betrafen, einem Mitarbeiter vorzuenthalten, der als nicht besonders zuverlässig galt und durch Alleingänge mehrmals unangenehm aufgefallen war?

Vielleicht würde er die Antwort bei dem Antiquar finden, dessen Adresse Bartels ihm mitgegeben hatte: Sterecki – Szszepanska; die beiden Worte, wie auch die Namen der Solidarnosc-Leute in Krakau, hatte sich Sembritzki eingeprägt.

Vor seinem zweiten Zusammentreffen mit Zdenec hatte er sich also auf die Suche nach der Krakauer Straße mit ihrer Ballung von Zischlauten gemacht. Als er die Florianska hinunterging, schaute er sich vorsichtig um. Obwohl er aber wieder hellwach war, vermochte er keinen mutmaßlichen Beschatter auszumachen. Das Pflaster der Straße glänzte matt; es hatte leicht geregnet. Eine alte Frau schlurfte an ihm vorbei, sie trug zwei lumpige Mäntel übereinander und hielt eine Plastiktasche in der einen, in der anderen Hand einen bunten Regenschirm, dessen Metallgerippe in die Luft stach. Ein Weilchen später überholten ihn zwei junge Männer und ein salopp gekleidetes Mädchen.

Für Sembritzki schien sich niemand zu interessieren. Aus keinem Hauseingang, keiner Tordurchfahrt lösten sich unversehens Schatten. *Antykwariat* stand in goldenen altertümlichen Buchstaben über dem kleinen Laden; das Schaufenster war von einem Rundbogen aus dunkelgrün gestrichenem Stahl gerahmt, das mehrfach unterteilte Glas der Scheibe wie ein Kirchenfenster von schmalen dunkelgrünen Eisenstäben gefaßt. Auf der hohen schmalen Türe links vom Eingang stand in den gleichen goldenen Lettern wie über dem Schaufenster, nur etwas kleiner, *Otwarte 11–19.*

Der Laden war geschlossen. Als Sembritzki durchs Glas der Ladentür und dann durchs Schaufenster ins Innere des Antiquariats zu spähen versuchte, fiel ihm in der Auslage ein Buch auf, das allem Anschein nach beinahe verschämt zwischen die übrigen ausgestellten Bände geschoben worden war. Es war aufgeschlagen – die erste Seite – und lag eingeklemmt zwischen zwei Bildbänden über Krakau und einem vergilbten, fleckigen Buch, das groß den Namenszug »Ianacek« trug. Und wenngleich Sembritzki die polnischen Worte nicht entziffern konnte, die da in Gedichtform gereiht waren, so halfen ihm doch die Überschrift des Textes der aufgeschlagenen Seite, »Przednova«, also »Vorwort«, und der Name des ihm vertrauten Autors, den Inhalt kannte er, er konnte sich an die ersten Zeilen des Gedichts erinnern, das Czeslaw Milosz bei Kriegsende hier in Krakau verfaßt hatte: »Du, den ich nicht habe retten können, höre mich an. Begreif diese schlichte Sprache, denn der anderen schäme ich mich. Ich schwöre, es gibt keinen Zauber der Worte in mir. Ich rede schweigend zu dir, wie die Wolke oder der Baum . . .«

Die Fortsetzung wollte Sembritzki nicht mehr einfallen, so sehr er sich bemühte, dem Schriftbild folgend, aus dem gestanzten Rhythmus die vergessenen Verse in Erinnerung zu bringen. Der letzte Satz aber, an den er sich noch hatte erinnern können, ließ ihn nicht mehr los: »Ich rede schweigend zu dir, wie die Wolke oder der Baum.«

Sembritzki hörte harte Schritte in seinem Rücken und wandte sich vom Schaufenster ab. Heute würde er den Besitzer des Antiquariates nicht mehr antreffen. Er fühlte, wie der Mantel des Mannes ihn am linken Arm streifte, sah leicht schimmernd in der Nacht seine Wirbelglatze und merkte sich den schnellen, kurzen Schritt. Nicht einen Namen, kein einziges Gesicht, keinen Hinterkopf würde er von nun an mehr vergessen, alles sich einprägen, solange er zu bleiben hatte; denn je bekannter ihm die Menschen einer solchen Umgebung waren, desto mehr verloren sie für ihn an Beunruhigung und magischem Einfluß.

Sembritzki wartete, bis der Mann im Regenmantel fünfzig Meter von ihm entfernt auf den Marktplatz hinausgetreten war, lief ein Stück zurück und bog dann mit schnellen Schritten in die erinnerungsträchtige Jagiellonska ein, die an den Hauptgebäuden der Universität vorbeiführte. Von einem der vielen Kirchtürme schlug es neun, als er die östliche Mauer des Wawel entlangging. An der Ecke blieb er eng ans Gemäuer gepreßt auf dem Rasen stehen und schaute zur menschenleeren Uferpromenade hinüber. Die Weichsel wirkte noch abweisender als am Nachmittag; nicht einmal die Lichter der vereinzelten Laternen, die sich im Wasser spiegelten, vermochten dem Fluß das Unheimliche zu nehmen. Ein weißes schmales Wolkenband hing am Horizont und erdrückte gleichsam die trostlose Vorstadt zwischen sich und dem bleiernen Fluß im Vordergrund.

Niemand ... Sembritzki ging weiter die Mauer entlang, streifte mit dem rechten Ärmel den schwer lastenden Efeu an der Stützwand. Er sog den Geruch von feuchten Blättern und feuchter Erde tief in sich ein, und für einen Augenblick meinte er sogar, das Wasser der Weichsel riechen zu können.

»Den Abschied von der Epoche hieltest du für den Anfang der neuen!« Es war die Anschlußzeile aus dem Gedicht von Czeslaw Milosz, das im Schaufenster des Antiquariats aufgeschlagen lag; ganz unverhofft war sie ihm plötzlich präsent, und er dachte eben darüber nach, als er ein eigenartiges dumpfes Geräusch vernahm, als ob jemand einen Stein ins Wasser geworfen hätte! Noch einmal! Die anschließende Stille war so unheimlich, daß Sembritzki die Weichsel zu hören glaubte, die die Böschung leckte. Am Horizont tauchte das Blinklicht eines Flugzeugs ins weiße Wolkenband ein. War das ein Stöhnen, das gleich wieder vom trägen Ruf eines Wasservogels überdeckt wurde? Als Sembritzki das dumpfe, echolose Geräusch ein drittes Mal hörte, krallte er sich mit seiner ganzen Kraft in die Stränge des Efeus an der Burgmauer und begann zu ziehen und zu zerren, so daß ein eigenartiges Geräusch entstand, ein Rauschen und Raspeln, und als er innehielt, um zu lauschen, ob er mit seinem akustischen Manöver irgend etwas ausgelöst hatte, sah er eine schattenhafte Gestalt mit hastigen Bewegungen genau dort die Uferböschung hinaufkriechen, wo die Weichsel ihren Lauf in rechtem Winkel änderte.

»Stoj!«

Sembritzki schrie den Haltruf in die Nacht hinaus und setzte sich in Bewegung. Einmal richtete sich die Gestalt kurz auf; Sembritzki war noch etwa hundert Meter von ihr entfernt, als sie sich abwandte und halb gebückt durchs Gras und über die Stufen hetzte. Zwischen den kahlen Baumstämmen flatterte eben noch der Mantel, dann sprang auch schon irgendwo in der Dunkelheit ein Motor an.

Sembritzki begann zu laufen. Als er die Stelle erreichte, wo die flüchtige Gestalt die Böschung hinaufgekrochen war, sah er ihn: Zdenec! Zdenecs Körper lag im Wasser, ging jedoch, obwohl er so bewegungslos wie ein angekettetes Schiff wirkte, eigenartigerweise nicht unter. Sembritzki starrte die weitaufgerissenen Augen an, den Mund, der in der Grimasse des Lachens gefroren schien. Und jetzt sah er auch, warum der Tote nicht im Wasser versunken war: Der Körper lag quer über einer Kette, die zwischen einer leise schaukelnden Boje aus gelbem Hartgummi und einem kleinen Ruderboot gespannt war; und weil das Wasser des Flusses in diesem Knick nicht der Strömung unterworfen war, sondern gleichsam an Ort und Stelle unentwegt kreiste, wurde der Leichnam nicht abgetrieben.

Sembritzki kletterte vorsichtig über die Böschung und hielt sich dabei an feuchten Grasbüscheln fest, um nicht abzurutschen. So sehr er sich aber auch reckte, trotz aller Anstrengung gelang es ihm nicht, den Körper Zdenecs zu fassen, und es blieb ihm nichts anderes übrig, als sich behutsam ins Wasser gleiten zu lassen. Mit einer Hand konnte er endlich einen Fuß des Tschechen packen und den Körper ruckweise zu sich herüberziehen. Sembritzki, halb auf der Böschung sitzend, halb sich gegen sie lehnend, die Füße bis zu den Knien im kalten Wasser, versuchte mit aller Kraft, den Leichnam neben sich aufs Gras hochzuhieven. Doch der gewaltige Körper und die mit Wasser vollgesogenen Kleider machten es ihm schwer. Mühsam nur schaffte er es, wenigstens den Oberkörper aufs Trockene zu zerren. Und so stand dann Sembritzki im Wasser, zwischen den geöffneten Beinen des Toten, und betrachtete ihn von vorn. Er sah den schwarzen Bart, der wie klebriger Tang am Kinn hing, und am Hals bemerkte er ein kleines Loch, aus dem ein wäßrig rotes Rinnsal sickerte. Als er die Jacke des Ermordeten auseinanderschlug, entdeckte er eng beisammen auf dem weißen Hemd die beiden anderen Einschüsse, in Höhe des Herzens.

»Ich rede schweigend zu dir, wie die Wolke oder der Baum.«

Vergeblich suchte Sembritzki in den Taschen nach einem Zeichen, nach einem Stück Papier, einem Dokument, einem Gegenstand, der für sich sprechen würde. Aber der Mörder hatte alles mitgenommen, was eine schnelle Identifizierung möglich gemacht hätte, alle Hinweise auch auf Verbindungen und Kontakte in Krakau. Sembritzki ließ die dünne Goldkette, die Zdenec um den Hals trug, durch die Finger gleiten, griff schließlich hinten in den Kragen, und da spürte er etwas. Ein kleines ovales Gehäuse. Mit klammen Fingern löste er den Verschluß der Kette vom weichen Fleisch. In seiner geöffneten steifen Hand lag das aufgeklappte Gehäuse. Es war nicht die Madonna von Tschenstochau, die ihm entgegenblickte, *nicht der heilige Wenzel, nicht Ludmila.* Es war Eva!

Sembritzki ließ Kette und Medaillon in die Tasche gleiten und kletterte mühsam wieder die Böschung hoch. Eine Weile saß er noch fröstelnd neben dem Mann, der das Bild jener Frau bei sich trug, die er einmal geliebt hatte, dann schob er mit letzter Kraft den schweren Körper ins Wasser. Er sah ihm nach, wie er eine Weile im tranigen Fluß dahintrieb, bis er in einem kleinen Wirbel lautlos versank.

Vom anderen Ufer drang das monotone Rattern eines unendlich langen Güterzuges herüber. Schon im Mittelalter hatten sich in Krakau die wichtigsten Handels- und Verkehrswege gekreuzt: der Strang von Prag nach Ruthenien bis an die Ostsee, der Weg, über den von Wieliczka aus das Salz der Salzbergwerke transportiert wurde, und die Route nach Westen, die über Wroclaw und Magdeburg geführt hatte. Im Schnittpunkt dieser aller Verkehrslinien hatte Zdenec seinen Tod gefunden.

5

Lange saß Sembritzki, nachdem er ins Hotel zurückgekehrt war, in seiner hohen Badewanne, regungslos, und wartete, daß sein erstarrter Körper endlich auftaute. Auf dem Rand der Wanne lag das geöffnete Medaillon und darin das Bild einer Frau, das sich im Dampf langsam verformte. Zdenec war tot und hatte Sembritzki nicht mehr sagen können, was mit Eva geschehen war. Kein Ablaß, dachte Sembritzki, als er sich endlich aus der Wanne quälte. Lange saß er an dem kleinen Schreibtisch und schrieb in immer neuen Varianten drei Namen auf den mit den Schriftzeichen des Hotels gekennzeichneten Notizblock. Er versuchte es in Blockschrift, dann in seiner eigenen Handschrift und schließlich mit verstellter Schrift: Jacek Czaputowz, Piotr Niemcyk. Diese beiden Namen hatte er sich eingeprägt. Zdenec hatte diese beiden Namen erwähnt und dazu bemerkt, daß zwei Männer mit diesen Namen am Vortag in Warschau verhaftet worden seien: wegen Mitgliedschaft in der pazifistischen Bewegung »Frieden und Freiheit«. Und diesen beiden Namen fügte Sembritzki nun den dritten hinzu: Zbigniew Kunysz. Sembritzki hatte den Namen auf seinem Rückweg vom Wavel an der Straße der Helden von Stalingrad, der Bohaterov Stalinradu, an einer Haustüre gelesen. Es war irgendein Name, und als Sembritzki ihn den beiden andern belasteten Namen anfügte, da war er sich auch bewußt, daß er einmal mehr im Begriff war, Schicksal zu spielen, irgendeinen Menschen zum Partikel in Plänen zu machen, von denen er mit Sicherheit nicht behaupten konnte, daß sie in dieser Welt etwas ändern würden. Sembritzki faltete den Zettel mit den drei Namen sorgfältig zusammen und steckte ihn in die äußere Tasche seiner Lederjacke. Das Medaillon mit Evas Bildnis versteckte er hinter dem Bett. Es war als Köder nicht geeignet, vor allem weil Sembritzki nicht wußte, was die eigenartige Zeichnung auf der Rückseite bedeutete, eine Art Kruzifix, das aber eher aussah wie ein *Schwert*, auf das eine Christusfigur geschlagen war.

»Herr Wozniak!«

Der Mann, der Sembritzki das Hotelzimmer reserviert hatte, blieb anonym und verschwunden, und Sembritzki mußte den Tod Zdenecs als Geheimnis mit sich herumtragen. Aber war es ein Geheimnis? Der Mörder, den Sembritzki unter den polnischen Geheimpolizisten vermutete, konnte die Nachricht bereits in Umlauf gesetzt und vielleicht auch das Signalement jenes Mannes durchgegeben haben, der sich so eingehend mit dem Toten am Fluß beschäftigt hatte, ohne jemanden zu benachrichtigen. Sembritzki als mutmaßlicher Mörder eines Fremden!

Dreimal ging er an Baranczaks Haus vorbei, um sich zu vergewissern, daß niemand den Eingang beobachtete, daß ihm auch niemand folgte. Der Historiker wohnte nicht weit von der Jagiellonska, dem Universitätsviertel, in einem schmalen Haus mit hohen Fenstern, über die sich auf allen Stockwerken ein Fries mit Blumenornamenten zog. Im zweiten Stock brannte noch Licht. Alle andern Fenster waren tot. Baranczak!

Mehr stand nicht auf dem kleinen weißen Emailschild, das auf der schweren, verzierten Türe angebracht war. Neben dem Klingelknopf stand er noch einmal. Sembritzki drückte die Klingel und wartete. Es dauerte keine Minute, bis im Treppenhaus Licht aufflammte; wenig später öffnete sich die Türe. Eine Kette klirrte leise.

»Es freut mich, Sie kennenzulernen, Herr Sembritzki!«

Das Deutsch war fehlerlos, doch wie bei Wozniak fielen Sembritzki auch hier die eigenartige Satzmelodie und die vielen Nasallaute auf, die sich völlig unangebracht unter die Konsonanten mischten.

Sembritzki nickte kurz. »Herr Professor Baranczak?«

»Baranczak. Zygmunt Baranczak! Wir sind ja sozusagen – Kollegen!«

Der großgewachsene Mann mit der Stirnglatze und dem weißen Haarkranz streckte die rechte Hand aus.

»Ich bin nur Antiquar, Herr Professor Baranczak! Ein Sammler von Dokumenten aus der Vergangenheit.«

»Was unterscheidet uns denn?«

Baranczaks graue Augen blinzelten Sembritzki vergnügt an. »*Ich* sammle Dokumente, *Sie* interpretieren sie!«

Sembritzki ergriff Baranczaks Hand und drückte sie kräftig.

»Niemand hindert Sie daran, Geschichte zu interpretieren, Herr Sembritzki!«

Er wandte sich um und ging Sembritzki voran über die graue Steintreppe nach oben. Sembritzki konnte den Blick nicht lösen von dem feinen Stoff der grauen Hosenbeine und den eleganten grauweiß karierten Socken, die bei jedem Schritt zwischen Hose und den glänzenden schwarzen italienischen Schuhen sichtbar wurden.

»Geschichte zu interpretieren, ohne über den gesamten wissenschaftlichen Hintergrund zu verfügen, ist fahrlässig, Herr Baranczak!« sagte Sembritzki im Rücken seines Gastgebers.

»Ein spannendes Abenteuer!«

Baranczak war auf dem ersten Treppenabsatz stehengeblieben und hatte sich Sembritzki zugewandt.

»Sie sind verspätet«, sagte er unvermittelt. »Frau Malek hat Sie für halb zehn Uhr angesagt!«

»Tut mir leid. Ich wurde aufgehalten!«

Baranczak drehte sich wieder um und ging wortlos weiter. Im zweiten Stock blieb er vor einer weißgestrichenen Tür stehen, deren obere Hälfte aus feingeripptem Milchglas bestand.

»Treten Sie ein!«

Ein taubenblauer Bauernschrank, mit Blumen und Blättern verziert. Ein stark nachgedunkeltes Stilleben mit einer geschossenen Ente. Zwei Faksimile von historischen Dokumenten aus dem Mittelalter hinter Glas. Ein ausladender Strauß von getrockneten Kornblumen und Weizenhalmen auf einem kleinen Halbmondtisch. Das waren die ersten markanten Gegenstände, die Sembritzki beim Betreten des großen Flurs auffielen. Und der Geruch fiel ihm auf, eine Mischung von Tabak und dezentem Herrenparfüm. All das vermittelte einen Eindruck von westlichem Wohlstand, so daß Sembritzki nicht wußte, wie er diesen schlanken, eleganten Mann, dessen Gesicht vom erhöhten Blutdruck gerötet war, einzuschätzen hatte. Nur eins war ihm sofort klar gewesen. Baranczak war eine beeindruckende Persönlichkeit; und er konnte verstehen, daß Baranczak Kristina so gut gefiel! Es waren aber nicht nur die männliche Erscheinung und beinahe französische Eleganz, die Baranczak vor allem für Frauen interessant erscheinen ließen; es war die feine Ironie, die in allem mitschwang, was er sagte. Ein hintergründiger Humor und so etwas wie Aufrichtigkeit klangen in seinem Lachen durch und nahmen Sembritzki für diesen Mann ein.

»Kristina?« fragte er endlich, als er seine Jacke ausgezogen hatte.

»Frau Malek ist nach Hause gegangen!« sagte Baranczak.

Die Antwort machte Sembritzki plötzlich bewußt, daß er nicht einmal wußte, wo in Krakau Kristina eigentlich wohnte.

»Bitte!«

Baranczak öffnete die Tür zu einem großen Raum, der von mindestens vier Lichtquellen erleuchtet wurde. Verwundert betrachtete Sembritzki die Tisch- und Stehlampen, eine Kombination von zeitgenössischem italienischen Design, Jugendstil und Biedermeier. Bücher, überall Bücher. Das war der zweite Eindruck.

»Bitte!« sagte Baranczak noch einmal und zeigte auf einen schwarzen lederbezogenen Sessel.

»Whisky? Wodka?«

Sembritzki lachte in sich hinein.

»Bier, bitte!«

Baranczak verschwand. Sembritzki fühlte eine große Müdigkeit in sich aufsteigen. Das Erlebnis am Fluß und das heiße Bad begannen nachzuwirken, so daß er es entgegen seiner Gewohnheit unterließ, die Titel der Bücher in den dunkelbraunen Holzregalen zu studieren. Er lehnte sich tief in seinen Sessel zurück und versuchte darüber nachzudenken, was er hier in der Wohnung dieses Gelehrten überhaupt suchte.

»Pils!«

Lautlos war Baranczak zurückgekommen. Er stellte zwei Bierflaschen auf ein kleines rundes Holztischchen, daneben zwei hohe, kelchartige Gläser, schenkte ein und setzte sich dann Sembritzki gegenüber in einen hohen Ohrensessel.

»Zum Wohl!«

Baranczak hob sein Glas und schaute Sembritzki über den Schaum hinweg lächelnd an. »Und willkommen in Krakau!«

»Zdowie pana!« antwortete Sembritzki und nahm einen großen Schluck.

Baranczak fuhr sich mit dem Zeigefinger ganz beiläufig über die Oberlippe, um den zurückgebliebenen Schaum abzuwischen.

»Es tut mir leid, daß Sie Ihre Tante nur noch tot angetroffen haben!«

Sembritzki zuckte mit den Schultern und schwieg.

»Darf ich rauchen?« fragte Baranczak.

»Natürlich!«

Baranczak griff nach einer Schachtel aus lackiertem Holz, öffnete sie beinahe feierlich und streckte sie Sembritzki auffordernd hin. Sembritzki schüttelte leicht den Kopf.

»Danke. Ich rauche nicht!«

»Ach so?«

Baranczak nahm sich mit einer merkwürdig behutsamen Bewegung eine lange Zigarre aus der Schachtel, hielt sie einige Augenblicke lang zwischen Daumen und Mittelfinger und drehte sie dann ganz nahe am rechten Ohr mehrmals hin und her. Sembritzki nahm einen zweiten Schluck. Er wartete. Baranczak ein Verräter!

Je länger Sembritzki darüber nachdachte, desto lächerlicher erschien ihm in der Gesellschaft dieses Mannes der Gedanke, Kriterien anzuwenden, wie sie beim BND oder bei den Soli-Leuten üblich waren. Um so überraschter war er, als Baranczak, nachdem er in einem umständlichen Zeremoniell seine Zigarre endlich angezündet hatte, unvermittelt in Sembritzkis Gedankengänge eingriff.

»Sie wissen, warum Sie hier sind, Herr Sembritzki?«

Sembritzki sah ihn entwaffnend an.

»Es gibt wohl verschiedene Möglichkeiten!«

»Zum Beispiel?«

»Kristina!« sagte Sembritzki lächelnd.

»Frau Malek, zum Beispiel!« Baranczak nickte. »Zum Beispiel«, wiederholte er. »Oder?«

»Mein Beruf, Herr Professor!«

Sembritzki suchte in seiner Tasche nach einem Zigarillo, schälte ihn dann behutsam aus seiner silberfarbenen Hülle und steckte sich ihn zwischen die Lippen. Baranczak hatte ihm wortlos zugeschaut, bevor er nachdenklich die Asche seiner eigenen Zigarre betrachtete.

»Ihr Beruf. Gewiß, Herr Sembritzki!«

Beide schwiegen. Eine Standuhr mit schwerem goldenen Perpendikel tickte laut. Sembritzki konnte das feine knisternde Geräusch hören, als Baranczak seelenruhig seine Zigarre zwischen den Fingern drehte.

»Sie kommen ungelegen, Herr Sembritzki!«

»Ach?«

Das hatte er doch schon einmal gehört. Bartels hatte es ähnlich formuliert. Ebenso der Mann in der Zentrale. Und Kürsteiner in den Pfälzer Weinstuben. »Osteuropa ist zur Zeit . . .« Ja, das war es gewesen.

»Verstehen Sie mich recht, Herr Sembritzki. Sie sind mir ein willkommener Gast, selbstverständlich. So war es nicht gemeint. Nur – « Er brach den Satz ab und griff nach dem Bierglas.

Sembritzki hatte verstanden. Baranczak wußte über ihn Bescheid. Entweder hatte ihn Kristina informiert oder er war intelligent genug, um herausgefunden zu haben, warum sich Kristina mit Wozniak getroffen hatte. *Daß* sie sich mit ihm getroffen hatte, würde sie ihm wohl gesagt haben.

»Nur – ?« Sembritzki nahm das Anfangswort des von Baranczak nicht vollendeten Satzes auf.

»Sie sind – privat hier?« fragte Baranczak unvermittelt.

Sembritzki nickte. »Die Tante!«

»Ihre Tante hat in Wroclaw gewohnt!«

Baranczaks Stimme hatte plötzlich einen schärferen Ton angenommen.

»Richtig, Herr Professor.« Sembritzki trank genüßlich einen Schluck Bier. Er hatte seine Antwort ganz bewußt ironisch klingen lassen, und ebenso bewußt wischte er sich mit einer geradezu ungeschickten Bewegung den Mund ab, an dem es gar nichts abzuwischen gab, weil er die so überaus zurückhaltend vornehme Art seines Gastgebers unterlaufen wollte.

»Also? – Warum sind Sie dann in Krakow?«

»Auf der Suche nach dem Monster.«

Sembritzki war erstaunt, welche Reaktion dieser Name bei Baranczak ausgelöst hatte. Baranczak war im Gesicht dunkelrot angelaufen. Für einen Augenblick verzog sich sein Mund, und da wurde eine Reihe leicht gebräunter Zähne sichtbar, die gar nicht zu Baranczaks sonst so perfekter Erscheinung passen wollte. Doch schon hatte Baranczak sich wieder gefangen. Daß die Zigarrenasche, die durch eine heftige Bewegung abgefallen war, auf seinem Hosenbein zerbröselte, merkte er nicht.

»Entschuldigen Sie, Herr Sembritzki. Sie haben da an ein Stück unbewältigter Vergangenheit gerührt. Es wird ohne Absicht geschehen sein, wie ich annehme!«

Sembritzki sagte kein Wort, Baranczak wartete und warf dann mit einem leichten Lächeln ein: »Natürlich weiß ich, was das Monster von Krakau ist, Herr Sembritzki.«

»Eben!«

Die Reaktion Baranczaks hatte Sembritzki hellwach gemacht. Zdenecs Tod hatte er völlig vergessen.

Baranczak stand auf, ging auf dem hochflorigen Teppich lautlos durch den Raum, trat aufs Büchergestell zu und kam dann mit einem weiß gebundenen Buch zurück.

»Hier, Herr Sembritzki!«

Sembritzki blickte auf das ihm bereits vertraute Wesen, das

ihn aus dem aufgeschlagenen Buch mit flammenden Augen ansah.

»Das Monster von Krakau«, sagte er ausdruckslos und lehnte sich wieder in seinen Sessel zurück. Was würde darauf Baranczak sagen? Würde er in der Rolle des Wissenschaftlers verharren oder in jenen Bereich ausschwärmen, in dem auch Bartels und Konsorten sich heimisch fühlten?

»Sie kennen sich aus, Herr Sembritzki?«

»Nicht in dem Maße, wie ich es mir wünschte, Herr Professor. Vielleicht, daß Sie mir einige zusätzliche Informationen –?«

Baranczak unterbrach Sembritzki mit einem lauten Lachen. »Jederzeit, Herr Sembritzki. Das ist nämlich mein wissenschaftliches Spezialgebiet.«

Sembritzki war enttäuscht. Baranczak gab kein Terrain preis. Im Gegenteil, er schien die Absicht zu haben, Sembritzki in einem Netz von wissenschaftlichen Interpretationen zu fangen.

»Es gibt ja nicht nur das Monster von Krakau, Herr Sembritzki. Da ist, als wohl berühmtestes Exemplar dieser Gattung, auch das Monstrum von Ravenna und das Monster von Regensburg, das von Nürnberg oder Köln. Sensationsmeldungen des Mittelalters – weiter nichts. Und natürlich immer wieder der Versuch der Geistlichkeit, diese Darstellungen von Mißgeburten ganz im Sinne einer moralischen Ermahnung und später oft auch antiprotestantischen Stellungnahme zu deuten.«

»Sie meinen, das Monstrum verändert sich, je nachdem, welcher Chronist es interpretiert?«

Baranczak nickte.

»Genau. Es handelt sich ja auch eigentlich nie um ein wirklich existierendes Wesen, sondern nur um eine Allegorie!«

»Ohne Modelle in der Realität?« fragte Sembritzki gespannt. Baranczak drückte seine Zigarre aus und starrte nachdenklich auf das letzte dünne Räuchlein, das steil aus dem Aschenbecher aufstieg.

»Natürlich, Herr Sembritzki.«

Baranczak schaute seinen Gast prüfend an. Dann goß er ihm

Bier nach. »Da hat wohl jemand von Mißgeburten berichtet, von siamesischen Zwillingen, Einbeinigen, verwachsenen Zwergen, Kindern mit Wolfsrachen oder fehlenden Gliedmaßen. Und der Chronist, der davon hörte, blähte die Geschichte auf, verlieh dem Wesen in seiner Beschreibung Horn, Flügel, Schuppenschenkel oder Vogelfuß, versah es also mit allen Attributen des Teufels und ergänzte – so wie der Kölner Karthäusermönch Laurentius Surius – seinen Bericht schließlich mit moralischen Ermahnungen.«

Baranczak zog eine schwere Hornbrille aus dem Futteral, das auf dem Tisch lag, und setzte sie auf. Es war kaum zu sehen, aber Sembritzki bemerkte es doch, daß Baranczaks Finger ganz leicht zitterten. Nervosität? Doch seine Stimme klang ruhig, als er aus dem Buch den Satz vorlas: »Damit die narration und erzehlung nit ganz unfruchtbar were, wenn sie nichts neben der blossen historien hett.«

Sembritzki nickte. Baranczak legte das Buch vor sich auf den Tisch und nahm eine zweite Zigarre aus der Schachtel.

»Deswegen sind Sie nach Krakow gekommen, Herr Sembritzki?«

»Ein Freund in der Bundesrepublik interessiert sich dafür, ob noch andere Exemplare jenes Holzschnittes des Monsters von Krakau existieren, den er selbst entdeckt hat.«

»Und wer ist dieser Freund?« fragte Baranczak und nahm einen Schluck. Sembritzki erstaunte die Frage. Sollte Baranczak etwas mit Bartels zu tun haben? Würde er auf diesen Namen reagieren? Aber der Augenblick war verpaßt. Baranczak war schon wieder ganz Herr der Lage, würde durch nichts mehr außer Fassung geraten.

»Ein Buchhändler in München.«

»Ach so«, meinte Baranczak in einer Art, als hätte er selbst darauf kommen müssen. »Und wie wollen Sie vorgehen?«

Sembritzki zuckte die Schultern. »Ich weiß es noch nicht.«

»Vielleicht kann ich Ihnen da behilflich sein. Im Historischen Seminar der Universität sollten wir auf Hinweise stoßen.«

»Mir ist aufgefallen, daß alle Abbildungen von Monstren sich irgendwie ähneln. Alle sind im Grunde nur Kopien des berühmtesten mittelalterlichen Monsters, des Monsters von Ravenna – Flügelwesen mit zur Hälfte geschuppter Haut, einem hervorstechenden Penis, einem Menschen- und einem Tierfuß. Es gibt bloß eine Ausnahme – das Monster von Krakau. Das ist anders. Irgendwie auch geheimnisvoller.«

»Ja?« fragte Baranczak gedehnt.

»Schauen Sie!« Sembritzki griff nach dem Buch, blätterte eine Weile und hielt es dann Baranczak hin, als er die gesuchte Abbildung gefunden hatte. »Das Monstrum von Ravenna scheint so etwas wie ein Auge auf dem Knie zu haben, das Krakauer Exemplar jedoch hat ein ganzes Gesicht auf dem Bauch, und an seinen Gelenken sind ihm außerdem noch Köpfe wie Hundeköpfe gewachsen.«

»Und?« fragte Baranczak gleichgültig. »Welche Erklärung erwarten Sie dafür? Die Antwort eines Historikers, eines Wissenschaftlers oder – ?«

»Oder?« fragte Sembritzki gespannt.

»Die eines Visionärs«, ergänzte Baranczak lächelnd.

»Eines Visionärs?« fragte Sembritzki irritiert. Welches Spiel spielte Baranczak da? Und vor allem war Sembritzki sich nicht im klaren, wo er Baranczak einzuordnen hatte – noch nicht.

»Verstehen Sie es so: ein Visionär wäre jemand, der das Monstrum noch heute so deutet wie die Chronisten des Mittelalters und der Renaissance.«

Sembritzki sah Baranczak fragend an.

»Das schnelle Monstrum greift mit schnellen Flügeln die Stadt an«, so berichtet der Chronist von Ravenna, »stößt sie mit dem Horn zu Boden und legt ihrem Nacken doppelte Zerstörung auf, während die Flammen die Stadt völlig vernichten.«

»Sie geben mir eine Interpretation des Monsters schlechthin, nicht aber eine Deutung der Einzelheiten. Was bedeuten die Hundeköpfe? Was bedeutet das Gesicht auf dem Bauch des Ungeheuers? Warum ist das Krakauer Monster anders als die übrigen bekannten Monster des Mittelalters? Warum ist es so viel grauenerregender?«

»Weil alles, was das Land Polen in seiner Geschichte erlebt hat und noch erleben wird, grauenhafter ist als all das, was andere Völker erleben mußten.«

Eine unheimliche Stille breitete sich im Zimmer aus, eine Stille, in der dann plötzlich erneut die Standuhr mit dem goldenen Perpendikel zu schlagen begann. Baranczak, der seine Zigarre unangezündet die ganze Zeit über zwischen den Fingern gedreht hatte, legte sie auf den Tisch und klappte das Buch zu.

»Polen hat viele Gesichter, Herr Sembritzki. Und das ist sein Verhängnis.«

»Kein Land hat einen so ausgeprägten Nationalcharakter wie Polen«, sagte Sembritzki.

»Und kein Volk hat so wenig Sinn für das Staatswesen wie die Polen. Die Polen sind davon überzeugt, als Nation weiterzuexistieren, auch wenn es den Staat nicht mehr gibt. Kennen Sie das polnische Wort ›balagan‹, Herr Sembritzki?«

Sembritzki schüttelte den Kopf. Eine unerklärbare innere Erregung hatte ihn gepackt. Er war nicht mehr imstande, ruhig in seinem Sessel sitzen zu bleiben. Er erhob sich. Er trat an eins der drei hohen Fenster, schob die schweren gelben Leinenvorhänge zurück und blickte auf die dunkle, menschenleere Straße hinab.

»Es bedeutet: *›durcheinander‹*!« sagte Baranczak hinter ihm. »Und für das Durcheinander gibt es genügend Beispiele aus der neuesten Geschichte. Kaum hatten die sowjetischen Truppen Polen befreit, ließen sich die Interessen der Gruppierungen auf keinen Nenner bringen!«

Sembritzki drehte sich um. Da hatte ihn doch etwas stutzig gemacht. Baranczaks Satz hatte irgendwie einen Mißklang. Worin lag das nur?

»Die Polen sind ein Volk ohne Disziplin.«

Baranczak griff wieder nach seiner Zigarre und zündete sie so umständlich an wie beim ersten Mal. Sembritzki stellte verwundert fest, daß er so etwas wie Sympathie für diesen Mann empfand, den er kaum kannte, der ihm aber auf eine unerklärliche Weise nahezustehen schien. Vielleicht dachten und empfanden sie ähnlich! Und vor allem schien er eins mit Sembritzki zu teilen: die Einsamkeit und die Lust an der Einsamkeit!

Sembritzki mußte unwillkürlich an Kristina denken und an ihre vergeblichen Bemühungen, von diesem Mann mehr zu haben als ein paar Liebkosungen oder vielleicht noch eine gemeinsame Nacht, die er höchstwahrscheinlich so gekonnt, wie emotionslos zu absolvieren imstande war.

»Gute Nacht, Professor!« Sembritzki ging auf Baranczak zu und streckte ihm die Hand entgegen.

»Gute Nacht, Herr Sembritzki. Und bitte, besuchen Sie mich im Historischen Seminar! Damit Sie Ihren Freund über das Monster von Krakau informieren können!«

Er klopfte Sembritzki leicht auf die Schulter und ließ seinen Arm dann so lange auf der Schulter ruhen, bis sie sich im Flur befanden.

»Ihre Jacke!«

»Vielen Dank!«

Sembritzki sah zu, wie sein Gastgeber die grüne Lederjacke vom Kleiderbügel im graublauen Schrank nahm, wo sie unordentlicher gehangen hatte, als es Sembritzki in Erinnerung gehabt hatte, und betont langsam die Türe des Schrankes wieder schloß.

Als Sembritzki aus dem Haus auf die feuchte Straße hinausgetreten war, schaute er von unten noch einmal zu Baranczaks Wohnung hinauf. Er sah die hohe, schlanke Gestalt des Historikers, der die Hand zum Gruß hob. Sembritzki winkte zurück und ging dann rasch in Richtung Rynek davon, bog dort jedoch nicht zum Hotel ab, sondern steuerte auf die Tuchhallen zu, in deren mächtigen Schatten er untertauchte. Und er mußte nicht lange warten. In einem dunklen Regenmantel tauchte Baranczak bald aus der Querstraße auf und überquerte eilig den Marktplatz. Für einen Augenblick nur blieb er einmal stehen, schlug den Mantelkragen hoch und schneuzte sich vernehmlich. Ein kurzer Blick über die Schulter und Baranczak bog in die Ulica Sienna ein, wo ihn Sembritzki kurz aus den Augen verlor. Natürlich, es war durchaus möglich, daß Baranczak nur Sembritzkis Abgang abgewartet hatte, um Kristina aufsuchen zu können. Noch war alles möglich!

In dieser Stadt war eine Orientierung anhand von Adressen und Straßennamen kaum möglich, wenn die persönlichen Kenntnisse fehlten; seit 1968 waren keine neuen Telefonbücher gedruckt worden. Telefonbücher, so mußte die Partei befunden haben, fördern den Kontakt der Bürger untereinander – also wurden sie abgeschafft. Informationen waren für die Obrigkeit, nicht fürs Volk.

Sembritzki würde also nur dann Gewißheit über Baranczaks Ziel gewinnen können, wenn er ihm auf den Fersen blieb. Das allerdings war in Krakau keineswegs einfach. Die Stadt war um diese Zeit kaum belebt. Ein einsamer Spaziergänger fiel schneller auf als am Tag, und Sembritzki hielt gerade so viel Abstand, um nicht gesehen zu werden, sollte sich Baranczak unerwartet umdrehen, und er bemühte sich auch, denselben Schrittrhythmus einzuhalten wie der Mann vor ihm. Baranczak tauchte im Schatten der Bäume unter, die die Westernplatt säumten, überquerte die breite Verkehrsstraße und lief geradeaus weiter. *Boháterob Stalingradu* – die Straße der Helden von Stalingrad! Es war genau die Richtung, und je weiter Baranczak auf der scheinbar unendlichen Straße weiterging, desto erregter wurde Sembritzki. Zweimal fuhr ein blauweißes Auto an ihm vorbei: *Milicja!* Dieses Wort wirkte auf Sembritzki gefährlicher und aggressiver als »Polizei«. Es hatte zu regnen begonnen. Die Straßenbahnschienen verloren sich wie Leuchtspuren in der Nacht.

Baranczak verlangsamte den Schritt und schaute immer wieder prüfend auf die Hausnummern. Sembritzki war stehengeblieben. Er hatte die Straßenseite gewechselt und zwischen zwei geparkten Autos Posten bezogen. Baranczak spannte seinen Schirm auf. Vor einem älteren Haus ging er unschlüssig auf und ab. Wenn im aufkommenden Wind die Straßenlaterne leise schwankte und zu Sembritzki herpendelte, schienen aus dem Dunkel der Nacht die angebröckelten Ziergiebel über den Fenstern und die fleckige, schadhafte Fassade auf. Zweimal gelang es Baranczak nicht, sein Feuerzeug anzuzünden. Als er beim dritten Versuch die Flamme mit der Hand abdeckte, hatte er Glück. In einem Hauseingang ließ er den Lichtschein vorsichtig über die Namensschilder wandern.

Zbigniew Kunysz!

Das mußte der Name sein, den Baranczak suchte. Das mußte der dritte Name sein, der auf dem Zettel stand, den Sembritzki sich in die Jackentasche gesteckt hatte.

Die Flamme des Feuerzeugs erlosch. Eine ganze Weile noch blieb Baranczak unbeweglich vor dem Haus stehen. Er schien nachzudenken, tat dann ein paar Schritte in nördlicher Richtung, blieb erneut stehen, kehrte um und bog dann entschlossen nach rechts in die *Ulica Miodowa* ein. Sembritzki rührte sich nicht. Er spürte die Feuchtigkeit in sich hochkriechen; er machte sich auf eine lange Nacht gefaßt. Es regnete noch immer leicht. Ein Taxi fuhr vorbei. Ein Spaziergänger mit Hund überquerte die Straße. Sembritzki suchte Schutz im düsteren Türbogen eines alten Klinkerhauses, von dessen Fassade eine weiße Tafel mit der Aufschrift *Meble* abstach.

Er schreckte auf, als er aus der Ferne ein Auto hörte. Nach einer halben Stunde war Baranczak noch immer nicht aus dem Haus zurückgekommen, und auch beim zweiten Mal war das Auto, dessen Motor er weitab hörte, wieder irgendwo in der Nacht verschwunden. Eine Kirchenglocke schlug. Einmal. Eine zweite antwortete, eine dritte. Innerhalb der nächsten halben Stunde ging nur ein eng umschlungenes Paar an der Nische vorbei, wo Sembritzki sich verborgen hielt. Dann wieder das Geräusch eines Autos. Ein Wagen, der näherkam. Er fuhr langsam. Wie gelbe Kugeln hüpften die Scheinwerfer auf der holprigen Straße. Als der Wagen vorbeifuhr, konnte Sembritzki im Innern drei Männer erkennen. Baranczak schien nicht unter ihnen zu sein. Der schwarze Polska Fiat verlangsamte seine Fahrt, um auf dem Trottoir vor dem Haus Nummer 35 schließlich anzuhalten. Sembritzki hatte sich in die Ecke des Toreingangs gedrückt und versuchte, ohne selbst gesehen zu werden, möglichst viel von dem mitzubekommen, was sich da tat. Der Beifahrer stieg aus. Ihm folgte der Mann im Fond. Beide trugen Lederjacken, die matt im Schein der schwankenden Straßenlaterne glänzten. Der erste Mann ging auf die Türe zu; der zweite bezog seitlich vom Eingang Position. Hatte der erste etwa schon auf den Klingelknopf gedrückt? Zweimal noch sah Sembritzki den Mann sich leicht nach vorn beugen, sich wieder aufrichten, zwei Schritte zurücktreten und die düstere Fassade emporschauen. Und wieder trat er dicht an die Tür heran, wieder trat er zurück und richtete den Blick auf die drei Fenster oben im zweiten Stock. Täuschte sich Sembritzki? Oder *war* mit einem Male im mittleren Fenster ein winziger Lichtspalt sichtbar? Tatsächlich! Die beiden Männer unten wechselten ein paar Worte. Oben wurde ein Vorhang zurückgezogen. Ein Fenster wurde geöffnet. Der Kopf eines Mannes beugte sich über die Brüstung: Zbigniew Kunysz? Die Männer unten riefen ein paar Worte hinauf.

»Tak!«

Dieses eine kurze Wort, das Kunysz in die Nacht hinausrief und das die beiden Männer wohl während der nächsten Stunden immer wieder von ihm hören wollten, drang laut und deutlich bis zu Sembritzkis Versteck hinüber.

»Ja!«

Der Kopf verschwand. Eine Minute später ging die Haustür auf. Die beiden Männer drängten schnell und lautlos in die Türöffnung. Und wieder war alles still und dunkel. Sembritzki hatte genug gesehen. Trotzdem traute er sich nicht, seinen Beobachtungsposten aufzugeben. Er wartete. Was würde mit dem Mann geschehen, den er zu einem Teilchen in seinen Plänen gemacht hatte?

Als die Eingangstüre des Hauses Nummer 35 sich öffnete,

kamen drei Männer heraus. Die Geheimpolizisten in ihren Lederjacken hatten in ihrer Mitte einen dritten Mann und beförderten ihn unsanft in den Polska Fiat, der, kaum waren die beiden Geheimpolizisten zugestiegen, schnell davonfuhr!

Zbigniew Kunysz wurde zum Verhör geführt!

Es war zwei Uhr vorbei, als Sembritzki vor seinem Hotel eintraf.

»Und?«

Sembritzki erschrak nicht einmal, als er Wozniaks Stimme hörte. Er hatte damit gerechnet, daß der Soli-Mann wieder auftauchen würde. Er trat in den Schatten des Hauseingangs, aus dem er Wozniak gehört hatte.

»Sie haben Zdenec getroffen?«

Sembritzki nickte. »Ja, ich habe ihn getroffen!«

»Und?« Wozniak packte Sembritzki am Oberarm.

»Vergessen Sie Zdenec!« Sembritzki streifte Wozniaks Hand ab.

»Was hat Zdenec gesagt?«

Wozniaks Stimme klang eindringlich, beinahe flehend.

»Zdenec hat gar nichts mehr gesagt! – Er ist tot!«

Sembritzki roch den feuchten Stoff von Wozniaks Jacke, und er hörte das feine nervöse Schnüffeln.

»Wurde er umgebracht?« fragte Wozniak endlich und schaute über Sembritzkis Schulter hinweg wie suchend zur Stadtmauer. Ein Zittern lief durch seine Stimme.

»Erschossen. Drei Schüsse aus einer Waffe mit Schalldämpfer!«

»Wer?«

»Das fragen Sie? Polnische Geheimpolizei vielleicht, was weiß ich?«

»Ja«, sagte Wozniak nur und steckte seine Hände ganz tief in die weiten Taschen seiner Jacke. »Haben sie ihn mitgenommen?« Seine Stimme klang wieder ganz ruhig.

»Die Polizei? Nein. Die Geheimpolizisten haben ihn dort gelassen, wo sie ihn erschossen haben, weil ich sie bei ihrem Tun störte. Aber das Ganze war inszeniert. Man wollte, daß ich Zdenec finde. So bin *ich* der mögliche Mörder!«

»Wahrscheinlich!«

»Oder . . .« Sembritzki sprach den Satz nicht zu Ende. Er wandte sich dem langen Schatten Wozniaks zu und versuchte, im Dunkeln seine Augen zu finden.

»Oder?« fragte Wozniak.

»Oder *Sie* haben alles inszeniert, Wozniak! *Sie!* Um mir die Rückreise unmöglich zu machen!«

»Es hätte sein können, Sembritzki. Und es ist nicht einmal die Möglichkeit gewesen, an die wir zuletzt gedacht haben. Nur haben unsere Freunde das jetzt gewissermaßen für uns besorgt. Sie *können* nicht mehr zurück! Sie sind mindestens auf der Liste der Verdächtigen!«

»Ich bin auf der Liste der Verdächtigen, solange es den polnischen Behörden paßt – als einer von vielen. Sie kämen ja für den Mord an Zdenec auch in Frage, Wozniak. Und ich denke, der Augenblick wird kommen, wann die Behörden hier sich auf einen Mörder einigen werden. Bis dahin ist mein Aktionsfeld eingeschränkt. Das wissen Sie auch, Wozniak! Entweder fahre ich jetzt gleich nach Hause oder ich tauche unter.«

»Nichts von beidem, Herr Sembritzki. Sie werden zwar überwacht, aber man läßt Sie an einer langen Leine laufen. Und zwar aus einem einzigen Grund – weil man gerne wissen möchte, was Sie im Schilde führen.«

»Und was führe ich im Schilde?« fragte Sembritzki und trat einen Schritt rückwärts ins Licht der Straßenlaterne.

»Das möchte ich auch gerne wissen.«

»Sie möchten wissen, was mit Baranczak ist.«

»Und was ist mit Baranczak?«

»Ich denke, er ist in Ordnung, Wozniak! Morgen weiß ich mehr!«

»Und Zdenec? Wo ist Zdenec?« Sembritzki machte eine hilflose Bewegung, zeigte nach links, dann nach rechts und ließ dann die Arme sinken.

»Im Fluß! Ich habe ihn in die Weichsel gestoßen!«

»Wisla!«

Wozniak sprach den polnischen Namen der Weichsel aus, als ob es sich um den Namen einer Heiligen handle. Ehrfurcht schwang in seiner Stimme mit, Ehrfurcht und Respekt.

»Morgen wissen Sie mehr, haben Sie gesagt?« sagte Wozniak. Es klang wie eine Forderung.

»Vielleicht!« antwortete Sembritzki und wandte sich ab.

»Vielleicht!« Es war ein kurzes, trockenes Lachen, mit dem Wozniak Sembritzki verabschiedete, während er ihm jovial auf die Schulter klopfte: »Die Weichsel ist ein großer und tiefer Fluß!«

Eine halbe Stunde später saß Sembritzki noch immer an dem kleinen Schreibtisch in seinem Hotelzimmer. Er strich den zerknüllten Zettel glatt, auf den er mit Bleistift die drei Namen geschrieben hatte. Caputowz, Niemcyk, beide Mitglieder der pazifistischen Bewegung »Frieden und Freiheit«, und den Namen des Dritten, den die Geheimpolizei in dieser Nacht verhaftet hatte: »Kunysz! Stalingradu 35. KR.« Nach dem, was Sembritzki in dieser Nacht beobachtet hatte, war es naheliegend, folgendes anzunehmen: Als Baranczak das Zimmer verlassen hatte, um die Flasche Bier zu holen, hatte er im Flur rasch Sembritzkis Lederjacke durchsucht, den Zettel gefunden, gelesen und wieder in die Tasche zurückgesteckt. Allem Anschein nach hatte er die Adresse zunächst einmal verifiziert und anschließend die Geheimpolizei benachrichtigt. Der Verräter!

Nur, was hatte Sembritzki mit dieser Erkenntnis gewonnen? Und welche Konsequenzen würden die Leute um Wozniak daraus ziehen? Und Kristina? Baranczak hatte auf ihn nie den Eindruck eines kleinen Denunzianten gemacht. Was er in dieser Nacht getan hatte, lief jedoch auf ein billiges, schäbiges Denunziantentum hinaus, und das wollte einfach nicht zu dem Bild passen, das sich Sembritzki von Baranczak gemacht hatte. Irgend etwas stimmte da nicht. Sembritzki hatte einen willkürlichen Namen ins Spiel gebracht, um Baranczak zu provozieren. Und dann war alles abgelaufen wie am Schnürchen. Wie man es drehte und wendete: das Resultat war häßlich. Sembritzki betrachtete das oval geschnittene Foto Evas. Er konnte den Blick nicht abwenden. Er hatte diese Frau geliebt und dann verraten. Das lag Jahre zurück und kam ihm plötzlich vor wie gestern. – Er klaubte das Bild vom Tisch und zerriß es langsam in kleine Fetzen, die er im Aschenbecher verbrannte. Die zitternden verkohlten Fetzchen deckte er dann mit dem Medaillon der Schwarzen Madonna zu, das ihm seine tote Tante zurückgelassen hatte.

Es sei damals um sein Leben gegangen, redete sich Sembritzki heute noch ein, wenn er daran zurückdachte, wie er in Grenznähe, die Pistole seines tschechischen Pfadfinders vor sich, Evas Identität als Untergrundkämpferin gegen ein paar schäbige Informationen über sowjetische SS-Raketenstellungen preisgegeben hatte. Ein Deal war das gewesen. Und Deals, auch wenn sie immer mit Verrat zu tun hatten, gehörten nun einmal zum zwielichtigen Agentengeschäft. Das redete sich Sembritzki immer wieder ein, wenn er an die Szene an der tschechisch-bundesdeutschen Grenze zurückdachte.

6

Ein Gesicht auf dem Bauch, ein Gesicht mit Augen, Nase und Mund. In den Beugen der Gelenke: weitere Köpfe. Überall Augen!

Bis in seine Träume, bis in den unruhigen Schlaf hatte das Monster von Krakau Sembritzki verfolgt. Er fragte sich unablässig, warum Baranczak bei der Erwähnung des Monsters von Krakau dermaßen aus der Fassung geraten war. Hatte Bartels Sembritzki als Boten benützt, als Testperson gewissermaßen, um hier in Krakau Unruhe zu stiften?

War das ›Monster von Krakau‹ der Deckname eines Agenten?

Für einen Mann, der seine Augen überall hatte! Für einen, der halb Tier, halb Mensch, zwei Welten angehörte, der Solidarnosc und dem polnischen Geheimdienst?

Sembritzki wußte, daß der BND immer wieder versuchte, eigene Leute in Solidarnosc-Gruppierungen einzuschleusen, um an Informationen über die politische Situation in Polen zu kommen, zu denen er direkt keinen Zugang hatte. Die BND-Leute als Parasiten im Pelz der Solidarnosc – und nun hatte sich da ein anderer Parasit eingenistet, der womöglich die Position des BND-Mannes innerhalb des Soli-Zirkels gefährdete. Das Monster von Krakau – ein Solidarnosc-Mann, der in Wirklichkeit für den polnischen Geheimdienst arbeitete. Bartels hatte von der Existenz dieses Mannes gewußt, aber seine Identität nicht gekannt. Und Sembritzki hatte ihn eher dank eines Zufalls als durch Geschicklichkeit entlarvt.

Baranczak! Baranczak *war* das Monster von Krakau!

Sterecki – Szszepanska – das war die einzige Adresse, die Sembritzki jetzt weiterhelfen konnte. Bartels hatte ihm, verdeckt sozusagen, einen Auftrag mitgegeben, den er zufällig zu erfüllen imstande gewesen war. Er mußte nur noch Bartels' Kontaktmann informieren; dann könnte er wieder nach Hause fahren.

Sembritzki verließ das Hotel kurz vor elf Uhr. Die Fotokopie mit dem Monster von Krakau, die ihm Bartels mitgegeben hatte, trug er in der Tasche seiner grünen Lederjacke.

Es war ein strahlender Tag. Der blaue Himmel spiegelte sich in den Pfützen, die der nächtliche Regen zurückgelassen hatte. Ostern stand vor der Türe. In den Schaufenstern der Läden hingen und lagen überall bestickte Eier aus Stoff. Und in dem Augenblick, als Sembritzki auf den weiten Marktplatz hinaustrat, erscholl wie am Tag zuvor der traurige Trompetenruf des Turmwächters: *Hejnal Mariacki!* Er verfolgte ihn noch, als er rechts abbog, die Marienkirche längst hinter sich hatte und brach genau in dem Augenblick ab, als Sembritzki den Laden des Antiquars erreichte.

»Dzien dobry!«

Der lange, hagere Mann mit dem schütteren hellblonden Haar, das in der Mitte peinlich genau gescheitelt war, war lautlos hinter einem Büchergestell hervorgetreten.

»Dzien dobry! – Czy zna pan niemicki? – Sprechen Sie Deutsch?« Der Antiquar knöpfte betont langsam sein graues Jackett zu, ordnete ein paar Bücher auf dem dunkelrot gestrichenen Ladentisch und strich sich nachdenklich über den dünnen Schnurrbart.

»Womit kann ich dienen?« fragte er gedehnt auf deutsch. Er betonte jede Silbe, so als ob er buchstabieren würde.

»Ich bin Antiquar!«

Der andere nickte bloß. Er zeigte keine Reaktion, als ob ihn Sembritzki überhaupt nichts anginge.

»Ich komme aus –«

Sembritzki konnte den Satz nicht zu Ende bringen. Sterecki – er mußte Sterecki sein – hob blitzschnell die rechte Hand, drehte sich um und rief ins Dunkel einer halbgeöffneten Türe im Hintergrund einen Namen.

»Teresa!«

Sembritzki hatte begriffen. Sterecki wollte von niemandem belauscht werden, vor allem nicht von Teresa, seiner Mitarbeiterin, die jetzt in der Türe auftauchte und Sterecki fragend anschaute.

»Teresa«, sagte Sterecki noch einmal und fügte einen Schwall von polnischen Wörtern hinzu, die Sembritzki nicht verstand. Teresa blinzelte Sembritzki durch ihre kreisrunden Brillengläser an und verließ unverzüglich den Raum durch die Ladentüre.

»Sie kommen aus der Bundesrepublik«, ergänzte Sterecki, indem er Sembritzkis angefangenen Satz zu Ende brachte.

»Nicht ganz. Ich komme aus der Schweiz. Konrad Sembritzki.«

Sterecki zeigte seine kleinen Raubtierzähne. »Sembritzki!« Es klang wie ein Glucken. »Sie sind wohl Pole!«

»Meine Vorfahren«, sagte Sembritzki beinahe wie zur Entschuldigung. »Masuren!«

Sterecki nickte. »Und?«

»Ein Freund in München –«

»Ja?« unterbrach ihn Sterecki sofort. Er ging zur Tür, die in die hinteren Räume führte und schloß sie behutsam ab. Dann kehrte er zum Ladentisch zurück und mit ihm ein Geruch von Pfefferminz – wirklich, Sterecki griff in die Tasche seines eleganten Jacketts und steckte sich ein Bonbon in den Mund.

»Möchten Sie auch eins, Herr Sembritzki?«

»Ein Münchner Kollege –«, nahm Sembritzki den Faden wieder auf.

»Bartels«, unterbrach ihn Sterecki schnell. Er hatte die Angewohnheit, am Schluß jeden Satzes seine Zunge zwischen die oberen und unteren Zahnreihen zu drängen.

Sembritzki nickte. »Er ist an mittelalterlichen Flugblättern interessiert. Insbesondere an der Darstellung des sogenannten Monsters von Krakau!«

»Sogenannt!« kommentierte Sterecki. Verachtung schwang in seiner Stimme mit. Er streckte seine Zunge heraus, auf der ein schmelzendes Bonbonteilchen sichtbar wurde. »Haben Sie die Kopie bei sich?« fragte er überraschend.

Sembritzki griff in seine Tasche und faltete die Kopie auf dem Ladentisch auseinander. Sterecki schaute nicht einmal hin.

»Also! Was wollen Sie?«

»Kennen Sie Baranczak? Professor Baranczak?«

Mit einem Male wurden Stereckis Augen hellwach. Er faltete die Kopie mit dem Monster von Krakau geschickt und behende zusammen und streckte das Papier Sembritzki über den Ladentisch entgegen.

»Weiter?« Er schaute an Sembritzki vorbei zur Ladentür.

»Weiter? Ich habe eine Frage gestellt, Herr Sterecki!«

Sterecki zuckte mit den Schultern. »Sie sind fremd hier, Herr Sembritzki. Hier stellen nicht Sie die Fragen!«

»Bitte!« Sembritzki steckte sich einen Zigarillo zwischen die Lippen.

»Hier dürfen Sie nicht rauchen, Herr Sembritzki!«

»Ich rauche nicht, Herr Sterecki. Ich kaue nur, um besser nachdenken zu können.«

»Worüber denken Sie nach? Zum Beispiel?«

»Zum Beispiel – ich frage mich, warum mir Bartels die Kopie mit dem Monster von Krakau mitgegeben hat.«

»Und wie lautet Ihre Antwort auf diese Frage?« sagte Sterecki. Er stand erneut wie ein Schankwirt hinter dem Ladentisch, die beiden Arme schräg, vom Körper weg, auf der Tischplatte aufgestützt. Seine weißen Fingerknöchel glänzten im Dämmerlicht.

»Er muß doch seine Gründe gehabt haben!«

Sterecki ließ wieder sein glucksendes Lachen hören. »Überschätzen Sie Ihren Scharfsinn nicht, Herr Sembritzki!« warnte er spöttisch.

Sembritzki spuckte einen Tabakkrümel auf den Ladentisch und wischte ihn mit der Hand schnell weg. Er wollte diesen undurchsichtigen Antiquar doch lieber nicht provozieren.

»Ich kenne Professor Baranczak«, sagte Sterecki unvermittelt.

»Ein guter Kunde. Und ein Kenner – in jeder Hinsicht!« fügte er nach einer Pause hinzu.

»Ein Connaisseur, wie die Franzosen sagen würden«, ergänzte Sembritzki. Er wußte immer noch nicht, was er mit dem anfangen sollte, was ihm Sterecki bröckchenweise servierte.

»Ein äußerst zuverlässiger Mann!« fügte der Antiquar hinzu und strich sich mit dem Zeigefinger der rechten Hand behutsam über den Haaransatz.

»Wie immer Sie das verstehen mögen, Herr Sterecki«, knurrte Sembritzki.

»Wie auch immer«, antwortete Sterecki lächelnd.

Das Gespräch kam nicht vom Fleck. Sembritzki wußte, daß er sein Visier ein Stück weiter herunterlassen mußte; weil der andere so ohne weiteres nicht bereit war, sich zu erkennen zu geben.

»Bartels hat mir Ihre Adresse gegeben!«

»Das sagten Sie schon!«

Die Ladentüre ging auf. Ein dünner Glockenton durchschnitt den Raum.

»Milosz!«

Es war das einzige Wort, das Sembritzki aus der Konversation heraushören konnte, die Sterecki mit dem Kunden, einem älteren Herrn in braunem Anzug, führte.

Ich rede schweigend zu dir, wie die Wolke oder der Baum. Der Satz ließ Sembritzki nicht los, auch jetzt nicht beim Versuch, den verschlossenen Krakauer Antiquar wenigstens zur Gesprächsbereitschaft zu bewegen. Sterecki war zum Schaufenster gegangen, hatte den Band mit den Milosz-Gedichten herausgeholt, ihn sorgfältig in braunes Papier gewickelt und reichte ihn dem Kunden.

»Do widzenia«, sagte der Mann im braunen Anzug, nachdem er bezahlt hatte, und verließ den Laden.

Auf Wiedersehen, Milosz, dachte Sembritzki, als er dem Kunden Stereckis nachschaute. Und dann fügte er laut jenen Satz hinzu, der ihm immer wieder durch den Kopf ging. »Ich rede schweigend zu dir, wie die Wolke oder der Baum.«

Sterecki, die Hand noch auf der Türklinke, drehte sich überrascht nach Sembritzki um.

»Milosz! Sie kennen Milosz?«

Sembritzki nickte. »Ein paar Gedichte. Und eben diesen Satz!«

Als ob Sembritzki damit das richtige Codewort geliefert hätte, taute Stereckis verschlossener Gesichtsausdruck plötzlich auf. »Sie sind ein Kenner!«

Sembritzki zuckte mit den Schultern. »Wie immer Sie es meinen, ich danke Ihnen für dieses Kompliment.«

»Wir sprachen von Professor Baranczak!«

Endlich! Sterecki war jetzt offensichtlich willens, das Stichwort aufzunehmen.

»Was würden Sie dazu sagen, wenn ich Baranczak als Verräter, mindestens aber als Denunziant oder als Spitzel bezeichnen würde.«

»Ich würde gar nichts dazu sagen, Herr Sembritzki!«

»Sie würden mir zustimmen?«

»Kommt darauf an, aus welchem Blickwinkel Sie Baranczaks Tätigkeit betrachten!«

Er mußte es einfach wagen! Bartels würde ihm ja die Adresse Stereckis nicht umsonst mitgegeben haben.

»Professor Baranczak gehört dem engsten Führungszirkel des Krakauer Solidarnosc-Zirkels an. Wäre das möglich?«

Sterecki steckte sich seelenruhig ein Pfefferminzbonbon in den Mund.

»Möglich.«

»Professor Baranczak könnte aber gleichzeitig für die polnische Geheimpolizei tätig sein. Wäre auch das möglich?«

Nichts.

»Ich habe Sie etwas gefragt, Herr Sterecki!«

»Ich habe schon verstanden.«

»Und?«

Sterecki schüttelte den Kopf. »Erwarten Sie von mir dazu keine Bestätigung! Beantworten Sie mir nur folgende Frage: Worauf gründet sich Ihr Verdacht?«

Sterecki ging zur Ladentür und schloß sie ab. Dann kehrte er an seinen alten Platz zurück, griff in die Tasche seines Jacketts und holte ein neues Pfefferminzbonbon hervor. Und während Sembritzki von seinem Erlebnis zu erzählen begann, auch von seinen Kontakten mit Wozniak, ohne dessen Namen zu nennen und ohne die Person Zdenecs ins Spiel zu bringen, begann Sterecki wie ein gefangener Tiger in dem engen Raum auf und ab zu laufen. Als Sembritzki innehielt, blieb es eine Weile still im Laden, bis er seine Frage wiederholte: »Und?«

Aber Sterecki schüttelte erneut den Kopf, zog umständlich eine goldene Taschenuhr aus seiner Westentasche hervor, klappte den Deckel auf, schüttelte sie einmal kurz und steckte sie wieder weg.

»In einer Stunde, Herr Sembritzki!«

Sembritzki blickte den Antiquar erstaunt an. »In einer Stunde?«

»So ist es. In einer Stunde gebe ich Ihnen eine Antwort auf Ihre Frage. Wie auch immer!«

Sembritzki wurde mißtrauisch. Wenn Sterecki nur Zeit gewinnen wollte, um ihm, dem Überbringer dieser brisanten Nachricht, eine Falle zu stellen? Wenn auch Sterecki nur ein kleiner Denunziant wäre? Doch hätte ihm Bartels dann diese Adresse vermittelt? War Bartels unfehlbar? Konnte nicht auch er sich in der Person Stereckis getäuscht haben? Was sollte er tun? Sembritzki blieb gar nichts anderes übrig, als abzuwarten.

Es war halb zwölf, als Sembritzki auf den Rynek zurückkehrte. Mit wem Sterecki in dieser Stunde wohl Kontakt aufnehmen würde? Mit Bartels vielleicht?

Sembritzki zwang sich abzuschalten: für eine ganze Stunde war er wieder Tourist. Er schlenderte über den Marktplatz, wich den Scharen graublauer Tauben aus, verließ die flirrende Helligkeit des Rynek, um in die Florianska einzubiegen und peilte in der Ferne den Wehrturm an. Bevor er zu Sterecki aufgebrochen war, hatte er an der Stadtmauer von weitem schon ein paar Tischchen eines Freiluftcafés gesehen und über den Tischen und Stühlen an der Mauer Bilder, die einheimische Maler in Erwartung eines österlichen Touristenstroms dort wohl zum Kauf aufgehängt hatten. Es war nur ein kurzer Weg.

»Kawa!« sagte Sembritzki zum Kellner. Er sagte es wie abwesend, denn sein Blick hing gebannt an einer Reihe von Bildern, die alle dasselbe Motiv zeigten: einen weiblichen Akt, immer von hinten, schummerige Rückenansichten, die sich kaum vom rotbraunen Hintergrund abhoben, eine Öffnung gleichsam, der

Schlüssel zu einer verdämmernden Welt. Nie ein Gesicht, oft waren nicht einmal Kopf oder Beine zu sehen.

Da war sie! Auf einem Klappstuhl saß sie selbst, die zierliche Künstlerin mit der bronzefarbenen Haut, die ihn tags zuvor im Hotel gefoppt hatte, und las in einem Buch. Sie schaute kaum je auf, nicht einmal dann, wenn ein Passant stehen blieb, um ihre Werke eingehender zu betrachten.

Mit einem Male wußte Sembritzki, an wen ihn dieses Gesicht schon am Vorabend im Hotel erinnert hatte, an die Madonna von Tschenstochau! Sie hatte dasselbe ovale Gesicht, denselben kleinen Mund und die Nase, die wie eine markante Trennlinie das Gesicht gleichsam in zwei Hälften teilte.

Sembritzki trank seinen Kaffee aus und schlenderte zu der Frau hinüber. Sie hob ganz langsam ihre Augen vom Buch, in das sie vertieft gewesen war.

»Schön«, sagte er, und dann fügte er noch schnell hinzu: »Interessant!«

»Danke!«

»Warum zeigen Sie diese Frauen nur in Rückenansicht?«

»Sie möchten Frauen von vorn sehen?« Der Spott in ihrer Stimme war unüberhörbar.

»Ich möchte schon wissen, mit wem ich es zu tun habe!«

»Und da genügt es, wenn Sie jemanden von vorn sehen?«

Sie nahm wieder ihr Buch auf und schien weiterlesen zu wollen.

»Ich meinte es anders: Ich möchte gerne wissen, mit wem ich es bei Ihnen zu tun habe!«

Sie schaute ihn schweigend belustigt an.

»Wenn ich mir Ihre Bilder anschaue, kommt es mir so vor, als ob nur ein Gesicht auf diese abgewandten Körper paßt!«

»So?« sagte sie fast teilnahmslos. Sie schaute nicht einmal auf, als Sembritzki in der Tasche seiner Jacke suchte und dann umständlich das Medaillon mit der Madonna von Tschenstochau aus dem Seidenpapier schälte.

»Die Madonna von Czestochowa! Haben Sie schon je einmal eine nackte Madonna gesehen?«

»Eben nicht«, lachte Sembritzki. »Darum malen Sie sie ja auch nur so geheimnisvoll in Rückenansicht!«

Ein Ausdruck von Verwunderung huschte über das Gesicht der Frau. Bei genauerem Hinsehen wurde erkennbar, daß sie älter war, als Sembritzki ursprünglich geschätzt hatte. Vielleicht mochte sie sogar bald vierzig sein.

»Interessant!« Dann wandte sie sich wieder ihrem Buch zu.

»Do widzenia!« sagte er und blieb abwartend stehen.

»Auf Wiedersehen«, antwortete sie auf deutsch, ohne aufzuschauen. Sembritzki drehte sich um und schlenderte zum Marktplatz zurück. Als er einmal zurückschaute, saß sie in ihrer Stellung unverändert da, wie eine Statue schien sie in ein und derselben Stellung zu verharren.

Er war nicht in der Stimmung, sich mit Sterecki über die Person Baranczaks zu streiten.

»Kommen Sie herein!«

Der Antiquar hatte ihn unter der Ladentür schon erwartet und zog ihn eilig ins Innere.

»Mit wem haben Sie über Baranczak gesprochen?«

Sterecki kam so rasch zur Sache, daß Sembritzki, noch ganz in der Erinnerung an die statuenhafte Frau verfangen, Mühe hatte, ihm zu folgen. Zuerst das mühsame Geplänkel, und jetzt plötzlich eine Rasanz, daß es Sembritzki die Sprache verschlug.

»Mit wem sollte ich . . .?«

»Sie haben Kontakt zu Soli-Leuten gehabt!« unterbrach ihn Sterecki.

»Für wen halten Sie mich?«

»Sie haben sich bereits als Abwehrmann betätigt!« Stereckis Stimme klang scharf; seine unverbindliche Freundlichkeit war wie weggefegt.

»Das hat nichts mit Ihnen zu tun, das hat rein private Gründe! Ich habe so etwas wie eine Schuld abgetragen. Mehr nicht!« Noch während Sembritzki das sagte, wußte er, wie absurd diese Rechtfertigung klingen mußte. In dem Versuch, den Schatten Evas zu vertreiben, hatte er einen Mann geopfert, den er nie zuvor gesehen hatte! Kunysz!

»Lassen Sie die Finger von Professor Baranczak!«

»Warum?«

»Ich habe meine Anweisungen!«

»Von wem?«

Sterecki zuckte mit den Schultern.

»Von unserem gemeinsamen Bekannten?« fragte Sembritzki weiter.

»Keine Namen! Baranczak ist tabu!«

»Nein, Sterecki!« Zum ersten Mal ließ Sembritzki die Höflichkeitsform weg. Der andere hatte sich als Figur zu erkennen gegeben, die irgendwie in diesem Kraftfeld Ost-West mitmischte, und gerade deshalb, weil ihn Sembritzki jetzt eindeutig als Mann Bartels' identifiziert zu haben glaubte, pochte er auf sein Recht auf eine präzise Antwort.

»Ich will die Gründe wissen!«

»Baranczak ist tabu. Das muß genügen, Sembritzki!«

Sterecki schaute Sembritzki mit verkniffenen Lippen an. Er wischte sich die Handflächen an seinem Jackett und schritt in seinem Laden unruhig auf und ab, bis er hinter einem Büchergestell verschwand. Unverständlich vor sich hin murmelnd, kehrte er zurück und blieb so dicht vor Sembritzki stehen, daß Sembritzki seinen säuerlichen Atem riechen konnte.

»Baranczak arbeitet für den BND!«

»Was?« Sembritzki trat erschrocken einen Schritt zurück. »Baranczak ist . . .?«

Sterecki sah ihn nun mit einem festen Blick an.

»Und warum, zum Teufel, spielt er der polnischen Geheimpolizei Informationen zu? Warum betätigt er sich als Denunziant? Warum opfert er eigene Leute?«

»Um seine Stellung innerhalb von Solidarnosc zu sichern. Er ist für den polnischen Geheimdienst nur so lange vertrauenswürdig, als er von Zeit zu Zeit gewisse an sich bedeutungslose Soli-interne Informationen an ihn weiterleitet!«

»Ein Doppelagent!« sagte Sembritzki und mußte an das mehräugige Bild des Monsters von Krakau denken.

»Die Formulierung stimmt nicht ganz, Herr Sembritzki. Professor Baranczak ist ausschließlich für uns tätig. Dabei ist er als Führungsmitglied der Krakauer Solidarnosc loyal. Informationen, die er an den BND weiterleitet, werden von der Bundesrepublik ja in keinem Fall gegen die Interessen von Solidarnosc ausgewertet. Für uns sind das wichtige Informationen, weiter nichts!«

Sterecki schwieg. Die lange Rede hatte ihm den Schweiß auf die Stirn getrieben; mit einem blauen Taschentuch wischte er ihn vorsichtig tupfend ab.

»Reisen Sie ab, Herr Sembritzki. Bevor es zu spät ist!«

»Es ist zu spät«, murmelte Sembritzki.

»Was sagen Sie da?« sagte Sterecki lauter, als er wohl beabsichtigt hatte.

»Nichts!« Sembritzki hatte seine Ruhe wiedergefunden. »Ich denke nur, daß die Solidarnosc-Leute jetzt nicht mehr bereit sind, mich einfach so gehen zu lassen!«

»Was meinen Sie damit?«

»Ach, lassen wir das!«

Sembritzki nickte seinem Kollegen kurz zu und ging zur Tür. Die Klinke in der Hand, blieb er stehen und sagte noch leise: »Möglich, daß ich einmal Ihre Hilfe brauche!«

Sterecki antwortete nicht. Er fuhr sich mit einer fahrigen Bewegung durchs Haar und brachte seine makellose Frisur in heillose Unordnung. Aber das sah Sembritzki bereits nicht mehr. Er war schon unterwegs zu Baranczak.

Unterwegs, doch nicht allein. Da schien sich plötzlich mehr als einer an Sembritzkis Fersen geheftet zu haben. Immer wieder, dachte er, immer noch. Schon als Kind war er sozusagen keinen Augenblick unbeobachtet gewesen. Nicht einmal im Badezimmer hatte er sich unbeobachtet gefühlt und die Körperwäsche im Eiltempo absolviert, weil er stets mit dem Auftauchen seiner Mutter rechnete. Und weil sich der Schlüssel im Badezimmerschloß nicht mehr drehen ließ, wusch er sich unmittelbar hinter der Tür, um so ein paar Sekunden zu gewinnen, wenn die Tür aufging. Oder er setzte den Fön in Betrieb, um die Mutter draußen glauben zu machen, er trockne sich nur die Haare, und während der Fön vor sich hin surrte, erledigte er die zur Qual gewordene Körperwäsche. Hatte sie ihn je allein gelassen, wenn er schlief? Wie oft hatte er in seinem leichten Schlaf noch die Zimmertür gehen hören, hatte er, obwohl mit geschlossenen Augen daliegend, doch ihren Blick auf sich gespürt? Inspiriert von Abenteuergeschichten über Gefängnisausbrüche, hatte er sich eine Puppe gebastelt, und in manchen Nächten unter seine Decke gestopft, während er selbst hinter dem Schrank gestanden und dann seine Mutter beobachtet hatte, die im Nachthemd in seiner Zimmertür stand, um ihren schlafenden Sohn zu betrachten – oder zu beobachten?

Da müssen die ersten Wurzeln zu seinem späteren Beruf als Agent gelegen haben. In seinen permanenten Anstrengungen, sich der Beobachtung anderer zu entziehen, unerkannt durch die Welt zu gehen. Den Blicken der Lehrer und Schulkameraden zu entkommen, immer wieder auch das so undurchdringliche System der Zensuren zu durchbrechen, mit Betrug oder sogar absichtlich schlecht geschriebenen Prüfungsarbeiten jeder Fixierung aus dem Weg zu gehen. Im Laufe seiner Jugend hatte er so eine Taktik entwickelt, die es ihm erlaubte, jedem Überraschungsmoment im Leben auszuweichen.

Es waren mindestens zwei Männer! Der alte Bekannte mit der grauen Jacke aus Imitationsleder und ein zweiter mit Wirbelglatze, der einen Regenmantel über den Arm trug.

Wessen Leute?

Seit seiner Ankunft in Krakau ärgerte sich Sembritzki ein weiteres Mal darüber, daß nirgendwo Telefonkabinen standen und daß keine Telefonbücher aufzutreiben waren. Da hatte der große sowjetische Bruder resolut durchgegriffen und die Kommunikationsmöglichkeiten unter den Bürgern aufs Minimum reduziert. Er hatte keinerlei Möglichkeit, Kristina oder Wozniak ausfindig zu machen!

Er durfte es jetzt nicht wagen, Baranczaks Wohnung aufzusuchen. In der Innenstadt, in unmittelbarer Nähe des Rynek, gab es für ihn praktisch keine Chance, seine Verfolger abzuschütteln. Um bei Baranczak vorbeizukommen, mußte er immer wieder dieselben Routen gehen. Er konnte es nur versuchen, ihn in der Universität zu erreichen oder aber, und das war wahrscheinlich noch unauffälliger, ihn auf dem Umweg über einen Besuch in einem der historischen Museen im Kazimierz-Viertel aufzuspüren.

Taxis zirkulierten in Krakau nicht so häufig wie in anderen Großstädten. Sie boten Sembritzki keine Alternative; wenn er sich irgendwo zwischen den Häusern von seinen Beschattern absetzen wollte, konnte er es genausogut zu Fuß versuchen. Und so schlenderte er denn die Grodzka hinunter, bog auf dem Platz Wiosny Ludow rechts ab; beim Franziskanerkloster blieb er stehen. Sembritzki lächelte in sich hinein beim Gedanken, daß unter anderen in der Kapelle des Klosters auch ein Krakauer Fürst begraben lag, der den Beinamen der Schamhafte trug. Schamhaftigkeit war es unter anderem auch gewesen, die ihn selbst zum Einzelgänger gemacht hatte, Scheu und Abscheu, sich jemandem zu zeigen in der eigenen Nacktheit, sei sie körperlich oder seelisch. War es Zufall, daß Sembritzki ausgerechnet diesen Ort wählte, um in den Kreuzgängen und Kapellen in seinem Inneren unterzutauchen; in diesem Kloster, das Henryk der Fromme für seine Ordensbrüder, die aus Böhmen zugewandert waren, hatte bauen lassen?

Als Sembritzki in den einschiffigen Kirchenraum trat, sah er mit einem raschen Blick über die Schulter, daß sein Begleiter in der Lederjacke in die Grünanlage hinaustrat, die das Stadtzentrum wie ein lebendiger Gürtel umgab, und sich auf eine Bank setzte. Sembritzki blieb nur einen Augenblick lang stehen, vergewisserte sich, aber nein, in diesem Raum, der in Folge mehrerer Brände seine romanische Originalität eingebüßt und gegen neugotische Blässe eingetauscht hatte, befand sich außer ihm keine Menschenseele, also auch kein möglicher Beschatter. Da entdeckte Sembritzki die Tür, die in den Hof und vom Hof in den Kreuzgang führte. Er fand eine Nische, in der er sich versteckte; sah sich Angesicht in Angesicht mit einer Phalanx von Krakauer Bischöfen, die ihn leicht nachgedunkelt und weltfern musterten.

Eine halbe Stunde. Eine Stunde!

Die Geduld hätte Sembritzki seinem Beschatter nicht zugetraut. Aber dann, endlich, wurde die Kirchenpforte an der Nordseite geöffnet. Der Mann zögerte, ging über den Hof, warf einen Blick in den Kreuzgang, schüttelte den Kopf, beschleunigte seine Schritte, drehte sich wie ein Hund auf der Suche nach Duftmarken im Kreis und verschwand wieder in der Kirche. Sembritzki folgte ihm nach ein paar Minuten, betrat wieder die Kirche, schickte Boleslaw, dem Sanftmütigen, ein Dankgebet zu und spähte durch einen Spalt in der Kirchentür hinaus auf den Vorplatz. In eben dem Moment trat eine Gruppe von Benediktinern einige Schritte vor ihm aus einer Pforte, und im Schutz ihrer schwarzen Kutten verließ er die Kirche und verschwand in der Ulica Poselska. –

Eine halbe Stunde später stand er vor dem düsteren Backsteinbau, der in seiner eigenartigen Architektur, einer Kombination von Sakralbau und Befestigungsanlage, abweisend in diesem eher ärmlichen Viertel stand.

»Professor Baranczak, bitte!« sagte er zu dem Mann mit dem zerknitterten Gesicht und der blauen, steifen Mütze mit schwarzem Schirm, der im schweren Torbogen stand. Aber der Mann schüttelte nur den Kopf, und wenngleich Sembritzki von seinem Brabbeln aus zahnlosem Mund nichts verstand, so war ihm einigermaßen klar: hier war Baranczak nicht. Aber er *mußte* ihn sprechen.

»Telefon«, sagte Sembritzki beschwörend. Mit dem Zeigefinger der rechten Hand zeichnete er mehrmals Halbkreise in die

Luft. Der Alte sah ihn nur verständnislos an. Sembritzki steckte ihm eine Dollarnote zu, die der Aufseher aufmerksam betrachtete, um plötzlich die Hand auszustrecken und den Schein blitzschnell in seiner Tasche verschwinden zu lassen.

»Baranczak«, sagte er. Anschließend zeigte er mit fragendem Ausdruck im Gesicht auf Sembritzki.

»Sembritzki!«

Der polnisch klingende Name löste beim Aufseher kein Interesse aus. Immerhin, er winkte Sembritzki, ihm zu folgen. Und während Sembritzki einen nach Bohnerwachs und feuchtem Holz riechenden Raum mit lastender Holzdecke und einer Reihe von Vitrinen betrat, verschwand der Alte in einer Art Loge.

»Baranczak!« Wie einen Schlachtruf schmetterte der Alte den Namen in den Raum. Sembritzki, der sich über eine Vitrine mit einer Reihe von Holzschnittklötzen gebeugt hatte, schreckte hoch. Triumphierend stand der Aufseher im Türrahmen und streckte vier Finger und den Stummel des Zeigefingers in die Luft.

»Piec minut«, sagte Sembritzki, und der andere nickte begeistert und verschwand auch gleich wieder in seiner Loge. Die Tür des Ausstellungsraumes fiel schwer ins Schloß. Sembritzki war allein.

Einen Moment lang mußte er sich überwinden, nicht zur Tür zu gehen, um zu kontrollieren, ob sie abgeschlossen sei. Und wenn er auch in einem Akt der Selbstbeherrschung dieser Versuchung widerstand, so brachte er die innere Ruhe nicht mehr auf, sein Interesse als Antiquar zu mobilisieren und sich den ausgestellten Dokumenten und Gegenständen aus den Anfängen der Buchdruckerkunst zu widmen. An eine Vitrine gelehnt, blieb er unbeweglich stehen und wartete Baranczaks Eintreten ab. Es dauerte keine fünf Minuten, und der Professor stand in der geöffneten Tür.

»Welch eine Überraschung, Herr Sembritzki«, sagte er laut, machte die Tür hinter sich zu und kam auf den Wartenden zu.

Sembritzki rührte sich noch immer nicht. Er hatte das Fenster im Rücken und wußte, daß ihn Baranczak nur im Umriß erkennen konnte.

»Ich danke Ihnen, daß Sie gekommen sind!«

»Warum so dringend, Herr Sembritzki?« Auch Baranczak dämpfte seine Stimme. Er hatte sich neben Sembritzki gestellt und so Sembritzkis halbwegs günstige Position neutralisiert.

»Warum haben Sie nicht mit offenen Karten gespielt, Herr Professor?« Sembritzki hatte absichtlich die förmliche akademische Anrede gewählt, um seine Distanz deutlich zu machen.

Baranczak schwieg.

»Können wir hier sprechen?« fragte Sembritzki.

Baranczak nickte. Er sagte noch immer kein Wort.

»Herr Professor, entweder sind Sie ein Spitzel und Denunziant oder . . .?« Sembritzki brachte den Satz nicht zu Ende.

»Oder?« fragte Baranczak ruhig. Ihn hatten die beiden verächtlichen Begriffe anscheinend überhaupt nicht getroffen, vielleicht ließ er sich aber auch nur von einer Verletzlichkeit nichts anmerken.

»Oder Sie treiben da ein ganz raffiniertes Spiel!«

»Gehen Sie von der zweiten Vermutung aus!«

Sembritzki starrte auf die Vitrine. Gedankenverloren rieb er mit dem Ellbogen das Glas von seinen Fingerabdrücken sauber.

»Sie haben die Taschen meiner Jacke durchsucht!«

»Habe ich«, erwiderte Baranczak ohne einen Anflug von Zerknirschung oder Scham. Er holte eine seiner schwarzen Zigarren aus dem Futteral, drehte sie nachdenklich zwischen den Fingern, roch daran und steckte sie wieder weg.

Sembritzki konnte ein erstauntes Lachen nicht unterdrücken. »Keine Scham?«

»Ach, Herr Sembritzki. Sie haben mir ja diesen Zettel sozusagen auf dem Präsentierteller serviert!«

Sembritzki schaute Baranczak überrascht an. Zum ersten Mal kam in ihm so etwas wie ein Gefühl der Bewunderung für diesen Mann auf, der das Agentenspiel souverän spielte.

»Sie haben also gewußt, daß ich damit gerechnet habe . . .«

»Sie sind ein BND-Mann, Herr Sembritzki! Warum sollten Sie weniger raffiniert sein als ich? Oder nicht mindestens so raffiniert? Oder beinahe so raffiniert«, fügte er mit einem dünnen Lächeln zum Schluß hinzu. Draußen auf der Straße ging ein Mann in grauer Lederjacke vorbei. Ob ihn Baranczak auch gesehen hatte?

»Warum haben Sie Kunysz hochgehen lassen?«

»Das fragen Sie mich?« Baranczak wandte sich verwundert Sembritzki zu, und mit der brüsken Bewegung wehte Sembritzki ein Hauch von Tabak und jenem Herrenparfum an, das er sofort wiedererkannte. »Sie haben den Mann zum Abschuß freigegeben! Warum hätte ich nicht davon profitieren sollen?«

Baranczak hatte recht. Sembritzki hatte ihn provoziert, und der Rest war nur die logische Fortsetzung dessen gewesen, was Sembritzki scheinbar so gerissen und durchdacht eingefädelt hatte.

»Ich habe nicht gewußt, daß Sie für den BND arbeiten, Herr Baranczak.«

»Jetzt wissen Sie es!«

»Sie haben . . .?« fragte Sembritzki zögernd weiter.

»Ja. Ich habe gewußt, daß wir zum gleichen Verein gehören. Mich irritiert nur eins: Warum wollen Sie mich provozieren?«

Sembritzki schwieg. Er konnte den Namen Wozniak jetzt unmöglich ins Spiel bringen. Aber irgendeine befriedigende Antwort mußte er Baranczak liefern. Welche? Er verließ seinen Standort am Fenster, machte ein paar Schritte in die Mitte des Raumes und blieb schließlich nahe der Wand vor einem goldgerahmten Bild stehen, das einen gekrönten, bärtigen Mann zeigte, der einem knienden Jüngling ein Dokument überreichte.

»Und wenn ich sage, daß alles wirklich nur Zufall war, Herr Baranczak? Daß es nie in meiner Absicht lag, Sie zu provozieren! Daß dieses Stück Papier . . .«

»Ja?«

Sembritzki, der Baranczak den Rücken zukehrte, hörte ihn

langsam davongehen, hörte, wie die Tür geöffnet und nach einer Weile, die sich in ihrer Stille für ihn wie zur Ewigkeit zu dehnen schien, mit größter Bedachtsamkeit wieder zugezogen wurde.

»Sie haben dieses Stück Papier mit den drei Namen jemandem abgenommen, Herr Sembritzki.«

Sembritzki antwortete nicht. Er hatte sich Baranczak zugewandt, der jetzt dicht vor ihm stehenblieb.

»Sie sind es, der nicht mit offenen Karten spielt, Sembritzki.«

»Ich bin als Tourist hier und reise bald wieder ab!«

Baranczaks kurzes Lachen war beißend.

»Herr Sembritzki, Sie sind da in eine Sache hineingeraten, die Ihnen über den Kopf zu wachsen beginnt.«

Sembritzki schwieg. Er wußte, daß nur eine sofortige Abreise ihn vor neuen Verstrickungen bewahren konnte. Und trotzdem! Irgend etwas hatte ihn mit einem Male hellwach gemacht, entwickelte sich mit Windeseile zu einem Gedanken, der sich urplötzlich verdichtete.

»Sie sind das Monster von Krakau!«

Wie eine Granate platzte der Satz in die Stille hinein. Doch Baranczak verlor keineswegs die Fassung wie beim erstenmal, als Sembritzki das Monster von Krakau erwähnt hatte. Sembritzki sah das leichte Zucken in den Augen seines Gegenübers, aber schon war es auch wieder vorbei!

»Sie spekulieren falsch, Herr Sembritzki. Sie verheddern sich da in einen Gedanken, der auf einer falschen Voraussetzung basiert. Sie können doch nicht annehmen, ich sei das Monster von Krakau, nur weil ich beim letzten Mal, als Sie diesen Namen genannt haben, ein wenig nervös gewesen bin!«

»Der Schluß liegt aber nahe!« Sembritzki ließ sich seine Enttäuschung nicht anmerken.

»Das Monster von Krakau lebt nicht mehr!«

Bei aller Selbstbeherrschung – Baranczaks innere Erregung war nicht zu übersehen. Er war ein zweites Mal zur Tür gegangen, hatte sie einen Spalt weit aufgezogen, seinen Kopf in den

Flur gesteckt und die Tür vorsichtig und kaum hörbar wieder geschlossen.

»Von welchem Monster sprechen wir, Herr Baranczak? Von dem mittelalterlichen Ungetüm, das Sie als Historiker und mich als Antiquar interessiert? Oder sprechen wir von einer Person, die man nur das Monster nannte, von einem Zeitgenossen vielleicht, der uns beide ebenfalls interessieren könnte, wenn auch aus anderen Gründen!«

»Das historische Monster steht jetzt nicht zur Diskussion! Ich spreche von einem Mann, der als das Monster von Krakau bezeichnet wurde!«

»Ein Stück Ihrer Biographie?« fragte Sembritzki leise, um die eigenartige Stimmung nicht zu stören, die sich des Raumes zu bemächtigen schien.

»Ja, ein Teil meiner Biographie«, sagte Baranczak mehr für sich als zu Sembritzki. »Ich weiß nicht, wie gut Sie sich in der polnischen Geschichte auskennen.«

Sembritzki hob zweifelnd die Hände. »Als Antiquar bin ich ein rückwärtsgewandter Mann, Professor. Quellenforschung gehört zu meinem täglichen Brot!«

»Wie immer Sie das verstehen!« Baranczak schaute Sembritzki spöttisch an.

»Ganz recht.«

Aber Baranczak schien Sembritzki gar nicht mehr wahrzunehmen. Er schaute über ihn hinweg, sein Blick war in eine weite Ferne gerichtet – oder entstand der Eindruck nur aus der wachsenden Dunkelheit des Raumes? Sembritzki wurde sich der eigenartigen Situation bewußt, die ihn, den Antiquar, mit dem Spezialisten für mittelalterliche Geschichte, in einem Museum zusammenband, inmitten von vergilbten Dokumenten, Porträts historischer Persönlichkeiten, Insignien der Buchdrukkerkunst und gewaltigen Folianten in den Bücherregalen.

»Ich meine in diesem Fall die *neue* Geschichte Polens«, sagte Baranczak, als ob er sich und sein Gegenüber von der Last der polnischen Vergangenheit befreien wollte!

»Die Geschichte Polens ist bis in die Gegenwart hinein eine einzige Passionsgeschichte!«

»Kommen Sie mir nicht damit, Herr Sembritzki. Das ist Ihre westliche Sicht! Klischees!«

»Erzählen Sie!« Sembritzki lag schließlich wenig daran, über die Möglichkeit und Unmöglichkeit historischer Gesamtdeutungen zu diskutieren. Er wollte Fakten. Es ging darum, das Geheimnis des Monsters von Krakau zu lüften.

»Ich wurde 1921 geboren. Hier in Krakau. Hier bin ich zur Schule gegangen, habe ich mein Abitur gemacht. Dann kam 1939 der Krieg. Ich war achtzehn, kam zur Armee, absolvierte eine Ausbildung im Schnellverfahren. Ich gehörte jenem Truppenteil an, den Marschall Rydz-Smigly kommandierte. Vierzig Divisionen. Dazu elf Kavallerie- und Panzerbrigaden. Aber es war nicht genug. Am 10. September standen die Deutschen an der Weichsel. Ein Teil unseres Heeres wurde bei Bzura eingeschlossen. Wir haben damals auf alliierte Entlastungsangriffe gehofft. Vergeblich – England und Frankreich reagierten nicht!«

Baranczak machte eine Pause, Sembritzki verharrte schweigend. Er hatte sich leicht auf eine der Vitrinen gestützt.

»Polen hat kapituliert!« sagte Baranczak. Es klang wie ein Gerichtsurteil. »Die Kriegserklärung der westlichen Alliierten hat *uns* nichts mehr genützt!« ergänzte er bitter. »Warschau wurde aufgegeben. Marschall Rydz-Smigly setzte sich mit der ganzen polnischen Regierung nach Rumänien ab. Der polnische Widerstand brach zusammen.«

»Was geschah mit Ihnen, Professor? Tauchten Sie unter?«

Baranczak ließ ein verächtliches Lachen hören.

»Ich bin kein Untergrundkämpfer, Herr Sembritzki. Ich habe nichts übrig für Sabotageakte und Attacken aus dem Hinterhalt!«

»Das heißt, Sie wurden gefangengenommen, oder liefen Sie zu den Alliierten über?«

»Überlaufen!« sagte Baranczak verächtlich. »Etwa hunderttausend Soldaten der polnischen Armee sind in westliche Länder geflohen und formierten das, was man dann Exilarmee nannte.«

»Und Sie?«

»Ich habe studiert, Herr Sembritzki. Am 6. November 1939 hat Hitler 183 Professoren, Dozenten und Assistenten der Universität Krakow verhaften und in Konzentrationslager verschikken lassen, in erster Linie nach Sachsenhausen. Aber bereits 1940 gab es ein geheimes Netz von sogenannten ›fliegenden‹ Universitäten. Da begann ich mein Studium, während um mich herum die polnische Intelligenz vernichtet wurde – bis auf jene Intellektuellen, die mit den Deutschen kooperierten.«

»Es gab zu jener Zeit auch eine polnische Untergrundarmee, Herr Baranczak!«

Baranczak streckte sich. »Ein müder Haufen, Herr Sembritzki. Die *Armija Krajowa* war lediglich ein Haufen von Waldbanditen. Sie führten ihren angeblich so heldenhaften Kampf mit äußerst mäßigem Erfolg!«

»Sie haben meine Frage nicht beantwortet.«

»Ich verließ Krakow und wechselte nach Osten. Dort schloß ich mich polnischen Kriegsfreiwilligen an und dem ›Bund polnischer Patrioten‹. Haben Sie schon mal von der ›Division Tadeusz Kosciuszko‹ gehört?«

»Ein geschundener Weggefährte der Roten Armee von Lenino bis Berlin.«

Baranczak nickte. »Und sie hat das ›Lubliner Manifest‹ verkündet.«

»Die Gründung der polnischen Arbeiterpartei«, sagte Sembritzki nachdenklich. »Aber was hat das mit dem Monster von Krakau zu tun?«

»Dazu komme ich gleich. Auf der einen Seite die *Armija Krajowa,* die Heimatarmee, die für sich in Anspruch nahm, die Interessen der Polen auf dem Schlachtfeld und auch auf politischem Parkett zu vertreten. Und auf der anderen Seite die Division ›Tadeusz Kosciuszko‹, die sich mit Gomulkas Arbeiterpartei zusammentat.«

Sembritzki wußte, jetzt war der Augenblick gekommen, herauszufinden, weswegen er Krakau doch nicht einfach als Tourist besuchte, wie er es vorgehabt hatte, sondern, wenn auch unfreiwillig, in der Rolle des »Agent provocateur« auftreten mußte oder wie immer ihn Bartels eingesetzt hatte. Es war dunkel geworden im Raum, doch weder Baranczak noch Sembritzki empfanden ein Bedürfnis nach Licht.

»Es kam zu verschiedenen Zusammenstößen zwischen der Heimatarmee und den Resten unserer Division. Und unserer Division gehörte auch mein Vater an, ein Berufsoffizier, der den ganzen Feldzug von Rußland bis zurück nach Polen an vorderster Front mitgemacht hatte, während ich nur zum Teil Feindkontakt hatte. Er war einer der Befehlshaber, ich Leutnant.«

»Etwas haben Sie nicht erwähnt, Herr Professor Baranczak: Ihre Leute, die zusammen mit der Roten Armee zurückkehrten, bemächtigten sich mit Hilfe der Sowjets in Polen des gesamten Polizei- und Sicherheitsapparates.«

»Es ging darum, wieder Ordnung in dieses heillose Durcheinander zu bringen.«

»Aber was Sie dabei gegen die ›Heimatarmee‹ unternahmen, war nichts anderes als ein Bruder-, ein Bürgerkrieg!«

»Herr Sembritzki!« Baranczak hob die Stimme und wirkte mit einem Male wie ein Dozent auf dem Katheder. »Einheiten der sogenannten Heimatarmee führten nach Kriegsende Krieg gegen uns. Sie waren es, die sich in die Wälder zurückgezogen hatten und von dort einen Bruderkrieg gegen die legale Regierung inszenierten. Bis ins Jahr 1948 hinein, als *wir* längst wieder zivilen Berufen nachgingen!«

»Sie waren bereits im Jahre 1948 Professor an der Universität Krakau?«

Baranczak nickte. »Ich war zuerst Assistent am Historischen Seminar und bald darauf ordentlicher Professor.«

»Und Ihr Vater?« Sembritzki hatte die Spur aufgenommen, die ihm Baranczak gelegt hatte.

»Mein Vater? Er war für die polnische Polizei tätig.«

»Sicherheitspolizei?« fragte Sembritzki lauernd.

»Polizei!« betonte Baranczak und schaute Sembritzki böse an. »Und jetzt komme ich zu dem, was *Sie* interessiert. Einer der jungen Anführer innerhalb der A. K. war ein Bergwerksarbeiter aus den Salzgruben von Wieliczka. Ein Mann wie ein Monster. Er hatte schuppige Haut. Seine linke Hand war verstümmelt. Er war kahlköpfig, und sein linkes Ohr war ausgefranst, eine Verletzung, die ein anderer ihm mit der Schaufel im Salzbergwerk zugefügt hatte. Dieser Marian Domanski, so hieß er, war ein Fanatiker, ein brutaler und rücksichtsloser Mann.«

Baranczak hielt inne. Er wirkte erschöpft. Seine Arme hingen kraftlos herab.

»Was war mit diesem Domanski, Herr Baranczak!«

Sembritzki wollte jetzt alles wissen; er wollte sozusagen das Codewort hören, das es ihm ermöglichte, sich aus diesem Netz zu befreien, das Bartels oder Wozniak oder vielleicht auch Stecki über ihn geworfen hatten.

»Das Monster hat meinen Vater exekutiert!«

»Was?«

»Ja. Mein Vater war auf Patrouille in den Wäldern in der Umgebung von Krakow. Sie müssen wissen, Herr Sembritzki, daß er in entscheidenden Situationen immer wieder an vorderster Front war. Er hat Domanski stellen wollen. Er ist mit nur einem einzigen Begleiter in die Wälder gefahren, um den Schlupfwinkel Domanskis auszumachen.«

»Und Domanski hat sich nicht erwischen lassen. Im Gegenteil!«

Ein Laut, halb Stöhnen, halb Lachen drang aus Baranczaks Mund. »Domanski hat meinen Vater in einen Hinterhalt gelockt. Und dann . . .!«

In diesem Augenblick tauchte in der Tür der Aufseher auf, blieb eine Weile unbeweglich im Rahmen stehen, verunsichert durch die tiefe Dämmerung im Raum. Dann schaltete er die

Deckenbeleuchtung an. Sembritzki und Baranczak deckten fast gleichzeitig ihre Augen mit der Hand ab.

»Przepraszam!«

Der Alte stieß eine Folge von Konsonanten aus, die Baranczak mit einem Schwall von Worten sofort wieder erstickte. Das Licht erlosch so schnell, wie es aufgeflammt war, vorsichtig zog der Aufseher die Tür ins Schloß.

»Er hat meinen Vater exekutiert!«

Im Raum war es totenstill geworden. Baranczak fischte eine Zigarre aus seiner Tasche. Diesmal konnte er sich nicht beherrschen. Seine Hände zitterten, als er sie anzündete – es schien eine Ewigkeit zu dauern, bis die Zigarre brannte.

»Er hat ihn erhängt!«

Er stieß den Satz mit einer Rauchwolke aus, während er die Flamme des Streichholzes mit einer hastigen Handbewegung löschte.

»Und dann hat er an meine Adresse einen Landkartenausschnitt geschickt und dazu die genauen Koordinaten des Punktes, wo mein Vater zu finden wäre.«

Sembritzki spürte einen Hauch von Mitleid, als er Baranczak fast gebrochen sah unter dieser Last der Vergangenheit.

»Sie haben ihn gefunden?«

Baranczak nickte. »Um seinen Hals hing eine große Tafel, auf der mit kyrillischen Buchstaben das Wort ›Verräter‹ stand.«

Sembritzki legte seine Hand auf Baranczaks Arm, der ihn aber sogleich zurückzog.

»Ich will kein Mitleid, Herr Sembritzki!«

»Entschuldigung«, murmelte Sembritzki.

»Es ist bereits Geschichte!«

Baranczak lehnte sich aufatmend gegen die Wand.

»Das Monster von Krakau«, murmelte Sembritzki, und er fragte sich, warum Bartels, falls er überhaupt eine geheime Zusatzinformation hinter dem mittelalterlichen Flugblatt versteckt hatte, diesen Mann noch einmal mit der Vergangenheit aufscheuchen wollte.

»Wo ist Domanski? Wo ist das Monster von Krakau heute?« fragte Sembritzki schließlich.

»Domanski ist tot!«

»Kein Zweifel?«

»Kein Zweifel! Am Tag nach der Ermordung meines Vaters begannen Milizangehörige mit einem Großangriff auf das Hauptquartier der Heimatarmee. Dabei wurden alle seine Männer und er selbst getötet!«

»Sie sind sich sicher?«

»Ganz sicher«, sagte Baranczak. »Bei einem der verkohlten Toten fand man die Identitätspapiere Domanskis.«

»Entschuldigung«, murmelte Sembritzki ein zweites Mal.

Baranczak machte eine wegwerfende Handbewegung. »Warum sind Sie hergekommen? Um vergessene Geschichten wieder aufzuwärmen, Herr Sembritzki? Nehmen Sie die Wirklichkeit eins zu eins. Suchen Sie dahinter nicht nach einer zweiten Wirklichkeit!«

Der Fall des Monsters von Krakau war geklärt.

»Herr Professor, ich muß Polen verlassen!« sagte Sembritzki endlich leise. Es war inzwischen so finster geworden, daß er die Umrisse seines Gesprächspartners kaum mehr ausmachen konnte.

»So gehen Sie!« sagte Baranczak ruhig.

Sembritzki lachte verlegen.

»Das sagen *Sie*!«

»Das sage ich, Herr Sembritzki. Gehen Sie! Und gehen Sie so schnell, wie Sie können!«

Sembritzki spürte den kurzen und festen Händedruck auf seinem Oberarm, sah, wie der Schatten Baranczaks sich von ihm entfernte, wie die Tür geöffnet wurde, der Schatten sich in der Türöffnung verlor. Sembritzki trat ans Fenster und schaute dem Wissenschaftler nach, wie er leicht gebeugt über den Vorplatz ging und auf die Straße hinaustrat. Wurde für den Bruchteil einer Sekunde nicht auch der Beschatter Sembritzkis im Licht einer Straßenlaterne sichtbar?

Als Sembritzki fünf Minuten später selbst das Historische Museum verließ, tauchte der Mann tatsächlich aus der Nacht auf. Diesmal aber schluckte ihn das Dunkel nicht wieder. Mit seinen geschärften Sinnen hörte Sembritzki hinter sich die gedämpften Schritte, und er erinnerte sich an die drei Buchstaben, die ihm Wozniak in Breslau zugeflüstert hatte: KGB.

7

Den Dreierrhythmus trug Sembritzki Schritt für Schritt bis ins Hotel zurück: KGB. Aber was kümmerte der ihn eigentlich noch? Nichts hielt ihn mehr zurück. Doch immer wieder kam ihm auch der traurige Trompetenruf von der Marienkirche in den Sinn, der so plötzlich abbricht – zu Ende denken, den Weg bis zum Ende gehen!

Kristina wartete in der Eingangshalle des Hotels auf ihn, und im Grunde hatte Sembritzki damit gerechnet. Sie war gekommen, um zu erfahren, welchen Eindruck Sembritzki von ihrem bewunderten Professor Baranczak gewonnen hatte; vielleicht hatte unbewußt auch Angst sie hergetrieben, die Angst, Baranczak könnte der Verräter sein, den Wozniak so krampfhaft suchte.

»Konrad!«

Kristina stand auf und ging ihm ein paar Schritte entgegen. Sembritzki faßte sie am Arm und führte sie zu der Polstergruppe zurück.

»Du hast *ihn* gesehen?«

Sie sprach das Wort gleichsam mit einem großen I aus. Sembritzki lächelte.

»Wenn du von Professor Baranczak sprichst, dann lautet meine Antwort: Ja! Setz dich!«

Er spürte ihre Angst und wußte, daß er die Situation unverzüglich nutzen mußte. Sie konnte ihm vielleicht doch einige Details über Baranczak mitteilen, die neue Perspektiven eröffneten.

»Ein beeindruckender Mann!«

Sie sah dankbar zu ihm auf, aber die Knöchel ihrer Finger auf der Stuhllehne waren schneeweiß.

»Ein Mann mit einer bewegten Vergangenheit!«

Sembritzki bemerkte den leichten Schleier von Mißtrauen, der über ihr Gesicht huschte. Sie war verunsichert.

»Er war im Krieg! Wenn du das meinst, Konrad.«

»Ich meine nicht nur den Krieg. Ich meine auch die Zeit unmittelbar nach dem Krieg!«

Sie schüttelte den Kopf. »Ich weiß nicht, was du meinst, Konrad!« Das Kopfschütteln wurde heftiger. »Wovon redest du, Konrad?«

Sembritzki spielte den Gleichgültigen. »Dann hat er mir eben mehr erzählt als dir, Kristina. Von einem traumatischen Erlebnis, das im Zusammenhang mit dem Tod seines Vaters steht.«

»Wann nach dem Krieg?«

»1948! Vielleicht auch Ende 1947! Baranczak war damals schon Professor an der Universität Krakau!«

»Er hat sich erst 1948 habilitiert, Konrad. Kurz nach dem Krieg wechselte er in die Bundesrepublik, wo er zwei Jahre lang als Assistent an der Universität Würzburg tätig war.«

Da war es an Sembritzki, den Kopf zu schütteln. Die Daten paßten nicht zusammen! »Aber die Karriere von Professor Baranczaks Vorgänger, Kristina?« fragte er endlich im Versuch, Klarheit in die plötzlich wieder verschwommene Lebensgeschichte Baranczaks zu bringen. Eines jedoch schien für Sembritzki jedenfalls geklärt: Würzburg! Dort mußte der BND, mußten wohl die Leute um Gehlen ihre ersten Kontakte zu ihm aufgenommen haben.

»Sein Vorgänger?« fragte Kristina gedehnt. »Ich weiß es nicht. Ich nehme an, das war irgendein Mann, der den Nazis genehm gewesen ist.«

Sembritzki nickte. Natürlich!

»Szawul!« sagte Kristina plötzlich wie erleichtert.

Sembritzki schaute Kristina verblüfft an.

»Szawul? Wer ist Szawul?«

»Baranczaks Vorgänger. Selbstverständlich – jetzt erinnere ich mich genau an den Namen. Szawul – ein Name wie ein Vampir, hat Baranczak immer gesagt.« Durch die geöffnete Küchentür drang ein penetranter Bratengeruch herüber. Sembritzki wußte, daß er nicht weiterfragen durfte, wenn er Kristina nicht mißtrauisch machen wollte. Sie würde, davon war er überzeugt, Baranczak ohnehin alles erzählen.

»Ein Name wie ein Vampir!« wiederholte er schmunzelnd. »Wirklich!« Er erhob sich.

»Professor Baranczak ist in Ordnung?« fragte Kristina und blickte zu ihm auf.

»Er ist in Ordnung, Kristina. Mehr in Ordnung, als ich dachte! Und das auf eine Weise, die mich zu seinem Komplizen macht!«

»Komplize?« fragte sie mißtrauisch.

»Freund. Nenn es Freund! Kristina. ›Komplize‹ wäre ein Ausdruck, den unser gemeinsamer Freund Wozniak nicht gerne hören würde!«

»Er erwartet dich, Konrad!«

Sembritzki schüttelte den Kopf. »Ich habe ihm nichts zu sagen, Kristina.«

War es ein Gefühl von Erleichterung, das ein leises Lächeln auf ihr Gesicht zauberte, das allerdings gleich wieder verblühte?

Doch Wozniak würde ihn nicht einfach so gehen lassen. Nicht nach Zdenecs Tod! Und nicht bevor ihm Sembritzki jene Information geliefert hatte, die er von ihm erwartete.

Eine letzte Nacht also, dachte er. Dann würde er endlich abreisen können.

»Wo kann ich Wozniak treffen?«

Kristina hatte sich ebenfalls erhoben und suchte krampfhaft nach dem linken Ärmel ihres dünnen Regenmantels.

»Er wird sich mit dir in Verbindung setzen! Hat er gesagt«, fügte sie noch hinzu, nachdem sie ihren Arm mit Mühe in die Öffnung zu stecken vermocht hatte.

»Gute Nacht, Kristina«, sagte er und wandte sich ab. Er schritt zum Hotelausgang und entschwand in der Nacht, bevor sie ihn länger aufhalten konnte. Er bog links in die Slawkowska ein, dann, etwas später, nach rechts, bis er den großen Platz erreichte, der im Südwesten durch den Palast der Kunst abgeschlossen wurde. Vor ihm lag die Jagiellonska, die Universitätsstraße; dort irgendwo hoffte er, jenes Geheimnis lüften zu können, das Baranczak hütete. Laut klangen Sembritzkis Schritte zwischen den hohen Häuserreihen der engen Straße. »Ruch-Wisla-Slask« stand auf einer matt beleuchteten Hauswand geschrieben. »Bewegung Weichsel-Schlesien!« Was immer das bedeuten mochte, Sembritzki hatte beim Lesen dieser Worte das Gefühl, nicht mehr ganz so allein zu sein. Um ihn herum mußte es andere geben, die nicht aufzutauchen wagten, die inkognito durch die Welt gingen.

Das Tor zum Collegium Maius, dem ältesten Gebäude der Krakauer Universität, war geschlossen. Doch durch das vergitterte Fenster neben dem Eingang schimmerte Licht. Sembritzki streckte die Hand durch das Gitter und klopfte gegen die Scheibe. Der geblümte Vorhang bewegte sich. Das Fenster ging einen Spalt weit auf.

»Dobry wieczor!« sagte Sembritzki und trat ganz nahe an die Scheibe.

»Kto tam?« fragte eine heisere Stimme, die gleich darauf von Husten überfallen wurde.

»Konrad Sembritzki! Sprechen Sie deutsch?«

»Was wollen Sie? Die Universität ist geschlossen!«

Da erst sah Sembritzki das Gesicht des Mannes hinter dem Gitter, der seinen Kopf halb ins Profil gedreht hatte, so daß das Licht auf die linke Gesichtshälfte fiel, auf eine welke Haut voller Narben und Stoppeln. Auf der scharfen, steilen Nase saß eine Brille mit runden Gläsern.

»Ich möchte meinen alten Professor besuchen. Aber ich weiß nicht, wo er heute wohnt. Und da es keine Telefonbücher . . .«

Sembritzki konnte den Satz nicht vollenden. Das meckernde Lachen stieß ihn ab.

»Entweder Sie wissen, wo Ihre Freunde wohnen, oder Sie lassen den Besuch bleiben, pani!«

»Szawul! Professor für alte Geschichte. Bis 1945 oder 1948.«

»Szawul?«

Der Mann hinter dem Fenster spuckte den Namen aus wie einen Speiserest.

»Sie kennen ihn?«

»Ich kannte ihn. Ja. Er ist tot?«

»Tot? Vielleicht alt. Sehr alt. Und erledigt!«

»Wer?«

»Szawul. Sie fragten nach Szawul!«

Der Vorhang fiel, und Sembritzki wollte sich schon enttäuscht abwenden, als noch einmal der Kopf des Mannes erschien.

»Zablocie«, schnarrte er und streckte den Kopf so weit vor, daß seine Nase spitz zwischen den Stäben hervorsprang.

»Zablocie?«

»Eine Straße. Bohaterov Stalingradu, dann die Brücke über die Weichsel, scharf links abbiegen. Zablocie, eine Straße parallel zum Fluß.«

»Eine Nummer?«

»Sie verlangen viel, pani, und geben wenig!«

Sembritzki schob eine Dollarnote durch die Stäbe und bekam gewissermaßen als Quittung prompt eine zweistellige Zahl zugeflüstert. Bevor er sich verabschieden konnte, fiel der Vorhang, klappte das Fenster zu. Das Licht erlosch.

Als Sembritzki mitten auf der Brücke stand und in unmittelbarer Nähe flußabwärts ein Güterzug über die Eisenbahnbrücke donnerte, starrte er, die Hände auf die Brüstung gestützt, auf den schwarzen Strom hinunter, der ihm entgegenfloß. Unter dieser Brücke mußte Zdenec hindurchgetrieben sein. Evas Freund!

Man kann den Fluß nicht in Eis verwandeln, dachte Sembritzki. Man kann nicht aufhalten, was einmal in Bewegung geraten ist.

Und ihm war auch klar, daß diese Position auf der Brücke für ihn keine Sicherheit bedeutete. Er war Grenzgänger zwischen zwei Ufern. Und wenn er jetzt auch beschwörend hinunterschaute, als wolle er den Fluß bannen, zum Gefrieren bringen, so empfand er auch schon die magische Anziehungskraft des Wassers, das ihm den scheinbar festen Boden unter seinen Füßen wegzuspülen schien. Er stieß sich beinahe gewaltsam vom Brückengeländer ab und lief weiter. Am Ende der Brücke fühlte er, wie ihm der Schweiß den Rücken hinunterrann. Die Finger taten ihm weh. Er hatte seine Hände die ganze Zeit über zu Fäusten geballt.

Er blickte sich noch einmal um. Einige wenige Autos fuhren über die Brücke, drei, vier Menschen strebten dem jenseitigen Ufer zu, und nachdem er abgebogen war, gingen genau zwei Schatten in dieselbe Richtung wie er. Als der erste in den Lichtkegel einer Straßenlaterne trat, erkannte er den Mann in der grauen Kunstlederjacke. Sembritzki ließ sich nicht die Zeit zu warten, bis auch der zweite Mann ins Licht treten würde, sondern hastete über die Treppenstufen, die hinunter ans Ufer führten. Und während er dann weiterlief, die Zablocie entlang, mit gesenktem Kopf, die Hände in den großen Taschen seiner Jacke vergraben, spähte er unablässig hinauf zu den blauen Schildern über den Hauseingängen, bis er endlich die Nummer entziffern konnte, die ihm der Hausmeister der Universität genannt hatte. Er blieb nicht gleich stehen, sondern lief, etwas langsamer zwar, noch etwa zwanzig Schritte; zwischen einem geparkten Laster und einem Personenwagen fand er eine Lücke, wo er sich verstecken konnte.

Wo waren seine beiden Verfolger geblieben? Keine Schritte – nichts war zu hören. Vorsichtig spähte Sembritzki hinter dem

Laster hervor. Die Straße war leer. Nirgends auch nur ein Schatten. Er verließ sein Versteck und hastete zurück.

Szawul Janusz.

Sembritzki drückte auf den Klingelknopf, wartete, eng an die Haustür gelehnt, und beinahe wäre er in den nur dürftig erleuchteten Hausflur gestürzt; denn gänzlich unerwartet sprang die Tür auf. Zweiter Stock! Er ging an einem hellblauen Kinderfahrrad und einem Puppenwagen vorbei, streifte mit dem Ärmel die Blätter einer künstlichen Palme und fand mit der Linken, tastend, das Treppengeländer. Doch bevor er seinen Fuß auf die Stufen setzte, schaute er zwischen den Geländern nach oben und sah verschwommen das Gesicht eines Mannes, der sich hinunterlehnte.

Er war klein und gebeugt und schaute Sembritzki lauernd aus kleinen Vogelaugen an.

»Pani pozwoli ze sie przedstawie?« Sembritzki unternahm einen angestrengten Versuch, sich höflichst bei dem alten Mann einzuführen.

»Ihr Polnisch war nicht von guten Eltern, mein Herr!« erwiderte Szawul unbarmherzig in makellosem Deutsch.

»Entschuldigen Sie – Herr Professor. Mein Name ist Sembritzki. Konrad Sembritzki!«

»Kein deutscher Name!«

Sembritzki machte eine vage Handbewegung nach hinten, über die Schulter, als ob seine Vorfahren irgendwo im Dunkel des Treppenhauses verborgen wären.

»Was wollen Sie, Herr Sembritzki?«

Ein Name wie ein Vampir! hatte Kristina gesagt. Und wirklich, bei seinem sparsamen Lächeln zeigte Szawul zwei lange gelbe Eckzähne. Die übrigen Vorderzähne fehlten. Wie ein abgetakelter Boxer oder Eishockeyspieler kam der Mann Sembritzki vor.

»Was wollen Sie?« fragte Szawul noch einmal.

»Ich möchte mit Ihnen sprechen!«

Szawul verzog spöttisch die Lippen.

»Ich erinnere mich nicht, wann zum letzten Mal jemand sich für mich interessiert hätte! Außer vielleicht ein verirrter Geheimpolizist. Meine Person ist nicht mehr der Rede wert!«

»Baranczak. Zygmunt Baranczak!« sagte Sembritzki aufs Geratewohl, in der dunklen Hoffnung, der Name könnte Szawul provozieren.

»Baranczak!«

Szawul stieß den Namen seines Nachfolgers an der Universität wie einen Fluch aus. »Baranczak ist kein Thema!« zischte er, und seine kleine Augen starrten den Mann, der ihn mit einem Stück Vergangenheit konfrontierte, bösartig an. Er griff hinter sich, tastete nach einem schwarzen Stock mit Silbergriff und fuchtelte damit wie wild in der Luft herum, bis er sich wütend umdrehte und in der Wohnung verschwand. Aber er ließ die Tür offen. Sembritzki verstand das als Einladung, ihm zu folgen.

Der Flur war eng und vollgestopft mit Büchern – in schmalbrüstigen hohen Fichtenholzregalen, auf Stühlen und in Stapeln von Kartonschachteln. Szawul stand unter einer Deckenlampe mit zerschlissenem dunkelrotem Schirm und klopfte wie ein Zeremonienmeister mit dem Stock dreimal auf den Boden.

»Kommen Sie!«

Er verschwand durch eine weitere Tür. Sembritzki, der beobachtend im Flur stehengeblieben war, hörte Szawul drinnen rumoren und vor sich hin murmeln.

»Kommen Sie endlich!«

Szawul saß in einem riesigen Schaukelstuhl aus dunklem Rattanholz, den er mit Hilfe seines Stockes, den er rhythmisch gegen den Teppich stemmte, in wilde Bewegung setzte.

»Setzen Sie sich!«

Sembritzki schaute sich um, fand endlich einen zerschlissenen Plüschsessel, legte drei aufgeklappte Bücher vom Sessel auf den Fußboden und setzte sich mit äußerster Vorsicht hin. Der Plüsch verriet ein ehrwürdiges Alter. Er konnte unter dem durchgesessenen Polster die Federn spüren.

»Baranczak ist ein Killer!«

Sembritzki starrte Szawul erschrocken an. Szawul wippte unentwegt heftig vor und zurück und stieß zwischendurch ein schrilles Lachen aus, ein Gemisch aus Gift und Galle.

»Wie meinen Sie das, Herr Professor?«

»Szawul heiße ich! Ich bin kein Professor mehr! Baranczak ist Professor!«

Szawul rammte seinen Stock mit einem brüsken Ruck in den fadenscheinigen Teppich. Die Schaukelbewegung fand abrupt ein Ende.

»Tee oder Wodka?«

Szawul erhob sich mit einer Behendigkeit, die Sembritzki ihm nie zugetraut hätte. Mit schnellen, kurzen Schritten eilte er durch den Raum, blieb vor einem dünnbeinigen Mahagonischränkchen stehen, rüttelte ungeduldig am Schlüssel, der offensichtlich im Schloß hakte, so daß das ganze Möbelstück bedrohlich zu schwanken begann, und kam strahlend mit zwei kleinen Gläsern und einer halbvollen Flasche zurück.

»Prost!« sagte Szawul und stellte Sembritzkis Glas auf die Stuhllehne.

»Zum Wohl!«

Sie tranken. Keiner sagte ein Wort. Szawul stand dicht vor Sembritzki, der auf die sanft baumelnde goldene Uhrkette starrte, die zwischen einem ausgefransten Westenknopfloch und einer halb ausgerissenen Tasche gespannt war.

»Baranczak!«

Sembritzki sprach dieses Reizwort nur aus, um endlich ein Gespräch in Gang zu bringen. Szawul leerte sein Glas in einem Zug, schenkte nach, klemmte sich die Flasche unter den Arm und ließ sich wieder in seinem Schaukelstuhl nieder.

»Baranczak hat mich von meinem Lehrstuhl verdrängt, Herr Sembritzki. Systematisch hat er meine Kaltstellung betrieben. Systematisch und erbarmungslos!«

»Wie lange sind Sie an der Krakauer Universität Professor gewesen?«

Szawul kniff die Augen zusammen und griff nach der Flasche. Er schluckte heftig.

»Seit 1935, mein lieber Sembritzki!«

»Seit? – Von 1935 bis wann?«

Szawuls Augen wurden böse.

»Seit 1935! Ich bin der legale Inhaber des Lehrstuhls für mittelalterliche Geschichte an der Universität Krakau. Und so werde ich meine Antwort immer formulieren, wenn ich nach meiner Lehrtätigkeit gefragt werde. Ich bin seit 50 Jahren Inhaber des Lehrstuhls! Heute noch! Und bis zu meinem Tod!«

Sembritzki schwieg.

»Baranczak hat die gesamte Tradition der Krakauer Geschichtsforschung verraten! Ich weiß nicht, ob Sie über die Bedeutung der Krakauer Universität Bescheid wissen, Herr Sembritzki. Ob Sie wissen, daß gegen Ende des letzten Jahrhunderts die sogenannte Schule von Krakow einen internationalen Ruf hatte. Szujuski und Bobrzynski sind zwei Namen, die man nie vergessen wird. Sie haben die synthetische Zusammenfassung der Geschichte Polens geliefert! Sicher, bei ihnen war ein konservativ-klerikaler Grundton nicht zu überhören. Aber die Wurzeln, Herr Sembritzki! Die Wurzeln haben die beiden auf überzeugende Weise freigelegt!«

»Die Wurzeln? Was für Wurzeln?«

»Es gibt zwischen Deutschland und Polen mehr historisch bedingte Gemeinsamkeiten, als man heute bereit ist zuzugestehen!«

»Baranczak hat diese Gemeinsamkeiten nicht sehen wollen?«

Szawul füllte sein Glas erneut und warf mit einer überraschenden Bewegung die Flasche Sembritzki zu, der sie nur mit Mühe in letzter Sekunde noch auffangen konnte.

»Die literarische Beziehung Polen–Deutschland geht bis in die Anfänge der Dichtkunst zurück.«

»Chroniken, Lieder, Legenden?«

Sembritzki lieferte die Stichworte, um Kompetenz zu dokumentieren. Er war sicher, daß Szawul dergleichen Beweise von ihm erwartete.

»Richtig!« nickte Szawul. Er schaute seinen Gast mit einem anerkennenden Lächeln an.

»Erzbischof Gaudentius hat deutsches Liedgut an die Weichsel getragen. Er war einer der ersten Jahrbuchschreiber.«

»Das fränkisch-polnische Jahrbuch!« ergänzte Sembritzki. Es kam wie aus der Pistole geschossen. »Ich habe davon gehört.«

»Sehr gut!« Szawul war inzwischen ganz in die Rolle des Examinators geschlüpft. Sie machte ihm sichtlich Spaß; solche Befriedigung schien ihm gefehlt zu haben. »In einer polnischen Legendensammlung aus dem 13. Jahrhundert findet sich eine Geschichte, die ihren Ursprung in einem Gedicht des St. Galler Mönchs Ekkehard hatte. St. Gallen – Krakau! Stellen Sie sich vor, Herr Sembritzki. Da gibt es eine direkte Linie! Die Geschichte vom tapferen Walter aus Tyniec und der schönen Heligunde!«

Szawul stand plötzlich aufrecht da und unterstrich seine Worte mit seinem schwarzen Stock wie ein Dirigent.

»Das städtische Patriziat sprach seit dem 13. Jahrhundert deutsch!« rief Szawul triumphierend und sank erschöpft auf seinen Stuhl zurück.

»Interessant«, murmelte Sembritzki. »Sehr interessant! Aber mir ist nicht ganz klar, was Sie damit sagen wollen. Wir sprachen von Zygmunt Baranczak!«

Szawul schien gar nicht hinzuhören. Er hatte seinen Stock zwischen die Beine geklemmt und lehnte sich ganz weit vor, das Kinn auf den über dem Stockgriff gefalteten Händen.

»Von hundert Wörtern der polnischen Umgangssprache sind sechzehn deutscher Herkunft!« murmelte Szawul für sich.

Sembritzki stand auf. Er trat ans Fenster. Zwischen den schweren dunkelroten Samtvorhängen blickte er auf die Straße hinunter. Und wäre da nicht im Dunkel der Nacht dieser kleine, glühende Punkt gewesen, er hätte annehmen dürfen, daß seine Verfolger seine Spur verloren hatten.

»Baranczak verleugnet diese Wurzeln, Herr Sembritzki!« Szawuls Stimme klang jetzt ganz sachlich und nüchtern. Sembritzki hörte das Glucksen des Wodkas im Flaschenhals und fragte sich, was denn Baranczak in Würzburg verloren hatte – angesichts seiner eigenen wissenschaftlichen Ausrichtung, die deutsche Traditionen im Polnischen negierte, mußten Forschungen an einer deutschen Universität sinnlos scheinen, so kurz nach dem Krieg um so mehr.

»Was wissen Sie über Baranczaks Biographie, Herr Professor? Über seine Herkunft?«

Sembritzki hatte sich vom Fenster abgewendet und Szawul zugekehrt. Nachdenklich steckte er sich einen Zigarillo in den Mund.

»Sein Vater war Offizier in der polnischen Armee.«

»Ich weiß! Seine Mutter?«

Viermal klopfte Szawul mit seinem Stock auf den Teppich, bevor er Antwort gab. »Seine Mutter war Jüdin!«

Sembritzki schaute Szawul ungläubig an. Er trat näher an seinen Gastgeber heran.

»Sie war Jüdin?«

Szawul nickte. »Als Baranczak sich absetzte und im Untergrund verschwand und später in die Sowjetunion wechselte, blieb seine Mutter zurück.«

»Und?«

Szawul klopfte erneut heftig auf den Boden.

»Und? Sie wurde von den Nazis verhaftet, kam nach Auschwitz und nie mehr zurück!«

»Baranczaks Mutter ist in Auschwitz umgekommen?« fragte Sembritzki zweifelnd. »Und da wundert es Sie, daß Baranczak sich beharrlich weigert, die deutsch-polnischen Wurzeln anzuerkennen?«

Szawul wurde wütend. Wenn er nur seinen Stock ruhig halten könnte! »Wissenschaft hat nichts mit Gefühlen zu tun. Es gibt objektive Kriterien, die sind verbindlich. Es gibt Forschungsergebnisse, an die sich jeder zu halten hat!«

»Sie haben sich an diese Forschungsergebnisse gehalten, Herr Professor?«

Szawul warf ihm einen vernichtenden Blick zu.

»Mit aller Konsequenz, Herr Sembritzki!«

»Das heißt, daß Ihre Position als Professor für mittelalterliche Geschichte an der Universität Krakau so lange nicht gefährdet war, als die Deutschen Polen besetzt hielten!«

»Ich habe nicht kollaboriert! Falls Sie das meinen!« Szawul richtete die Spitze seines Stocks auf Sembritzkis Brust. »Ich habe meine Prinzipien vertreten. Das ist alles!«

»Aber Sie gehörten nicht zu jenen Professoren und Dozenten, die am 6. November 1939 verhaftet und nach Sachsenhausen deportiert wurden?«

»Ich gehörte nicht dazu. Sonst wäre ich ja nicht am Leben geblieben!« Szawul schaute Sembritzki unschuldig an, mit einem Ausdruck sicherer Überzeugung, die durch nichts zu erschüttern schien. Seine plötzliche Ruhe kam Sembritzki fast unheimlich vor. Und seine Selbstbeherrschung geradezu unfaßbar.

»Und Sie haben sich auch nicht für Ihre Kollegen eingesetzt?«

Szawul schüttelte den Kopf. »Sonst wäre ich doch nicht mehr am Leben!« sagte er ein zweites Mal.

»Wundert es Sie wirklich, daß Baranczak nach seiner Rückkehr in Krakau alles unternommen hat, um Ihre Absetzung zu bewirken?«

»Nein. Das wundert mich überhaupt nicht. Er wollte meinen Lehrstuhl!«

»Haben Sie nie daran gedacht, daß Baranczak Sie bestrafen wollte, weil Sie während der deutschen Besatzungszeit Ihren Lehrstuhl beibehielten, während er sich absetzen mußte und seine Mutter im KZ umkam?«

»Ich sagte doch schon – Wissenschaft hat nichts mit Gefühl oder Gesinnung zu tun! Es gibt deutsch-polnische Wurzeln in der Geschichte. Darum ging es mir und nicht um eine Unterwerfung unter das Regime der Nazis. Es ist nicht meine Schuld, daß meine Geschichtstheorien den Deutschen in den Kram paßten!«

Auf seine Weise hatte Szawul recht. Sembritzki fand die fanatische Verbohrtheit des ehemaligen Professors, der gegenüber der Welt die Augen zugedrückt hatte, obwohl Kollegen grausam ums Leben kamen, mehr als verwunderlich, fast abstoßend, nein, verwerflich. Er legte den Rest seines zerkauten Zigarillos auf ein rundes Holztischchen. Er mußte Szawul für sich einspannen. Er hatte gar keine andere Wahl. Er lehnte sich zurück. Er nahm sich zusammen. Schließlich war er in keiner Weise für Szawul verantwortlich. Er versuchte zu lächeln.

»Können Sie sich denn erklären, warum Baranczak kurz nach dem Krieg für ein oder zwei Jahre an einer bundesdeutschen Universität gearbeitet hat?«

»Würzburg«, nickte Szawul. Er schien mit einem Male erregt, stützte sich auf seinen Stock und stand auf. »Sie haben recht, das paßt einfach nicht zusammen! Baranczak vertritt eine sozusagen rein slawische Geschichtsauffassung, und trotzdem verbringt er zwei Jahre an einer deutschen Universität!«

Es gab eine Erklärung für diesen Wechsel in die Bundesrepublik. Reinhard Gehlen, ehemaliger Chef der Abteilung »Fremde Heere Ost« und Generalmajor im deutschen Generalstab, hatte sozusagen einen fliegenden Wechsel von einem Lager ins andere vollzogen; bei Kriegsende hatte er innerhalb kürzester Zeit unter amerikanischer Protektion die Organisation Gehlen, »Org.«, aufgebaut und war bald zum großen Mann des Bundesnachrichtendienstes aufgestiegen. Er mußte es gewesen sein, der Baranczak angeworben hatte, und was ihn an Baranczak interessiert haben mochte, war unschwer zu erraten. Aber warum hatte Baranczak sich anwerben lassen? Der Sohn einer Jüdin, die von den Deutschen umgebracht worden war? Da stimmte doch etwas nicht, nun war Sembritzki unschlüssig, ob ihm dieser alte, verbitterte Geschichtsprofessor in dem Punkt weiterhelfen konnte. Einen Versuch war es wert.

»Ist Ihnen Reinhard Gehlen ein Begriff, Herr Professor?«

Szawuls Lachen war fast unerträglich schrill. Er war beleidigt.

»Mein lieber Mann, für wen halten Sie mich eigentlich? Gehlen war der Mann, der den gesamten Osten im Griff hatte. Denken Sie, daß sich der deutsche Geheimdienst nie um mich gekümmert hat?«

Sembritzki überlegte. Es war naheliegend, daß ein so exponierter Mann wie Szawul seine Haut nur zu retten vermocht hatte, indem er auf irgendeine Weise die Neugierde der deutschen Nachrichtenleute befriedigte.

»Sie haben universitätsinterne Informationen weitergegeben?«

»Was heißt universitätsinterne Informationen?« Szawul kreischte. »Da gab es nichts zu verbergen. Die hatten sowieso alle Informationen. Die Nazis hatten überall ihre Leute, wissen Sie, auch in den Zentren der Uni.«

Sembritzki schüttelte unwillig den Kopf. »Sie haben bestritten, mit den Nazis kollaboriert zu haben. Offiziell haben Sie wahrscheinlich auch nicht kollaboriert. Aber es ist unmöglich, daß sich Gehlens Truppe Ihrer nicht auf irgendeine Weise bedient hat.«

»Es mag schon vorgekommen sein«, räumte Szawul widerwillig ein, während sein Stock wieder einmal in Bewegung geriet.

»Listen von Studenten, die untergetaucht sind? Nur als Beispiel.«

Szawul schaute Sembritzki fragend an. »Wie kommen Sie darauf?«

»Es wäre doch naheliegend, Herr Szawul. Sie hatten *private* Notizen, die Ihre Studenten betrafen. Selbst wenn vor der Besetzung Krakaus durch deutsche Truppen die verantwortlichen Universitätsstellen die Listen der Studenten und Professoren vernichtet haben, gab es doch noch Quellen für private Daten. Bei einzelnen Professoren. Sie waren eine solche Quelle.«

Sembritzki hatte sich von einer plötzlichen Intuition leiten lassen und wunderte sich über die Sicherheit, mit der er sprach;

aber die Vermutung entsprach dem Bild, das er sich inzwischen von Szawul hatte machen können.

Szawul stand mit dem Rücken zu Sembritzki vor einem der Bücherregale und tastete mit der linken Hand liebevoll über die Buchrücken, als habe er seinen Gast völlig vergessen. Es dauerte eine ganze Weile, bis er wie aus einem Traum emportauchte. Seine Stimme war leise. Sembritzkis Frage hatte er keineswegs vergessen.

»Ich hätte alles getan, um meine Bücher zu behalten. Alles, um weiterhin forschen zu können. Nichts in der Gegenwart war mir wichtig genug, um ein Gegengewicht zu dem bilden zu können, was mir die Vergangenheit bedeutete.«

»Verrat, um die Vergangenheit intakt in eine Gegenwart retten zu können! Wieviel ist eine solche Vergangenheit wert, Herr Szawul?«

»Ich bin ein alter Mann. Ich lebe nur noch in der Vergangenheit.«

»Damals waren Sie vielleicht vierzig Jahre alt. Sie hätten an Gegenwart und Zukunft denken müssen.«

»Ich sagte es Ihnen doch schon! Ich wollte überleben, wollte das in die Zukunft, und sei sie noch so unsicher und unbestimmt, hineinretten, was meinen Lebensinhalt ausmachte.«

»Um jeden Preis?«

»Um jeden Preis!« Szawul drehte sich langsam um. Es war das erstemal, daß Sembritzki in seinem Gesicht einen Ausdruck von Trauer erkannte, Zeichen einer Verlorenheit, die schwer zu deuten war. Sembritzki schwieg. Er hatte keine Ahnung, wie lange sie beide schwiegen. Jedes Gefühl von Zeit schien ihnen entgangen, während sie einander anschauten. Keiner senkte den Blick.

»Fragen Sie nur, Herr Sembritzki!« sagte unvermittelt Szawul, der offensichtlich spürte, daß sein Gast sich scheute, Fragen zu stellen, die ihm auf der Seele brannten. »Fragen Sie ruhig weiter. Sie dringen hier bei mir ein. Sie fragen mich über Baranczak aus, und unvermittelt drängen Sie nicht meinen

Nachfolger und erklärten Feind in die Ecke, sondern mich selbst. Und Sie sagen mir nicht einmal, warum Sie das tun! Wer Sie in Wirklichkeit sind! In wessen Auftrag Sie mich ausfragen! Als ob Sie mein Inquisitor wären, Herr Sembritzki! Trotzdem: Stellen Sie Ihre nächste Frage! Ob ich nach dem Krieg für Gehlen weitergearbeitet habe. Das wollen Sie doch wissen.«

Sembritzki hielt seinen Blick noch immer unverwandt auf Szawul gerichtet. »Ja, das würde ich gerne wissen! Und ich werde Ihnen auch sagen, warum, wenn Sie mir eine Antwort auf diese Frage geben.«

Szawul kehrte zu seinem Stuhl zurück. Die Lebhaftigkeit war von ihm wie abgefallen. Er stützte sich beim Gehen auf seinen Stock. War an seiner Hand nicht sogar ein leichtes Zittern zu beobachten? Als er endlich wieder an seinem Platz saß und langsam, beinahe sanft, den Schaukelstuhl in Bewegung gesetzt hatte, mit geschlossenen Augen, wie ein Kind in den Rhythmus eintauchte, gab er die Antwort, auf die Sembritzki gewartet hatte.

»Ja, Gehlen hat mich übernommen. Ich habe den Transfer mitgemacht. Vom Informanten der Heeresgruppe Ost bin ich ein Informant der Heeresgruppe West im Osten geworden.« Er lachte traurig, fast wehmütig. »Alles ist beim alten geblieben, nur die ideologische Färbung hat sich geändert.«

»Warum haben Sie den Transfer mitgemacht, Herr Szawul? Sie mußten doch annehmen, daß nach der Machtübernahme der Sowjets Ihre Tage als Dozent irgendwann gezählt waren. Sie hatten an den Zentren der Universität Krakau nichts mehr verloren.«

Szawul nickte. »Drei Jahre habe ich mich gehalten. Dann hat Baranczak mich nach seiner Rückkehr aus Würzburg gekippt! Der Mann hat Beziehungen aufgebaut.«

»Und der BND hatte weiter Verwendung für Sie?«

»Mit meiner Entlassung wurde ich zum Reisenden in Sachen Geschichte. Ich hielt – mit Bewilligung der Regierung – Vorträge auf dem Land. Selbstverständlich wurden meine Manuskripte vorher zensuriert, und die deutsch-polnischen Wurzeln waren kein Thema mehr. Aber dafür hatte ich meine Augen offen, wenn ich durch das Land fuhr.«

»Gehlens Truppe war ein dankbarer Abnehmer Ihrer Beobachtungen?«

»Ich hoffte, mir damit eines Tages die Ausreise in die Bundesrepublik zu verdienen!«

Sembritzki stand auf, ging zu Szawul hinüber und nahm ihm die Flasche aus der Hand, die er, wie ein Kind seine Puppe, nahe an sich gedrückt hielt. Er füllte sein Glas, einmal, leerte es in einem Zug, füllte es erneut. Dann schob er die Flasche vorsichtig Szawul zwischen die Hände und setzte sich wieder in seinen Plüschsessel.

»Es war umsonst?«

Szawul hatte die Augen geschlossen und hob ganz langsam die Lider. »Umsonst, wie Sie sehen. Ende 1953 brach der BND-Kontakt zu mir ab. Ich war für den Westen wie für den Osten zur Unperson geworden. Verstehen Sie, Herr Sembritzki: Professor Janusz Szawul existierte für die Welt nicht mehr. Ich lebte von einer kleinen Rente und den paar Zlotys, die ich mir durch gelegentliche Publikationen in wissenschaftlichen Zeitschriften verdiente.«

»Herr Szawul! Sie sind doch Historiker. Sie sind Wissenschaftler!«

Szawul reagierte unwirsch. »Was wollen Sie damit?«

»Sie können gar nicht anders. Sie müssen wissenschaftlich arbeiten. Alles, was Sie anfassen, gehen Sie mit wissenschaftlicher Methode und Systematik an. Als Nachrichtenbeschaffer haben Sie genauso gearbeitet.«

»Ich verstehe Sie nicht.«

»Sie verstehen mich sehr wohl, Herr Professor. Ein Wissenschaftler hat ein Archiv, wo er alles sammelt, was im Zusammenhang mit seiner Arbeit von Bedeutung ist. Auch Nebensächliches. Scheinbar Nebensächliches!«

»Und?« fragte Szawul noch einmal. Er stieß Sembritzki, der

ihm in seiner Aufregung drohend nahe gekommen war, unwillig zurück.

»Sie haben sich doch gewiß damals als Universitätsprofessor im Dienste von Gehlens Ostspionage ein Archiv angelegt – ein ganz privates Archiv mit Namen, Biographien, Beobachtungen. Vielleicht auch mit Briefen, die Sie erhalten oder die Sie irgendwie abgefangen haben.«

»Ich weiß noch immer nicht, worauf Sie hinaus wollen!«

»Sie haben Ihr Archiv auch nach dem Krieg weitergeführt. Wieder in Gehlens Namen, nur für die Westspionage, wie wir festgestellt haben!«

»Und?« fragte Szawul zum dritten Male und schloß müde die Augen.

»Wo ist dieses Archiv, Herr Professor. Oder besser: wo sind die *beiden* Archive?«

»Wer sagt Ihnen denn, daß ich sie nicht vernichtet habe? Oder daß sie bei einer der zahlreichen Hausdurchsuchungen nicht der polnischen Geheimpolizei in die Hände gefallen sind?«

Sembritzki schüttelte den Kopf. »Nein! Sie haben dieses Archiv versteckt! Aber wo?«

»Wer sind Sie, Herr Sembritzki? Sie haben kein Recht, mich unter Druck zu setzen!«

»Ich will Sie nicht unter Druck setzen. Ich will nur wissen, wer Baranczak ist! Ich will über seine Biographie minuziös Bescheid wissen, will die kleinsten weißen Flecken in seinem Leben ausmachen!«

»Ach, Herr Sembritzki! Glauben Sie mir bitte, daß ich längst selbst in Baranczaks Biographie alles durchwühlt habe! Daß ich alles nach Schwachpunkten abgesucht habe, um ihn stürzen zu können. Ich hätte ihn denunziert, beim polnischen Geheimdienst, beim KGB, egal wo, wenn ich auch nur einen winzigen Anhaltspunkt gefunden hätte!«

»Wir werden gemeinsam einen Anhaltspunkt finden, Herr Professor!«

Szawul sah Sembritzki unverwandt an. Er drehte den Stock zwischen seinen Händen, schien sich konzentrieren zu wollen, lehnte sich mit geschlossenen Augen zurück. Es war ein altes Gesicht, das da zwischen völliger Resignation, totaler Selbstaufgabe und einem Funken von der Hoffnung lebte, daß es vielleicht doch noch eine Chance geben könnte, eine letzte: auf Rache, und mit der Rache auf Selbstrechtfertigung. Sembritzki schwieg. Irgendwo im Haus rauschte eine Wasserspülung. Szawul atmete schwer.

»Kommen Sie!« Unter offenbar größter Anstrengung mühte er sich hoch und ging an Sembritzki vorbei zur Tür und hinaus in den Flur. Sembritzki hörte das Klappern und Klirren von Schlüsseln.

Von irgendwoher schlug eine Kirchenglocke zwölfmal. Mitternacht!

Szawul hatte den Glockenschlag ebenfalls gehört und streckte seinen Kopf durch die Tür. »Karfreitag, Herr Sembritzki. Kennen Sie die polnischen Osterbräuche?«

Sembritzki schüttelte den Kopf.

»Am Ostersamstag bringen die Kinder ein Körbchen mit Nahrungsmitteln in die Kirche, um sie segnen zu lassen. Ei, Brot, Salz und Wurst!« Szawul hielt inne und hob seinen Stock mit einer beschwörenden Geste. »Swieconka – das Geheiligte!«

Sembritzki verstand nicht, warum Szawul von polnischen Osterbräuchen zu sprechen begann. Ein Ablenkungsmanöver?

»Kommen Sie, Herr Sembritzki. Ich führe Sie jetzt in meine ganz persönlichen sakralen Räume. Da wird sich vielleicht doch etwas finden lassen, was eine Kreuzigung ermöglicht!«

Szawul hatte sich zum Richter erhoben.

Zusammen verließen sie die Wohnung, die Szawul sorgfältig hinter sich abschloß. Sembritzki bemerkte, daß Szawul darauf verzichtete, das Licht im Treppenhaus aufzudrehen. Der alte Mann schien Radaraugen zu besitzen. Eine Hand am Treppengeländer, in der andern den Stock, bewegte er sich mit einer unglaublichen Behendigkeit nach unten. Schweigend stiegen sie hinunter bis zur Eingangstür und in den Keller. Beinahe lautlos drehte sich der schwere Schlüssel im Schloß. Eine kühle Feuchtigkeit drang aus dem Innern, als Szawul die Tür öffnete und Sembritzki mit einer Handbewegung aufforderte, ihm zu folgen. Erst als die Tür wieder geschlossen war, nachdem Szawul den Schlüssel von innen umgedreht hatte, knipste er die silberfarbene Stablampe an, die er aus der Tasche seiner schmuddeligen Hausjoppe hervorkramte. Der dünne Strahl erfaßte eine graugestrichene Tür, zitterte kurz auf einem gewaltigen Vorhängeschloß, und schon war er wieder erloschen. Sembritzki hörte, wie Szawul in der Joppentasche einen weiteren Schlüssel fingerte und damit die Oberfläche des Schlosses suchend abtastete – das leichte Kratzen auf dem Metall ging unangenehm in die Ohren –, bis er die Öffnung gefunden hatte. Es klickte. Szawul stieß die Tür auf und zog Sembritzki hinter sich her in einen gewölbeartigen Raum, in dem über der Tür eine kümmerliche Glühbirne aufleuchtete. Sembritzki sah eine Reihe von rostigen Eisengestellen an den Wänden, ein altes Fahrrad, dem die Kette fehlte, und verschiedene defekte Werkzeuge, Schaufeln, Pickel, Rechen. An der rechten Wand stand ein fast mannshohes Faß, das Sembritzki an die Fässer in den Kellern der Schweizer Weinbauern erinnerte. Nichts fehlte, auch nicht der Hahn, an dem zitternd ein blaßroter Tropfen hing.

»Ungarischer Wein. Plattensee!« Szawul war wie verwandelt. Er kicherte, griff nach einem kleinen Meßbecher, der auf dem Boden stand, drehte den Hahn und ließ einen dünnen Strahl in das blecherne Gefäß schießen.

»Wollen Sie probieren?«

Sembritzki schüttelte den Kopf.

»Karfreitag, Sembritzki. Wir zelebrieren das Abendmahl!«

Szawul nahm einen kleinen Schluck aus dem Becher, verzog das Gesicht und hielt ihn Sembritzki herausfordernd hin. Der Wein schmeckte sauer. Sembritzki mußte sich zwingen, ihn nicht gleich wieder auszuspucken.

»Der Wein taugt eben nichts mehr, mein Lieber. Er ist ja auch nur eine Attrappe.«

Sembritzki sah den Alten fragend an, der sich am Faß zu schaffen machte. Er zog an verschiedenen Stellen Bolzen heraus, die er sorgfältig in seinen weiten Taschen verstaute. Dann schraubte er den Hahn ab. »Helfen Sie mir!« Sembritzki griff zu, als er sah, wie sich die Deckplatte des Fasses langsam aus der Haltung löste und nach vorn kippte. Gemeinsam entfernten sie die Platte und lehnten sie dann gegen eines der Eisengestelle.

»Der Eingang zu meinem Archiv!« erklärte Szawul stolz und zeigte auf die schwarze Öffnung, in die hinein jetzt der zitternde Lichtstrahl der Lampe fuhr. Sembritzki sah an der linken Seite einen zerbeulten Kanister, der, die Öffnung nach unten, an der Faßwand befestigt war und aus dessen Verschluß sich ein durchsichtiger Plastikschlauch ringelte, den Szawul am Ende mit einer Klammer zusammengeklemmt hatte. Das Ganze war nichts anderes als eine raffinierte Attrappe, die ein volles Weinfaß vortäuschte. Wenn sich jemand am Hahn versuchte, um zu prüfen, ob sich Wein im Innern befinde, schoß die Flüssigkeit aus dem seitlich befestigten Kanister in den Hahn.

»Fantastisch!« murmelte Sembritzki.

»Kommen Sie!«

Mit Sembritzkis Hilfe kletterte Szawul ins Faß, kroch auf den Knien tiefer hinein und machte sich, den Geräuschen nach zu schließen, erneut an einem Schloß zu schaffen. Da erst bemerkte Sembritzki, der in der Öffnung hockte, daß das Faß keine Rückwand besaß, sondern daß an ihrer Stelle eine niedrige Tür in die Mauer eingelassen war, die Szawul jetzt aufstieß, um gleich zur anderen Seite hin zu verschwinden.

»Löschen Sie das Licht im Keller«, hörte er Szawul sagen. Sembritzki kletterte noch einmal zurück in den Keller, schaltete das Licht aus und schlüpfte anschließend durch das Faß in einen niedrigen Raum, an dessen einer Wand ein alter Spiegelschrank stand, daneben auf zwei Böcken eine Tischplatte aus rohem

Holz. Vor den übrigen Wänden waren Kisten aufeinandergestapelt.

Szawul stand mitten im Raum und klopfte jetzt wieder wie ein Zeremonienmeister dreimal auf den Boden.

»An die Arbeit, Sembritzki!«

Er wies mit dem Stock auf die vielen Kisten und danach auf die Tischplatte, über der in der Mauer eine Lampe mit einem Drahtschutz angebracht war, die den Arbeitsplatz notdürftig erhellte.

»Das Prinzip, Herr Professor!« sagte Sembritzki förmlich. Szawul trat zum Spiegelschrank, öffnete ihn, kramte drin herum und kam mit zwei kleinen langen Schubladen zurück, wie sie Sembritzki von den Bibliotheken her kannte.

»Ein Schlagwortverzeichnis und ein Namensverzeichnis!«

Sembritzki hatte sich nicht getäuscht. Szawul hatte auch als Nachrichtenbeschaffer seine wissenschaftliche Methode nicht vergessen können. Da waren zum ersten Ortschaften, Ereignisse, Objekte und anderes mehr im Schlagwortverzeichnis aufgeführt, während das Namensverzeichnis noch erheblich umfangreicher war, als Sembritzki zu hoffen gewagt hatte.

»Baranczak!«

Szawul sprach den Namen wie ein Urteil aus. In Sembritzkis Ohren klang es wie »Barabas«.

»Lassen Sie mich bitte zuerst mal das Namensverzeichnis durchblättern, Professor. Vielleicht, daß ich da auf einen Namen stoße, der mir bekannt vorkommt.« Sembritzki beugte sich über die Kartei und prüfte ein Blatt nach dem andern.

Andrzejewski Jerzy! Mit dem Namen dieses 1983 verstorbenen Schriftstellers begann die Namensliste; Sembritzki erinnerte sich, daß er einen Roman mit dem Titel *Warschauer Karwoche* geschrieben hatte und vor allem das berühmte Buch *Asche und Diamant*, in dem er beschrieb, wie die einstigen Verbündeten im Widerstand gegen die deutsche Besatzung, die Nationalisten und die Kommunisten, sich mit Kriegsende plötzlich als Feinde gegenüberstanden. War das nicht gerade jenes Dilemma, auf das schon Baranczak hinwies, als er seine Position zu definieren versucht hatte? Sembritzki blätterte weiter, zögerte immer von neuem, wenn er auf Namen stieß, die ihm besonders vertraut waren: Bartels, Domanski, Kinkel, Nollau und viele andere. Auch Namen von Toten oder von Frauen und Männern, die bereits abgetreten waren, die nicht mehr an den Schalthebeln der Macht saßen. Aber es gab darunter auch noch Leute, die nach wie vor im Geschäft waren, über jenen Zeitpunkt hinaus, als Szawul zunehmend in die Isolation getrieben worden war, als sein Informationsstrom versiegte und er die Übersicht verloren hatte.

»Baranczak!«

»Kiste Nummer eins!« kommentierte Szawul.

Da fand Sembritzki den gesamten Lebenslauf des Historikers bis in jede Einzelheit festgehalten. Nichts hatte Szawul als nebensächlich angesehen: Jede Vorlesung, die er gehalten hatte, jedes Seminar, jeder Auftritt in der Öffentlichkeit, alles war verzeichnet, seine Reisen, seine Kontakte, die Publikationen. Die Namen seiner Studenten waren auf einer separaten Liste festgehalten, mit Querverweisen auf zusätzliche Informationen, die an anderer Stelle abgelegt worden waren. Sembritzki kam es vor, als habe Szawul seinen Rivalen bis in die Knöchelchen hinein seziert.

Sembritzki ließ sich Zeit. Szawul saß mit geschlossenen Augen, den Stock zwischen die Knie gepreßt, auf einer Kiste in seiner Nähe. Er schien zu schlafen. Aber da täuschte sich Sembritzki.

»Schauen Sie auch die Fotos in Zeitungen und Magazinen durch. Oder Erinnerungsfotos von Abschlußfeiern oder Studentenfesten, an denen Baranczak teilgenommen hat«, murmelte Szawul unvermittelt, ohne die Augen zu öffnen. »Vielleicht, daß Sie da auf ein Gesicht stoßen, das Sie schon einmal in einem andern Zusammenhang gesehen haben!«

Sembritzki nickte. Er erkannte Baranczak wieder, auf dem Foto eines Studententreffens auf dem Universitätsgelände; er küßte eine hübsche Studentin. Ein zweites Mal, applaudierend, in Hemdsärmeln auf einer Tribüne – ein Schnappschuß von einem Sportfest. Ein anderes Bild zeigte Baranczak in einem Seminarraum, umringt von Studentinnen und Studenten. Und dann hielt Sembritzki ein Foto zwischen den Fingern, das ihn auffahren ließ – Baranczak bei der 1.-Mai-Feier! Ein Transparent im Hintergrund fixierte das Jahr, es war 1970 gewesen. Im Vordergrund Baranczak im hellen Anzug, Arm in Arm mit einem Mann betrachtete er den Vorbeimarsch des Umzuges. Und diesen Mann hatte Sembritzki doch schon einmal gesehen! Dieselben scharf geschnittenen Züge, die ausgeprägten Falten, die steil neben den Nasenflügeln zu den Mundwinkeln stürzten, diese stechenden hellen Augen, und dieser Haaransatz, der wie die Spitze eines Dreiecks in die Stirne vorstieß. Das Bild war sechzehn Jahre alt. Aber Sembritzki kannte das Gesicht, er kannte doch diesen Kopf, auch wenn seine Falten unterdessen noch schärfer geworden und seine Haare ergraut waren.

Stefan Mikuli!

Der Mann, der ihn in Bern besucht hatte, um ihm einen Einblattdruck mit einem Motiv aus Lettland zu verkaufen.

»Kennen Sie Stefan Mikuli?« Sembritzki wandte sich Szawul zu, der mit geschlossenen Augen dasaß.

»Wenn das der Name irgendeines Mannes sein sollte, den Sie auf einem der Fotos wiedererkannt haben, dann kenne ich ihn! Nur nicht unter dem Namen Mikuli!«

Sembritzki spürte, wie ihm die Hände feucht wurden.

»Zeigen Sie her!«

Sembritzki hielt Szawul das Foto hin und ließ ihn nicht aus den Augen. »Der Mann neben Baranczak!«

Szawul hob langsam den Blick. »Waclaw Rydel!«

»Kein Zweifel?«

»Kein Zweifel! Der Mann hat ein paar Jahre nach meinem Abgang bei Baranczak studiert.«

»Ein Student Baranczaks? Und hier? Auf diesem Bild! Das muß doch sicher zwanzig Jahre später sein!«

Szawul versuchte ihn mit einer beruhigenden Geste zu bremsen. »Geben Sie mir die Kartei, Herr Sembritzki. Dann können Sie Einzelheiten erfahren!«

Sembritzki schob dem Alten die längliche Schublade hin und setzte sich auf eine Kiste neben ihn. Umständlich suchte Szawul in der Joppentasche nach seiner Brille, klappte das Futteral beinahe feierlich auf und setzte sich die goldgerahmte Brille auf die Nase. Sembritzki war erstaunt, wie flink und geschickt der alte Mann trotz seiner knotigen Finger die Karten durchblätterte.

»Hier! Waclaw Rydel. Kiste Nummer 5! Kuvert Nr. 5/24. Sie sitzen drauf, Herr Sembritzki!«

Sembritzki klappte den Deckel auf. Es dauerte nicht lange, und er hatte den Umschlag gefunden. Er trug die Insignien der Krakauer Universität. Szawul öffnete ihn und zog ein ganzes Päckchen Notizen und Fotos heraus. »Waclaw Rydel. Geboren am 12. Juni 1931. Sohn des Tadeusz Rydel und der Teresa Rydel, geborene Kasprzak. Beruf des Vaters: Bergmann. Mutter: Hebamme. Aufgewachsen in Katowice.« Szawul legte die Hand auf den Zettel und schaute Sembritzki mißtrauisch an. »Was ist mit Rydel, Herr Sembritzki?«

Sembritzki schlug die Beine übereinander. »Ich weiß es nicht! Ich habe ihn nur einmal in der Schweiz gesehen. Es war eine eigenartige Begegnung. Noch merkwürdiger aber war die Tatsache, daß sich eine Menge Leute für ihn zu interessieren schienen!«

»Leute vom Geheimdienst, nicht wahr?« fragte Szawul mit triumphierendem Ausdruck. Er war von seiner Kiste heruntergerutscht und schritt aufgeregt im Zimmer auf und ab.

»Möglich, daß es Leute vom Geheimdienst waren!«

»Möglich!« Szawul bog sich vor Lachen. »Für wen halten Sie mich denn, Herr Sembritzki. Für einen vertrottelten, alten, ausrangierten Professor?«

Sembritzki wehrte ab.

»Was denken Sie denn! Glauben Sie etwa, ich würde Ihnen

alles erzählen, Ihnen den Zugang zu meinem Archiv öffnen, wenn ich nicht genau wüßte, daß Sie ein BND-Mann sind!«

Sembritzki fiel aus allen Wolken.

»Ich brauchte auch die Bestätigung hier nicht, um zu wissen, wer Sie sind!« erklärte er voller Stolz und hielt eine Karteikarte ins schummerige Licht. »Ihre Karteikarte, Konrad Sembritzki. Geboren am 18. Februar 1938 in Lyck, aufgewachsen in Mirow in der heutigen DDR. Beruf Antiquar. Seit 1960 Mitarbeiter des Bundesnachrichtendienstes BND. Einsätze in Jordanien, Syrien, Nordafrika, der Tschechoslowakei und der DDR. Wollen Sie noch mehr hören, Herr Sembritzki?«

»Woher haben Sie all diese Informationen?« Sembritzki mußte schlucken.

»Ein kleiner Zufall, den ich meiner wissenschaftlichen Arbeit verdanke, lieber Sembritzki. Vor vielen Jahren haben Sie einmal ein astrologisches Lehrbuch aus dem Mittelalter käuflich erworben!«

»Den Pegius!«

»Richtig, den Martin Pegius. Das erste astrologische Lehrbuch in deutscher Sprache. Als Historiker, der sich im besonderen mit dem Mittelalter beschäftigt, hat es mich interessiert, in wessen Hände dieses kostbare Buch geraten war!«

»Sie haben Nachforschungen angestellt?«

Szawul nickte. »Ich habe Ihren Weg und den Weg des kostbaren Buches verfolgt. Und dann, viel später, als ich längst kaltgestellt war, habe ich von einem BND-Agenten, meinem einzigen Außenkontakt, erfahren, daß Sie das wertvolle Buch verbrannt haben!«

Sembritzki faltete verlegen die Hände. »Das Ende einer unglückseligen Geschichte, Professor!«

»Eben. Ein Einsatz in der Tschechoslowakei! Von diesem Tag an haben Sie nicht mehr in meiner wissenschaftlichen Kartei figuriert, sondern sind hier zu den Schattengewächsen transferiert worden, die irgendwie mit Geheimdienst zu tun haben oder hatten!«

Sembritzki schwieg. Er hatte angenommen, den alten Mann ausfragen zu können, ohne ihn über seine eigentlichen Beweggründe aufklären zu müssen. Er hatte gedacht, das Reizwort »Baranczak« sei Ansporn genug für Szawul, mit seinem Wissen herauszurücken. Und dabei hatte Szawul die ganze Zeit über gewußt, wer er war. Der BND war die Kette, die sie verband.

»Entschuldigen Sie, Professor!«

Szawul bleckte seine Eckzähne. Und er ließ mit einer heftigen Bewegung seinen Stock durch die Luft sausen.

»Rydel ist KGB-Mann, Sembritzki, ein Kollege sozusagen. Von der anderen Fraktion.«

»Wie bitte?«

»Warum, meinen Sie, hat sich der BND für ihn interessiert? Rydel ist gewöhnlich nicht im Ausland tätig. Er wird als Führungsoffizier eingesetzt!«

Sembritzki wollte eine Frage stellen, wollte wissen, wieso – aber er hielt sich zurück. Er durfte jetzt in keinem Fall Szawul unterbrechen, so schwer es ihm fiel, seine Erregung zu unterdrücken. Die Informationen waren wichtiger.

»Eine Musterkarriere, mein lieber Sembritzki. Studium der Geschichte und Kunstgeschichte an der Universität Krakau. Nach Studienabschluß zwei Jahre als Assistent unter Baranczak. Im Jahre 1956, nach dem Ungarnaufstand, wechselte er nach Moskau. Zwei Jahre später kehrte er nach Polen zurück. Nach Warschau. Daß er KGB-Offizier ist, steht eigentlich außer Frage, auch wenn ich keine Beweise habe!«

»KGB?« fragte Sembritzki. »Warum nicht beim polnischen Geheimdienst?«

»Warum sollte er?«

»Er ist Pole!«

Szawul schüttelte sich vor Lachen. »Und? Er ist Kommunist! Was denken Sie, wie glücklich die Russen über jeden Polen sind, der zu ihrem Lager gehört!« Szawuls Stimme wurde kalt und nüchtern. Er räusperte sich. »Je direkter der KGB zu seinen Informationen kommt, die Polen betreffen, desto zuverlässiger sind sie. Sie haben die polnische Mentalität noch immer nicht begriffen. Selbst die polnische Geheimpolizei arbeitet nicht unbedingt den Sowjets in die Hände. Nicht jede Information, die sie erhält, geht automatisch nach Moskau. Und darum ist der KGB darauf angewiesen, seine eigenen Leute in Polen zu beschäftigen!«

»Rydel!«

»Zum Beispiel«, sagte Szawul.

Und Sembritzki mußte an die drei Buchstaben denken, die ihm Wozniak in Breslau zugeflüstert hatte: KGB. Wozniak hatte den Mann mit der Kunstlederjacke gemeint, der sich auch hier in Krakau an seine Fersen geheftet hatte.

»Sie haben mir sehr geholfen, Herr Professor!«

»Es geht *mir* nicht darum, *Ihnen* zu helfen. Es geht mir darum, Baranczak zur Strecke zu bringen! Mit *Ihrer* Hilfe! Informationen gegen Informationen!«

»Ein Geschäft?«

»Ein Deal!« erwiderte Szawul mit einem ironischen Lächeln.

»Sie haben mir die Information schon gegeben, die mich interessiert. Rydel ist ein KGB-Agent!«

»Nein, Herr Sembritzki. Sie wissen noch längst nicht alles! Also!«

»Also?«

»Was wissen Sie über Baranczak, was ich nicht weiß!«

Sembritzki zögerte. Daß er von Szawul nur dann alles erfahren würde, wenn er seine eigenen bescheidenen Informationen preisgab, war ihm klar. Daran war nicht zu rütteln. Aber er wußte, was Szawul mit seinen Informationen anfangen würde. Szawul hätte kopflos reagieren können. Er hatte nicht viel zu verlieren. Und er war unberechenbar in seinem Haß.

»Baranczak arbeitet für den BND.«

Jetzt war es heraus. Doch Szawuls Reaktion fiel völlig anders aus, als Sembritzki erwartet hatte. Er schaute ihn nur mitleidig an, als ob er bei der Prüfung durchgefallen wäre, und schüttelte traurig den Kopf. »Baranczak ist ein KGB-Mann. Ist Rydel nicht Beweis genug?«

Sembritzki konnte ein Lächeln nicht unterdrücken und spielte nun selbst den Lehrer, der sich über die Begriffstutzigkeit seines Schülers amüsiert. »Baranczak ist KGB-Mann. Baranczak ist BND-Mann. Er ist beides – ein Doppelagent.« Und plötzlich klopfte sich Sembritzki an die Stirn. »Ich hätte es wissen müssen. Gleich am Anfang, als KGB-Männer sich mir an die Fersen hefteten. Baranczak ließen sie nämlich unbehelligt. Ich Idiot!«

»Woher wissen Sie, daß es KGB-Männer waren?«

Sembritzki hatte sich rasch wieder gefangen.

»Meine Sache, Herr Professor. Auch ich habe meine zusätzlichen Informationsquellen.«

Szawul lehnte jetzt in einer Ecke des Gewölbes. Den Stock hielt er wie einen Marschallstab steil aufgerichtet vor sich. Plötzlich gab er sich einen Ruck, stieß sich von der Mauer ab und stelzte auf eine der Kisten zu, die außen mit keiner Zahl, sondern nur mit einem Buchstaben gekennzeichnet war: F! Er hob den Deckel und winkte Sembritzki zu sich heran.

»Hier!« sagte er nicht ohne Stolz und zeigte mit spitzem Finger in die Kiste.

»Ein Funkgerät!« rief Sembritzki aus. Szawul war anscheinend nicht nur ein exakter Wissenschaftler, er schien darüber hinaus über Fähigkeiten zu verfügen, die Sembritzki jedenfalls bei ihm nicht vermutet hätte.

»Mein lieber Herr Sembritzki«, sagte Szawul, und der mitleidvolle Unterton war nicht zu überhören. »Ich habe für den BND gearbeitet. Wie, denken Sie, habe ich in meiner polnischen Isolation den Kontakt zu meinen Leuten aufrechterhalten?«

Sembritzki erinnerte sich an seine einsamen Funkminuten in Prag, als er verzweifelt den Kontakt zu seinem Freund Seydlitz in München aufrechtzuerhalten versucht hatte und in dem Augenblick, als die Verbindung gekappt war, sich abgeschnitten, ausgestoßen, allein und verloren vorgekommen war.

»Warum zeigen Sie mir das Funkgerät, Professor?«

Szawul kicherte vor sich hin. Aber die resignierte abwehrende Handbewegung wollte nicht zu diesem Lachen passen. Sembritzki spürte dahinter die Trauer.

»Das Funkgerät und die Kette von Buchstaben waren so etwas wie eine Nabelschnur für mich, Herr Sembritzki. Sie verbanden mich mit der Welt, der ich mich im Grunde meiner Seele verpflichtet fühlte. Als ob ich mit einer gewissen Anzahl von Buchstaben und verschlüsselten Sätzen das Soll erreichen könnte, das mir den Paß zu jenem Reich in die Hand geben würde, das ich mit eben diesen Worten und Sätzen wie eine Geliebte umwarb.«

»Das ist aber doch nicht der eigentliche Grund, warum Sie mir das Funkgerät zeigen!«

Szawul schüttelte den Kopf. »Nein! Das ist nicht der einzige Grund. Es gibt einen anderen.«

Szawul atmete einmal tief durch. »Nach meiner stillen Eliminierung als Mitglied des Bundesnachrichtendienstes habe ich dieses Funkgerät, das man mir erstaunlicherweise nie abverlangt hat, für meine eigenen Zwecke benützt!«

»Ein Instrument im Dienste Ihrer Rache an Baranczak!«

»Baranczak!« schrie Szawul und stieß mit seinem Stock wütend auf den Boden. »Ja, ich habe Tag und Nacht versucht, Baranczaks Signale aufzufangen. Ich habe mich seiner Wohnung nach und nach genähert. Der Radius der konzentrischen Kreise, die ich um seine Wohnung legte, wurde immer kleiner, bis ich eines Tages den Idealstandort, 118 Meter von Baranczaks Wohnung entfernt, gefunden hatte, wo die Signale nicht mehr von den Fernsehwellen zugedeckt wurden.«

Sembritzki nickte anerkennend. Wie alles, was Szawul in die Hände nahm, war auch sein Vorgehen im Zusammenhang mit Baranczak beinahe wissenschaftlich zu nennen.

»Und? Baranczak hat Funkkontakt aufgenommen. Aber wahrscheinlich nur mit seinen Leuten beim BND!«

Szawul schaute Sembritzki mit einem erbarmungsvollen Ausdruck kopfschüttelnd an. »Für wen halten Sie mich denn, lieber Herr Kollege? Baranczak hat Signale ausgesendet, Erkennungssignale zuerst!«

»Und?« fragte Sembritzki gespannt.

»Kyrillische Buchstaben, mein Lieber!« Szawul sagte es beinahe leise, doch ein Unterton des Triumphes war nicht zu überhören. »Meine Peilung war exakt, mein Lieber. Litauen. Riga!«

Was sollte Sembritzki da noch sagen? Er stand einem Mann gegenüber, der sein Handwerk besser verstand als er selbst.

»Jahrelang habe ich mich bemüht, die Botschaften zu dechiffrieren, Herr Sembritzki. Ich habe es nicht geschafft. Der Code war zu vertrackt.«

Sembritzki zuckte mit den Schultern. »Was soll's! Baranczak hat Ostkontakte. Mehr braucht es nicht!«

»Und?« Szawul schaute Sembritzki lauernd an. »Was machen Sie mit dieser Information?«

»Man wird Baranczak als Doppelagenten lahmlegen!«

»Lahmlegen!« kreischte Szawul! Und dann noch einmal: »Lahmlegen!« Er stapfte mit kleinen wütenden Schritten auf und ab, immer auf dem engsten Raum wie ein Raubtier im Käfig. »Killen!«

Sembritzki legte Szawul die Hand auf den Arm. »Lahmlegen – das wird die Zentrale in Pullach übernehmen. Den Rest überlassen Sie mir!« Sembritzki wußte, daß er im Begriff war, etwas zu versprechen, was er gar nicht halten konnte und wollte. Zuerst mußte er mit Bartels über seinen Kontaktmann Sterecki Informationen austauschen. Erst dann konnte er etwas unternehmen. Zeit gewinnen, dachte Sembritzki. Nur einen Tag brauchte er!

»Beweise!« sagte Sembritzki unvermittelt in die Stille hinein.

»Beweise? Wofür?«

»Für Baranczaks dreifache Agententätigkeit!«

»Dreifach?« Szawul schaute Sembritzki ungläubig an.

»Baranczak ist ein Tripleagent: Polnischer Geheimdienst, KGB und BND!«

»Der KGB ist sein eigentlicher Auftraggeber, Sembritzki! Sie sagten es schon: ein Mann, dessen Mutter von den Nazis ermordet worden ist, wechselt kurz nach dem Krieg nicht einfach so an eine deutsche Universität. Dazu kommt, daß Baranczak nur mit Hilfe des KGB zu seiner Dozentur an der Universität gekommen ist. Nein, Sembritzki! Der polnische Geheimdienst und der BND werden von Baranczak nur mit relativ unwichtigen Informationen aus Solidarnosc-Kreisen beliefert, damit er bei denen als Nachrichtenlieferant glaubhaft bleibt und das Vertrauen der beiden Nachrichtendienste behält. Der Empfänger der wichtigen, der eigentlichen Informationen aber ist der KGB!«

Sembritzki sah ihn hilfesuchend an. »Wie wollen wir das aber beweisen?«

»In dem Augenblick, wo der BND über den stichhaltigen Verdacht informiert ist, kann er Sie, Herr Sembritzki, dazu ermächtigen, die entsprechenden Beweise beizubringen. Und Sie können den Mann aus dem Verkehr ziehen – wie auch immer!«

Sembritzki schüttelte den Kopf. »Ich bin kein Killer, Professor. Ich bin privat hier!«

Szawul stieß ein heiseres Lachen aus und fuchtelte mit dem Stock vor Sembritzkis Gesicht herum. »Privat! Sie haben längst den Schritt in die Illegalität getan, Sembritzki. Der Besuch beim alten Szawul war zuviel! Sie wollen doch wohl nicht glauben, daß man nicht längst eine Horde von Spürhunden auf Ihre Fährte gesetzt hat!«

»Einen Mann! Vielleicht zwei! Ich habe sie abgeschüttelt!«

Szawul schlug sich auf die Schenkel. »Abgeschüttelt! Woher haben Sie die Information über meine Person, Sembritzki?«

»Von einem Universitätspförtner!«

»Eben! Man hat Sie garantiert beobachtet, als Sie mit dem Mann sprachen. Und selbst wenn Sie Ihre Beschatter abgeschüttelt haben, wird der gute alte Komornicka an der Universität bald auch den andern meine Adresse zuflüstern! Freiwillig oder gezwungenermaßen!«

Sembritzki nahm sich mit aller Kraft zusammen und sah Szawul ruhig in die Augen, obwohl die Angst in ihm hochkroch.

Szawul hatte Sembritzki die ganze Zeit über aus halbgeschlossenen Augen beobachtet, trat jetzt überraschend auf ihn zu, umarmte ihn und küßte ihn flüchtig auf beide Wangen. Er kicherte: »Nicht jeder, der einem Judas in die Hände läuft, ist ein Messias! Polnisches Sprichwort!« Nach einer Pause warf er Sembritzki so etwas wie eine Rettungsleine hin. »Man wird Ihnen über die Grenze helfen, Herr Sembritzki!«

Sembritzki, irritiert durch die Geste der Zärtlichkeit – oder war es ein vorösterliches Zeichen des Verrats? – schaute Szawul fragend an. »Heraushelfen? Wo? Wie? Und warum?«

Szawul klopfte mit dem Stock auf die Kiste, in dem das altertümliche Funkgerät verborgen lag. »Sie würden es auf keinen Fall schaffen, legal über die Grenze zu kommen. Die DDR als Route ist für Sie unmöglich!«

»Sie wollen mir Angst einjagen, Professor! Ich bin legal eingereist, ich werde wohl auch auf legalem Weg und durch die DDR oder die Tschechoslowakei wieder ausreisen!«

»Dann tun Sie es sofort. Noch in dieser Nacht!«

»Und Baranczak?«

Szawul zuckte mit den Schultern. Aber Sembritzki fühlte, daß die Gleichgültigkeit nur gespielt war.

»Und welches wäre dieser illegale Weg hinaus aus Polen?« fragte Sembritzki und wunderte sich selbst über diese Frage, die er doch gar nicht hatte denken, geschweige denn stellen wollen.

»Es gibt einen Mann in Dorpat!«

»Dorpat?« Sembritzki horchte auf. Wieder einmal hatte ihn Szawul mit seinen Kenntnissen des weitgespannten Netzes des BND überrascht. »Dorpat? Sie meinen jemanden von den lettländischen Nationalisten?«

»Sie wissen Bescheid, Sembritzki!«

»*Sie* wissen Bescheid, Professor! Schließlich werden diese Leute dort vom BND unterstützt.«

Szawul nickte. »Ich weiß. Der BND ist federführend.«

»Und?«

»Diese Leute dort fangen Funksprüche ab, die beispielsweise Riga oder Pillau anpeilen!«

»Abfangen, ja«, warf Sembritzki ein. »Aber es gelingt ihnen kaum, selbst Funkkontakt mit dem Westen aufzunehmen. Der Funkabwehrgürtel um Pillau ist so hermetisch, daß ein Ruf wohl kaum unregistriert durchkommt.«

»Pillau ist ja auch Zentrum der sowjetischen Marineabwehr!«

Sembritzki stieß die Luft laut durch die Nase aus. »Eben!«

Szawul klopfte erregt mit dem Stock auf den Boden. »Was brauchen Sie Antwort auf Fragen, Herr Sembritzki? – Sie doch nicht! Sie senden auf der Frequenz, die ich Ihnen angeben werde, einen Hilferuf aus, und an einem bestimmten Ort und an einem bestimmten Zeitpunkt wird ein Mann Sie erwarten und Ihnen zur Flucht behilflich sein!«

»Wohin? Und wie?«

»Schweden, mein Lieber!«

Mehr sagte Szawul nicht. Er wirkte müde und erschöpft. Er reichte Sembritzki zwei Schlüssel, die er aus dem Spiegelschrank herausgeholt hatte, einen größeren und einen kleinen, drückte ihm noch ein Blatt Papier mit Zahlen und Buchstaben in die Hand und öffnete danach die Tür des Gewölbes. Wortlos forderte er Sembritzki auf, durch das Faß in den anderen Raum zurückzukriechen; er löschte das Licht und folgte ihm in den vorderen Kellerraum.

Zusammen wuchteten sie die Platte wieder in die Höhe, deckten damit die Vorderseite des Fasses, und Szawul befestigte die Platte mit dem Bolzen, setzte den Hahn wieder ein und löschte auch hier das Licht. Nur der zitternde Strahl der Taschenlampe wies Sembritzki noch den Weg.

»Baranczak!«

Es war Szawuls einziges Abschiedswort, als er vorsichtig die Haustür öffnete und Sembritzki auf die Straße hinausließ.

Halb vier Uhr! Alles war still. Kein Mensch. Nichts.

Sembritzki ging den Weg zurück, den er gekommen war.

8

»Sembritzki!«

Das war Wozniaks Stimme. Sie kam aus der Fahrerkabine eines am Straßenrand geparkten Lasters. Sembritzki blieb stehen, ohne sich umzudrehen. Er lehnte sich gegen den Kotflügel.

»Was sollen Sie?«

»Sie haben lange auf sich warten lassen.«

Sembritzki fühlte die Kälte des Metalls, als er sich mit der Hand auf dem Laster abstützte und andeutungsweise den Kopf Wozniak zuwandte.

»Es ist jetzt nicht die Zeit für ein Gespräch und dazu auch nicht der geeignete Ort. Unser alter Freund aus Wroclaw wird nicht weit entfernt sein.«

»Ich habe ihn aus dem Verkehr gezogen.«

»Wie bitte?« Sembritzki schoß ruckartig herum und schaute gebannt auf die dunkle Fensteröffnung der Fahrerkabine.

»Gehen Sie weiter!« zischte Wozniak. »Bei der nächsten Querstraße biegen Sie rechts ab und gehen zur Weichsel hinunter. Warten Sie dort auf mich!«

Wozniak kurbelte die Scheibe hoch. Das Geräusch quietschte durch die Nacht. Sembritzki ging; am Uferweg blieb er im Schatten eines kahlen Baumes stehen, an den Stamm gelehnt, und wartete. Das Warten fiel ihm schwer. Die Dunkelheit bedrückte ihn. Der Fluß schien ihm noch unnahbarer als beim erstenmal. Und er erinnerte sich an die geheimnisvolle Ehrfurcht, eine Ehrfurcht, die ein Drohklang durchbebte, mit der Wozniak den Namen des Flusses ausgesprochen hatte, als er von Zdenecs Tod erfuhr.

»Wisla!« sagte Wozniak leise, als er nach lautlosem Auftauchen einige Minuten schweigend neben Sembritzki gestanden und auf den Fluß hinausgeblickt hatte, über dem träge, düstere Schwaden zogen.

Sembritzki sagte kein Wort. Was hätte er auch sagen sollen? Er fühlte den magischen Sog der Weichsel, diese fast unwiderstehliche Anziehungskraft des Flusses, von dem er seinen Blick nicht zu lösen vermochte.

»Und?« fragte Wozniak. Er zündete sich hinter vorgehaltener Hand eine Zigarette an, blies das Streichholz aus und steckte es in die Tasche. Die Spitze der glühenden Zigarette hielt er gegen den Boden gerichtet.

»Und?« Er gab sich keine Mühe, den ironischen Unterton in seiner Stimme zu unterdrücken.

»Was haben Sie herausgefunden? Sie haben doch wohl die halbe Nacht nicht umsonst bei Szawul verbracht.«

»Sie kennen Szawul?« fragte Sembritzki gleichgültig. Er mußte sich zwingen, ruhig zu bleiben, aber er durfte sich sein aufkommendes Ressentiment nicht anmerken lassen. Er war schließlich nicht Wozniaks Angestellter.

»Ich kann doch lesen. Janusz Szawul: so steht es unter dem Klingelknopf«, erwiderte Wozniak spöttisch.

»Szawul ist ein gutinformierter Mann.«

»Und Baranczaks Vorgänger.« Wozniaks Stimme war scharf geworden. »Soll das heißen, daß Sie einen bestimmten Verdacht haben, Sembritzki? Ihr Besuch bei Szawul könnte unseren Freund Baranczak belasten.«

Daß Wozniak die Sache so deutete, war naheliegend, aber nicht zwingend. Sembritzki mußte alles tun, um solchen Verdacht zu entkräften – zumindest vorläufig. Bevor er über Sterecki mit Bartels in München Kontakt aufgenommen und Anweisungen bekommen hatte, durfte er Wozniak gegenüber nichts zugeben. Er war letzten Endes dem BND verpflichtet und nicht etwa den Leuten der Solidarnosc.

»Wissen Sie, Szawul kennt viele Leute. Daß er Baranczaks Vorgänger ist, hatte mit meinem Besuch bei ihm nicht das mindeste zu tun.«

»Haben Sie etwas herausgefunden? Was hat Ihnen Szawul gesagt?«

Sembritzki schabte mit der Fußspitze im festgestampften

Sand des Uferweges, steckte sich einen Zigarillo zwischen die Lippen und wandte sich brüsk Wozniak zu.

»Ich muß meine Informationen erst einmal ordnen.« Zeit gewinnen, dachte er.

»Viel Zeit haben wir nicht, Sembritzki.«

»Wie lange?«

Wozniak schien zu überlegen. Sembritzki wußte, daß der entscheidende Termin für die Krakauer Solidarnosc-Leute kurz bevorstand. Er wußte, daß Wozniak deshalb in seinen Mitteln kaum wählerisch sein würde, wenn es um Informationen ging, die für ihn in dem Zusammenhang von Bedeutung sein konnten. Aber diese Informationen durfte Sembritzki jetzt noch nicht liefern.

»Am Morgen!«

»Es ist bereits vier Uhr morgens. Ich kann mich höchstens mit dem *nächsten* Morgen einverstanden erklären.«

»Seit wann bestimmen Sie den Termin? Und warum erst morgen?«

Sembritzki trat dicht vor Wozniak. Da Wozniak ihn um einen halben Kopf überragte, sah Sembritzki unmittelbar vor sich nur die zusammengekniffenen Lippen.

»Sie sind nicht mein Chef, Wozniak. Wenn Sie von mir etwas wollen, so stelle die Bedingungen ich, und ich brauche auch nicht Auskunft über die Gründe zu geben, von denen ich mich leiten lasse.«

Wozniaks Augen wurden noch kleiner. Sein Tabakatem stach Sembritzki in die Nase. Er trat einen Schritt zurück und lehnte sich wieder an den Baumstamm.

»Hören Sie«, widersprach Wozniak, »Bedingungen kann nur derjenige stellen, der sich souverän und frei bewegt.«

»Als Westtourist bewege ich mich hier sicherlich so frei und souverän wie ein Mitglied der Solidarnosc.«

Sie hatten beide mit unterdrückter Stimme gesprochen, wie zum Fluß hin, aber die wachsende Spannung zwischen ihnen wurde immer spürbarer. Wozniak tat einen tiefen Lungenzug, während er die Hand vor die Zigarettenspitze hielt, die er anschließend von neuem gegen den Boden richtete. Eine Ewigkeit schien er den Atem anzuhalten, bevor er den aufgestauten Rauch mit Nachdruck aus Mund und Nasenlöchern entweichen ließ.

»Wenn ich Ihnen nicht den Rücken freigehalten hätte, stünden Sie hier nicht mehr als freier Mann, Sembritzki.«

»Was wollen Sie damit sagen?«

»Der Mann wird Sie jetzt in Ruhe lassen.« Wozniak hob in einer langsamen Bewegung den rechten Arm, zeigte auf die Weichsel und murmelte den Satz, den Sembritzki schon kannte: »Die Weichsel ist ein großer und tiefer Fluß.«

Sembritzki fuhr tief erschrocken auf.

»Sie haben ihn . . .?« Wozniak schüttelte heftig den Kopf, bevor Sembritzki den Satz zu Ende bringen konnte.

»Ich? Warum ich? Warum nicht Sie, Sembritzki? Zdenec ist erschossen und vom Fluß davongetragen worden. Der Mann in der grauen Jacke ist ertrunken.«

»Einfach so.« Sembritzki lachte bitter. »Irgend jemand wußte, daß er auf mich angesetzt war; und irgendwer hat ihm den Befehl gegeben, mich zu beschatten.«

Wozniak grinste. »Ein anonymer Gruß aus Moskau.«

»KGB?«

»KGB.« Wozniak warf seine Zigarette in den Fluß.

»Aber man wird den Mann finden.«

Wozniak spreizte resignierend die Hände. »Selbstverständlich. Und Zdenec auch. Entweder wurde er von einem Freund Zdenecs ins Wasser gestoßen oder . . .?«

»Oder?« fragte Sembritzki.

Wozniaks Zähne schimmerten in der Dunkelheit.

»Oder eben von Ihnen, Sembritzki.«

Er trat aus dem Schatten des Baumes und stellte sich an die Uferböschung. Auf der gegenüberliegenden Seite blinkten verloren Lichter. Das Geräusch eines fernen Autos wurde gleich wieder von der Nacht verschluckt. Sembritzki lief es wie ein

Schauer über den Rücken, als Wozniak hinter ihn trat. Er spürte seinen Atem auf dem Haar.

»Dort drüben, am andern Ufer, ist ein Friedhof. Cmentarz Zydowski. Dort liegt die Frau begraben, mit der ich zusammengelebt habe – die ich liebte.«

Sembritzki mußte unwillkürlich an einen Ausspruch Wittgensteins denken: »Der Satz kann die gesamte Wirklichkeit darstellen, aber er kann nicht das darstellen, was er mit der Wirklichkeit gemeint haben muß . . .«

»Wovon man nicht sprechen kann, davon muß man schweigen.« Sembritzki war sich darüber im klaren, daß er fremde Worte zu Hilfe nahm, um Wozniaks Erinnerungen abzublokken. Es irritierte ihn, daß Wozniak Erinnerungen hatte, die seinen eigenen so ähnlich waren, daß sich alles auf einen banalen Nenner bringen ließ. Sembritzki wußte, daß er nur dann Distanz zum andern und zu dessen Schicksal schaffen konnte, wenn er es vermied, Gefühle und Erinnerungen in Worte zu fassen. Einmaligkeit eines Daseins war nur so lange möglich, als der einzelne die Bilder für sich behielt und sie nicht auch noch zu formulieren versuchte.

»Sie ist 1981 verhaftet worden und im Gefängnis gestorben. Eines natürlichen Todes! Wie man es in einem Gefängnis erwartet!«

»Warum erzählen Sie mir das?«

»Ich kenne zwei Arten von Verrätern; solche, die gehen, wenn alle bleiben, und solche, die bleiben, wenn alle gehen!«

»Ich gehöre weder zur einen noch zur andern Sorte, Wozniak. Ich habe nichts mit euch zu schaffen!«

»Sie sind Masure. Masure von Geburt. Pole!«

Sembritzki lachte kurz auf. »Pole – eine Existenz zwischen den Stühlen!«

»Besser könnten Sie Ihre eigene Situation nicht umschreiben!«

»Ich bin nicht für Ihre Vergangenheit verantwortlich, Wozniak!«

»Aber für Ihre eigene!«

»Sie sind ein unverbesserlicher Romantiker!«

»Das Romantische ist Teil der polnischen Identität! Sie sind nicht weniger Pole als ich!«

Sembritzki drehte sich wütend um. Es gab keinen Anlaß, ihn auf seine polnische Abstammung festzulegen.

»Ich bin Deutscher!«

»Ein Paß ist kein Blutgruppenausweis. Sie haben polnisches Blut. Erinnern Sie sich an ein polnisches Sprichwort: ›Der Trost des Ertrinkenden: Endlich bekomme ich Boden unter den Füßen.«

Und Wozniak versetzte Sembritzki einen so heftigen Stoß, daß er das Gleichgewicht verlor und rückwärts über die Böschung ins Wasser rutschte. Krampfhaft versuchte er, sich an den Grasbüscheln festzuhalten, es wollte ihm nicht gelingen, er fand keinen Halt, bis zum Bauch versank er im Fluß, als er über sich den Schatten Wozniaks sah, der sich über ihn beugte und ihn mit kräftigem Ruck wieder ans Ufer zog.

»Die Wisla ist ein großer und tiefer Fluß«, sagte Wozniak tonlos, wandte sich ab und ging mit großen Schritten davon.

Eine Viertelstunde lang saß Sembritzki frierend mit nassen Kleidern auf der Böschung. Er dachte nach. Wozniak hatte ihn erwischt. Er hatte ihn gedemütigt. Es war wie eine versteckte Warnung gewesen. Und trotzdem empfand Sembritzki weder Wut noch Rachegedanken. Er hatte Wozniak nicht zuhören wollen, als Wozniak von seiner ermordeten Freundin gesprochen hatte. Und er hatte sich verweigert, als Wozniak ihn auf seine polnische Abstammung angesprochen hatte.

»Es gibt zwei Arten von Verrätern; solche, die gehen, wenn alle bleiben, und solche, die bleiben, wenn alle gehen.«

Als Sembritzki erwachte, war es schon Mittag. Durch das geöffnete Fenster drangen Küchengerüche in sein Hotelzimmer. Der blaßrosa Vorhang blähte sich sanft nach innen. Seine nassen Sachen hatte er im Badezimmer über Stuhllehnen gehängt.

Auf dem Schreibtisch lag das Stückchen Papier, das ihm Szawul mitgegeben hatte:

Zahlen und die Buchstaben Z. B. – Z. B: Zygmunt Baranczak. Es war der Code, der ihm die Flucht garantierte, falls er auf legalem Weg nicht mehr aus Polen herausfinden sollte. Sembritzki erkannte den raffinierten Plan des alten Szawul, die Bedingung, die an dieses Fluchthelferunternehmen geknüpft war; Szawuls Kontaktleute würden ihm nur dann über die Grenze helfen, wenn er sein Teil beigetragen hatte: die Eliminierung Zygmunt Baranczaks.

Wer über die meisten Informationen verfügte, hatte die größten Überlebenschancen. Informationen waren Tauschware; Informationen der Preis für ein Überleben. Ob ihm der Inhalt jenes Umschlags auf dem Schreibtisch nützen würde, wenn es ums Feilschen ging? Er hatte ihn während seines nächtlichen Besuchs bei Szawul heimlich aus der Kiste gestohlen, in der auch Baranczaks Unterlagen waren.

Das Monster von Krakau – viel war es nicht, was Szawul da zusammengetragen hatte, und auch bei ihm brachen die Informationen 1948 ab. In dem Jahr mußte Domanski wirklich den Tod gefunden haben. Immerhin erfuhr Sembritzki mehr über Domanskis Herkunft, als Baranczak ihm hatte mitteilen wollen. Geboren 1922. Genaueres war nicht festgehalten. Doch dann entdeckte Sembritzki einen vergilbten Zettel, der auf der Rückseite eines mit Schreibmaschine beschriebenen Blattes angeheftet war und Domanskis Lebenslauf in groben Zügen skizzierte. Vater: Jan Irzykowsky, katholischer Priester? Das Fragezeichen hinter dem Namen mußte wohl so verstanden werden, daß diese Angabe mit Vorsicht aufzunehmen war. Mutter: Irina Domanski, Bäuerin, Straßenarbeiterin. Sembritzki steckte den kleinen Zettel weg und überflog das mit Schreibmaschine beschriebene Blatt. Daß Domanski als Bergmann in den Salzbergwerken von Wielicka gearbeitet hatte, war ihm schon bekannt. Daß Domanski dann später einer der führenden Leute innerhalb der A. K., der »Armija Krajowa«, der sogenannten Heimatarmee, war, wußte er ebenfalls schon, es war für ihn jedoch neu, daß Domanski im Jahre 1939, im Oktober, im Alter von achtzehn Jahren also, an der Gründung der Formation »Dienst am Sieg Polens«, der Keimzelle der späteren Untergrundarmee, teilgenommen hatte. Romantiker gegen Positivisten. Das ewige polnische Spiel! Da hatte Grundsätzlicheres als nur der Tod von Baranczaks Vater die beiden getrennt. Sembritzki, nur mit der Unterhose bekleidet, fühlte, wie seine Oberschenkel auf der Plastikoberfläche des Stuhles klebten. Er konnte sich nicht von Szawuls Notizen lösen. Baranczak hatte zwar allen Grund, Domanski zu hassen, aber das Erschrecken, daß ihm ins Gesicht geschrieben stand, als Sembritzki im Gespräch das Monster von Krakau erwähnt hatte, war heftiger, spontaner, tiefer gewesen als die Gefühle, die Baranczak offenbart hatte, als er von der Exekution seines Vaters durch Domanski erzählt hatte. Es mußte also einen anderen Grund geben, warum Baranczak so aus der Fassung geraten war.

Allen Informationen zufolge war Domanski tot. Wenn ... Das Monster von Krakau war in Polen ein Mythos, eine unvergessene Legende. Konnte es sein, daß Leute um Wozniak versuchten, den Mythos dieses Mannes, der für Widerstand gegen ein totalitäres Regime stand, noch einmal zu mobilisieren, ihn gewissermaßen als Galionsfigur, als Integrationsfigur für eine nationale Bewegung auferstehen zu lassen?

Sembritzki zog die Kopie der Monsterdarstellung, die ihm Bartels mitgegeben hatte, aus der Tasche. Wie hatte doch Plinius geschrieben: daß beispielsweise in Afrika solche Wesen durch die unzulässige Vermischung von ungleichen Wesen zustande gekommen seien.

Eine Strafe Gottes.

Marian Domanski als Sohn eines Priesters und einer Bäuerin, die anscheinend später, in städtische Verhältnisse verschlagen, eine Straßenarbeiterin geworden war – lagen da die Wurzeln zu diesem Namen, der Domanski zu jener Schreckensfigur Baranczaks gemacht hatte? Nur ein Mann, der sich in der Geschichte, vor allem in der mittelalterlichen Geschichte auskannte, konnte den Namen aus Chroniken herausgelöst und diesem anscheinend so furchterweckenden Mann verliehen haben.

Aber paßte das alles zusammen? Und vor allem, was wußte Bartels von diesen Zusammenhängen?

Als Sembritzki in der hohen Sitzbadewanne hockte, ging ihm durch den Kopf, daß nicht nur Baranczaks Eltern umgebracht worden waren, die Mutter von den Nazis, der Vater von Domanski, sondern daß, wie aus Szawuls Notizen hervorging, auch beide Eltern Domanskis gewaltsam ums Leben gekommen waren. Den Vater – immer mit einem Fragezeichen versehen – hatten angeblich die Nazis auf ihrem Rückzug erschossen. Die Mutter, Irina Domanski, hatte man drei Jahre nach Kriegsende in ihrer schäbigen Wohnung im Kazimierz-Viertel erschlagen aufgefunden. Sembritzki hatte im übrigen nur noch ein Foto gefunden, auf dem Soldaten in polnischen Uniformen sich zum Gruppenbild vereinigt hatten. Sie knieten und hockten mit ihren Gewehren in Form einer Pyramide, deren Spitze ein stehender Mann bildete. Das Gesicht dieses Mannes war auf dem Foto nicht zu erkennen. Es war von zwei Karabinern verdeckt, die sich vor seinem Gesicht kreuzten.

Das Kazimierz-Viertel – die Salzbergwerke von Wielicka – die katholische Kirche –: Das waren die Angelpunkte in dieser Domanski-Geschichte, die Sembritzki nicht loslassen wollte, die ihn noch verfolgte, als er das Hotel verließ und an den Tuchhallen vorbei auf Stereckis Antiquariat zustrebte. Daß er immer zur vollen Stunde über den Marktplatz gehen mußte, wenn der Turmwächter die Erinnerung an seinen Vorgänger beschwor, der mitten im Spiel vom Pfeil eines Feindes getroffen worden war, erschien ihm mehr als zufällig, kam ihm nun doch vor wie ein Leitmotiv, das seine Schritte in Polen begleiten sollte.

»Was wollen Sie?«

Stereckis Stimme klang unwillig, als Sembritzki eintrat. Er

saß hinter seinem hohen Ladentisch, der ihn bis an den Hals verdeckte: ein Kopf für sich allein.

»Baranczak!« murmelte Sembritzki und schaute sich vergewissernd im Laden um.

»Wir sind allein«, sagte Sterecki verdrießlich.

»Baranczak ist tabu! Haben *Sie* gesagt, Herr Sterecki!«

»Das gilt noch immer!«

»Auch wenn ich Ihnen zusätzliche Informationen über seine Person liefere?«

Sterecki nickte. »Baranczak ist unser Mann.«

Sembritzki lachte.

»*Unser* Mann ist er nicht.«

Sterecki steckte die Zungenspitze zwischen die Zähne. »Fangen Sie nicht schon wieder davon an«, zischte er. »Seine Kontakte zum polnischen Geheimdienst sind Tarnung, weiter nichts.«

Sembritzki legte die Hand auf den Ladentisch. »Seine Kontakte zum *polnischen* Geheimdienst schon. Wie aber steht es um seine Kontakte zum KGB?«

Sterecki starrte ihn an wie ein giftiges Insekt.

»Spekulationen.«

Sembritzki: »Ich kann Ihnen den Beweis liefern.«

Sterecki blieb der Mund offenstehen. Schweißperlen bildeten sich auf seiner Stirn. Er wischte sich die Hände am Jackett ab. Mit dem Zeigefinger der rechten Hand fuhr er sich vorsichtig übers Haar.

»Da bleiben keine Zweifel?« fragte er endlich, und seine Stimme zitterte leicht.

Sembritzki richtete sich auf.

»Sagt Ihnen der Name Rydel etwas?«

Sterecki hob blitzschnell den Blick. »Rydel?« fragte er. »Rydel? Waclaw Rydel?«

»So ist es. Waclaw Rydel.«

Sterecki war es offensichtlich unangenehm, über diesen Mann zu sprechen.

»Rydel ist KGB-Mann.«

Sterecki deutete schweigend seine Zustimmung an.

»Und höchstwahrscheinlich Baranczaks Führungsoffizier.«

Ein Schweißtropfen begann Sterecki von der Stirn zu laufen, er lief die Nase entlang, hinterließ seine Spur, hatte fast die Oberlippe erreicht, als Sterecki gequält fragte: »Woher haben Sie diese Informationen?«

»Das lassen Sie nur meine Sache sein. Sie fragen in Pullach nach, was nun geschehen soll. Baranczak muß zum Abschuß freigegeben werden!« Und ich schaffe mir Wozniak und seine Leute vom Leib, dachte Sembritzki. Wenigstens die. Und halte mir Szawuls Kanäle offen.

Sterecki zog seine Taschenuhr heraus und winkte ab. »Heute abend. Ich esse im Wierzynek. Um acht Uhr. Kommen Sie vorbei. Ich werde Ihnen Bescheid geben.«

Sembritzki wußte, daß die Kontakte mit Bartels oder den Leuten aus der Pullacher Zentrale nur zu bestimmten, im voraus festgelegten Uhrzeiten, wahrscheinlich telefonisch in verschlüsselten Gesprächen im Umweg über Budapest, stattfinden durften. Er mußte warten.

»Ich werde da sein. Auf Wiedersehen, Herr Sterecki.«

Er hätte eigentlich am Florianska-Stadttor noch einmal gern die Frau gesehen, deren Bilder mit ihren weiblichen Rückenansichten ihn nicht minder faszinierten wie ihre Ähnlichkeit mit der Schwarzen Madonna von Tschenstochau – aber sie war nicht da. Ein seltsames Gefühl der Enttäuschung erfaßte Sembritzki, das er sich nicht zu erklären vermochte. Wo mochte sie sein? Etwa in Wielicka?

Wielicka! Es war ein Stichwort, das im Zusammenhang mit den Notizen Szawuls über Domanski seine Neugier anstachelte: Im Salzbergwerk von Wielicka war dieser Domanski Untertag-Arbeiter gewesen. Viel wußte Sembritzki nicht über den Ort – nur, daß er ungefähr zwölf Kilometer außerhalb von Krakau lag und als Sehenswürdigkeit eben dieses Salzbergwerk vorzuweisen hatte, das im 13. Jahrhundert erstmals erwähnt worden war, und nach wie vor betrieben wurde. Von den insgesamt 200 Kilometer Stollen unter Tag waren vier Kilometer den Touristen zugänglich gemacht worden, hatten dort doch vor langer Zeit künstlerisch begabte Bergleute gewaltige Säle aus dem Berg gehauen und zu Kapellen gestaltet, hatten aus Salz Statuen, Monumente, Altäre geschaffen, hatten unterirdische Seen freigelegt und 350 Meter unter dem Boden eine ganze eigene Welt erstehen lassen.

Sembritzki entdeckte ein Taxi, öffnete den Schlag und stieg ein. »Wielicka!« sagte er und lehnte sich zurück.

9

Ob er beschattet wurde oder nicht, beschäftigte ihn momentan weniger als der Gedanke an den Mann, den Wozniak höchstwahrscheinlich umgebracht und in Zdenecs Kielwasser der Weichsel übergeben hatte. Wenn der Mann gefunden wurde, wenn der Pförtner der Universität erst einmal Sembritzkis Interesse an Szawul ausgeplaudert hatte, würde die Jagd beginnen.

Das Taxi fuhr über die Brücke, über die Sembritzki in der Nacht zu Fuß gegangen war. Seine lange Unterredung mit Szawul, die Begegnung mit Wozniak schienen weit entrückt, und trotzdem schoben Schatten der vergangenen Nacht sich in diesen Nachmittag hinein – denn so sehr er sich auch einzureden versuchte, daß er die Salzbergwerke von Wielicka aus rein touristischer Neugier besichtigen wollte, in seinem tiefsten Inneren wußte er nur zu genau, daß er den Ort einzig und allein deshalb aufsuchte, weil dort ein Stück Vergangenheit begraben lag, die eben doch nicht begraben war.

Trübselige Hochhäuser, Leute auf Fahrrädern. Menschen in

schier endlosen Reihen am Straßenrand, unterwegs zu irgendeiner Kirche, wo eine Messe gelesen wurde. Solche stille Menschenzüge waren Sembritzki bereits in den vorhergehenden Tagen aufgefallen; die schweigende Übereinstimmung der Masse berührte ihn und machte ihm doch auch seine eigene Isolation erst so recht bewußt, wie auch seine Unfähigkeit, überhaupt Teil einer größeren Bewegung zu sein. Er geriet ins Sinnieren, aus dem er erst wieder auftauchte, als zur Rechten Fördertürme ins Bild rückten, langgestreckte Werkshallen, Gitterzäune. Das Taxi verließ die Hauptstraße und fuhr eine leicht ansteigende Straße hinauf, die in einem großen Bogen schließlich zu einem pompösen Eingang führte, hinter dem sich ein Park mit Bäumen und Blumenrabatten auftat. Im Hintergrund lag ein kleines flaches Gebäude, wo die Eintrittskarten zu lösen waren, links, etwas erhöht, stand das Bergwerksmuseum, und dort befand sich auch der Eingang zu jenen Stollen, die zur Besichtigung für Touristen freigegeben waren. Sembritzki zahlte und stieg aus. Das letzte Stück Weg zum Kassenhaus ging er zu Fuß.

»Ile kosztuje bilet?« fragte er langsam und griff in seine Tasche, ohne auf die Person hinter dem Fenster zu achten.

»80 Zloty!«

Sembritzki fuhr auf. Die Stimme war ihm vertraut.

»Ihr Polnisch hat sich seit vorgestern nicht gebessert!« Auch den spöttelnden Ton kannte er – und das Madonnengesicht.

Sie schob ihm eine Eintrittskarte zu, ein schmuddeliges Stück Papier, auf dessen Vorderseite eine Szene in blauer Farbe zeigte, wie das Salz früher gewonnen und an die Oberfläche transportiert worden war. »Kopalina Soli Wielicka« stand darunter in geschwungenem Schriftzug.

Sembritzki reichte ihr einen Geldschein.

»Wollen Sie an einer Führung teilnehmen? Ein Kollege steht mit ein paar Amerikanern oben. Sie können sich anschließen, wenn Sie wollen. Sofern Sie englisch sprechen!«

»Besser als polnisch!«

»Sind Sie nachher noch da?« fragte Sembritzki.

Sie zuckte mit den Schultern. »Vielleicht! Vielleicht auch nicht! Aber wenn Sie jetzt nicht gehen, verpassen Sie die Führung!«

Sie klappte das kleine Fenster des Häuschens zu, Sembritzki eilte über die Stufen zum Eingang, wo ein Mann in blauem Arbeitskittel und mit gelbem Grubenhelm von drauflos redenden Amerikanerinnen und Amerikanern umgeben war. Schweigend schloß sich Sembritzki der Gruppe an, die sich ins Innere des Berges aufmachte. Zwei Stunden Fußmarsch hatte der Führer angekündigt – und es hätte noch länger gedauert, wenn man sich nicht auf eine verkürzte Führung geeinigt hätte, der Kinder wegen, die zu den Amerikanern gehörten.

Schritt für Schritt, die Hand am Holzgeländer, stiegen sie tiefer und tiefer in den Berg hinein. Sieben Stufen lagen jeweils zwischen den Plattformen des wendeltreppenartigen Abstiegs. Es wurde kühler. Ab und zu kam ein Windstoß von irgendwoher, erfaßte sie und verlor sich wieder in der Gruft. Mit jedem Schritt, den er tat, wuchs in Sembritzki das Gefühl, gleichsam in die innere Welt Polens einzudringen, in ein Reich, das ebenbildlich der oben zurückbleibenden Welt glich und zu Salz erstarrt schien.

»Ich bin das Salz der Erde!« flüsterte hinter ihm eine Frau auf englisch. Sie kratzte mit einem langen roten Fingernagel an der Stollenwand und führte den Finger an die Lippen.

Dieses Gestein war nicht tot!

Unten angekommen, weich in den Knien, gingen sie durch unendlich lange Stollen, die immer wieder durch dicke Balkentüren voneinander abgetrennt waren. Die Stimme des Führers war leise und monoton. Sembritzki hörte kaum hin. Heimlich kratzte auch er, wenn niemand es sah, am Gestein und steckte den Finger rasch in den Mund wie ein Kind. Es schmeckte salzig. Eine Welt aus Salz: Arbeiter, auf ihre Werkzeuge gestützt, Zwerge, Berggeister, Gnomen, häufig Marien aus Salzgestein. Und plötzlich, unnahbar und dunkelgrün: die Seen. Eine eingedickte Masse anscheinend, die wie eine Farbglasplatte dalag –

nicht einmal der Hauch einer Welle, einer Bewegung. Stege, die darüber hinweg und darum herumführten. Grotten, die durch kleinere Seen verbunden waren. Früher hatte man die Besucher auf kleinen Schiffen durch die Grotten transportiert, bis ein Boot mit k. u. k. österreichischen Soldaten kenterte und die meisten ertranken. Der Führer erzählte die Geschichte mit einem teilnahmslosen Lächeln. »Seither verzichtet man darauf, Besucher in Gondeln zu transportieren.« Er sagte nicht, ob das schreckliche unterirdische Unglück nicht etwa ganz behutsam und überlegt von den Polen inszeniert worden war, um die ungeliebten österreichischen Besatzungssoldaten zu ertränken: Der Verdacht flackerte sekundenlang in Sembritzki auf, und fast war ihm, als ob der Mann mit dem gelben Helm seine Gedanken erraten hätte, als er ihm mit seinen blauen Augen kurz zublinzelte. »Heute arbeiten 1500 Leute über Tag, 300 unter Tag in dem größeren Teil des Salzbergwerkes, der noch heute in Betrieb ist«, erläuterte der Führer. Eine ganze Armee, dachte Sembritzki, und einmal mehr hatte er das Gefühl, sich hier in einer in sich geschlossenen Welt zu bewegen, die aus der überirdischen Welt nur ein paar Versatzstücke übernommen hatte.

Eine Welt für sich: So war es ja wohl früher schon gewesen, als Pferde 350 Meter unter Tag ihre mit Salz beladenen Schlitten durch die Stollen zogen und nur alle drei Monate wieder einmal eine Weide zu sehen bekamen. Hier, grau in grau, in einer Schattenwelt, funktionierte alles reibungslos, ohne daß Institutionelles sichtbar geworden wäre. »Das Staatswesen ist den Polen, unabhängig von dem herrschenden politischen System, ein fremder Begriff geblieben.«

Sembritzki hatte den Satz irgendwo einmal gelesen, und in den matt schimmernden Stollen, wenn er über den festgestampften, fast glatt polierten Boden schritt und von Zeit zu Zeit unvermittelt von einem kalten Wind gepackt wurde, dessen Ursprung so geheimnisvoll war wie vieles hier unten, schoß er Sembritzki wieder durch den Sinn.

»Wir befinden uns jetzt in der größten Kapelle unter Tag«,

erläuterte der Führer. Er stand auf einer kleinen Balustrade und zeigte vor sich auf den gewaltigen Raum, von dessen Decke zahlreiche wundervolle, gleißende Lüster herabhingen, kostbare Gebilde aus perlenartigen Schnüren, die sich sachte bewegten und Bündel von oszillierenden Pfeilen ausstrahlten.

»Salz, alles Salz. Sogar die Perlen!« sagte plötzlich hinter Sembritzki leise eine Stimme. Als er sich hastig umdrehte, sah er *sie.* Ihre Gesichtshaut schien hier unter Tag noch dunkler zu sein als bei Tageslicht. Und sie hatte wieder den leicht verschwommenen abwesenden Blick wie die Schwarze Madonna von Tschenstochau. Sie trug eine schwarze Wolljacke über einem dunkelgelben Strickkleid. Sembritzki mußte sich zwingen, seinen Blick wieder nach vorn zu richten, auf die in Salz gehauene Maria am andern Ende der Kapelle und rechts daneben auf den pompösen Altar, auch er aus Salzgestein und überladen mit wild wuchernden Ornamenten, doch, er hatte richtig gesehen – mit Drachen, Schuppentieren, züngelnden Reptilien.

Als sich Sembritzki erneut umwandte, hatte sich die Frau bereits von ihm entfernt. Sie lehnte seitlich an einem kleinen Holzhäuschen und unterhielt sich mit der Verkäuferin, die dort Karten und Souvenirs anbot. Enttäuscht registrierte Sembritzki, daß die Malerin nicht etwa seinetwegen hierhergekommen war, sondern daß sie ihrem Kollegen mit dem gelben Helm eine Mitteilung überbracht hatte. Jedenfalls war jetzt der Mann hinzugetreten und unterhielt sich flüsternd mit der Frau. Sembritzki bewegte sich scheinbar zufällig auf die beiden zu. »Wird diese Kapelle überhaupt noch benützt, oder war sie nur für die Arbeiter gedacht, die sie gebaut haben?«

Der Führer schaute Sembritzki verärgert an, der sich aber nichts anmerken ließ. Er hatte bezahlt, also durfte er doch auf Informationen hoffen.

»Der Erzbischof von Krakau hat hier schon mehr als eine Messe zelebriert.« Es war die Madonna, die ihm antwortete. Aber ihre Stimme klang kalt, ihr Gesicht war verschlossen.

»Warum ist der ganze hintere Teil der Kapelle abgesperrt?« fragte Sembritzki weiter.

Der Führer wechselte nur einen schnellen Blick mit der Frau, und wieder war sie es, die das Wort ergriff: »Es ist wie in der Kirche. Das Allerheiligste ist nur Eingeweihten zugänglich.« Sie lächelte eisig, als sie das Wort »Eingeweihte« aussprach. Beide, der Führer und die Frau, schienen aufmerksam, ja mißtrauisch geworden zu sein. Daß ihr Mißtrauen geweckt war, stand für Sembritzki fest.

»Haben Sie sonst noch eine Frage?« Der Führer musterte ihn mit einem eisigen Blick. Er sprach englisch.

Sembritzki ließ nicht locker. »Eine einzige Frage. Sie betrifft den Altar, an dem mir vorhin etwas aufgefallen ist.«

»Und zwar was?« fragte die Madonna, die gar nicht mehr madonnenhaft wirkte.

»Mich überraschen die Motive, die der Künstler ins Salzgestein eingeschlagen hat.«

»Wenn ich mir eine Gegenfrage erlauben darf: Ist es nicht Aufgabe aller Künstler zu überraschen?«

Der Führer blickte grimmig drein. Die Madonna blickte Sembritzki an, mit einem kühlen, distanzierten, abwägenden Blick voller Ironie. Sembritzki hätte viel drum gegeben, sich mit ihr allein unterhalten zu können, aber die Kioskverkäuferin und der Führer ließen sich nicht verdrängen.

»Gewiß doch. Ich glaube, ich muß mich klarer ausdrücken. Wir befinden uns, wie Sie vorhin selbst eingeräumt haben, als Sie erwähnten, der Bischof von Krakau habe hier schon so manche Messe zelebriert, in einer Kirche. Kirchenräume und ihre Altäre haben Kunst mit Motiven aus dem Alten und Neuen Testament, den Heiligenleben der Kirchengeschichte. Das müssen Sie doch zugeben. Die Motive der Altarkunst in dieser Kapelle aber sind alles andere als christlicher Herkunft: Drachenköpfe, Schalentiere, Reptilien. Was haben *die* in einem sakralen Raum zu suchen? Können Sie mir erklären, warum es in dieser Kapelle *Monster* gibt?«

Sembritzki sprach das Wort bewußt mit Nachdruck aus. Führer und Verkäuferin hielten seinen Blick fest.

»Was sollen wir Ihnen denn auf diese Frage antworten? Was wollen Sie hören?«

»Da ich die Antwort nicht weiß, kann ich auch nicht wissen, was ich hören will. Ich habe nur gehofft, *Sie* wüßten eine befriedigende Erklärung.«

»Es *gibt* eine Antwort.« Der Führer hatte die Stimme gesenkt. Er vergewisserte sich, daß von den Amerikanern niemand mithören konnte. »Nur weiß ich natürlich nicht, ob die Antwort *Sie* befriedigt.«

Die Madonna war sichtlich unruhig geworden. Sie hatte vergebens versucht, die Aufmerksamkeit des Führers auf sich zu lenken, riß die Situation an sich, stellte sich zwischen den Führer und Sembritzki, dem sie leicht die Hand auf die Schulter legte und kaum hörbar mit plötzlich belegter Stimme fragte: »Wer sind Sie? Warum stellen Sie solche Fragen?«

»Konrad Sembritzki. Aus der Schweiz.«

»Sie haben einen polnischen Namen.«

»Meine Vorfahren haben Polen vor langer Zeit verlassen.«

»Warum sind *Sie* zurückgekommen?«

»Eine Tante in Wroclaw lag im Sterben. Ich bin leider zu spät gekommen!«

»Das ist alles?«

Sie schaute ihn mit diesem Blick an, der im Grunde genommen gar nicht ihn meinte, sondern durch ihn hindurchging und jemand galt, der hinter ihm stand.

War es die von Schatten beherrschte Stimmung in den hallenartigen Räumen, wo der Blick des Betrachters unentwegt abglitt, vergeblich nach Halt suchte, nach einem Fixpunkt, wo er verweilen konnte? War es die Gegenwart dieser dunkelhäutigen Frau, die ihn schon bei der ersten Begegnung so fasziniert hatte? Waren es diese scheinbar unendlich vielen ineinander übergehenden Räume, Kasematten, Verliese, Nischen, die wie eine unterirdische Schanzanlage auf ihn wirkten, ein Bunker, wo man sich aufs Überleben eingerichtet hatte? Sembritzki merkte, daß er den Boden unter den Füßen verlor, daß er in einen Zustand des Schwebens, der Erdenferne, der Unwirklichkeit eingetaucht war.

»Ich weiß nicht, ob das alles ist«, sagte er endlich. »Ich weiß es wirklich nicht.« Er fuhr sich mit der Hand über die Augen, als ob er einen Schatten wegwischen müßte.

»Der Altar entstand während des Zweiten Weltkriegs. Er wurde erst später hierher transportiert.«

Sembritzki registrierte kaum, daß die Sätze in diesem eigenartigen Zwischenlicht wie Schatten auftauchten und sich wieder auflösten, ohne daß sie ein auf den ersten Blick logisches Geflecht darstellten. Antworten kamen hier wie das Echo mit Verspätung an und wurden von Fragen zugedeckt, die unmittelbar darauf gestellt worden waren und auch schon in dem Augenblick überflüssig waren, als sie formuliert wurden. Hier unten schien jede Logik aufgehoben zu sein. Da spielten Gesetze, die aus einer anderen, beinahe absurden Welt zu stammen schienen.

»Wer hat den Altar geschaffen?«

»Warum sind Sie nicht schon längst abgereist?« fragte die dunkle Frau.

»Es gibt Sehenswürdigkeiten in Polen, die man nicht auslassen sollte.« Sembritzki versuchte sich in einem Lächeln, aber er wirkte kaum überzeugend.

»Who?« fragte der Mann mit dem gelben Helm. »Who knows?«

»Das Salzbergwerk von Wielicka ist eine solche Sehenswürdigkeit«, sagte Sembritzki wie im Traum und merkte zu spät, daß ihm der helläugige Mann eine Antwort gegeben hatte, die ihm Gelegenheit gegeben hätte, seinen Strang weiterzuspinnen. Aber alle logischen Abläufe waren auf den Kopf gestellt. Immer wieder versanken die Sätze wie in Watte und erreichten den nicht, der auf sie wartete, weil dieser bereits wieder seinen eigenen Fragen nachhorchte.

»Warum *sind* Sie noch nicht abgereist?« fragte die Frau ein zweites Mal, genau in dem Augenblick, als Sembritzki den Satz über polnische Sehenswürdigkeiten mit einem weiteren Namen ergänzte: »Oder das Monster von Krakau!«

»Männer, die sich noch nach Kriegsende im Untergrund versteckt hielten, Bergleute mit künstlerischen Neigungen!« Der helläugige Mann hatte Sembritzkis letzten Satz zwar noch ungewollt unterlaufen, aber die Frau war Sembritzkis Worten gefolgt.

»Das Monster von Krakau? Wer? Was ist das Monster von Krakau?«

»Kennen Sie sich in Ihrer eigenen Vergangenheit nicht aus?« Sembritzki hatte seine Ruhe zurückgefunden. Und auch die beiden andern schienen mit ungeheurer Anstrengung wieder in ihre inquisitorische Rolle zurückzusuchen.

»Das Monster von Krakau!« Sembritzki sprach lauter. Er behielt die beiden im Auge, aber der Führer regte keine Miene, und die Madonna hatte nur ein mitleidiges Lächeln für ihn übrig. »Vergangenheit! Kommen Sie uns nicht mit Dingen aus dem Mittelalter!«

Die Amerikaner waren ungeduldig geworden. Einige redeten auf den Führer ein. »Let's go!« Eine Frau deutete auf die Kinder, die müde und teilnahmslos auf einer Holzbank in der Nähe des Souvenirkiosks hockten. Der Führer machte ein Zeichen, die Madonna nickte.

»Let's go!«

Sembritzki berührte die Madonna leicht am Arm. »Sie sind mir noch eine Antwort schuldig.« Doch sie schüttelte ihn ab, freundlich, aber bestimmt, drehte sich auf dem Absatz um und verschwand in einem Stollen.

Der Führer versammelte seine Gruppe; dreimal ließ er die Grubenlampe auf seiner Brust aufblinken. Daß für einige Sekunden ein Lichtstrahl grell auf Sembritzkis Gesicht ruhte, mochte Zufall sein oder nicht: Er ließ es geschehen. Als sich der Zug in Bewegung setzte, bildete Sembritzki den Schluß. Er hatte das Interesse verloren, trottete versonnen hinterher. Er wachte nur einmal kurz auf, als der Führer in einer Kammer, deren Dimensionen alles sprengte, was Sembritzki bis dahin unter Tag gesehen hatte, ausführte: »Während des Zweiten Weltkriegs haben die Deutschen hier unten Flugzeugteile hergestellt, die nach Deutschland transportiert wurden.« Der Mann sagte es ausdruckslos, als ob das ein Teil der polnischen Geschichte wäre, der ihn nichts mehr anging.

Vitrinen mit alten Dokumenten, Uniformen, aber auch Gemälde und Werkzeuge, vor allem jedoch sprangen gewaltige Transmissionen ins Auge, Räder aus Holz, mit deren Hilfe das Salz Stockwerk für Stockwerk nach oben befördert worden war: ein Museum, in dem die Führung ihr Ende fand. Sembritzki war erleichtert. Er sehnte sich nach Licht und frischer Luft. Doch er schien sich noch gedulden zu müssen. Wie der Führer erläuterte, gehe es auf dem Rückweg im Aufzug nach oben, doch sei in den einzelnen Kabinen nur für eine begrenzte Zahl von Passagieren Platz, so daß die Gruppe sich dreiteilen müsse – die erste Gruppe habe da leider ein wenig später in der Dunkelheit auszuharren, da die drei Kabinen eine nach der anderen gefüllt und jede für sich im Schacht ein Stück aufwärts gerückt werde, um dann endlich, aneinander gekoppelt, ins Tageslicht katapultiert zu werden.

Sembritzki, bisher das Schlußlicht, gehörte zur eigenen Überraschung der Gruppe an, die sich in den ersten engen eisernen Käfig drängte. Sie waren kaum eingetreten, als die beiden Flügeltüren auch schon zugeklappt wurden, und mit einem Ruck schoß der Aufzug vielleicht zehn Meter in die Höhe, worauf er ebenso abrupt wieder zum Stehen kam. Im Inneren der Kabine herrschte tiefste Nacht, kein Umriß eines Körpers, kein Kopf, kein Gesicht war zu erkennen, nur zu spüren: Arme, Schultern, Rücken von Mitfahrenden, die dicht aneinandergepreßt standen und schwerer zu atmen begannen. Sembritzki spürte eine Frauenbrust im Rücken, ganz flüchtig und kurz nur, dann löste sie sich gleichsam im Dunkel wieder auf, als wäre sie ihm durch den Ruck entrissen worden, mit dem die Kabine sich erneut in Bewegung setzte und weitere zehn Meter nach oben schoß, wohl um im Schacht der folgenden Kabine Platz zu machen. Kinder kreischten. Eine Amerikanerin lachte hysterisch. Und dann hörte Sembritzki hinter sich wieder ein Flüstern, wie schon einmal im Stollen: »Wenn wir oben ankommen, sehen Sie sich nicht nach mir um! Gehen Sie einfach fort. Sie gehen zur Toilette und durch den Hintereingang hinaus in den Park. Am anderen Ende erreichen Sie ein kleines Tor. Den Mann im Regenmantel, der sich für Sie oder wen immer sonst zu interessieren scheint, beachten Sie überhaupt nicht.«

Sembritzkis Rückenmuskeln verkrampften sich. Es war ihm entgangen, daß die Frau die gleiche Kabine betreten hatte. Sie mußte unbemerkt aus einem Stollen in letzter Minute wieder zur Gruppe gestoßen sein. Er versuchte sich umzudrehen, aber er war so zwischen den Körpern verkeilt, daß es ihm nicht gelang.

Doch wozu auch, in der Finsternis ...

Der Aufzug ruckte erneut aufwärts. Aus der andern Kabine drangen Schreie, drang schrilles Lachen, als sie plötzlich ohne Halt so schnell, daß Sembritzki die Ohren zu singen begannen, aber gespenstisch sanft und lautlos in die Höhe schossen, 350 Meter hoch, die kein Ende zu nehmen schienen. Sembritzki wurde es eng. Ihm wurde übel, der Magen kam ihm hoch. Daß die dunkle Frau hinter ihm stand, daß er für Sekundendauer wie eine Liebkosung immer wieder die Spitzen ihrer Brüste in seinem Rücken spürte, daß ihn eine Erregung erfaßte, auf die er nicht vorbereitet war, gegen die er sich aber auch nicht zu wehren vermochte, verwirrte ihn; in seiner Verwirrung versuchte er sich das Bild der Frau vorzustellen, sich über die Faszination klarzuwerden, die sie auf ihn ausübte, seit er sie zum erstenmal gesehen, und blieb angesichts der plötzlichen Sinnlichkeit, die ihn bei ihrer Berührung überwältigte, hilflos. Erst als der Aufzug zum Stehen kam, als ein Mann die Türen aufklappte und frische Luft ins Innere strömte, fand Sembritzki wieder zu sich.

Die Leute drängten hinaus. Ihr Lachen klang befreit. Sie klopften sich auf die Schultern, als hätten sie Anlaß, einander nach der überstandenen Fahrt ins Innere der Erde zu gratulieren.

Ein Mann im beigen Regenmantel stand zigarettenrauchend neben der Eingangstür. Den Hut hatte er tief in die Stirn gezogen. Er las Zeitung. Sembritzki ließ ihn stehen und schritt in aller Seelenruhe auf die Tür zu, auf der das Wort *Ustepy* stand. Die Tür am Ende eines graugefliesten Korridors sah er sofort: »*Wyjscie Zapasowe – Notausgang*«. Sie war nicht verschlossen. Auf der Rückseite des Gebäudes, zwischen Bäumen mit tief herabhängenden Ästen und kugelrunden Sträuchern mit dem ersten Ansatz von Grün, fand Sembritzki den Weg zu dem kleinen eisernen Tor. Nach der Frau hatte er sich nicht einmal umgesehen. Sie mußte den normalen Ausgang benutzt haben, denn sie saß schon am Steuer eines kleinen blauen Fiat Polska, der mit laufendem Motor am Bordstein der Straße hinter dem Park wartete. Sembritzki stieg zu.

»Sie haben den Mann gesehen?« fragte sie und fuhr an.

Sembritzki nickte.

»Er ist Ihnen nicht gefolgt?«

»Nein. Warum hätte er mir folgen sollen?«

»Was für ein Spiel spielen Sie, Herr Sembritzki?«

Sembritzki lachte. »Die Frage könnte ich genausogut Ihnen stellen.«

»Ach!« Es war eigentlich nicht Erstaunen, das in ihrer Stimme mitschwang, eher Verärgerung. Sembritzki sah den kleinen blauen Farbfleck auf dem Nagel ihres kleinen Fingers an der linken Hand, und er bemerkte den feinen silbernen Ring, der sich wie ein Reptil um ihren Ringfinger wand.

Den Rest der Fahrt über wurde nichts mehr gesprochen. Sie fuhren in südlicher Richtung, an einem Wäldchen vorbei, passierten ein Ortsschild, auf dem *Dsiekanowice* stand, und da erst unterbrach die Frau das Schweigen und wandte sich Sembritzki zu.

»Hier wohne ich.«

»Das soll heißen – ich statte Ihnen einen Besuch ab?« fragte Sembritzki.

Er war ihren Anweisungen gefolgt, ohne zu überlegen, was dahinterstecken mochte. Sie schien sich auszukennen; sie wußte ganz augenscheinlich, was sie tat; ein inneres Gefühl, dem er vertraute, sagte ihm, daß sie zu keiner der Gruppen gehören konnte, die etwas von ihm wollten oder ihn bedrohten. Auf eine unerklärliche Weise schien sie ihn zu akzeptieren, selbst dann, wenn sie ihn, wie während der Fragen im Bergwerk, Mißtrauen entgegenbrachte: War es Mißtrauen gewesen oder Neugier? Bei Tageslicht war Sembritzki sich keineswegs mehr so sicher. Daß sie ihn an dem Typ im Regenmantel vorbeigeschleust hatte, bedeutete unmißverständlich: Sie wollte ihm helfen. Und so hatte er sich keine unnötigen Gedanken gemacht über die Fahrt, bis ihn dann diese Mitteilung überraschte, sie habe ihn zu sich nach Hause gebracht. Doch solche Überraschungen gehörten anderseits durchaus zu seinen Erfahrungen mit ihr.

»Länger als für ein Glas Wodka wird es schon nicht dauern.«

Und da ärgerte es Sembritzki wieder, daß diese Frau sich immer wieder nicht in das Bild fügen wollte, das er sich von ihr gemacht hatte oder hatte machen wollen. Sie sah aus wie die Madonna, deren Bild er in der Tasche trug. Wenn sie sprach, war sie herausfordernd, eine erfahrene Frau. In ihrem Handeln selbstbewußt, geradezu männlich. Und hatte ihn, als er sie weder sah noch hörte, sondern nur spürte, wie sich Körper spüren, auf einmal dann geweckt, wie er als Mann seit langem nicht geweckt worden war. Er blickte sie verstohlen von der Seite an.

Sie bremste, drehte die Zündung ab, lehnte sich aufatmend im Sitz zurück und strich sich eine Strähne aus der Stirn. Durchs Wagenfenster sah Sembritzki das graue Häuschen im Schatten einer hohen Fichte.

»Warum?« fragte er.

»Ich möchte gern wissen, wer Sie sind, Herr Sembritzki.«

»Das wissen Sie doch schon – ein Westtourist. Ein Heimwehpole.«

Schweigend stieg sie aus und ging zum Haus, ohne sich nach ihm umzusehen. Als er folgte, ertappte sich Sembritzki dabei, wie sein Blick über ihre Beine unter dem Saum des dunkelgelben Wollkleides glitt und auf ihren schlanken Fesseln ruhte.

»Zufrieden?« Sie wandte sich ihm mit einem spöttischen Lächeln zu, während sie aufschloß.

»Wie bitte?« Sembritzki meinte, nicht recht gehört zu haben.

»Sie haben mich doch von oben bis unten gründlich gemustert. Oder habe ich mich da etwa getäuscht?«

Sembritzki grinste verlegen. »Nein.«

»Und?«

»Was wollen Sie denn hören?«

»Ob meine Rückenansicht Sie befriedigt hat.«

Sie stieß mit einem Fußtritt die Tür auf, daß der brüchige dunkelrote Farbauftrag bröckelte.

»Doch, ich bin mit Ihrer Rückenansicht zufrieden«, murmelte er und folgte ihr in den Flur, wo seine Augen an dem großen Bild hängenblieben, das die einzige großflächige Wand dominierte: die Rückenansicht einer Frau.

»Kommen Sie.«

Sie öffnete die Tür zum Wohnzimmer, trat mit raschen Schritten zu den beiden niedrigen Fenstern und zog die Fensterläden zu. Dann ließ sie mit einem entwaffnenden Lächeln die Arme sinken und sah Sembritzki unter ihren halbgeschlossenen Lidern an. »Keine Angst, Herr Sembritzki! Ich möchte nur nicht, daß jemand durchs Fenster hereinschauen kann.«

»Wovor sollte ich denn Angst haben?« fragte er und ärgerte sich auch schon über seine Frage. Sie hatte eine Art, ihn mit ihren direkten Bemerkungen aus dem Gleichgewicht zu werfen, daß er ihr einfach nicht näherkommen konnte, wenn er ihr nahezukommen hoffte. Sie nahm zwei Bücher von der mit einer roten Fransendecke drapierten Bettcouch und forderte ihn mit einer Kopfbewegung auf, sich zu setzen. Wie er es haßte, sich auf niedrige Stühle oder Betten zu setzen; um dieser Situation zu entkommen, trat er ans kleine, schwarzlackierte Holzregal zwischen Bett und Fenster, wo einige Bücher standen, Werke zur polnischen Geschichte, Kunstbände, Ausstellungskataloge, ein paar vergilbte Ausgaben der Krakauer Zeitschrift *Leben*, die zu Beginn des Jahrhunderts von Artur Gorski herausgegeben worden war.

»Sie interessieren sich für Bücher?« fragte sie. Sie stand neben ihm, eine Flasche Wodka in der Hand.

»Ich bin von Beruf Antiquar.«

»Mit Leib und Seele?«

Er schaute sie nachdenklich von der Seite an.

»Wie darf ich Ihre Frage verstehen?«

Sie stellte die Flasche auf das rote Kunststofftischchen und verschwand. »Verstehen Sie die Frage, wie Sie wollen!« rief sie durch die geöffnete Tür. Er hörte Gläserklirren. Das Rauschen eines Wasserhahns. Das Zuschlagen einer Schranktür.

»Antiquar, sagten Sie?«

Lautlos war sie ins Wohnzimmer zurückgekehrt und hielt zwei Gläser gegen das Licht eines Leuchters, den sie mit einer schnellen Bewegung angezündet hatte.

»Salzgestein?« fragte er erstaunt. Der Leuchter mit seinen vibrierenden Perlen sah aus wie eine Miniaturausgabe der gewaltigen Lüster in der Kapelle des Salzbergwerks.

»Erst sollen Sie *meine* Frage beantworten, Herr Sembritzki!«

»Antiquar, ja!« Er nickte.

»Salz, ja!« Sie äffte seinen Tonfall nach, und wieder einmal schienen sie in diesem verqueren Dialog einzurasten, der auch ihr Gespräch im Bergwerk zersetzt hatte, in dem Fragen und Antworten sich gegenseitig austricksten.

»Spezialist für mittelalterliche Literatur?«

»Unter anderem.« Er suchte verzweifelt nach einem Weg, um zu einer entspannteren Form der Unterhaltung zurückzufinden.

»Daher also Ihre Kenntnisse über das Monster von Krakau«, sagte sie wie nebenher und schenkte die beiden Gläser voll.

»Um ehrlich zu sein – davon habe ich bis vor kurzem kaum etwas gewußt.«

»Wovon?«

»Von der mittelalterlichen Prodigienliteratur. Den alten Schauermärchen!«

Sie hob ein Glas und hielt es in die Höhe.

»Na zdrovie!«

Schweigend langte er nach seinem Glas. Er leerte es in einem Zug.

»Haben Sie es aber eilig, Herr Sembritzki. Ich habe Sie doch nur auf ein Glas zu mir eingeladen!«

»Was wollen Sie eigentlich von mir?« Sie hielt seinem fragenden Blick stand. Er sagte: »Ich kenne ja nicht einmal Ihren Namen!«

»Ich heiße Helena!«

»Haben Sie auch einen Nachnamen?«

Sie schüttelte den Kopf. »Für Leute, die neugierig sind, habe ich keinen Nachnamen. Nur Helena!«

Sembritzki stellte das Glas auf den Tisch. »Helena genügt.«

»Ich möchte gern wissen, was Sie denken, Herr Sembritzki!«

»Ich heiße Konrad!«

»Konrad!« Sie verzog das Gesicht.

»Ich weiß. Konrad ist Konrad. Auch im Polnischen!«

»Da täuschen Sie sich. Es gibt Situationen, wo sich in Polen sogar der deutsche Konrad verwandelt!«

Sembritzki schluckte. »Dazu ist jetzt kaum der richtige Augenblick!«

»Und wann ist dazu der richtige Augenblick?« Sie füllte sein Glas und belehrte ihn lächelnd: »Den Augenblick bestimmen Sie, Herr Sembritzki.«

»Wie sollte ich?«

»Indem Sie mir erklären, warum sich hier in Wielicka wie in Krakau mehr als nur eine Person für Sie zu interessieren scheint!«

»Habe ich Sie recht verstanden?« fragte er nun völlig verblüfft. »Sie wollen Informationen gewissermaßen mit ...« Er brach den Satz ab. Er war auf sich selbst wütend. Er schüttelte heftig den Kopf. Sie hatte ihn mit ihrer klaren Ausdrucksweise schon wieder schachmatt gesetzt.

»Indem ich Informationen mit ...?« fragte sie und steckte beide Hände demonstrativ in die Taschen ihrer weiten Wolljacke.

»Entschuldigen Sie, Helena. Ich wollte sagen: indem Sie meine Informationen mit Zärtlichkeit bezahlen. Aber so habe ich es nicht gemeint!«

Sie zuckte gleichmütig mit den Schultern. »So meinen es Männer doch wohl immer, Herr Sembritzki! *In dieser Hinsicht* unterscheiden Sie sich in keiner Weise von den andern!«

Sembritzki biß sich auf die Lippen. »Und wodurch unterscheide ich mich Ihrer Meinung nach von den anderen?«

»Sie unterscheiden sich insofern, als Sie nicht leicht durchschaubar sind.«

»Nehmen Sie meine Bemerkung von vorhin als Teil meiner Tarnung, Helena.«

Sie wiegte nachdenklich den Kopf hin und her. »Bevor ich dazu bereit bin, müssen Sie mich durch Ihr Verhalten überzeugen.«

In Sembritzki kochte es. »Welche Bedingung! Als ob ich ein Kind wäre! Wohlverhalten soll ich zeigen!« Er war verletzt. Sie nahm ihn nicht ernst. Sie glaubte, mit ihm machen zu können, was sie wollte. Sie aber war auf nichts festzulegen. Die Vorstellung, die er sich auf Grund ihrer Ähnlichkeit mit dem Madonnenmedaillon, das er in seiner Tasche trug, von ihr gemacht hatte, strafte sie unablässig Lügen: mit ihrem Verhalten, mit vielem, was sie sagte. Überhaupt, sie schien mit ihm zu spielen und sich zu entziehen, sobald er sich auf ihr Spiel einließ.

»Sie sind nicht des Monsters von Krakau wegen nach Polen gekommen?«

Sembritzki wurde heftig. »Wie ich Ihnen bereits gesagt habe, lag meine Tante in Wroclaw im Sterben. Auf das Monster von Krakau bin ich rein zufällig gestoßen.«

»Wie zufällig?«

Die plötzliche Spannung in ihrer Stimme war nicht zu überhören.

»Ein Freund in München hat mich darauf aufmerksam gemacht.«

»Wer ist Ihr Freund?«

Sembritzki lachte. »Ein Buchhändler.«

Er war unruhig im Zimmer auf und ab gegangen und neben dem Bücherregal vor einem kleinen Kreuz aus Perlmutter stehengeblieben.

»Sie wissen, daß Sie der Schwarzen Madonna von Czestochowa gleichen?«

»Man hat es mir gesagt.«

»Beunruhigt Sie das nicht?«

Sie lachte ihn aus. »Warum sollte es mich stören? Die Madonna von Czestochowa und ich haben ja nicht die gleiche Biographie.«

»Worin unterscheidet sie sich?«

»Sie sind ein gefährlicher Inquisitor, Herr Sembritzki!«

»Ich bin bloß neugierig. Wie Sie.«

»Meine Mutter war eine Zigeunerin. Was bieten Sie mir im Gegenzug zu dieser Information?«

»Ich weiß, daß es ein mittelalterliches Fabelwesen gegeben hat, das als Monster von Krakau bezeichnet wurde. Ich weiß aber auch, daß in Krakau einmal ein Mann lebte, den man das Monster von Krakau genannt hat.«

Sie lehnte regungslos an der Wand. Sie hatte die Lider halb geschlossen und sah ihn wie aus weiter Ferne, wie aus einer anderen Welt an.

»Weiter!« Aber es klang nicht wie ein Befehl.

»Soviel ich weiß, ist der Mann tot. Er war ein Führer der polnischen Heimatarmee, die aufgelöst wurde.«

Sie senkte kaum merklich den Kopf. »Marian Domanski.«

»Sie wissen von ihm?«

Sie winkte müde ab. »Jeder richtige Pole kennt diesen Namen. Wie auch jeder wahre Pole den Eid der polnischen Untergrundarmee kennt.«

Und sie löste sich aus ihrer Trance und trat auf Sembritzki zu, der vor dem Perlmutterkreuz und dem darüber angebrachten Marienfoto, einer Kopie der Muttergottes von Tschenstochau stand. Ihr Arm ruhte an seinem Arm, als sie mit leiser Stimme rezitierte: »Vor Gott, dem Allmächtigen, vor der Heiligen Jungfrau Maria, der Königin der Krone Polens, lege ich meine Hand auf dieses heilige Kreuz, Symbol des Märtyrertums und der Erlösung, und ich schwöre, daß ich die Ehre Polens mit aller meiner Kraft verteidigen will, daß ich mit den Waffen in der Hand kämpfen werde, um mein Vaterland von der Sklaverei zu befreien, bereit, mein Leben zu opfern.«

Sie hatte sich gegen ihn gelehnt; er spürte ihren Atem, der sich hob und senkte; er hätte ihr gern den Arm um die Schulter gelegt, wagte aber nicht, sich zu rühren und den Einklang zu stören, der sie verband, ohne daß Sembritzki gewußt hätte, woher dieser Einklang zwischen ihnen kam: Von den Sätzen, die Helena gesprochen hatte, jedenfalls nicht. Als er über den Eid nachdachte, fühlte er sich mit einem Male weit von ihr entfernt, und es stach ihn wie ein Schmerz, daß es ihm nie gelingen würde, die Worte Vaterland und Heimat in sich zum Klingen zu bringen, und auch ihre Worte waren ihm nur Schall und Rauch. Laut sagte er: »Die Polen haben mehr Sinn für Pathos als alle anderen Völker.«

Da war zwischen ihnen etwas zersprungen.

Sie tat betroffen einen schnellen Schritt zur Seite. Ihre Lippen zitterten. »Joseph Conrad hat einen Satz geschrieben, den werden Sie nie verstehen: ›Die Polen bilden eine Nation, die weniger lebt als überlebt, die in Denken, Atmen, Sprechen, Hoffen und Leiden ausharrt in ihrem Grab, hineingezwängt von einer Million Bajonette.‹ Joseph Conrad war gebürtiger Pole.«

»Das merkt man auch jedem seiner Bücher an, Helena. Es tut

mir wirklich leid. Ich kann solche Gefühle nicht einmal mehr nachempfinden. Und wenn ich es im Grunde noch so gern möchte.«

Der Ausdruck zwischen Mitleid und Verachtung, mit dem sie ihn musterte, traf ihn wie ein Peitschenhieb.

»Im Grunde Ihres Herzens sind Sie ein Mann, der sich an die Geschichte klammert, um der Gegenwart überhaupt standhalten zu können.«

»Und Sie? Was tun Sie denn anderes, Helena! Vierzig Jahre nach Auflösung der Heimatarmee sprechen Sie einen Eid nach, der nur noch aus Wörtern besteht. Als *Sie* ihn gesprochen haben – in dem Augenblick war ich in der Tat wie gebannt. *Sie* haben mich bewegt, in der Verzweiflung Ihres Glaubenwollens. Aber wo ist die Wirklichkeit dieser Worte? Was können Sie Ihnen *bieten?*«

»Eine Möglichkeit des Überlebens, Konradzie.«

Ihm war, als hätte er sich nie bei seinem Namen rufen gehört; wie eine erste, ursprüngliche Berührung war der Klang dieses Namens, der Saiten in ihm anstimmte, von denen er nicht einmal gewußt hatte, daß es sie gab. Und im Namen selbst schwang etwas hindurch von Eltern, Großeltern, Ahnen. »Konrad ist Konrad«, er wiederholte sich selbst – wann hatte er das noch gesagt? – »auch im Polnischen. Und nun kommen Sie und verwandeln ihn doch.«

Sie lächelte. »Den Augenblick bestimmen Sie. Übrigens unterscheiden sich unsere Überlebensstrategien genaugenommen kaum. Nur: Ich glaube, daß wir die Welt verändern können. Darum bin ich Polin. Sie sind ein Zweifler.«

Er trat an den Tisch, ergriff die Flasche, sah sie fragend an, füllte sein Glas nach und stürzte es in einem Zug hinunter. Er kam sich wie ausgetrocknet vor.

»Noch einmal, Konradzie: Warum interessieren sich so viele Leute für Sie? Und warum beschäftigt das Monster von Krakau Ihren Freund in München?«

»Auf die erste Frage kann ich Ihnen leicht antworten, Helena. Es gibt hier in Krakau Leute, die meinen, daß ich über Informationen verfüge, die ihnen verschlossen sind.«

»Und trifft das zu?«

»Sagen wir: Ich kenne mich in Geheimdienstkreisen aus. Das ist alles. Hier in Polen bin ich, wie gesagt, nur als Tourist.«

»Man ist also aus purem Zufall auf Sie aufmerksam geworden?«

Sembritzki hob resignierend die Hände.

»Aber wer ist es denn, der sich für Sie interessiert? Gibt es da außer Ihrem Kollegen vom KGB oder vom polnischen Geheimdienst sonst noch wen?«

Sembritzki blieb stumm. Sie stampfte mit dem Fuß auf. »Gott, sind Sie verschwiegen, Herr Sembritzki!«

Da war sie wieder: diese Distanz zwischen ihnen – als ob Helena sie ein- und auszuschalten verstünde.

»Der Münchner Buchhändler, der Ihnen vom Krakauer Monster erzählt hat, ist von Beruf keineswegs ausschließlich Buchhändler. Stimmt's?«

Sembritzki warf Helena einen irritierten Blick zu. »Wie kommen Sie darauf?«

»Auch ich habe meine Geheimnisse, Konradzie.«

Er lächelte. Er spürte in sich ein Gefühl wie Dankbarkeit emporsteigen.

»Wahrscheinlich ein Mann vom BND.« Es kam wie ein Knall. Jetzt war es an Sembritzki, sich zu verkriechen. Vorsicht, warnte er sich, Vorsicht – wohin könnte das führen, wenn er jetzt nachgäbe?

»Habe ich nicht recht?«

»Für eine harmlose polnische Bürgerin wissen Sie entschieden zuviel. Oder jedenfalls meinen Sie, viel zu wissen.«

Es war taghell draußen, doch hier drinnen, hinter verschlossenen Fensterläden, im wärmenden Licht einer Deckenlampe, kam es Sembritzki, dessen Bewußtsein von Licht und Dunkel durch die Grubenfahrt ohnehin gestört war, zunehmend nach Abend vor: nach einem Abend, wie er nicht im Buche stand.

Schweigen breitete sich im Raum aus. Helena unterließ weitere Fragen; sie mußte verstanden haben, daß eine Grenze erreicht war, daß sie mit weiterem Insistieren Zäune errichtet hätte, die vielleicht nicht mehr hätten abgerissen werden können. Sembritzki aber hatte Angst vor einem falschen Wort, das alles zerstört hätte. Ihm gingen in ihrer Gegenwart falsche Worte so leicht von den Lippen.

Und so standen sie, in einer Stimmung aufkeimender Traurigkeit, bis ihre Augen sich fanden und hielten, schwer trugen aneinander, und Helena die Deckenlampe löschte und die kleine Tischlampe mit dem dunkelroten Schirm anmachte. Sie reckte sich, daß ihn die runde Spannung ihres Körpers rührte. Mit einer unendlichen Langsamkeit zog sie ihre schwarze Wolljacke aus, legte sie auf die Bettcouch, drehte Sembritzki den Rücken zu, knöpfte traumwandlerisch das gelbe Kleid auf, ließ es über Schultern und Arme gleiten und zu Boden fallen, entkleidete sich mit einer Selbstverständlichkeit, als gehörten sie nun zusammen, und blieb regungslos stehen in ihrer Nacktheit, die Sembritzki nicht anzutasten wagte, denn er stand im Bann ihres Rückens, der Erinnerung an die makellosen Rücken ihrer Bilder, und an den einen Kopf, das eine Gesicht, das zu ihnen paßte, zu ihr gehörte: Das Gesicht der Madonna von Tschenstochau.

»Mach das Licht aus, Konradzie!« sagte sie bittend, ohne sich zu rühren, bis er die Kordel gezogen hatte. Da glitt ihr mattleuchtender Schatten hinüber zum Bett, so daß ihre Rückseite stets Sembritzki zugekehrt blieb. Sie legte sich hin, sie lag auf dem Bauch und vergrub den Kopf zwischen den Armen.

»Komm, Konradzie!« bat sie noch einmal. Es war so still, daß Sembritzki sein Herz pochen hörte, als er sich über sie beugte.

»Was willst du von mir, Helena?« fragte er, doch kaum hatte er es gesagt, hätte er sich die Zunge abbeißen mögen.

»Was auch immer, Konradzie!« rief sie. Sie warf sich herum und riß ihn mit einer Heftigkeit an sich, die ihm Angst machte. Und dann konnte er ihre mandelförmigen Augen erkennen mit den halbgeschlossenen Lidern, den kleinen Mund mit den leicht nach unten gezogenen Mundwinkeln. Er stützte sich auf einen Ellenbogen und fuhr ihr mit einem Zeigefinger zärtlich über die Stirn.

»Komm, Konradzie!« sagte sie, und er spürte den Griff ihrer Hand in seinem Nacken. Er wehrte sich einen Moment, dann schloß er die Augen und tauchte unter.

»Wer interessiert sich eigentlich alles für das Monster von Krakau?«

Sie lag wieder auf dem Bauch, als sie die Frage stellte. Zwischen ihren spitzen Schulterblättern liefen schmale Bächlein von Schweiß; ihr Körper duftete in einem zarten Gemisch von Schweiß und Parfum.

»Weshalb, Helena?«

Sie war wie verwandelt. Sie bebte vor Zorn. »Was für eine Männerfrage! Was soll's! Wir haben uns geliebt. Frag doch nicht weshalb! Immer diese Angst des Mannes, beiläufig geliebt worden zu sein. Was kümmert's dich jetzt, im nachhinein, ob ich dich gemeint habe oder nicht! Ich habe dich völlig geliebt, weißt du. Dich und was ich von dir weiß!«

Er setzte sich auf. Er zog sich halbwegs an. Er brachte es einfach nicht fertig, nackt ein Gespräch zu führen, das mit Liebe nichts zu tun hatte. Als ob ihm die Kleidung irgendwie Schutz böte.

»Was bist du für ein kümmerlicher Liebhaber, Konrad Sembritzki! Bist du zu menschlicher Nähe wirklich nur im Geschlechtsakt fähig?«

Sembritzki erwiderte nichts. Er hatte aus der Tasche seiner Jacke am Bettende einen Zigarillo gefischt und steckte ihn sich mit leicht zitternden Händen zwischen die Lippen. Wenn er Helena nur beiläufiger geliebt hätte – aber die Vereinigung mit dieser ihm unfaßbaren Frau hatte ihn mit allen Fasern ergriffen, und nun brachte ihn seine Hilflosigkeit in Rage.

»Man kann nicht behaupten, daß sich jemand im speziellen

für das Monster von Krakau interessiert, Helena«, entgegnete er heiser.

»Was ist es dann gewesen?« Ihre Stimme klang ungeduldig.

»Jedesmal, wenn ich vom Monster von Krakau sprach, wurde man aufmerksam.«

»Wer?«

»Zum Beispiel Professor Baranczak von der Krakauer Universität.«

»Was hast du mit Baranczak zu schaffen?« Einen Augenblick lang dachte er, sie wolle sich auf den Rücken drehen, um ihn ins Verhör zu nehmen, doch mitten in der Bewegung hielt sie inne und sank wieder in ihre Bauchlage zurück.

»Baranczak? Er ist der Freund meiner Cousine.«

Sie schwieg. Worüber sie jetzt wohl nachdachte?

»Oder du und dein Kollege im Salzbergwerk. Ihr seid genauso irritiert gewesen, als ich das Monster erwähnte.«

»Was weißt du über das Monster, Konradzie?«

Sembritzki berichtete von seiner Begegnung mit Baranczak, ohne zu erwähnen, daß er Baranczak für einen KGB-Agenten hielt; er fügte jedoch hinzu, daß er durch Baranczak von Marian Domanski, dem Monster, erfahren habe!

»Baranczak ist ein Solidarnosc-Mann«, sagte sie und legte den Kopf seitlich aufs Kissen, als ob sie ganz genau hören wollte, was Sembritzki dazu zu sagen hatte.

»Schon möglich, Helena«, murmelte er, und er sah, wie sie ihren Kopf enttäuscht wieder zwischen die Arme legte.

»Du bist sehr schweigsam, Konradzie. Du bist kein Mann, dem die Liebe die Zunge löst.«

»Ist es denn Liebe gewesen, Helena?«

»Es war Liebe.«

Sie schrie es heraus, wandte sich ihm erregt zu, blieb, für den Bruchteil einer Sekunde, wie erstarrt, stand blitzschnell auf und griff, mit dem Rücken zu Sembritzki, nach ihren Kleidern.

»Was auch immer für Liebe!«

Sie stand im Licht des Leuchters, den sie wieder eingeschaltet hatte, angezogen in der Tür. Wieder hatte sie eine lange Pause zwischen zwei Antworten gelassen, als ob dazwischen überhaupt keine Zeit verstrichen sei.

Sembritzki stand auf und griff nach seiner Jacke. »Ich gehe jetzt, Helena!«

»So haben wir uns umsonst geliebt?«

»Umsonst?«

»Weil wir kaum mehr voneinander wissen als vorher!«

»Ging es darum?«

»Du hast ein ausgesprochenes Talent, im falschen Augenblick die falschen Fragen zu stellen! Ich fahre dich nach Krakau!«

Während der Fahrt sprach keiner ein Wort. Ein einziges Mal, bevor er unten am Wavel ausstieg, schaute sie ihn kurz an: »Vielleicht ist deine Erinnerung doch stark genug, daß sie wieder hochkommt, wenn die Zeit da ist?«

Er streichelte ihr flüchtig die Wange, nickte, stieg aus und ging die Grodzka hinauf, ohne sich umzusehen.

ZWEITER TEIL

10

Es war bereits schon fast halb neun Uhr, als Sembritzki vor dem *Wierzynek* ankam. Der Türsteher in grauer Livree öffnete mit einer leichten Verbeugung, so daß seine goldenen Kordeln zu schaukeln begannen. »Witam pana!« murmelte er und zeigte seine perfekten falschen Zähne. Sembritzki nickte ihm beim Vorübergehen zu, zögerte in der Eingangshalle mit der schweren Balkendecke, als er rechter Hand die unvermeidliche Garderobe sah, wandte sich dann aber entschlossen ab. Er wollte sich nicht von seiner Jacke trennen. »Ist Herr Sterecki da?« fragte er im ersten Stock einen Kellner, der auf eine geöffnete Tür deutete. »Dort, mein Herr! Im Wierzynek-Saal!«

Da saß sein Kollege Zbygniew Sterecki mutterseelenallein in vornehmem Schwarz an einem Tisch für sechs Personen. Unter einem goldgerahmten Gemälde, das fürstliche Herren, denen im Hintergrund eine Musikkapelle aufspielte, mit Trinkbecher und Kleinodien präsentierte. Als Sterecki Sembritzki eintreten sah, stand er höflich auf, verbeugte sich und zeigte auf den Stuhl ihm gegenüber. »Es freut mich, daß Sie doch noch gekommen sind!« Sterecki schien in blendender Laune und lächelte unentwegt. Sein Scheitel war makelloser denn je.

»Es tut mir leid, Herr Sterecki. Ich habe die Salzbergwerke von Wielicka besucht. Die Führung dauerte länger, als ich angenommen hatte!«

»Wielicka? So!« Ein Schatten huschte über Stereckis blendende Laune, aber schon hatte er sich wieder gefangen: »Einen Aperitif, lieber Sembritzki? Sie sind mein Gast!«

Sembritzki warf seinem Gegenüber einen belustigten Blick zu. »Haben wir etwa einen Grund zu feiern?«

Sterecki strahlte. »Auf gewisse Weise schon!«

»Einen Campari.«

»Nicht sehr originell. Aber bitte!«

Sembritzki schaute sich das Bild an der Wand hinter Sterecki ein wenig genauer an.

»Alte Bekannte«, lachte Sterecki, dem Sembritzkis Interesse nicht entgangen war. »König Kazimierz, Karl, König von Rom und der Tschechei, der König von Ungarn und Zypern und zuletzt der König von Dänemark.«

»Und wer ist der Gastgeber?«

»Mikolaj Wierzynek! Stadtvogt und Bankier, später Truchseß von Sandomierz und Oberhofmarschall am Königshof!«

»Wenn das keine Karriere war!« Sembritzki hob sein Campariglas.

»Sie lachen, Herr Sembritzki. Aber dieser Mikolaj Wierzynek war ein weiser Mann! Er hat dem König von Polen den Ehrenplatz an seiner Tafel eingeräumt!«

»War er dazu nicht eigentlich verpflichtet?«

»Nein, das war keine Selbstverständlichkeit! Wierzynek stammte von deutschen Kolonisten ab, und die legten sich häufig mit den Krakauer Stadtvätern an. Im Jahre 1311 kam es sogar zu einem Aufstand!«

Ein Mann im Kochkittel war an den Tisch getreten, machte einen Bückling vor Sembritzki und schüttelte Sterecki die Hand.

»Küchenmeister Kaczmarcyk«, sagte Sterecki.

Der Mann mit Doppelkinn und großer Nase, die unter seiner tief in die Stirn gezogenen Kochmütze steil abstürzte, lächelte verbindlich. »Ente in Malaga? Lendenstückchen auf Röstbrot, Lachs in Gelee, Roulade Wierzynek?«

Sterecki wandte sich seinem Gast zu. »Wie wär's mit Karpfen auf jüdische Art? Und zuvor Roulade Wierzynek.«

»Bitte.« Sembritzki war nicht bei der Sache. Stereckis strahlende Laune ging ihm auf die Nerven. Er hörte auch nicht hin, als Sterecki den Wein bestellte.

»Wie ist der Aufstand der deutschen Kolonialisten ausgegangen?« Eine Konversation über Geschichtliches war noch am ehesten erträglich.

»Der Aufstand wurde niedergeschlagen. Und die Aufständischen hatten sich einer harten Probe zu unterziehen!«

Sembritzki leerte sein Glas. Er fragte: »Worin bestand diese Probe?« Er wußte, daß Sterecki ihm nichts über die Reaktion des BND auf den Verdacht, Baranczak könnte ein Agent des KGB sein, mitteilen würde, bevor das Dessert auf dem Tisch stand. Je schneller er also alles hinter sich brachte, desto besser – die innere Ruhe, sich einfach dem Genuß eines köstlichen Essens zu überlassen, besaß Sembritzki nicht.

»Vier schwierige polnische Wörter, ohne anzustoßen, auszusprechen – wer das nicht konnte, wurde enthauptet oder im günstigsten Falle des Landes verwiesen.«

»Und wie lauteten die vier Wörter?«

»Soczwewica, kolo, miele, mlyn!«

Sembritzki versuchte, die vier Worte schnell und fehlerlos hintereinander auszusprechen.

»Sie wären enthauptet worden, lieber Sembritzki.«

»Ich wäre Pole gewesen, nicht Deutscher.«

»Wissen Sie immer so genau, wer Sie wirklich sind?«

Sembritzki reizte der süffisante Ton. »Auf welcher Seite stehen *Sie,* Herr Sterecki?«

»Ich habe da keinerlei Probleme, mein Lieber. Ich kann sowohl die vier polnischen Worte problemlos hersagen, und ihre deutsche Übersetzung auch: Linsen, Rad, mahlen, Mühle!«

»Bravo – ein Beweis Ihrer universalen Verwendbarkeit!«

Sembritzki versteckte seine tiefe Beunruhigung hinter Spott. »Polen ist doch ein Land der Sprichwörter, nicht wahr?«

»Der Redensarten, der Sinnsprüche, der Aphorismen. Man kann Polen nicht verstehen, wenn man Krakau nicht versteht!«

»Ist dies Bild hinter Ihnen ein Schlüssel zum Verständnis Ihrer Stadt?«

Sterecki lachte. »Vielleicht. Jedenfalls ist es der Beweis dafür, daß Meister Mikolay Wierzynek die Prüfung bestanden hat.

Sonst hätte er ja später nicht dieses in die Geschichte eingegangene Festessen gegeben: Er hat es geschafft, untereinander zerstrittene Fürsten an seinem Tisch zu versammeln und sie zu bewegen, ihre Schwerter wegzustecken! Ist das nichts?«

Der Küchenchef stellte mit sichtlichem Stolz eine silberne Platte mit einem raffinierten Arrangement von gekochtem Fleisch, Schinken, Möhren, Zwiebeln, Sellerie und verschiedenen Gewürzblättern auf den Tisch.

»Worauf wollen Sie mich vorbereiten?« fragte Sembritzki, bevor der Küchenchef mit Gabel und Löffel zu hantieren begann.

»Auf das köstlichste Mahl, das Sie je gegessen haben.« Sterecki war nicht unterzukriegen. Sembritzki begann schweigend zu essen. Sterecki betrachtete ihn mißbilligend, weil er das Mahl ganz offensichtlich nicht gebührend würdigte. Als sich der Küchenmeister endlich wieder zurückgezogen hatte, nahm Sembritzki einen großen Schluck vom ungarischen Rotwein und schaute Sterecki prüfend an. »Ihr ganzes Zeremoniell deutet auf Ausgleich. Auf Vermittlung!«

»Diplomatie ist ja auch eine typisch polnische Eigenschaft, Herr Sembritzki!«

»Haben Sie nicht erklärt, Wierzynek sei ursprünglich Deutscher gewesen?«

Sterecki hob sein Glas, setzte es an, zögerte, stellte es auf den Tisch. Sembritzki kannte Stereckis nervösen Tick – die rechte Hand fuhr zur Stirn, der spitze Zeigefinger betupfte den Haaransatz. Er zwang sich, Stereckis Blick nicht zu folgen, der auf die Tür gerichtet schien.

»Na zdrowie!«

Sembritzki hob sein Glas.

»Zum Wohl!« Warum klang Stereckis Stimme denn mit einem Male zittrig? Lautlos näherte sich ein Kellner und legte einen zusammengefalteten Zettel neben Sembritzkis Teller.

»Von wem?« fragte Sterecki. Er griff nach dem Zettel, doch Sembritzki war schneller.

»Von dem Herrn dort!« antwortete der Kellner mit einer Kopfbewegung.

Sembritzki und Sterecki reckten die Köpfe zur Tür – ein großgewachsener Mann mit Hornbrille hob kurz die Hand und drehte ihnen den Rücken zu.

»Eine Nachricht für Sie!« murmelte Sterecki und wischte die Hände an der Serviette ab.

»Ja!« Sembritzki nahm Messer und Gabel und begann weiterzuessen.

»Wollen Sie denn nicht . . .?«

»Ach, Herr Sterecki! Ich denke, Sie kennen den Mann und wissen auch, was er von mir will!«

Sterecki seufzte. Der Appetit schien ihm verdorben.

»Kennen Sie die kleine Adalbertkirche draußen auf dem Rynek?« fragte er lustlos kauend mit einer Kopfbewegung zum Fenster hin.

Sembritzki nickte. »Die kleine Kirche mit den paar Bäumen drum herum?«

»Sie stand früher auf einem Hügel über dem Weichseltal. Sie war so etwas wie ein Mittelpunkt, wo sich alle Wege kreuzten. Wer nach Masuren zog oder weiter nach Litauen, Rußland, bog dort in östlicher Richtung ab. Hielt man sich links, kam man nach Prag und Schlesien. Und bei ihr haben sich die Menschen aus den verschiedenen Richtungen getroffen. Genau an der Stelle entstand deshalb ein Handelsplatz. Da wurde in vielen Sprachen getauscht, angeboten, gefeilscht. Zobelfelle gegen Bernstein, Säbel gegen Leibeigene.« Sterecki legte Gabel und Messer nieder.

»Ich vermute, Sie wissen, wo mich der Mann treffen will. Und weshalb.« Sembritzki nahm den zusammengefalteten Zettel, faltete ihn auf und legte sofort wieder die Hand darüber, damit Sterecki, der sich bereits vorgebeugt hatte, keinen Blick darauf werfen konnte.

»Wie recht Sie haben – die Adalbertkirche ist ein Ort der Begegnung für Menschen, die nach Osten und Westen reisen!«

»Der Mann will Sie draußen auf dem Platz sprechen?«

»Sie sagen es. Und einen geeigneteren Ort gäbe es kaum. Da unten wurde früher, wie Sie mir erzählten, getauscht und gehandelt. Vielleicht auch mit Informationen!«

Der Kellner trug den Karpfen auf. Sembritzki betrachtete von neuem das gewaltige Bild mit dem Titel »Festgelage bei Wierzynek« – was mochte es wohl zu bedeuten haben, daß der Maler den Vordergrund sozusagen leer gehalten hatte, daß am Fuße der weißgolden gedeckten Tafel als einziges lebendiges Wesen nur ein Hund dargestellt war, der eine Rüstung bewachte? Hatten die trunkseligen Festteilnehmer für kurze Zeit ihre Rüstung geöffnet, die Maske fallen lassen? »Sehr schön!« murmelte er abwesend, weil der Kellner ihm noch immer stumm die Platte präsentierte.

»Das Bild ist eine Kopie«, erläuterte Sterecki, der Sembritzki nicht aus den Augen ließ. »Das Original hängt im Krakauer Nationalmuseum.«

»Originale von Kopien zu unterscheiden ist Sache von Experten«, gab Sembritzki zurück. Sterecki schien verwirrt. Als der Kellner endlich fort war, griff Sembritzki erneut nach seinem Glas, prostete Sterecki zu und wiederholte die Frage, von deren Antwort für ihn so viel abhing. »Also! Was ist mit Pullach?«

Sterecki machte eine abwehrende Handbewegung.

»Nichts!« sagte er mit vollem Mund.

»Was heißt nichts?«

Sterecki schluckte den Bissen hinunter, legte Gabel und Messer gekreuzt auf den Teller, wischte sich den Mund und lehnte sich vor.

»Baranczak ist nicht von Interesse, Herr Sembritzki!«

»Wie darf ich das verstehen? Er ist doch ganz offensichtlich in erster Linie KGB-Agent und erst in zweiter Linie für uns tätig.«

»Möglich, Herr Sembritzki.«

»Möglich«, gab Sembritzki zischend zurück. »Es *ist* so! Die Leute in der Zentrale sollten mich gut genug kennen!«

Sterecki legte Sembritzki beschwichtigend die Hand auf den Arm.

»Daß Ihre Informationen richtig sein können, bezweifelt niemand.«

»Was?« Sembritzki schlug mit der flachen Hand auf den Tisch, daß die Gläser zu tanzen begannen.

»Bitte!« flüsterte Sterecki und hielt sich die Serviette vor den Mund.

»Wenn man meine Informationen nicht in Frage stellt, gibt es keinen Grund, Baranczak nicht aus dem Verkehr zu ziehen. Baranczak gefährdet nicht nur unser eigenes Netz, sondern auch den Krakauer Solidarnosc-Zirkel. Und daß der BND vitale Interessen an Soli-internen Informationen hat, wissen auch Sie, Herr Sterecki. Ein Mann wie Baranczak kann unser ganzes Dispositiv in Polen gefährden.«

»Trotzdem!« Sterecki hielt den Blick gesenkt. Er griff hastig nach seinem Glas. Ein Kellner, der wie aus dem Boden gewachsen kam, füllte es wieder.

»Was heißt hier trotzdem?« Sembritzki hatte gewartet, bis der Kellner sich entfernt hatte.

»Es gibt momentan übergeordnete Interessen, Herr Sembritzki.«

»Der Osten ist zur Zeit . . .«, murmelte Sembritzki vor sich hin; es war dieser ominöse Satz, den der BND-Mann am Telefon nicht zu Ende gebracht hatte. »Was geht hier vor?«

Sterecki schüttelte mit Entschiedenheit den Kopf. »Mein Auftrag lautet, Baranczak unter keinen Umständen aus dem Verkehr zu ziehen.«

»Das genügt mir nicht, Sterecki. Dann will ich auch wissen, warum. Ich muß imstande sein, Vor- und Nachteile einer Entscheidung abzuwägen.«

»Das ist nicht Ihre Sache, Sembritzki.« Stereckis Gesicht war rot angelaufen. Er fuchtelte mit der Gabel in der Luft herum. »Ein Einzelkämpfer, ein sturer alter Bock!«

»Wer hat das gesagt, Sterecki?«

»Ach, irgend jemand; als mir Ihre Ankunft angekündigt wurde. Irgendwer vom Verein.«

»Und?«

»Und? Das fragen Sie auch noch? Er scheint doch recht zu haben. Was *wollen* Sie denn wissen, Sembritzki?«

»Alles!«

»Für wen halten Sie mich eigentlich? Für Gottvater persönlich? Ich bin auch nur ein Glied in der Kette. Sie glauben doch wohl nicht, daß man *mir* alles sagt. Finger weg von Baranczak! Das muß mir genügen. Mir genügt es auch.«

Sembritzki schob seinen Teller weit von sich und holte einen Zigarillo aus der Tasche. »Hören Sie, Sterecki. Sie wissen mehr, als Sie mir gegenüber zugeben. Sie haben etwas in petto.«

»Wie kommen Sie denn darauf?«

»Man hat Sie vor meiner Sturheit gewarnt. Der BND hat keine Gelegenheit, mich hier in Krakau aus dem Verkehr zu ziehen.«

Sterecki lachte trocken.

»Da täuschen Sie sich aber, Sembritzki. Man *wird* Sie aus dem Verkehr ziehen, wenn Sie nicht spuren.«

»Sie werden es jedenfalls nicht tun. Sie haben nicht das Zeug zum Henker.«

»Nein, ich nicht. Wie ich Ihnen bereits gesagt habe – Krakau, das Wierzynek, dieser Platz da draußen war schon immer ein Ort, wo sich die Straßen kreuzen. Ein Ort des Informationsaustausches.«

Sembritzki sah Sterecki ungläubig an. Langsam begann es ihm zu dämmern. Über seinen und Stereckis Kopf hinweg hatten der BND und der polnische Geheimdienst Kontakt aufgenommen. Der Mann, der draußen auf ihn wartete, mußte ein Geheimpolizist sein. In gegenseitigem Einverständnis würde man Sembritzki notfalls beiseiteschaffen, um irgendeine Sache von übergeordneter Bedeutung nicht zu gefährden. Aber was?

»Was ist es, Sterecki?« Sembritzki atmete einmal tief durch; er durfte jetzt nicht locker lassen.

»Ich weiß es doch nicht.«

»Natürlich wissen Sie offiziell von nichts, das ist mir sonnenklar. Der BND würde Ihnen nie die Gründe für gewisse Dispositionen mitteilen.«

»Also!« Sterecki lehnte sich aufatmend zurück.

»Aber Sie vergessen eins, mein Lieber. Ihr direkter Kontaktmann ist Bartels. Und Bartels kennt mich gut.«

»Was wollen Sie damit sagen?«

»Soll heißen: Bartels muß Ihnen die Gründe mindestens teilweise genannt haben, warum wir stillhalten sollen. Weil er genau weiß, daß ich mich nicht einfach so gängeln lasse.«

»Verzichten Sie auf die Information«, bat Sterecki.

»Lassen Sie mich mit Bartels direkt Kontakt aufnehmen.«

»Nein!« Sterecki hob erschrocken beide Hände. Er war leichenblaß.

»Sie können die Kette nicht einfach durchbrechen und mutwillig neu zusammensetzen.«

Ja, das wußte Sembritzki: Sterecki war die Relaisstation in Krakau, kurzschließen durfte keiner, wenn Sterecki nicht ausfiel. Einen Moment lang spielte Sembritzki mit dem Gedanken, Sterecki unter Druck zu setzen. Aber dann verwarf er diese Möglichkeit wieder. Er konnte Bartels nicht in den Rücken fallen – dem nicht.

»Dann bleibt Ihnen eben nichts anderes übrig, als mit dem herauszurücken, was Sie zusätzlich wissen. Nennen Sie mir *einen* triftigen Grund, warum Baranczak in Ruhe gelassen werden soll, weshalb es der BND in Kauf nehmen will, daß seine ganze Arbeit in Polen gefährdet ist. Und ich verspreche Ihnen: Ich reise ab, wenn mich Ihr Grund überzeugt.«

Sterecki hielt sein Glas gegen das Licht, als wolle er die Farbe des Weins prüfen, so daß selbst der geübteste Beobachter von seinen Lippen nicht hätte zu lesen vermögen: »Ein Austausch politischer Gefangener auf höchster Ebene.«

»Namen?«

Sterecki schüttelte den Kopf. »Namen sind mir nicht bekannt. Ich weiß nur, daß es sich auf westlicher Seite um teilweise hochkarätige, enttarnte KGB-Agenten handelt, die die Sowjets gegen entsprechende Gegenleistung zurückkaufen.« Sterecki schien irgendwie entspannt. Daß er Sembritzki noch immer nicht traute, war spürbar. »Einleuchtend?« Er sagte es geradezu suggestiv.

Sembritzki nickte. »Einleuchtend – für euch.«

»Was wollen Sie denn noch hören?«

Sembritzki schüttelte den Kopf. »Nichts will ich hören. Nur möchte ich im Leben einmal mit Lösungen zu tun haben, die nicht gleich sämtliche Prinzipien unterlaufen, denen man sich verpflichtet fühlt. Die nicht immer nur von sogenannten Sachzwängen bestimmt sind.«

»Gefühle spielen in unserem Beruf keine Rolle, Herr Sembritzki.«

»Ich weiß.«

Er stand auf, warf die zerknüllte Serviette auf den Tisch und verbeugte sich ironisch vor Sterecki. »Ich danke Ihnen für das köstliche Essen.«

»Sie wollen schon gehen? Und der Nachtisch? Der Kaffee? Keine Zigarre?«

Sembritzki schüttelte den Kopf. Er schaute auf seine Uhr. »Ich habe einen Termin.«

»Herr Sembritzki!« Stereckis Stimme klang flehend. »Reisen Sie ab! Bitte!«

Sembritzki zuckte mit den Schultern. »Kommt darauf an, was man mir als Gegenwert der Sowjets nennt.«

»Wäre ein Name wie Sacharow – nur als Beispiel – genug?«

Sembritzki schüttelte den Kopf. »Wir jonglieren mit Hypothesen. Das führt zu nichts.«

Sterecki hatte sich erhoben. »Es gibt auch für Sie Sachzwänge, Herr Sembritzki. Meint Bartels.«

»Ach ja? Überschätzt Bartels da nicht seine Menschenkenntnisse?« fragte er höhnisch.

»Nehmen wir einmal Milena Davis!«

Sembritzki zuckte zusammen. »Was ist mit der Frau?«

»Eine DDR-Agentin, die in bundesdeutscher Haft sitzt.«

»Ist mir bekannt. Und?«

»Sie waren ja dabei, als die Davis verhaftet wurde. Und Sie waren nicht ganz unschuldig daran, *daß* sie verhaftet wurde.«

»Und?« sagte Sembritzki nur.

»Sie haben diese Frau ...« Sterecki brach ab. BND-Leute, dachte Sembritzki, haben es sich zur Gewohnheit gemacht, Sätze in der Schwebe zu lassen.

»Und?« wiederholte Sembritzki noch einmal.

»Es scheint, daß Milena Davis ganz hinten in die Reihe der auszutauschenden Agenten gehört.«

Sembritzki war überrascht. Nicht so sehr über die Nachricht, als darüber, daß sie ihn viel weniger bewegte, als er vor kurzem noch vermutet hätte, weniger, ganz gewiß, als andere annehmen mußten. Sembritzki hielt es für möglich, daß Milena als Köder für ihn ganz persönlich genannt worden war. Was hatte sich nur ereignet? Hatte ihn die irdische Sinnlichkeit des Ebenbilds der Madonna von Tschenstochau *so* berückt?

»Herr Sembritzki!« mahnte Sterecki beschwörend.

»Ich habe schon verstanden. Gefühle spielen in unserem Beruf keine Rolle. Ihre Worte!«

Sembritzki warf Sterecki einen warnenden Blick zu und ließ den festlichen Raum hinter sich, in dem möglicherweise vor über sechshundert Jahren Mikolaj Wierzynek während einer kulinarischen Orgie als großer Vermittler und Friedensstifter aufgetreten war, sicherlich nicht ohne den Hintergedanken, sich auf diese Weise von den Fürsten Privilegien zu ergattern.

Sembritzki hielt auf den kleinen Turm der Kirche des heiligen Adalbert aus Böhmen zu, der im 10. Jahrhundert auf einer Missionsreise bei Königsberg von heidnischen Preußen mit einem Ruder erschlagen und dann mit Spießen durchbohrt worden war. Bischofsstab, Ruder und Bündel waren seine Insignien geblieben.

»Sie sind äußerst pünktlich, Herr Sembritzki«, sagte eine Stimme. Im Schutz eines Baumes in Kapellennähe war ein Schatten zu erkennen.

»Was wollen Sie von mir? Wer sind Sie?«

»Ich habe Ihnen eine Nachricht überbringen lassen!«

»Und?«

»Ich bitte Sie, Polen zu verlassen, Herr Sembritzki.«

»Ich bin als Tourist eingereist. Mein Visum ist noch nicht abgelaufen.«

Ach, wie oft hatte er sich in der Vergangenheit auf diese Position des Touristen zurückgezogen!

»Wir können Ihr Visum für ungültig erklären.«

»Wir?«

Der Mann trug einen beigen Regenmantel. Er war aus dem Schatten des Baums getreten und packte Sembritzki am Arm. Der Griff war hart. Er tat weh. Doch Sembritzki machte keine Anstalten, sich zu befreien.

»Wie lauten Ihre Spielregeln?« fragte Sembritzki.

»Sie reisen morgen früh ab. Und wir lassen Sie in Ruhe.«

»Haben Sie mich bis jetzt nicht in Ruhe gelassen?« fragte Sembritzki spöttisch.

»Herr Sembritzki, ein polnischer Staatsangestellter ist verschwunden.«

»Was habe ich mit Ihren Angestellten zu schaffen?«

»Der Mann hatte den Auftrag, Sie diskret zu beobachten.«

Sembritzki schenkte dem Mann mit dem runden, fröhlichen Gesicht, der so besorgt dreinblickte, ein unschuldiges Lächeln.

»Ein guter Mann, wie ich annehmen muß. Ich habe ihn nämlich nie bemerkt.«

Der Mann im Regenmantel – Sembritzki wußte plötzlich, wo er ihn schon gesehen hatte – nahm seine Hornbrille ab, reinigte sie an seinem Ärmel, und als er sie wieder aufgesetzt hatte, packte er Sembritzki erneut am Arm. »Kommen Sie! Ich begleite Sie zum Hotel Franzuski. Sie bezahlen heute noch Ihre Rechnung. Und morgen früh reisen Sie ab.«

Sembritzki überlegte blitzschnell: Wenn er sozusagen unter dem persönlichen Schutz der polnischen Polizei das Land verlassen konnte, würde ihn Wozniak nicht mehr unter Druck setzen können.

Er wäre ein freier Mann.

»Sie können es sich nicht leisten, mich zu verhaften, wenn Sie das im Sinn haben sollten«, sagte Sembritzki, als sie in die Florianska einbogen. »Man wird wohl in meiner Heimat alles unternehmen, um mich herauszuholen.« Ein Versuchsballon, um herauszufinden, wie der andere reagieren würde.

Der Mann im Regenmantel zuckte mit den Schultern. »Wie auch immer! Die Schweiz oder die Bundesrepublik – ich fürchte, daß Sie sich Illusionen machen, Herr Sembritzki. Zur Zeit ist man an Ihnen wohl nicht sehr interessiert.« Er pfiff leise vor sich hin: Chopin. Wieder dieser Satz! »Zur Zeit . . .!« – Er schaute den andern von der Seite an und murmelte die vier ominösen polnischen Wörter, die vor über sechshundert Jahren über Tod und Leben entschieden hatten: »Soczewica, kolo, miele, mlyn!«

Der Mann blieb brüsk stehen und musterte Sembritzki erstaunt: »Was soll das, Herr Sembritzki? Heute sind diese vier Wörter keine Lebensversicherung mehr.« Er lachte, aber sein Lachen klang nicht sehr froh, und Sembritzki hatte das Gefühl, daß sich der Mann nicht wohl fühlte in seiner Haut. »Je weiter die Zivilisation fortgeschritten ist, desto komplizierter die Codeworte, um sich ihrem Zugriff zu entziehen. Leben ist heute nicht mehr so einfach zu garantieren.«

Sembritzki schwieg. Was hätte er auch darauf antworten sollen?

»Konrad!« Kristina stand in ihrem dunkelblauen schäbigen Mantel so neben der Eingangstür, daß sie zwar jeden im Hotel Eintretenden beobachten konnte, selbst aber immer von der sich öffnenden Tür abgedeckt wurde.

»Es geht nicht, Kristina. Ich bin – in Begleitung!«

Sie nickte. »Ich weiß. Bitte!«

Sie strich sich hastig ein Haar aus der Stirn und griff sich dann mit der rechten Hand an den Hals.

»Ich reise ab, Kristina!« flüsterte Sembritzki. »Allerdings nicht ganz freiwillig.«

Er wollte sich abwenden. Sie trat schnell einen Schritt auf ihn zu und packte ihn am Ärmel seiner Jacke.

»Was ist mit . . .?«

Sie brach ab und drehte sich um.

»Leb wohl, Kristina«, murmelte er und schob ihr mit einer raschen, fast zärtlichen Bewegung den Träger der Tasche auf die Schulter zurück. Warum umarmte er sie nicht? Nein, instinktiv trat er einen Schritt zurück, als sie ihre Frage wiederholte, diesmal vollständig: »Was ist mit Professor Baranczak?«

Sembritzki blieb stehen. Er wollte ihr die Hand auf die Schulter legen, als Zeichen des Bedauerns, doch es wäre nur eine konventionelle Geste gewesen. Er empfand nichts. Er hatte nur das Bedürfnis, einmal mehr dem Schicksal seinen Lauf zu lassen. Sollte damit fertig werden, wen es traf. »Baranczak ist nicht der, für den du ihn hältst!«

Sie faßte sich von neuem an den Hals. Ihr Mantel öffnete sich, ihr orangener Schal wurde sichtbar. »Er ist . . .?«

»Ein Verräter, Kristina. Tut mir leid!«

Noch einmal blieb er stehen. »Leb wohl, Kristina«, sagte er schon beim Weitergehen, wortlos schritt er an seinem Begleiter vorbei, der am Fuße der imposanten Treppe auf ihn gewartet hatte.

»Meine Cousine«, sagte er nebenbei.

»Ist bekannt. Darf ich Sie um Ihren Zimmerschlüssel bitten, Herr Sembritzki?« sagte der Mann verlegen.

Auf der Treppenstufe, wo sich die Messingstange gelöst hatte, die den roten Teppich hielt, blieb Sembritzki stehen.

»Sie trauen mir nicht?«

»Ich habe meine Anweisungen.«

»Sie wollen mich einschließen wie einen Gefangenen?«

»Das ist eine Frage der Perspektive, Herr Sembritzki. Wie man's nimmt: Sie schließen mich aus – ich Sie ein. Am Ende bleibt es sich gleich.« Er nahm seine Hornbrille ab. Auch so ein Tick, dachte Sembritzki, als er ihn beobachtete, wie er mit aller Umständlichkeit ein gelbes Taschentuch aus dem Mantel zog und die Gläser blank rieb.

»Sie wachen also über meinen gesunden Schlaf?« sagte Sembritzki spöttisch.

Der andere setzte seine Brille wieder auf. Es war kein freundliches Lächeln, das Sembritzki streifte.

»Gute Nacht!« Sembritzki drückte dem Mann den Zimmerschlüssel in die Hand. Er öffnete die Tür, zog sie rasch hinter sich zu und wartete, den Rücken gegen das Holz gelehnt, bis der Schlüssel im Schloß sich langsam drehte. Da saß er nun . . .

»Sembritzki!«

In der Tür des Badezimmers stand Wozniak. Sembritzki legte den Zeigefinger auf die Lippen. Wozniak machte ihm ein Zeichen, die Vorhänge zuzuziehen. Erst dann setzte Sembritzki sich, so weit wie möglich von der Tür entfernt, aufs Bett beim Fenster. Wozniak ließ sich am Fußende des Bettes gegenüber nieder und deutete auf das Radio. »Morgen, haben Sie gesagt, Herr Sembritzki«, begann er. Irgendeine Klaviermusik hatte einen Geräuschvorhang gespannt.

»Ich bedaure, Wozniak. Ich muß das Land verlassen.«

Wozniak lachte in sich hinein.

»Seit wann halten Sie sich an die Regeln, Herr Sembritzki?«

»Seit man mir den Hotelschlüssel abgenommen und mich eingeschlossen hat.«

»Ich hab's mitgekriegt«, sagte Wozniak. »Aber womit hat man Ihnen gedroht?«

»Es war die Rede davon, daß der Mann, den sie auf mich angesetzt hatten, verschwunden ist!«

»Verschwunden?« Wozniak war ehrlich überrascht. »Man

hat ihn doch gefunden. Ihn und Zdenec. Zdenec in der Nähe von Koszyce, den andern bei Hebdow. Angeschwemmt.«

»Davon hat man mir nichts gesagt.«

»Ich sage Ihnen, man hat den Mann gefunden. Und Sie werden des Mordes verdächtigt. Trotzdem läßt man Sie ziehen. Das will mir nicht in den Kopf.«

Sembritzki schloß die Augen. Das bestätigte Sterecki: Man wollte ihn loswerden, ohne Aufsehen zu erregen, um bei den Vorbereitungen des Ost-West-Gefangenenaustausches Störungen auszuklammern, die diplomatische Komplikationen nach sich ziehen könnten. Folgerung: Die Toleranzgrenze war weniger eng als gewöhnlich. Hatte er selbst deswegen eventuell größeren Spielraum? Wieviel?

»Was haben Sie herausgekriegt?« Wozniak drehte das Radio lauter.

»Mazurka, opus 17, Nr. 4 in a-Moll«, sagte der Sprecher auf polnisch, genannt ›Der kleine Jude‹!«

»Chopin«, murmelte Sembritzki.

Wozniak fuhr ihn an. »Bleiben Sie bei der Sache, Sembritzki!«

»Ich bin Gefangener.«

»Zur Zeit sind Sie mein Gefangener. Und ich werde das Verhör erst dann abbrechen, wenn Sie mir eine zufriedenstellende Antwort geliefert haben.«

»Ich kann Ihnen keine befriedigende Antwort geben, Wozniak. Weil ich nichts herausgefunden habe.«

»Was haben Sie bei Szawul gesucht gestern nacht?«

Sembritzki hob verzweifelt die Augen zur Decke. »Ich hatte gehofft, daß ich über ihn an gewisse Informationen gelangen könnte. Leider habe ich mich getäuscht.« Er lauschte mit halbgeschlossenen Augen der Klaviermusik: Mazurka – Masuren, ein Stück von Chopins lebenslänglicher Erinnerungsarbeit.

»Szawul ist heute früh verhaftet worden.«

Sembritzki erschrak. Er fingerte in seiner Tasche nach den beiden Schlüsseln, die ihm der alte Professor mitgegeben hatte, und fand seine innere Ruhe wieder. »Dann ist es wirklich zu spät, Wozniak«, sagte er. »Szawul wollte mir zusätzliche Informationen liefern, die mir weitergeholfen hätten.« Sembritzki empfand eine spürbare Erleichterung. Immerhin bot die Verhaftung Szawuls ihm eine Chance, sich aus der Affäre zu ziehen.

»Wie hat sich Szawul seine Informationen beschafft?«

»Er hat ein Archiv.«

»Dann werden wir uns das Archiv ansehen, Herr Sembritzki.«

»Wir?« Sembritzki blickte Wozniak erstaunt an. »Sie vergessen, daß ich unter Hausarrest stehe.«

»Wie, glauben Sie, bin ich in dieses Zimmer gekommen?«

Sembritzki warf einen Blick zum Fenster.

»Und Sie meinen, daß ich Ihnen auf dem Weg durchs Fenster folgen werde?«

»Es tut mir leid, Sie haben keine Wahl.«

»Wenn ich schreien würde, Wozniak?«

»Würde ich Sie erschießen.«

Sembritzki nickte bedächtig. »So einfach ist das.«

»Genau.«

Sembritzki stand auf, und als er sich bewegte, merkte er auch schon, wie Wozniaks Hand in die Tasche glitt. Er machte dennoch einen Schritt zum Fenster, bevor er sich langsam wieder umwandte. Der Zigarillo, den er sich eben erst zwischen die Lippen gesteckt hatte, hing traurig nach unten.

»Was ist es, das Sie zu einer Tat treiben würde, die Ihnen im Grunde völlig fremd ist?«

Wozniak musterte Sembritzki verwundert. »Fremd? Ich habe Ihren Beschatter umgebracht, Sembritzki. Warum soll ich nicht auch Sie umbringen?«

Sembritzki schüttelte heftig den Kopf. »Sie haben meinen Beschatter umgebracht, um mich unter Druck zu setzen. Sie wollten erreichen, daß ich mich Ihnen als einzigen Verbündeten zuwende. Aber Sie haben sich geirrt, weil Sie nur an Ihre eigenen Geschäfte denken.«

»Geschäfte!« brauste Wozniak auf.

»Geschäfte!« wiederholte Sembritzki. »Oder würden Sie es etwa Patriotismus nennen?«

Wozniak nickte. »Jawohl, so würde ich es nennen. Ihnen sagt das Wort Vaterland wohl nichts mehr?«

»Wenn Sie nur ein wenig Kaltblütigkeit bewahrt hätten, hätten Sie merken müssen, daß es nicht nur die polnischen Interessen gibt.«

»Für mich zählt einzig und allein Polen.« Wozniak war aufgestanden und hatte Sembritzki bei der Brust gepackt.

»Wie verzweifelt müssen Sie sein, daß es Ihnen entgangen ist – man hätte mich längst verhaftet, wenn da nicht auf internationaler Ebene höhere Interessen mitspielten.«

»Ich bin aber verzweifelt, Sembritzki!« gestand Wozniak und ließ die Hände sinken.

»Wenn Sie mir nicht den Grund Ihrer Verzweiflung nennen, kann ich Ihnen auch nicht helfen.«

Wozniak stieß ein verächtliches Lachen aus. »Sie wollen mir nicht helfen, Sembritzki. Sonst hätten Sie es längst versucht.«

»Seien Sie doch nicht immer so überheblich.«

Sembritzki setzte sich aufs Bett. Wozniak nahm in dem Augenblick neben ihm Platz, als im Radio die Revolutionsetüde Chopins angesagt wurde.

»Kennen Sie den Text der inoffiziellen polnischen Nationalhymne, Sembritzki?« fragte Wozniak unvermittelt.

Sembritzki verneinte. Wozniak wurde ihm in wachsendem Maße ein Rätsel – er legte den Kopf in den Nacken, blieb eine Weile stumm, als müsse er sich über etwas klarwerden, und dann begann er, ganz unerwartet, fast singend, einen deutschen Text aufzusagen, ein Gebet:

»Gott, der Du Polen durch die Jahrhunderte
mit einem Strahlenkranz aus Kraft und Ruhm umgeben hast,
vor Deinen Altar bringen wir die Bitte:
Gib unserm Land, Herr, die Freiheit zurück!«

»Bitte, Wozniak – Sie müssen doch wissen, wie verlegen Bekenntnisse auf Außenstehende wirken. Beschämen Sie mich nicht. Also – worum geht es?«

»In drei Tagen findet ein Zusammentreffen zwischen den Solidarnosc-Leuten von Krakau und einem Mann statt, der eine Gruppierung von Patrioten vertritt, mit der wir ein Bündnis eingehen wollen!«

»Wer vertritt Solidarnosc?«

»Vier Männer und eine Frau – darunter Baranczak und ich.«

Sembritzki nickte. »Weiter?«

»Haben Sie schon einmal von der *Armija Krajowa* gehört?«

Sembritzki zuckte zusammen. Wozniak merkte nicht, wie sehr Sembritzki erschrak; er war zu sehr mit sich selbst und den Plänen beschäftigt, die ihm ganz offensichtlich über den Kopf zu wachsen begannen.

»Die Heimatarmee«, murmelte Sembritzki schließlich. »Aber die wurde doch nach dem Krieg aufgelöst.«

Wozniak nickte. »Ja, sie wurde aufgelöst. Sie hat sich jedoch vor kurzem neu formiert. Und sie sucht den Anschluß an Solidarnosc.«

»Wer, Wozniak?«

Wozniak schaute hilflos und verloren drein. »Das ist es ja eben. Wir kennen den Mann nicht, der sie vertritt. Es lief alles auf konspirativen Wegen. Keine Möglichkeit, den Weg der Informationen und Kontaktaufnahmen zurückzuverfolgen. Vor ungefähr einem Jahr erhielten wir eine Mitteilung, daß die *Armija Krajowa* im Begriff sei, sich neu zu formieren. Irgend jemand hat uns die Nachricht zugespielt.«

»Uns?«

»Einem Freund und mir.«

Sembritzki begann das Herz stärker zu klopfen. »Und wie habt Ihr reagiert?«

»Wir verlangten Beweise. Darauf wurde ich eines Nachts zu einem Treffpunkt bestellt. Dort wartete ein Auto auf mich. Mir wurden die Augen verbunden, und ich wurde an einen Ort geführt, den ich nicht zu identifizieren vermochte.«

»Wie lange sind Sie gefahren?«

»Lange. Aber bestimmt nicht auf direktem Weg. Eine Stunde, anderthalb Stunden? Ich weiß es nicht mehr. Dann wurde ich in einen Raum geführt, ohne daß man mir dabei die Augenbinde abgenommen hätte. Dort führte ich ein langes Gespräch mit einem Mann, der all meine Fragen genauestens beantwortete und auch Forderungen stellte. Anschließend wurde ich zurückgefahren!«

»Das war alles?«

»Vorläufig schon. Über längere Zeit hörten wir von der Heimatarmee nichts mehr. Ab und zu kam eine Nachricht, die aber eigentlich nur dazu diente, die Präsenz der Heimatarmee zu dokumentieren und uns bei der Stange zu halten.«

»Unterdessen hat sich der Kreis der Eingeweihten vergrößert?«

Wozniak gab bereitwillig Auskunft. »Baranczak sowie eine Frau und ein weiterer Mann!«

Sembritzki steckte einen neuen Zigarillo in den Mund und kaute erregt auf der Spitze. »Weiter?«

»Seit zwei Monaten sind die Kontakte zur Heimatarmee gänzlich unterbrochen. Dann wurde in einer letzten Nachricht eine Zusammenkunft zwischen dem neuen Führungsmann der Heimatarmee und den Führungsleuten unserer Gewerkschaft vereinbart!«

»Wann soll dieses Treffen stattfinden?«

»In drei Tagen, Sembritzki!«

»Blasen Sie das Treffen ab, Wozniak!« Sembritzki spuckte einen Tabakkrümel aus und richtete die Spitze seines Zigarillos genau zwischen Wozniaks Augen.

»Wir können das Treffen nicht absagen, Sembritzki. Die Heimatarmee hat sich völlig abgeschottet. Wir kennen keinen einzigen Kontaktmann. Wir haben unsere Nachrichten vorher ja auch nur über tote Briefkästen ausgetauscht.«

»Dann reaktivieren Sie die toten Briefkästen.«

Wozniak stützte seinen Kopf auf die Knie. »Es hat zwei solcher Briefkästen gegeben. Der eine befand sich in einem alten Haus auf der andern Seite der Weichsel. Der andere war unter dem Pfeiler einer kleinen Brücke über die Raba, einem kleinen Fluß südlich von Krakau.«

»Und?«

»Das Haus wurde vor anderthalb Monaten gesprengt, um einem Neubau Platz zu machen. Und fast zur gleichen Zeit wurde bei einem Bootsunfall der Brückenpfeiler unserer Brücke so beschädigt, daß die Brücke abgebrochen werden mußte.«

»Zufälle?«

Wozniak hob traurig den Kopf. »Gewiß nicht. Es war der Beginn einer totalen Abschottung der *Armija Krajowa*. Bis dahin hatten nur Vorgespräche zwischen uns und der Heimatarmee stattgefunden. Wir haben als letztes noch erfahren, daß der neue Führer der Heimatarmee aus dem ausländischen Exil zurückkehren würde – das wird auch der Grund für die Abschottung gewesen sein.«

»Wer ist der neue Mann, Wozniak?« fragte Sembritzki gespannt.

»Keine Ahnung.«

»Kann es einer der alten Führer sein? Aus der Zeit des Weltkrieges?«

Wozniak ließ die Arme sinken. »Die sind längst alle tot. Und wer damals noch jung war, ist in den Kämpfen mit den Regierungstruppen unmittelbar nach dem Krieg umgekommen.«

»Wozniak! Sie kennen Ihr Land besser als ich. Sie wissen genau, daß eine neue *Armija Krajowa* von einer Galionsfigur angeführt werden müßte. Sie müssen eine Legende zu neuem Leben erwecken, wenn die Heimatarmee eine Chance haben soll.«

Doch die Vorstellung stieß bei Wozniak auf heftige Ablehnung. »Sie täuschen sich, Sembritzki. Die einzigen Männer, die dafür in Frage kämen, sind tot. Korab, Wolska, Domanski.«

Domanski, das Monster von Krakau – da ging Sembritzki ein

Licht auf. Allmählich begannen sich in seinem Kopf die einzelnen Stücke des Puzzles zusammenzufügen. War es nicht Bartels gewesen, der ihn auf dem Umweg über das Flugblatt auf das Monster von Krakau aufmerksam gemacht hatte? Und weshalb war Baranczak dann so erschrocken, als Sembritzki von diesem Monster sprach? Domanski war der Mörder seines Vaters, gewiß – doch der eigentliche Grund für sein Entsetzen war der, daß er von irgendwoher erfahren haben mußte, das Monster von Krakau sei noch am Leben. Und die Quelle – diese Quelle konnte nur der BND sein, weil Bartels als zuverlässigste Informationsquelle für Krakau galt. Sterecki war nur Zwischenträger. Und der BND hatte Baranczak vertraut.

»Gehen Sie allein zum Treffen mit dem General der Heimatarmee, Wozniak.«

»Das ist unmöglich. Seit drei Monaten kennen die drei andern von Solidarnosc Treffpunkt und Datum unseres Zusammentreffens so gut wie ich.«

»Wo und wann?«

»Nein, Sembritzki. Das werde ich Ihnen nicht sagen. Das darf ich nicht!«

Sembritzki zuckte mit den Schultern. »Wie Sie wollen.«

»Wenn mein Verdacht sich bestätigt, daß wir einen Verräter in unseren Reihen haben, fliegen wir alle auf. Man wird den neuen General der Heimatarmee gefangennehmen. Und wir sind wieder einmal um eine Hoffnung ärmer.«

»Dann gehen Sie doch, Wozniak.«

Wozniak erhob sich. In seiner vollen Größe erschien er Sembritzki fast zu erdrücken. Drohend stellte er sich vor ihm auf. »Ich gehe nicht ohne Sie hier weg. Sie sind unsere Geisel, Sembritzki.«

»Hören Sie, Wozniak!« Sembritzki stand nun selbst auf und ging an Wozniak vorbei zum Schreibtisch. »Ich werde in Polen bleiben. Aber nicht Ihretwegen. Auch nicht Polens wegen. Auf die patriotische Tour kriegen Sie mich nicht.«

»Ihre Motive sind mir völlig egal.«

»Freundschaft wäre doch ein Motiv, Wozniak!« murmelte Sembritzki. Er dachte an Bartels. Und undeutlich rückte auch das Bild Milenas ihm vor Augen. Milena, die Frau, die dasselbe Gewerbe betrieben hatte wie er, nur auf der anderen Seite des Flusses, bevor sie enttarnt und festgenommen worden war. Milena Davis gehört zu den Tauschobjekten, hatte ihm Sterecki gesagt! War es wirklich nur ein Köder? War es nicht vielleicht doch die Wahrheit?

»Dann kommen Sie mit.«

Wozniak trat zum Fenster und blickte vorsichtig nach unten.

»Nein, Wozniak. Lassen Sie mir meinen unverdächtigen Abgang. Ich fahre morgen früh mit dem Zug ab, wie vorgesehen.«

Wozniak schüttelte völlig verwirrt den Kopf. »Und wie stellen Sie sich das vor, nach Krakau zurückzukehren?«

»Das ist Ihre Angelegenheit, Wozniak. Lassen Sie sich etwas einfallen. Es geht nur darum, Zeit zu gewinnen. Wenn ich in Görlitz nicht über die Grenze fahre, wird die polnische Polizei und Geheimpolizei alarmiert. Je früher ich also den Zug verlasse, desto besser für mich.«

»Wir werden versuchen, bei Krzeszowice kurzfristig ein Signal auf Rot zu stellen. Verlassen Sie dort den Zug. Unbemerkt. Springen Sie rechts über die Böschung. Man wird in der Nähe auf Sie warten.«

»Gute Nacht, Wozniak.«

»Was haben Sie vor, Sembritzki?«

»Lassen Sie mir doch wenigstens meine kleinen Geheimnisse.«

Sembritzki winkte Wozniak, der am Fenster stand, kurz zu und legte sich unausgekleidet aufs Bett.

11

Man ließ Sembritzki Zeit. Keiner drängte ihn. In Ruhe nahm er sein Bad in der hohen Sitzbadewanne, die ihm fast schon unverzichtbar vorkam. Er ließ sich das Frühstück aufs Zimmer kommen. Er war erstaunt, daß die Tür bereits aufgeschlossen war, als das Zimmermädchen anklopfte.

Als er eine halbe Stunde später, die Reisetasche in der Hand, die Treppe hinunterstieg, sah er seinen Wächter vom Vorabend müde und abgespannt in der Halle sitzen. Stumm schloß er sich Sembritzki an, folgte ihm auf dem Weg durch das Florianska-Tor, quer über den Grüngürtel, der die Stadt einfaßte, durch die Basztowa bis hin zum Krakauer Hauptbahnhof. Sembritzki fand ein völlig leeres Abteil, ganz vorn, in der Nähe der Toilette und nahm neben der Tür Platz, nachdem er sich vergewissert hatte, daß in den benachbarten Abteilen auch keine Reisenden saßen. Sein Begleiter wachte auf dem Bahnsteig, bis der Zug in Fahrt kam, und hob zum Abschied sogar die Hand, um sie gleich wieder sinken zu lassen, als müßte er sich dieser vertraulichen Geste schämen.

Als der Zug in einer Kurve zum Stillstand kam und mit einem schrillen, langen Pfiff seine Ungeduld signalisierte, war Sembritzki bereits an der Tür und sprang hinaus. Hinter einem Gebüsch fand er Deckung, und dort wartete er auch, bis sich der Zug wieder in Bewegung setzte.

Der Mann, der ihn hundert Meter entfernt in einem schwarzen Lada erwartete, war kaum zwanzig Jahre alt und ungemein schweigsam. Auf Umwegen fuhren sie in südlicher Richtung nach Krakau zurück, und Sembritzki hatte Zeit, über die Selbstverständlichkeit zu grübeln, mit der er sich auf dieses Abenteuer eingelassen hatte.

Als sie sich dem Stadtzentrum näherten, legte Sembritzki dem jungen Mann seine Hand auf den Vorderarm und bedeutete ihm, daß er aussteigen wolle. Der Fahrer schien unentschlossen. Einesteils hatte er seinen festen Auftrag, Sembritzki zu einer bestimmten Adresse zu bringen, andrerseits war er sich sicher auch bewußt, was für einen heiklen Passagier er da beförderte, in dessen Gesellschaft er wohl kaum gerne angehalten werden wollte.

Friedhof Rakowicki. Der junge Mann fuhr an den Randstein, kritzelte bei laufendem Motor eine Adresse auf einen Zettel, streckte ihn Sembritzki hin, und fuhr, kaum war der ausgestiegen, davon.

»Sienna 12. Sebyla.«

Es begann zu regnen. Sembritzki knetete den Zettel zu einer winzigen Kugel und ließ sie in eine Wasserpfütze fallen. Je näher das Stadtzentrum kam, desto überzeugter war er davon, daß er es um jeden Preis vermeiden mußte, mit Wozniak zusammenzutreffen. Er mochte Wozniak, und Wozniak war auf seine Informationen angewiesen, doch Sembritzki war nun einmal dem BND verpflichtet und Baranczak tabu.

Verfolger hatte er bislang nicht ausmachen können, aber Krakau war eine mittelalterliche Stadt mit allen Vor- und Nachteilen von Befestigungsanlagen, die nur an einigen wenigen Stellen betreten werden können, so daß Bewacher und Bewohner stets im Vorteil waren; sie brauchten nur gewisse strategisch wichtige Punkte, die Stadttore zum Beispiel, unter Kontrolle zu halten. Doch Sembritzki mußte ins Zentrum zurück – so absurd sich das angesichts seiner doppelten Bedrohung von Solidarnosc und der polnischen Geheimpolizei anhören mochte, sicher war er nur dort.

Es war Karsamstag. Der Tag vor dem großen Fest. Tag der Beichte auch. Sembritzki hatte im Osten einen Bogen um die Stadt geschlagen und wollte eben von der Westerplatte her in die Sienna einbiegen, da sah er den Mann im dunkelbraunen, vor Nässe glänzenden Anzug im Schatten der Stadtmauer, der sich ein Funkgerät an den Mund hielt. Ein Bus fuhr vorbei, der Sembritzki für einen Augenblick dem Gesichtsfeld des Mannes entzog. Blitzschnell tauchte er unter einer Gruppe von Kirchgängern, von Männern und Frauen mit Schirmen und Kindern, die sich an die Erwachsenen drängten, damit ihre kleinen Körbchen mit den Ostergaben nicht naß wurden. Der Mann hatte die Stadtmauer verlassen und lief hinter Sembritzki her, der in immer dichteren Menschengruppen Deckung suchte, die der Marienkirche zuströmten, und dann war er Teil der Woge geworden, die zum Kirchenportal drängte und ihn ins Innere trug.

Der Schoß der Kirche würde ihn beschützen müssen vor Feinden wie Freunden.

Hastiger, als es ziemend gewesen wäre, bewegte er sich vorwärts, wich allen aus, Greisinnen, jungen Männern, Kindern, die auf den Knien demütig durch das Mittelschiff rutschten, bis sie, zu Füßen der gewaltigen liegenden Christusfigur angekommen, inbrünstig ihre Wunden küßten. Die Orgel spielte einen Akkord, der gewaltig nachhallte. Mit jedem Besucher, der das Gotteshaus betrat, knarrte hinter Sembritzki die Kirchentür. So angestrengt er sich aber auch umschaute, es gelang ihm nicht, in der Menge seinen Verfolger auszumachen. Ob der Verstärkung holte? Aber nicht einmal die Polizei hätte es sich erlauben können, ihn hier in der Kirche festzunehmen. Man würde ihn also vor dem Gotteshaus erwarten.

Als Sembritzki, vorwärtshastend, sich durch eine Menschenschlange schob, begriff er endlich, warum die Leute so geduldig reihenweise wartend standen: Sie waren zur Beichte gekommen. Aber Sembritzki konnte nirgends einen Beichtstuhl sehen. Die Schlange der Wartenden war überall, mitten im Raum, staute sich vor einer provisorischen Wand, hinter der an mehreren Stellen seitlich auf einem Stuhl ein Priester saß und durch eine perforierte Wand die Beichte der Gläubigen hörte.

Sembritzki sah den Mann im braunen Anzug in einem Seitenausgang auftauchen und wieder verschwinden. Wo war die kürzeste Warteschlange? Dort standen sieben Gläubige – wenn das Sündenregister der Frauen und Männer vor ihm nur nicht zu umfangreich wäre!

Es ging dann aber rascher, als er gedacht hatte.

Wie sollte sich Sembritzki dem Priester nur verständlich machen? Deutsch durfte er hier nicht sprechen. Auch Englisch wäre riskant – es war immerhin möglich, daß unter den Sündern in seinem Rücken ein Mann des Geheimdienstes oder ein Spitzel stand. Von weither flog ihn die Erinnerung an einen alten Priester an, der bei jeder passenden und unpassenden Gelegenheit stets dieselbe Psalmenstelle zitiert hatte, in der religiösen Unterweisung, vor Beerdigungen, nach Begräbnissen, und dieser Vers kam Sembritzki jetzt wieder in den Sinn, als er zwischen dem jungen Arbeiter in einem Jackett mit kurzen Ärmeln und einer ganz in Schwarz gekleideten kleinen Frau eingeklemmt war, die unablässig den Rosenkranz betete. »Panna siweta.«

Heilige Jungfrau! Weihrauch trieb in Schwaden über ihn hinweg. Oben auf der Empore begann in dem Augenblick, als der kniende Mann vor Sembritzki sich erhob und mit gesenktem Blick an ihm vorbei zurückging, die Orgel zu spielen.

Umständlich ließ Sembritzki sich auf die Knie nieder. Er spürte, wie ihm die Hände feucht wurden, als er sie faltete zum Gebet. Sein Atem wurde schnell. Die schwarze Frau hinter ihm murmelte unentwegt vor sich hin.

»In manu tua sortes mia!« sagte Sembritzki, während er angestrengt durch das perforierte Holz spähte, wo er die Umrisse eines Kopfes nur unscharf wahrnehmen konnte. Links unten wurde unter einem weißgestickten Chorrock ein Stück schwarzen Stoffs sichtbar und darunter ein plumper schwarzer Schuh mit feinen Rissen im Oberleder. »In deine Hände lege ich mein Schicksal!« hatte er gesagt – ob der Priester es verstand? »Eripe me de manu inimicorum meorum et persequentibus me.« Das mußte der Priester doch begreifen – das Flehen, ihn aus der Hand seiner Feinde und jener, die ihn verfolgten, zu befreien! Der Kopf hinter der Wand bewegte sich, der Mann beugte sich zum Gitter vor. Und blieb stumm.

»KGB!« flüsterte Sembritzki. Er hatte den Mund an die Sprechöffnungen gepreßt. Er lehnte sich zurück, neigte den Kopf, drehte sein linkes Ohr der Wand zu. Er sah, wie der Fuß mit dem schwarzen Schuh leise wippte, immer stärker ausschlug und schließlich verschwand.

»Laudate dominum!« hörte Sembritzki eine sonore Stimme. Sembritzki trocknete sich die feuchten Hände an der Hose und beugte sich von neuem vor, preßte sein Ohr an die perforierte Wand. Das *konnte* nicht alles gewesen sein! »Laudate dominum tymano et choro, laudate eum cordis et organo.« Ach, wie gern hätte er jetzt den Herrn gelobt mit Pauken und Chören – oder mußte es heißen: mit Reigen? – mit Saitenspiel und Orgel! Der schwarze Schuh unter Talar und Chorrock kam wieder leicht wippend zum Vorschein.

Das Wort »Orgel« hatte der Priester hinter der Wand besonders betont. »Laudate dominum organo?« fragte Sembritzki leise. Sollte das der Hinweis gewesen sein?

»Laudate dominum organo!« murmelte der Priester, und sein schwarzer Schuh wippte heftig auf und ab.

»Laudate dominum!« gab Sembritzki zurück, schlug das Kreuz und erhob sich. Die Orgel auf der Empore spielte nach wie vor zart und leise. Kinder mit weißbedeckten Körbchen drängten an ihm vorbei. Eine Frau weinte.

Sembritzki drückte sich durch die Menge, fand die Tür, hinter der der Aufgang zur Empore verborgen war, und stieg hinauf. Der Chor gruppierte sich soeben. Die Frauen und Männer schenkten ihm keine Beachtung. Der Dirigent, ein junger Mann mit schulterlangem blondem Haar, gab halblaute Anweisungen. Mit ausladenden Gesten forderte er die Leute auf, dichter zusammenzurücken. Die junge Frau an der Orgel ordnete ihre Notenblätter und intonierte das a. Zwei, drei Chormitglieder räusperten sich. Ein Sänger lockerte die Krawatte. Der Dirigent breitete weit seine Arme aus, alle atmeten tief ein – da spürte Sembritzki, der am Treppenaufgang lehnte, eine Hand, die ihm sanft in den Rücken stieß.

»Laudate dominum!« sagte der Priester mit einem verwirrten Lächeln. Mit Macht setzte die Orgel ein und überdeckte seine Worte. »Laudate dominum!« sang der Chor. Und »Laudate dominum choro et organo«, murmelte Sembritzki und streckte seine Hand aus.

Seine Worte gingen unter in der Flut der sich überlagernden Töne, doch der junge Priester mit dem blassen, rundlichen, bebrillten Gesicht ergriff Sembritzkis ausgestreckte Hand, drückte sie lange und kräftig. Dann zeigte er auf sich und murmelte: »Dominik Tomczak.«

»Konrad Sembritzki«, erwiderte Sembritzki und wollte gerade versuchen, sich auf lateinisch verständlich zu machen, doch der junge Mann schüttelte nur den Kopf. Er bedeutete Sembritzki, ihm zu folgen. Da fiel Sembritzki erst der schwarze Habit auf, den Dominik über dem Arm trug, den er ihm im Dunkel des Treppenaufganges hinstreckte.

Wortlos zog Sembritzki das Kleidungsstück über und stieg hinter dem Priester über die Treppe nach unten. Mit Erstaunen nahm er wahr, wie mühelos er seinen ganzen Bewegungsablauf dem neuen Kleidungsstück anpaßte. Sein Gang bekam etwas Fließendes. Seine Schritte wurden kürzer. Lautloser trat er auf, wie in einem Flügelkleid, das ihn trug, unendlich leicht zu machen schien. Sie durchquerten den Kirchenraum. Sembritzki mußte an den Zug der Israeliten durch das Rote Meer denken, dessen Wassermassen sich vor den Fliehenden zurückzogen und hinter ihnen wieder schlossen – so wichen die Leute schweigend zurück, als die beiden Priestergestalten durch den Mittelgang huschten. Vor dem Marienaltar, dem er einen kurzen Blick widmete, bog Tomczak rechts ab und hielt auf eine schwere Holztür zu, die er aufstieß, und dann blieb er im Eingang stehen, bis Sembritzki sich an ihm vorbeigedrängt hatte. Sie befanden sich ganz offensichtlich in der Sakristei. An einem Holztisch in der Ecke blätterte ein zweiter Priester in einem Gebetbuch. Beim Eintreten Dominiks mit Sembritzki stand er behende auf, nickte den beiden zu, packte seinen Priesterkollegen am Ärmel und zog ihn zu sich an den Tisch, wo sich die beiden flüsternd unterhielten. Tomczak nickte mehrmals nachdenklich, und in regelmäßigen Abständen zerrte er mit den Fingern der rechten Hand nacheinander an jedem Finger der linken, so daß Sembritzki beim Knacken der Knöchel jedesmal zusammenzuckte. Dominiks Kollege schien es nicht minder zu irritieren. Er zog ihn mit sich zu Sembritzki, der abwartend neben der Tür stehengeblieben war.

»Sind Sie Deutscher?« fragte der Priester mit dem ausdrucksvollen Gesicht und dem glatten, zurückweichenden Haar.

Sembritzki nickte.

»Sprechen Sie Englisch?«

Sembritzki nickte.

»Was erwarten Sie von uns?«

»Hilfe!«

»Weshalb sollten wir Ihnen helfen? Nur weil wir polnische Priester sind?«

Sembritzki schüttelte den Kopf. »Das wäre wohl zuviel verlangt.« Er lächelte. »Ich werde es Ihnen erklären, wenn Sie Zeit haben und mir vor allem den KGB oder den polnischen Geheimdienst vom Hals schaffen!«

Der ältere Priester schaute Sembritzki prüfend an. Er rückte mit dem Zeigefinger die Brille wieder auf den Nasenhöcker.

»Ihr Name?«

»Konrad Sembritzki!«

»Ein polnischer Name!«

Wie oft schon hatte Sembritzki seit seiner Ankunft in Krakau auf seine polnischen Vorfahren verweisen müssen!

»Come!«

Dominik Tomczak hatte in der Hand einen großen schwarzen Regenschirm.

»Wohin gehen wir?« fragte Sembritzki und schaute abwechselnd die beiden Priester an.

»Dominik wird Sie an einen Ort bringen, wo Sie mindestens vorläufig sicher sind.«

Dominik geleitete Sembritzki vorsichtig in einen Hof hinaus.

»Dominus vobiscum!« hörte Sembritzki noch den Priester hinter sich murmeln, dann fiel die Tür hinter ihm zu.

Nur weil sie im Ruf stand, alles zu tun, um den Kommunismus auf Distanz zu halten, konnte Sembritzki persönlich nicht auf die Solidarität der polnischen Priesterschaft zählen. Wie tief war die Kluft zwischen Klerus und Staat momentan?

»Come!« sagte Tomczak ein zweites Mal.

Er hatte seinen Schirm aufgespannt und stand vor einem kleinen schwarzen Fiat. Sembritzki schlüpfte hinein, der Priester schlug hinter ihm die Tür zu, setzte sich ans Steuer und schon ging's los – zwei Priester unterwegs: ein unauffälliges, alltägliches Bild. Sie fuhren durch die Sienna, vorbei am Haus Nr. 12, das Wozniak Sembritzki als Treffpunkt angegeben hatte. Sollte er aussteigen und versuchen, mit Wozniak Kontakt aufzunehmen? Für einen Augenblick nagten Schuldgefühle an ihm. Aber wer garantierte ihm, daß die Geheimpolizei Wozniaks eventuellen Schlupfwinkel nicht längst ausgehoben hatte und dort auf Sembritzki wartete? Vorläufig fühlte er sich in den Händen der Kirche besser aufgehoben als in den unruhigen Armen der impulsiven Untergrund-Solidarnosc.

Dominik überquerte die Westerplatte und fuhr die Bohuslaw Stalingradu entlang. Immer wieder dieselben Straßen, dieselben Namen – bis Dominik ganz überraschend nach rechts abbog, in ein Gewirr von Nebenstraßen und Gäßchen, ein paarmal offensichtlich im Kreis herumfuhr und endlich vor einem zerbröckelnden Backsteintorbogen anhielt, der von einer grauen fleckigen Betonmauer und auf der anderen Seite von einem morschen Lattenzaun gerahmt war.

»Aussteigen!« befahl er auf englisch. »Schnell – Sie gehen in den Hof und warten dort im Schutz des Hauseingangs links, bis ich komme.«

Sembritzki spannte den Schirm auf, raffte seinen Priesterrock zusammen und eilte. Er versuchte noch, den lehmigen Pfützen auszuweichen, um wenigstens trockenen Fußes den Hauseingang zu erreichen – er hatte wenig Glück. Der schräg einfallende Regen klatschte auf die rissige Fassade, auf der zu Sembritzkis Überraschung mitten zwischen einem halbgeöffneten

Fenster und dem Hauseingang eine Kugellampe aus Milchglas schummerte. Im Vergleich mit der verwahrlosten Umgebung befand sich die nur angelehnte Haustür aus massivem, gebeiztem Eichenholz in erstaunlich gutem Zustand. Hinter ihr konnte Sembritzki eine zweite Tür aus graugestrichenem dünnem Holz mit einem Einsatz aus geripptem Milchglas oben erkennen.

»Come!« drängte Dominik Tomczak, als er atemlos in Sembritzkis Nische auftauchte. Er schloß die zweite Tür auf, während er die massive Außentür hinter sich zuzog, stieß sie mit einem kräftigen Fußstoß auf und schob, als sie eingetreten waren, unglaublich flink einen schweren Riegel vor.

Es roch nach Feuchtigkeit und Farbe. Die Bodenplatten waren schmutzig, ausgetreten und schadhaft, die rote Farbe an den Wänden blätterte oder war mit Karton abgedeckt. Eine Holztreppe führte in den ersten Stock. Die dritte Stufe fehlte. Vor Sembritzkis Augen wogte der Saum des Priesterrockes; mit Riesenschritten, zwei Stufen auf einmal, stürzte Dominik nach oben, öffnete ein schweres Vorhängeschloß und forderte Sembritzki auf, durch die Tür zu treten. Der Raum war weiß gestrichen, sauber und hell. Ein brauner Holztisch, zwei Stühle, eine Pritsche mit einer rot-schwarz karierten Wolldecke überzogen – das war alles an Möbeln. Auf dem Tisch lagen zwei Bücher. An der Wand hing ein Kalender aus dem Jahr 1984 und ein Foto, das aus einer Illustrierten herausgeschnitten sein mußte: Es zeigte den ermordeten Priester Popielusko im Sarg.

»Hier können Sie vorläufig bleiben, Herr Sembritzki«, sagte Dominik und trat mit kurzen, wiegenden Schritten ans Fenster, verschloß es und zog einen beigen Vorhang vor.

»Wie lange kann ich bleiben?« fragte Sembritzki.

Der Priester strich sich durch sein kurzgeschnittenes dunkelblondes Haar.

»Ich brauche Hilfe!«

»Welche Art von Hilfe, Herr Sembritzki?« fragte der Priester.

»Ich brauche jemand, mit dem ich reden kann. Jemand, der gut informiert ist.«

»Mit mir können Sie reden. Und informiert bin ich auch.« Dominik lächelte beruhigend.

»Sind Sie kompetent?« fragte Sembritzki und bereute die Frage, kaum daß er sie ausgesprochen hatte. »Entschuldigen Sie!«

»Bitte! Bei uns ist jeder kompetent.«

»In Kirchenfragen, *Ojzce*, gewiß – ich brauche jedoch ganz und gar weltliche Hilfe.«

Dominik setzte sich an den Tisch und schob Sembritzki den andern Stuhl hin. Er war nicht aus der Fassung zu bringen. »Also, welche Art von Hilfe brauchen Sie?«

Sembritzki war unschlüssig. »Ich weiß nicht, wieviel ich Ihnen erzählen darf.«

»Alles, Herr Sembritzki. Sie haben mich in der Marienkirche um Hilfe gebeten. Ich habe geholfen. Wenn es Ihnen die Sache leichter macht – stellen Sie sich vor, es sei eine Beichte. Denken Sie auch daran, daß jeder Priester dem Beichtgeheimnis unterworfen ist.«

»Wollen Sie mir die Beichte abnehmen?« fragte Sembritzki.

»Wenn Sie es wollen.«

Sembritzki nickte. »Ich will.«

Über das Gesicht des Priesters zuckte es spitzbübisch. »Wann war es zum letzten Mal, Herr Sembritzki?«

Sembritzki tat mit der Hand die Bewegung über seine rechte Schulter, eine Verlegenheitsgeste, in die er jedesmal zurückfiel, wenn er nach seiner persönlichen Vergangenheit befragt wurde. »Ich weiß es nicht mehr. Als Kind, als Jugendlicher.«

»Versuchen Sie's einfach – so schlecht wird Ihre religiöse Erinnerung gar nicht sein.«

Es war das monotone Rauschen des Regens, das Sembritzkis Gedanken auf sich zog, das ihn zu tragen begann wie ein dichter Teppich. »Laudetur Jesus Christus!« murmelte er. Er wußte nicht wohin mit den Händen. Ihm widerstrebte es, sie zu falten.

»In aeternum, amen«, antwortete der Priester laut und deutlich und lehnte sich zurück. »Reden Sie!«

»Ein Mann ist meinetwegen umgebracht worden. Er suchte das Gespräch mit mir und ist deshalb von der polnischen Sicherheitspolizei erschossen und in die Weichsel gestoßen worden.«

Sembritzki blickte auf. Tomczak hielt mit beiden Händen die Tischkante umklammert. Sein Gesicht war blaß, aus seinen schmalen Lippen schien alle Farbe gewichen. »Bitte erzählen Sie mir alles – von Anfang an«, flüsterte er.

Helena und Sterecki erwähnte Sembritzki nicht, als er berichtete.

Sembritzkis hatte sich eine tiefe Erschöpfung bemächtigt.

»Aber warum all das?« Der Priester schien ratlos.

»Wegen eines einzigen Menschen – die einen suchen ihn, die andern wollen ihn nicht, weil durch ihn Polens Geschichte erneut in Bewegung käme.«

»Wen?«

»Den neuen Anführer einer neuen *Armija Krajowa!*«

»Und wer soll das sein?«

Sembritzki konnte ein Lachen doch nicht unterdrücken. »Das müßten eigentlich Sie besser wissen als ich. Doch Sie sind zu jung, um den Mann zu kennen – falls es der Mann ist, den ich vermute: Marian Domanski.«

Der Priester schüttelte verständnislos den Kopf.

»Vielleicht haben Sie unter dem Namen ›Das Monster von Krakau‹ von ihm gehört?«

»Ich habe Geschichte studiert. Ich kenne das alte Flugblatt ...«

»Wo haben Sie Geschichte studiert?« unterbrach ihn Sembritzki.

»Nein, Herr Sembritzki, nicht hier in Krakau. Nicht bei Baranczak. In Warschau.«

»Und von Marian Domanski, genannt das Monster von Krakau, haben Sie auch gehört?«

»Mein Vater hat mir von ihm erzählt. Er war ein feuriger, wilder, aber mutiger Mann. Und ein gläubiger Mensch.«

»Domanski lebt.«

»Domanski ist eine Legende.«

»Legenden können äußerst lebendig sein.«

»Herr Sembritzki, das ist keine Beichte mehr – jetzt beginnen wir ein gewöhnliches Gespräch.«

Sembritzki legte besorgt die Hand auf den Arm des Priesters. »Bitte, alles, was ich Ihnen gesagt habe und noch sagen möchte, fällt unter das Beichtgeheimnis?«

»Alles, was Sie mir sagen, darf ich niemandem weitergeben und auch sonst nicht verwenden.«

Sembritzki atmete erleichtert auf. »Ich muß Domanski finden«, erklärte er bestimmt, »wenn er noch am Leben ist. Und ich bin überzeugt: Domanski lebt und ist aus seinem Exil im Ausland heimgekehrt. Ich bin mir inzwischen auch sicher, daß er in der Bundesrepublik mit Unterstützung gewisser Stellen auf sein Comeback vorbereitet wurde.«

»Sie müssen sich mit Ihren Leuten in der Bundesrepublik in Verbindung setzen.«

Sembritzki fuhr ihn grob an. »Seien Sie nicht naiv. Dort hat man anderes im Kopf – übergeordnete Interessen. Was wäre denn wichtiger? Das Schicksal Polens, der Schulterschluß von Heimatarmee und Solidarnosc – oder ein spektakuläres Arrangement des Westens mit der Sowjetunion?« Sembritzki schaute Dominik mit boshaft zugekniffenen Augen an.

Tomczak hob abwehrend die Hände. »Das dürfen Sie mich nicht fragen. Ich bin nicht Gott! Darüber kann nur Er entscheiden.«

Sembritzki nickte befriedigt. »Sehen Sie! Darum geht es: Gott aus dem Spiel zu lassen.«

Dominik war erschrocken. »Sie versündigen sich, Herr Sembritzki! Bitte, hören Sie auf! Du sollst den Namen des Herrn . . .«

Er trommelte nervös auf den Tisch.

Sembritzki wollte sich einen Zigarillo zwischen die Lippen stecken, ließ ihn aber sogleich wieder in der Schachtel verschwinden. »Dies sind alle meine Sünden. Jesus sei mir gnädig!« murmelte er verlegen. »Ich habe mich versündigt in Ihren Augen, Dominik. Es tut mir leid.«

»Gott ist langmütig, Herr Sembritzki. Jesus hat Geduld mit uns Menschen«, sagte der Priester leise und murmelte, Sembritzki vermochte es nur mit Mühe zu verstehen: »Ego te absolvo a peccatis tuis in nomine patris et filii et spiritus sancti, amen!«

Beide blieben sitzen.

»Mit Verrätern kennen Sie sich aus, nicht wahr?« fragte Sembritzki endlich.

Der Priester blieb stumm. Es arbeitete in ihm. Er strich sich über das Haar. Er rückte unruhig auf dem Stuhl herum.

»Baranczak ist ein Verräter«, erklärte Sembritzki. »Ein Doppel-, ein Tripleagent. Und trotzdem: ich kann ihn nicht enttarnen.«

Es war, als ob der Priester aus einem Alptraum erwachte. »Wer hat Judas enttarnt?« fragte der Priester lächelnd.

»Jesus!« sagte Sembritzki blitzschnell.

»Sie sind nicht Jesus, Herr Sembritzki.«

»Dominikus – domini canes – Wachhunde des Herrn!«

»Sie wissen von den Heiligen mehr, als ich dachte.«

»Als Kind habe ich gehört, daß die Mutter des heiligen Dominikus vor der Geburt ihres Sohnes einen kleinen schwarzweißen Hund gesehen haben soll, der mit einer Fackel im Maul die ganze Welt erleuchtet hat.«

»Was wollen Sie, Sembritzki?« Der Priester war aufgestanden. Er schrie fast.

»Ich will Domanski finden. Aber ich kann ihn nur finden, wenn Sie mir helfen. Können Sie keinen Priesterkollegen ausfindig machen, der wenigstens Domanskis Vater gekannt hat?«

»Wer war sein Vater?« Dominik hatte sich wieder gesetzt, doch seine Ruhe war dahin. Die kleinen hellen Augen hinter den dicken Brillengläsern wanderten nervös hin und her.

»Domanskis Vater war ein Priester.«

Falls Dominik über die Enthüllung entsetzt war, so ließ er es sich jedenfalls nicht anmerken. »Sie suchen also einen Mann, der einen Geistlichen namens Domanski kannte?«

Sembritzki schüttelte den Kopf. »Domanski ist der Name seiner Mutter. Sie war Bäuerin, später Straßenarbeiterin. Das könnte bedeuten, daß Domanskis Vater sie auf dem Land kennengelernt hat.«

Der Priester war aufgestanden, in einen Nebenraum gegangen und mit zwei vollen Wassergläsern zurückgekehrt. Er leerte das Glas in einem Zug, und als Sembritzki keine Anstalten machte zu trinken, ergriff er mit verlegenem Lächeln auch noch Sembritzkis Glas und stürzte es hinunter.

Zwei Stunden verbrachte Sembritzki in seinem Unterschlupf allein. Er blätterte flüchtig in den beiden Büchern auf dem Tisch, einer Gedicht- und Aphorismensammlung polnischer Autoren und einer polnischen Übersetzung von Kafkas Roman *Das Schloß.* Er konnte sie ohnehin nicht lesen. Nur neben einen Aphorismus von Kazimierz Tetmajer hatte jemand mit Bleistift die deutsche Übersetzung geschrieben: »Das Vaterland des Gedankens Melancholie.« Darüber dachte Sembritzki noch nach, als er in einer kleinen Küche, die unmittelbar an seinen Aufenthaltsraum anschloß, auf einem alten Gasherd Wasser aufsetzte und sich Tee kochte. Der Aphorismus erinnerte ihn an den Satz, den ihm Bartels auf die Reise mitgegeben hatte: »Melancholie ist immer ein Zeichen von Versäumnissen.« *Ergo,* überlegte Sembritzki: Der Verlust des Vaterlandes macht melancholisch.

Sembritzki trank seinen Tee am Fenster. Zweimal hatten Leute den Hof betreten und waren nach kurzer Zeit wieder fortgegangen: Einmal hatte eine Frau einen alten Autoreifen durch den Torbogen gerollt; ein junger Mann hatte sich von seinem Schäferhund hineinziehen lassen, der dort an den leeren Konservenbüchsen herumschnüffelte.

Schließlich kam Dominik Tomczak zurück – allein. Sembritzki hatte ihn von oben beobachtet, wie er mit einem leicht watschelnden Gang aufrecht durch den Hof marschierte, sich einmal kurz umsah und im Hauseingang verschwand.

»Und?« fragte Sembritzki, der Tomczak unter der Tür erwartete.

»Bis jetzt haben wir keinen Priester ausfindig machen können, der Domanskis Vater kannte. Aber vielleicht haben wir herausgefunden, wo Domanskis Mutter hier in Krakau gewohnt hat.«

Sembritzki horchte auf. »Wo?« Er packte Tomczak am Ärmel.

»Ganz in der Nähe. Doch Sie können bei Tag unmöglich hin, Herr Sembritzki. Die Stadt ist voller Zomos.«

»Zomos?«

»*Zmotoryzowane Oddzialy Milicji Obywatelskiej* – die motorisierten Spezialeinheiten der Miliz, die besonderen Freunde unserer gemeinsamen Freunde von Solidarnosc.«

»Man sucht nach mir?«

Der Priester nickte. »Ja, man sucht Sie. Eine Reihe von Priestern sind schon ausgefragt worden. Auch Passanten, Kirchgänger.«

»Wie groß ist die Gefahr?«

»Ich weiß nicht, wer alles Sie gesehen hat. Aber kein Priester würde Sie verraten, Herr Sembritzki. Auch uns liegt daran, daß Sie Domanski finden – sollte er wirklich noch am Leben sein – oder den Mann, der die Führung der Heimatarmee übernommen hat.«

»Domanski lebt«, sagte Sembritzki stur.

»Jedenfalls dürfen Sie dieses Haus nur nachts verlassen.«

»Warum bringen Sie die Person, die Domanskis Mutter kannte, nicht hierher?«

Der Priester sah ihn durchdringend an. »Diese Wohnung ist in Krakau eines unserer wenigen Verstecke außerhalb von Klöstern und Pfarrwohnungen. Wir müssen es unbedingt halten.

Unsere eigenen Häuser und die Klöster können leicht vom SB überwacht werden, sie sind bekannt. Solche Verstecke aber sind für uns viel kostbarer, weil sie mitten in der Stadt liegen, in einem Viertel, das vom Staatssicherheitsdienst nicht wirksam abgeriegelt und kontrolliert werden kann.«

»Wer hat Domanskis Mutter gekannt?« wollte Sembritzki wissen.

»Die ehemalige Haushaltshilfe eines alten Priesters, der heute in einem Altersheim wohnt, uns an hohen kirchlichen Feiertagen aber noch in der Marienkirche aushilft. Wir haben ihn gefragt, weil er ungewöhnlich viele Leute kannte, die während des Zweiten Weltkriegs konspirativ tätig waren.«

»Und Domanski selbst hat er nicht gekannt?« fragte Sembritzki weiter.

»Er hat nie direkten Kontakt zu ihm gehabt.«

»Sie müssen auf dem Land suchen, Dominik. Oder in der Umgebung von Wielicka. Domanski war Bergmann, bevor er sich der Heimatarmee anschloß.«

»Solange wir keine genaueren Angaben haben, hilft uns das nicht weiter. Und Sie haben nicht einmal mehr drei Tage Zeit. Wir können doch nicht Wielicka und jedes Dorf und Städtchen in der Umgebung durchkämmen.«

»Können Sie nicht Ihre Brüder auf dem Lande um Hilfe bitten?«

»Vielleicht hilft der Zufall uns weiter«, sagte Tomczak beschwichtigend. »Beten Sie zu unserer Heiligen Jungfrau Maria, wenn Sie beten können, Herr Sembritzki! Als die Schweden im 17. Jahrhundert Polen zu erobern versuchten, gelang es ihnen trotz drückender Überlegenheit nicht, die Festung von Tschenstochau einzunehmen. Die Schweden wurden von den Polen gegen alle Regeln der Strategie vernichtend geschlagen.«

»Was natürlich der Heiligen Madonna zugeschrieben wurde, die ja dort ihren Sitz hat«, meinte Sembritzki lächelnd.

»Ohne ein Wunder schaffen auch Sie es nicht, Domanski

oder wen auch immer noch rechtzeitig zu finden, um ihn von diesem Zusammentreffen mit den Soli-Leuten abzuhalten.«

Sembritzki faßte in die Tasche und legte das Medaillon mit der Madonna von Czestochowa auf den Tisch. »Sehen Sie«, sagte er. Ob das Medaillon vielleicht doch mehr bedeutete als nur ein Stück Erinnerung an die Tante?

Dominik Tomczak schaute Sembritzki an, beugte sich über das Medaillon, betrachtete es lange, hob es behutsam auf und küßte es inbrünstig. »*Krolowo Polski!*« murmelte er und legte es auf den Tisch zurück. »Wer hat Ihnen das gegeben?«

»Meine Tante in Wroclaw – als Erbe.«

»Sehen Sie es als ein Zeichen der Gnade.«

Tomczak ging zur Tür, löschte das Licht und drehte sich noch einmal Sembritzki zu. »Wenn die Dämmerung hereinbricht, kann man von draußen den Lichtschimmer hinter den geschlossenen Vorhängen sehen. Legen Sie sich hin, schlafen Sie ein wenig. Vielleicht wird die Nacht lang. Ich komme in der Dunkelheit zurück. Leben Sie wohl.«

»Morgen ist Ostern«, sagte Sembritzki, ohne zu wissen, warum.

»Morgen ist Ostern«, sagte der Priester. »Leben Sie wohl!«

Sembritzki fand in der Küche Brot, ungarische Salami und eine angebrochene Flasche Bier, aß und trank, legte sich auf das Bett, deckte sich mit der Wolldecke zu und schlief ein. Er träumte wirre Träume. Er hörte den Priester nicht, als er kam und ihn am Ärmel zupfte. Er erschrak. Er hatte Mühe, sich zurechtzufinden.

Tomczak legte ein Paket auf den Tisch. »Eine Verkleidung reicht nie mehr als einmal«, sagte er. Sembritzki zog die Segeltuchjacke an und setzte sich die Strickmütze auf den Kopf. Er wickelte sich den dunkelblauen Wollschal um den Hals, so daß der untere Teil seines Gesichts verdeckt war.

Draußen regnete es stark. Der Priester hatte seinen Schirm aufgespannt und Sembritzki aufgefordert, in Sichtweite hinter ihm herzugehen und beim Herannahen auffällig langsam fahrender Fahrzeuge sofort in einem Hauseingang oder in einer Seitenstraße unterzutauchen. Dreimal gab der Priester ein Warnzeichen; Sembritzki konnte aus einer Nische heraus beobachten, wie Tomczak beim dritten Mal von einer Patrouille angehalten und verhört wurde, und um ein Haar hätte er Tomczak aus den Augen verloren, weil die Patrouille nach dem Verhör so gar nicht Fahrt aufnehmen wollte. Dann, als sich plötzlich eine größere Lücke zwischen den Häusern auftat, blieb der Priester stehen, um sich gleich darauf in den Schatten eines Baumes zurückzuziehen. Sembritzki sah beim Näherkommen einen kleinen Platz, der von Maschendraht umzäunt war, dahinter ein flaches Gebäude, eine Art Garage mit vier identischen Holztüren nebeneinander. Zur Linken schloß sich die Fassade eines zweistöckigen Hauses an, den durchgehenden Balkon im ersten Stock stützten drei Holzpfeiler; er war offensichtlich baufällig.

»Hier!« flüsterte Tomczak, als Sembritzki neben ihn in den Schatten des Baumes trat. »Gehen Sie zum Hauseingang und warten Sie, bis ich nachkomme.« Fünf Minuten mußte Sembritzki warten, da Tomczak noch einmal die Straße abschritt, um sich zu vergewissern, daß niemand ihnen gefolgt war. Er drängte an Sembritzki vorbei; Sembritzki hörte den fliehenden Atem und roch den warmen Dunst und Schweiß und Regenwasser, der aus Tomczaks Kleidern drang. Der Flur war voll Schutt; bei jedem Schritt knirschte es unter ihren Schuhen. Ein Treppengeländer fehlte. Die Stufen waren ausgetreten. Im zweiten Stock blieb der Priester vor einer Holztür stehen. »Hier wohnt die Frau«, flüsterte er, während er dreimal laut klopfte. Tomczak sprach leise hastig auf die alte Frau mit dem gelben Kopftuch ein, die mißtrauisch durch den Türspalt lugte, und wies mit hektischen Bewegungen immer wieder auf Sembritzki hinter ihm.

»*Dobry wieczor!*« sagte er und strahlte die Alte an.

»Kommen Sie! Ich denke, sie kann uns weiterhelfen. Haben Sie Dollar bei sich?«

Sembritzki nickte und folgte den beiden in die Wohnung. Es roch nach Blumenkohl.

»*Dobry wieczor.*« Mit überraschend klarer Stimme erwiderte die Alte Sembritzkis Gruß, als sie neben einem dunkelblauen, zerschlissenen Vorhang stand, der den völlig leeren Flur vom Wohn- und Schlafbereich trennte. Schwungvoll schlug sie den Stoff zurück, wie um ihre verhutzelte Erscheinung in Abrede zu stellen. Der Raum vor ihnen wirkte auf den ersten Blick verwahrlost mit den vielen Wasserflecken an der niedrigen Decke und der abblätternden Tapete. Möbel, Vasen und Leuchter aber waren zweifelsohne kostbar und von großem Wert. Der Priester, der Sembritzkis erstaunte Blicke bemerkt hatte, erklärte ihm leise auf englisch, daß die Alte einst in großen Häusern gedient habe und beim Ableben ihrer Herrschaft einige Gegenstände geerbt habe.

Mit einem leichten Anflug von Ehrfurcht setzte Sembritzki sich auf einen niedrigen Samtsessel, während der Priester am Rand eines Biedermeiersofas Platz genommen hatte und die Alte in einem hochlehnigen Barockstuhl fast verschwunden war.

»Die Dollar«, flüsterte Tomczak.

Sembritzki legte fünf Dollar auf ein schwarzlackiertes Tischchen mit Goldvögel- und Blumenornamenten. »*Dziekuje panu bardzo*«, sagte die Alte, ohne auch nur hinzusehen.

»Zur Sache, Dominik.«

Der Priester redete auf die Alte ein, die mit geschlossenen Augen, die knochigen Hände auf den Knien gefaltet, lauschte. Der Priester sprach viel zu schnell, als daß Sembritzki bis auf ein gelegentliches Wort etwas hätte verstehen können. Tomczak redete und redete, aber die Alte saß mit geschlossenen Augen da und rührte sich nicht, sie blieb auch unbeweglich sitzen, als Tomczak erschöpft innehielt und sich den Schweiß von der Stirn wischte. Und dann begann sie endlich zu sprechen, langsam, deutlich, mit großen Pausen zwischen den Sätzen, und trotzdem verstand Sembritzki kein Wort, nur einige Namen konnte er ab und zu heraushören: Domanski, Irzykowsky,

Irina! Sie öffnete die Augen, blinzelte Tomczak zu, schloß die Augen wieder und lehnte sich in ihrem Stuhl zurück. Schweigen. Der Priester kaute erregt an seinen Fingernägeln.

»Was hat sie erzählt?« Sembritzki wurde ungeduldig, als auch Tomczak sich in Schweigen hüllte, und fuhr ihn an: »Worauf warten Sie denn noch, Dominik? Hat sie Domanski gekannt?«

»Als Junge. Domanski ist in diesem Haus, in dieser Wohnung zur Welt gekommen. Im Jahre 1922.«

Der Priester stellte der Alten die Frage nach dem Geburtsjahr auf polnisch. Die Frau wiederholte die Jahreszahl.

»Es war Domanski.«

»Wie hilft uns das weiter?«

»Sie kann seinen Weg eine Weile verfolgen. Seine Mutter war eine Bäuerin und hat in der Nähe des Fleckens Zegozina gelebt.«

Sembritzki nickte zufrieden vor sich hin. »Und hat dann das Land mit der Stadt vertauscht, weil die Schande, ein uneheliches Kind zur Welt zu bringen, in einem Bauerndorf ungleich schlimmer gewesen wäre. Die Schande hätte sie erdrückt.«

Der junge Priester bestätigte: »Es scheint, daß die Frau kurz vor der Geburt des Jungen nach Krakau gekommen ist. Hanna kann sich jedenfalls noch an den Tag erinnern, an dem sie in Begleitung eines jungen Mannes über den Vorplatz kam. Hanna wohnte damals im Erdgeschoß. Sie ist erst nach dem gewaltsamen Tod Irina Domanskis hier hinaufgezogen.«

»Wer war der Begleiter der jungen Frau?«

Tomczak hob die Schultern. »Sie kannte ihn nicht, hat aber später von Irina Domanski erfahren, daß es der Vater ihres Kindes war.«

»Ein Priester?« fragte Sembritzki schnell.

Dominik zuckte zusammen. »Er war nicht als Priester erkennbar. Er trug keine Soutane, auch sonst nichts, was auf seinen Stand hingewiesen hätte. Aber es scheint sich trotzdem um Jan Irzykowsky gehandelt zu haben, denn zu einem späteren

Zeitpunkt hat Hanna das Foto eines Mannes im Priestergewand in der Wohnung Irinas gesehen, und es *war* der Mann, der sie kurz vor der Geburt begleitet hatte.«

»Ist der Mann noch einmal wiedergekommen?«

Tomczak nickte. Er schien wenigstens darüber erleichtert zu sein, daß ein Priester die Verantwortung nicht einfach von sich geschoben hatte. »Er kam beinahe jede Woche. Mindestens bis zu dem Zeitpunkt, als das Kind geboren wurde.«

»Es wurde hier im Hause geboren?«

»Hanna und der Priester haben ihm auf die Welt geholfen. Danach sind die Besuche wohl etwas seltener und unregelmäßiger geworden.«

»Woher kam der Priester, Dominik? Wissen Sie das Dorf oder die Stadt?«

»Das scheint Hanna nie erfahren zu haben. Irina Domanski hat alles getan, um die Spuren zu verwischen und dem Priester Ungelegenheiten zu ersparen.«

»Hat der junge Domanski seinen Vater kennengelernt?«

»Nein! Er blieb schließlich überhaupt weg.«

»Wissen Sie, warum?«

»Hanna meint, daß er dem Jungen die Schande ersparen wollte, einen Priester zum Vater zu haben. Möglicherweise ist Irina Domanski mit ihrem heranwachsenden Sohn aber an Sonntagen aufs Land hinausgefahren, um ihn zu treffen und ihn dem jungen Domanski als väterlichen Freund vorzustellen – was ja völlig unverdächtig gewesen wäre, da es sich ja um einen Priester handelte.«

Hanna hatte das Gespräch zwischen Tomczak und Sembritzki aufmerksam verfolgt. Ihre Augen waren von einem zum anderen gehuscht und ihre Lippen waren dauernd in Bewegung geblieben, als ob sie ihre eigene Fassung noch einmal vortragen müsse.

»Bringt uns das denn weiter?«

»Wir wissen, woher Irina Domanski stammt. Nicht weit von Krakau. Es ist anzunehmen, daß auch Jan Irzykowsky nicht weit entfernt wohnte. Vielleicht sogar im selben Dorf. Das wird auch durch die Tatsache unterstrichen, daß der Vater anfangs Zeit fand, Mutter und Kind häufig zu besuchen. Und wenn die Mutter mit ihrem Sohn an Wochenenden zu ihm gefahren ist, kann es ja auch nicht weit gewesen sein – schon deshalb, weil die Frau in ärmlichen Verhältnissen lebte und sich auch mit väterlicher Unterstützung kaum eine weite Reise hätte leisten können.«

»Meine Hochachtung«, sagte Sembritzki, als Tomczak ihn beifallheischend anstrahlte. »Verzeihen Sie, wenn ich trotzdem auf meiner Frage beharre: Was bringt uns das? Natürlich wäre es schön zu wissen, wo Domanskis Vater gelebt hat. Wir müssen aber vor allem in Erfahrung bringen, wo Domanski selbst gewohnt hat. Wie sollen wir sonst seine Spur weiter verfolgen können?«

Im Zimmer wurde es totenstill. Tomczak hielt den Blick auf den Boden gerichtet. Die Alte bewegte noch immer lautlos die Lippen. Ein schwacher Lichtschein zog draußen vorbei.

»Das Salzbergwerk!« rief Sembritzki plötzlich.

»Wieso das Salzbergwerk?« fragte der Priester kopfschüttelnd.

»Domanski hat dort gearbeitet. Soviel ist bekannt. Also muß es dort jemanden gegeben haben, der seinen damaligen Wohnort kannte.«

»Wir haben für umständliche Recherchen keine Zeit, Herr Sembritzki. Und wir können nicht bei offiziellen Stellen nachfragen.«

»Das ist mir schon klar. Es gibt aber doch in jedem Bergwerk einen Priester, der für die Belegschaft verantwortlich ist. Warum nicht auch im Salzbergwerk von Wielicka?«

»Dazu brauchen wir genauere Daten aus Domanskis Leben.«

»Fragen Sie Hanna! Wann ist der junge Domanski von hier weggegangen? Wo ist er zur Schule gegangen?«

Tomczak wandte sich wieder der Alten zu, die gleich begriff, daß sie wieder in den Mittelpunkt gerückt war. Sie strahlte eifrig, noch bevor der Priester die erste Frage aussprach. Und redete auch diesmal langsam und lange.

»Was sagt sie denn?« Sembritzki konnte sich nicht länger zurückhalten.

»Marian Domanski hat die Volksschule hier in Krakau besucht, sagt sie. 1934 oder 1935 sei er weggegangen. Anfangs hat er noch in der Wohnung seiner Mutter übernachtet. Dann sei er während der Woche plötzlich ganz weggeblieben und nur noch ab und zu an Wochenenden zurückgekommen!«

»Da muß er also schon in den Salzbergwerken gearbeitet haben. Wir müssen Leute aus jener Zeit finden. Bergwerksarbeiter, Leute, die Domanskis Vater gekannt haben. Kommen Sie, lieber Dominik Tomczak! Suchen wir seine Spuren im Salzbergwerk von Wielicka und in den umliegenden Dörfern! In den Pfarrhäusern!«

Als Sembritzki innehielt, machte die Alte sich selbst bemerkbar und begann zu reden, und diesmal begriff Sembritzki sofort, worum es ging. Die alte Frau schnitt Grimassen, blähte ihre eingefallenen Backen auf, deutete mit krallenartigen Fingern auf ihr Gesicht und fuhr sich zitternd mit der rechten Hand über den linken Unterarm.

»Ich habe schon verstanden!« sagte Sembritzki, als Tomczak sich ihm zuwandte. »Schuppige Haut am linken Vorderarm. Die linke Hand war verstümmelt. Er war kahlköpfig und sein linkes Ohr war ausgefranst. Die Personenbeschreibung ist mir bekannt. Sie stimmt also mit derjenigen überein, die mir Baranczak von Domanski gegeben hat.« Und nach einer Pause fügte er nachdenklich hinzu: »Ein Mann mit einem solch auffälligen Äußeren müßte doch eigentlich zu finden sein, wenn er noch am Leben ist.«

»Wielicka und Zegocina.« Tomczak sagte Hanna noch einiges auf polnisch und verschwand. Sembritzki, der sitzengebliebene war, schaute zu Hanna hinüber, die ihm zulächelte. Sembritzki lächelte zurück, zeigte auf die Möbel und Bilder und klatschte anerkennend. Hanna strahlte, stand auf, kramte in der

Schublade einer Kommode und kam fröhlich zurück. Zwischen den Fingern ihrer Rechten baumelte ein Rosenkranz, den sie Sembritzki mit einem Knicks überreichte.

»Dziekuje«, sagte Sembritzki.

»Marian Domanski!« erwiderte Hanna und deutete auf den Rosenkranz – es war der Rosenkranz des jungen Domanski, und kaum hatte er einen Blick darauf geworfen, da war ihm klar, warum die Alte ihn nicht in Anwesenheit des Priesters hervorgeholt hatte. Die Figur des Christus, am unteren Ende des Rosenkranzes, war nicht auf einem Kruzifix befestigt, sondern auf einem Schwert; es hatte zwar die Form des Kreuzes, Klinge und gerillter Griff gaben es jedoch eindeutig als Stich- und Schlagwaffe zu erkennen. Sembritzki ließ die kleinen schwarzen Perlen durch die Finger gleiten, die immer wieder durch ein kleines silbernes Medaillon mit einer Marienfigur voneinander unterbrochen waren. Er hatte diese Figur schon einmal gesehen: in Zdenecs Medaillon.

»*Krolowo Polski!*« murmelte Sembritzki und zeigte auf die Medaillons.

»Maria!« sagte die Alte und zeigte mit spitzem Finger auf jenes größere Medaillon, das die Perlen zur Kette faßte und in dessen Verlängerung das Schwertkreuz mit der Christusfigur angebracht war. »Czestochowa!« fügte sie hinzu, und wirklich, bei näherem Hinsehen erkannte Sembritzki die Umrisse und fein ziselierten Züge der Schwarzen Madonna von Tschenstochau.

Sembritzki nickte der Alten ein letztes Mal zu und ließ den Rosenkranz behutsam in die Tasche seiner Jacke gleiten. Mit Gesten und ein paar Brocken Polnisch versuchte er ihr klarzumachen, er beabsichtige, ihr den Rosenkranz später zurückzugeben. Hanna schien es zufrieden. Bis zur Rückkehr Tomczaks saßen sie schweigend da. Sembritzki zählte Perlen an Domanskis Rosenkranz, und Hanna bewegte stumm ihre Lippen.

12

Schweigend fuhren sie aus der Stadt hinaus. Der Priester hatte die Route vorher allein abgefahren, um sicherzugehen, daß keine Straßensperre sie in gemeinsame Gefahr bringen könnte. Obwohl sich Tomczaks Befürchtungen als grundlos erwiesen hatten, spürte Sembritzki beinahe körperlich die Angst des Priesters; er umklammerte nervös das Lenkrad; bei jedem Scheinwerferlicht, das aus der Nacht aufblitzte, zuckte er zusammen.

»Hier wohnt einer der Priester von Wielicka«, sagte Tomczak vor einem kleinen grauen Haus am Stadtrand.

»Der Priester, der auch für das Salzbergwerk verantwortlich ist?«

»Nicht ausschließlich. Diese Arbeit teilen sich mehrere Geistliche. Immerhin ist er Nachfolger eines jener Priester, die während des Zweiten Weltkrieges besonders häufig im Salzbergwerk tätig gewesen sein sollen.«

Sie stiegen aus. Tomczak drückte auf den Klingelknopf, drängte hastig ins Innere des Hauses, als die Tür geöffnet wurde, und zog seinen Begleiter hinter sich her.

»Konrad Sembritzki!« sagte er zu dem rundlichen Kollegen, der unter einem schmiedeeisernen Leuchter im engen Flur stand.

»Stanislau Kowalski!« stellte der Mann sich mit hoher Stimme vor und streckte Sembritzki die Hand entgegen. »Treten Sie ein!«

Eine Ewigkeit schien zu verstreichen, bis Kowalski endlich das Wort ergriff. Sie saßen um einen runden Tisch in der Studierstube, deren Wände mit Kruzifixen, Mariendarstellungen und Heiligenbildern überladen waren.

»Jacek hat angerufen.«

»Ja, Sie wissen, worum es geht?«

Kowalski nickte Tomczak mürrisch zu. »Ich weiß, worum es geht, und ich muß gestehen, daß ich mich nur ungern mit der

Sache befasse. Domanski hat den Namen Monster wahrlich verdient.«

»Was wissen Sie von ihm, *ojcze?*« fragte Sembritzki schnell und beugte sich vor. »Sie sind eigentlich zu jung, um ihn persönlich gekannt zu haben!«

Kowalski nickte. »Ich bin fünfzig. Domanski wurde 1948 hingerichtet. Da war ich ein Kind.«

»Hingerichtet?«

»Was war es denn anderes? Eine Polizeiaktion, die einzig und allein gegen Domanski gerichtet war.«

»Sie sind auch als Geistlicher im Bergwerk tätig, nicht wahr?«

Sembritzki spürte die Verärgerung, die Kowalski wie ein Beben durchlief.

»Ich *war* Geistlicher im Bergwerk!«

»Wieso *war?*« fragte Tomczak erstaunt. »Davon weiß ich nichts.«

»Seit zwei Monaten nicht mehr. Eine Delegation der Arbeiter teilte mir mit, daß sie sich für einen andern Priester entschieden hätten.«

»Für wen denn?« fragte Tomczak.

»Vielleicht habe ich mich nicht ganz richtig ausgedrückt. Sie verzichteten einfach auf meine Dienste und begnügten sich mit den Geistlichen, die ihre Interessen besser vertreten.«

»Arbeiterpriester?«

»Arbeiterpriester, wenn Sie wollen. Ich bin nicht der einzige Priester, der von den Arbeitern im Salzbergwerk als unerwünschte Person abgeschoben wurde!«

»Aber so einfach geht das wirklich nicht«, widersprach Tomczak. »Sie haben von der Kirche den Auftrag erhalten, sich um die Bergwerksarbeiter zu kümmern. Den Auftrag können Sie doch nicht einfach zurückgeben.«

Kowalski verzog sein Gesicht zu einer Grimasse. »Zurückgeben! Ich habe den Auftrag auch nicht zurückgegeben. Aber wenn dich keiner mehr will! Wenn du nicht gerufen wirst, wenn da unten einer verunglückt oder im Sterben liegt! Wenn die dich bei Messen und Segnungen einfach übergehen!«

»Seit zwei Monaten, sagen Sie?«

Kowalski wandte sich Sembritzki zu. »Warum ist Ihnen der Zeitpunkt so wichtig?«

»Es war nur so eine Frage, weiter nichts.«

»Domanski ist tot.« Kowalski zeigte seine schneeweißen Zähne. »Vigilate, Dominus vester advenat!«

»Domanski war keine Heimsuchung, Kowalski«, unterbrach Sembritzki ihn schroff. »Er war ein Patriot.«

»Monstren sind immer ein Werkzeug Gottes. Gott schickt sie als Mahnzeichen.«

»Sind das nicht mittelalterliche Vorstellungen, *ojcze?*« fragte Sembritzki, der ihn ganz bewußt wieder mit dem polnischen Wort für Priester ansprach.

»Gott ist immer derselbe, von Ewigkeit zu Ewigkeit. Vergessen Sie das nicht!«

»Die *menschliche* Vorstellung von Gott hat sich im Lauf der Zeit schon oft geändert.«

»Abgötterei, Ketzerei, Gotteslästerung, Meineid, Unzucht, Wucher – der Mensch ist sich gleichgeblieben, Herr Sembritzki. Warum soll sich also unsere Vorstellung von Gott ändern?« Kowalski wurde zunehmend erregt.

Sembritzki spürte, daß er da keinen Verbündeten gefunden hatte, sondern einen Fanatiker, der für die Welt nur ein Allheilmittel parat hatte – Haß. Er würde nur zu helfen bereit sein, wenn er sich in seinem Fanatismus bestätigt sähe.

»Wer war Ihr Vorgänger, *ojcze?*« erkundigte sich Sembritzki.

Über das Gesicht Kowalskis zog ein eigenartiger Ausdruck, halb Ärger, halb Freude. »Julian Wojazek. Er ist tot.«

»Und Sie sind in sein Haus gezogen.«

Kowalski schaute Sembritzki verärgert an. »Was wollen Sie damit sagen?«

»Ich meine nur, Ihr Vorgänger war als Priester auch im Salzbergwerk tätig. Er muß also Domanski persönlich gekannt haben.«

»Wojazek ist tot, Herr Sembritzki. Vor sechs Jahren ist er gestorben.« Er betonte das Ableben seines Vorgängers so emphatisch, als ob er sich von einem Schatten befreien müßte.

»Wojazek ist tot. Domanski ist tot. Aber die Legende lebt weiter, *ojcze!*«

Kowalski stand erregt auf, strich an den Wänden entlang, streifte mit den Fingern unentwegt die Kruzifixe und Heiligenbilder, griff dann mit schneller Bewegung nach einem silbernen Kruzifix und hielt es beschwörend vor sich hin.

»Die Legende stirbt. Denken Sie denn, mir sei entgangen, was sich in dieser Gegend seit ein paar Monaten tut? Daß die Bergwerksarbeiter begonnen haben, an Domanskis Legende zu wirken?«

»Wie denn?« Sembritzki bemühte sich, seine Stimme nicht drängend und ungeduldig klingen zu lassen.

»Sie versuchen, einen Toten zum Leben zu erwecken. Sie wollen den Satan wieder unter die Menschen bringen.«

»Hören Sie auf, Stanislau!« Tomczak war aufgesprungen.

»Lassen Sie mich, Dominik!«

»Lassen Sie ihn, bitte!« bat Sembritzki. »Ihr Kollege wird einen Grund haben, Domanskis Wiederkehr zu fürchten.«

»Und ob ich Grund habe, Herr Sembritzki! Die Arbeiter kommen nicht mehr zur Messe. Sie verweigern mir den Zutritt zum Bergwerk. Domanskis Ungeist ist wieder unter uns.«

»Aber wie kommen Sie darauf, *ojcze?*«

»Weil ich überall die Zeichen seiner Wiederkehr entdeckt habe. An Häusern, Scheunen, Bäumen.«

»Welches Zeichen?« fragte Tomczak und trat erschrocken einen Schritt zurück.

»Das Zeichen des auf das Schwert gekreuzigten Christus.«

Sembritzki tastete nach dem Rosenkranz in seiner Jackentasche. Der aufs Schwert geschlagene Christus und die Madonna von Tschenstochau.

»Was soll das, Stanislau? Ich kenne keine Darstellung mit einem Christus, der statt aufs Kreuz auf ein Schwert geschlagen wurde.«

»Warum sollten *Sie* diese Darstellung kennen, Dominik? Sie sind zu jung. Auch ich bin zu jung. Aber mein Vorgänger Wojazek hat davon gewußt. Und deshalb kenne ich das Zeichen!«

Kowalski ließ das Kruzifix sinken und hängte es dann wieder an seinen Platz. Dann setzte er sich wieder an den Tisch. Er war aufgebracht. Seine Hände, mit denen er jetzt nach einer Zigarette in einer Holzschachtel auf dem Tisch suchte, zitterten. »Domanski hat Unglück über dieses Land gebracht. Seinetwegen haben die Nazis Kinder umgebracht und Frauen, die sie als Geiseln genommen haben. Wir brauchen bei uns keinen Domanski mehr. Lassen wir die Legende schlafen. Zerstören wir sie endgültig!«

»Woher wissen Sie, daß der aufs Schwert geschlagene Jesus das Zeichen Domanskis ist?« fragte Sembritzki ruhig.

»Ich sagte es ja schon. Wojazek, mein Vorgänger, hat Domanski gekannt. Als ich in dieses Haus einzog, fand ich auf dem Dachboden in einem alten Koffer Aufzeichnungen, deren Autor zweifelsohne Domanski war. Immer wieder stieß ich auch auf Zeichnungen von seiner Hand, in denen mit Bleistift die Figur des Christus auf dem Schwert skizziert war. Es waren unbeholfene Skizzen. Alle waren signiert. Mit den Initialen M. D. – Marian Domanski!«

»Was waren das für Aufzeichnungen?« fragte Sembritzki gespannt.

»Beschreibungen. Von Häusern, Namen, Adressen!«

»Haben Sie diese Aufzeichnungen noch, *ojcze?*«

»Ich habe sie verbrannt. Es war Satanswerk, Herr Sembritzki!«

»Aber das Schwert-Kruzifix haben Sie als Domanskis Zeichen identifiziert?«

»Ich hatte es lange Zeit vergessen, Herr Sembritzki. Die Erinnerung an den Mann, der meine Mutter und meine Geschwister auf dem Gewissen hat, hatte ich aus meinem Herzen verdrängt!«

»Er hat Ihre Familie auf dem Gewissen?« fragte Dominik leise.

Kowalski: »Nach einem Überfall der *Armija Krajowa* auf einen Munitionszug der Deutschen Wehrmacht, der von Wielicka nach Deutschland hätte fahren sollen, haben die Nazis Einwohner von Wielicka als Geiseln genommen, um Domanski, der als Urheber des Überfalls identifiziert worden war, zu zwingen, sich zu stellen. Aber Domanski stellte sich nicht, und die Geiseln wurden umgebracht.«

Sembritzki steckte sich einen Zigarillo zwischen die Lippen.

»Vor ungefähr zwei Monaten habe ich Domanskis Zeichen wiederentdeckt. Ganz zufällig. Beim Besuch eines Sterbenden außerhalb von Wielicka. Da habe ich den Christus auf dem Schwert gesehen. Mit schwarzer Kreide auf der Hausmauer. Und von dem Tag an bin ich diesem Zeichen plötzlich überall begegnet.«

»Wo überall?« fragte Sembritzki. »Sind Ihnen spezielle Stellen aufgefallen?«

Kowalski überlegte. Er schien verwirrt. Die Erinnerung an Ereignisse aus der Zeit des Zweiten Weltkrieges bedrückten ihn offensichtlich.

»Friedhöfe«, sagte er plötzlich. »Ja. Friedhöfe.«

»Vandalenakte?« fragte Sembritzki.

Kowalski schüttelte den Kopf. »Nein. Das waren keine Schmierereien. Die Zeichen waren beinahe liebevoll, jedenfalls säuberlich angebracht worden.«

»Angebracht?«

»Mit Stempeln, glaube ich. Ein Stempel mit einer Christusfigur auf ein Schwert genagelt!«

»Was für Gräber? Wer lag darin?«

Kowalski schüttelte den Kopf. »Wie soll ich das wissen? Ich habe nicht darauf geachtet, auf welchen Gräbern die Stempelabdrücke zu finden waren.«

»Es war auf dem Friedhof von Wielicka?«

»Auf unserem Friedhof, sicher. Weitere Aufdrucke habe ich in Gdow gesehen.«

»Nur auf Friedhöfen?« Sembritzki ließ nicht nach. Er spürte, daß er der Lösung näher kam.

»Auch an Häusern!«

Sembritzki legte seinen angefeuchteten Zigarillo in den Aschenbecher.

»Sie haben vom Haus eines Sterbenden gesprochen. War es ein alter Mann?«

Kowalski nickte. »83 Jahre war er alt.«

»Welchen Beruf hatte er?«

»Ich glaube, er hat im Salzbergwerk gearbeitet.«

»Können Sie sich noch an andere Häuser erinnern?« fragte Sembritzki.

Kowalski dachte lange nach. »Ein Altersheim war darunter!«

Wieder nickte Sembritzki befriedigt. »Keine Schulen? Keine Kindergärten?«

»Ich glaube nicht! Aber warum wollen Sie all das wissen?«

»Um sicher zu sein, ob es sich wirklich um Spuren der Heimatarmee handelt«, entgegnete Sembritzki vorsichtig.

»Domanski ist tot«, wiederholte Kowalski mit Nachdruck. »Offizielle Stellen haben es mir bestätigt.«

»Die Legende lebt, *ojcze!*« murmelte Sembritzki und beobachtete den Priester unter halb geschlossenen Lidern. Kowalski schwitzte. Sein kurzgeschorenes hellblondes Haar stand ihm buchstäblich zu Berge.

»Nur durch die Sakramente kann die Monströsität geheilt werden!« murmelte Kowalski endlich. Seine hellen Augen waren starr auf die Wand mit dem Christuskreuz gerichtet, das er zuvor in der Hand gehabt hatte.

»Was wollen Sie?« fragte Tomczak und packte seinen Kollegen am Ärmel. Sembritzki zog ihn zurück.

»Stanislau Kowalski hat recht«, sagte er laut.

Tomczak drehte sich um. Ihm stand vor Überraschung der Mund offen.

»Ich verstehe Sie nicht, Herr Sembritzki. Wir sind hier nicht im Theater.«

Sembritzki zuckte mit den Schultern. »Ich möchte die Stempelabdrucke sehen, *ojcze.*«

Kowalski, der im Begriff war, das Kruzifix wieder von der Wand zu nehmen, erstarrte in seiner Bewegung. »Lassen Sie mich allein gehen, Sembritzki!«

»Was wollen Sie, Stanislau?« fragte Tomczak mit beschwörender Stimme.

»Nec generi ferro indulget, ruit omnis ab uno
Sexus, et Emathios, cognato sanguine campos
Strata virum, pelagus transmissa cadavera complent . . .
Haec Divum monitu fuerunt documenta ruinea
Monstra Ravenna tuae; quam nunc tu moesta dolensque
Praesentem defles, quondam decorata triumphis.«

Kowalski sprach die lateinischen Verse mit zitternder, feierlicher Stimme. Das Kruzifix hielt er beschwörend in die Höhe.

»Was soll das, Stanislau!« schrie Tomczak entsetzt.

»Es ist die Schilderung, wie das Monster von Ravenna die Stadt zerstört . . .« Und das Ungeheuer verschont das Volk auch nicht vor dem Schwert – beiderlei Geschlechts geht unter – das Ungeheuer bewirkt es . . .

»Hör auf, Stanislau!« Tomczak packte seinen Kollegen am Ärmel. Kowalski brach mitten im Satz ab und starrte Dominik haßerfüllt an.

»Gehen wir«, sagte Sembritzki, um die unheimliche Stille aufzubrechen, die eingetreten war. Kowalski preßte sich das silberne Kruzifix gegen die Brust.

»Wir leben nicht im Mittelalter, Sembritzki.«

»Gehen wir«, sagte Sembritzki noch einmal. Er vermied es, Tomczak anzuschauen.

»Wohin?«

»Ich möchte die Stempelabdrucke auf den Friedhöfen sehen.«

»Wielicka. Anschließend Gdow und Zegocina.«

Tomczak schüttelte den Kopf. »Wir können nicht alle Friedhöfe der Umgebung abfahren, Sembritzki.«

»Vielleicht haben wir Glück und . . .« Er machte eine Pause und schaute den jungen Priester lächelnd an.

»Und?« fragte Dominik.

»Und es geschieht ein Wunder. Vielleicht hilft die Madonna von Tschenstochau auch uns.«

»Spotten Sie nicht«, murmelte Dominik bekümmert.

»Ein Wunder kann manchmal erzwungen werden!«

»Dann ist es kein Wunder mehr!«

»Das Wunder steht ganz am Anfang, Dominik. Nennen wir es Zufall. Der Zufall einer Begegnung oder einer Information. Der Rest ist dann bloß die logische Verknüpfung von Ereignissen und Sensationen, die sich aus diesem einzig Zugefallenen heraus entwickelt. Wunder begegnen nur dem, der imstande ist, aus dem Raster festgefahrener Denkmuster auszubrechen. Das Wunder geschieht in uns selbst, wenn wir kreativ werden.«

Sembritzki brach abrupt ab. Er fühlte Beschämung in sich emporsteigen, wie hatte er nur versuchen können, einem Priester Wunder zu erklären?

Kowalski war im Flur verschwunden und kam zurück, einen großen Radmantel um die Schultern geschlagen, der vorn von einer silbernen Spange zusammengehalten wurde. Tomczak schien sich geschlagen zu geben, jedenfalls schloß er sich Kowalski und Sembritzki an, als sie stumm das Haus verließen und durch den kleinen Garten zum Auto schritten. Tomczak setzte sich ans Steuer. Sembritzki saß mit angezogenen Knien auf dem Rücksitz. Kowalski, der auf einmal überraschend ruhig wirkte, dirigierte seinen Mitbruder zum Friedhof.

»Ich warte hier«, murmelte Dominik Tomczak, als sie vor dem Eingang zum Friedhof von Wielicka angekommen waren. Sembritzki konnte den jungen Priester verstehen, den diese

Entwicklung zu überfordern schien. Kowalski ging voran über den aufgeweichten Weg, der zwischen hohen, schlanken Nadelbäumen zu einer kleinen Trauerkapelle führte. Sembritzki erschauerte. Er fühlte sich um Jahrhunderte zurückversetzt, so als ob er im Begriff sei, einen mystischen Bereich zu betreten. Er spürte einen inneren Widerstand gegen die Preisgabe seiner Kaltblütigkeit. Je tiefer sie in den Friedhof vordrangen, desto dunkler wurde es, desto mehr lösten sich die Konturen auf, überlagerten sich die Schatten.

Der scharfe Strahl einer Taschenlampe, der plötzlich in die Dunkelheit hineinstach, dann zitternd über Gräber und Steine huschte, riß Sembritzki aus seinem Grübeln. Kowalski stand schattenhaft vor einem Grab und hob mit seiner Lampe einen roten Stempelabdruck am Fuße einer rechteckigen Grabplatte aus der Nacht aus.

»Leuchten Sie höher, *ojcze!*« flüsterte Sembritzki. Der Lichtstrahl kletterte höher und fiel über die goldenen Namenszüge Grzegorz Jarema.

»Bitte die Lebensdaten!«

Wieder wanderte der Lichtstrahl auf dem grauweiß gesprenkelten Stein, bis er Geburts- und Todesjahr gefunden hatte: 1899–1945. »Weiter!« befahl Sembritzki und versetzte Kowalski einen Stoß, doch der Priester ließ seine Stablampe unter dem weiten Mantel verschwinden und holte einen anderen Gegenstand hervor, den Sembritzki vorerst im Dunkel nicht zu erkennen vermochte.

Erst als Kowalski beschwörende Worte vor sich hinzumurmeln begann und eine einzige Bewegung unablässig wiederholte, erkannte er, daß der Priester seine Hand immer wieder in ein silbernes Gefäß tauchte, das vermutlich mit Weihwasser gefüllt war, und dann weit ausholend den Grabstein besprengte. Sembritzki wartete stumm, bis Kowalski die Zeremonie abgeschlossen hatte.

»Nur mit Sakramenten kann die Monströsität in dieser Welt geheilt werden«, sagte der Priester feierlich und drängte weiter.

Sembritzki hatte Mühe, ihm zu folgen, denn Kowalski hastete behende zwischen den Gräbern vorwärts, blieb stehen, richtete den Strahl seiner Taschenlampe auf Name und Jahreszahl, sprengte Weihwasser auf den Stempelabdruck und war bereits zum nächsten Grabstein unterwegs.

»Mehr gibt es hier nicht«, sagte er schließlich. Er lehnte erschöpft an einem Baum, die Stablampe in seiner schlaffen Hand zeigte nach unten. Der Lichtstrahl klammerte drei Worte aus der Nacht aus: *Pokoj Jego Duszy – Ruhe seiner Seele.*

»Kehren wir um!«

Wieder folgte Sembritzki dem Priester, der wie eine aufgeblähte Puppe vor ihm herging. Der Wind kam von vorn und fuhr mit Gewalt unter den Radmantel Kowalskis. Sembritzki drückte sich die Mütze tief in die Stirn. Die Namen auf den Grabsteinen hatten in ihm nichts ausgelöst. Aber etwas hatten die Aufschriften aller mit dem Abdruck versehenen Gräber gemeinsam: bei den Toten handelte es sich fast ausschließlich um Männer, und alle waren nicht später als 1927 geboren worden. Keiner von ihnen war bei dem gleichzeitigen Kriegs- und Lebensende jünger als achtzehn Jahre alt gewesen.

»*Gdow!*« sagte Sembritzki, als sie den Friedhofseingang erreichten. Aus dem Dunkel der Mauer löste sich Tomczak. »Wir fahren zurück!« murmelte er, ohne Sembritzki eines Blickes zu würdigen.

»Gdow«, wiederholte Kowalski müde. In dieser Nacht, überlegte Sembritzki, war nicht mehr viel zu schaffen.

»Nur noch Gdow, Dominik! Dann fahren wir zurück!«

Tomczak zuckte resigniert mit den Schultern, öffnete die Autotür und setzte sich ans Steuer. Sembritzki kletterte auf der andern Seite auf den Rücksitz; Kowalski stieg wieder vorn ein, auf der Beifahrerseite. Tomczak sprach kein Wort. Er erkundigte sich nicht einmal nach den Resultaten des Friedhofsrundganges. Mitternacht war vorbei – Ostermontag! Für den nächsten Tag war das Zusammentreffen zwischen den Soli-Leuten und dem A.-K.-General geplant.

Gdow! Dasselbe Ritual wie auf dem Friedhof von Wielicka. Tomczak wartete am Eingang, Sembritzki folgte Kowalski, der mit seiner Taschenlampe die Gräber absuchte und die gezeichneten Gräber mit Weihwasser sprengte. Auch hier: Keiner der Toten war nach 1927 geboren. Sembritzki sah sich in seiner Annahme bestätigt, daß es sich bei den mit dem Stempel versehenen Gräbern um ehemalige A.-K.-Leute handelte.

Er berichtete dem draußen wartenden Tomczak, mußte sich dann jedoch eingestehen, daß ihm diese Erkenntnis konkret nicht weiterhalf. Sie war nur Beweis dafür, daß hier, wenngleich ironischerweise auf dem Umweg über Tote, alles versucht wurde, die A.-K.-Legende wieder mit Leben zu erfüllen. Sembritzki blieb nur die Hoffnung, daß er auf einem der Friedhöfe auf einen Namen stieß, der ihn weiterführte. Irgendwo mußte doch auch Domanskis Vater Jan Irzykowsky begraben sein. Und es war ja möglich, daß Domanski selbst dann nicht weit sein konnte. Vielleicht hatte er sogar im Haus seines Vaters, den er sicher zu einem späteren Zeitpunkt doch noch kennengelernt hatte, Unterschlupf gefunden.

Tomczak hörte schweigend zu. »Jetzt kann Sie tatsächlich nur ein Wunder weiterbringen, Sembritzki«, meinte er abschließend. »Aber ein Wunder in meinem Sinne, nicht wie Sie es verstehen!«

Über Wielicka, wo Kowalski ausstieg, fuhren sie Richtung Krakau. Plötzlich packte Sembritzki den Priester am Arm und bat ihn anzuhalten.

»Ich kann jetzt nicht nach Krakau zurück«, erklärte er. »Erstens werde ich dort gesucht. Und zweitens verliere ich zuviel Zeit.«

»Was wollen Sie, Konrad?« Zum ersten Mal sprach Tomczak Sembritzki beim Vornamen an.

»Ich will andere Friedhöfe besuchen. Zegocina, zum Beispiel!«

»Sie können doch die Nacht über nicht im Freien bleiben!«

»Fahren Sie zurück, Dominik. Vielleicht komme ich bei Ihrem Kollegen in Zegocina unter!«

»Es ist spät!«

»Gott schläft nie«, gab Sembritzki lächelnd zur Antwort, stülpte seinen Jackenkragen hoch, zog sich die Mütze tief ins Gesicht und rutschte auf dem Sitz nach unten. Tomczak wendete mitten auf der Straße und fuhr verbissen zurück. Sembritzki hatte ein mögliches Gespräch gekappt, sich in einen vorgetäuschten Schlaf zurückgezogen und dem Priester keine Gelegenheit gelassen, sich mit Argumenten zur Wehr zu setzen. Unter den halbgeschlossenen Augenlidern sah Sembritzki Telefonmasten in hartem Stakkato vorbeifliegen, und dazwischen erhaschte er immer wieder ein paar Baumkronen und Hausdächer.

»Sie sind ein Besessener, Konrad!«

Mehr sagte Tomczak in dieser Nacht nicht mehr zu seinem Begleiter.

»Wer sich auf die Reise begibt, kann nicht immer nur die Reise selbst als Zweck seines Daseins betrachten. Eines Tages muß man ankommen!«

Der Pfarrer von Zegocina hatte sich noch nicht schlafen gelegt, obwohl es nach eins war. Er war ein kleiner, alter Mann, der nur mit Hemd und Hose bekleidet in der Tür erschien. Sembritzki hatte im Auto gewartet, bis Tomczak dem Kollegen den Zweck ihres Besuchs auseinandergesetzt und ihn hergewinkt hatte. Doch bevor Sembritzki hinzugekommen war, hatte Dominik den Rückweg angetreten. Er hatte im Vorbeigehen nur flüchtig Sembritzkis Arm gedrückt und war stumm eingestiegen und davongefahren.

»Kommen Sie herein, Herr Sembritzki!« Der alte Priester reichte Sembritzki die Hand und ging voran. Sein Studierzimmer war kahl und spärlich möbliert wie eine Mönchszelle. Auf dem hohen, schmalen Stehpult unter einem Kruzifix an der Wand lag aufgeschlagen eine Bibel. »Setzen Sie sich! Ich bin Jaroslaw Lipska.« Klein und verwachsen stand er vor Sembritzki, die mit Hosenträgern befestigte Hose war beinahe bis zum Brustbein heraufgezogen und ließ den alten Priester noch kleiner und mißgebildeter erscheinen, als er schon war.

»Trinken oder schlafen?« fragte er.

»Zuerst trinken!«

Lipska nahm es befriedigt auf, schlurfte hinaus und kehrte mit einer Flasche und zwei Gläsern zurück.

»Himbeerschnaps.«

Sembritzki war abgespannt. Aber er wußte, was er seinem Gastgeber schuldig war, griff gehorsam zum Glas, das ihm hingestreckt wurde, hob es gegen das Licht der nackten Glühbirne und leerte es in einem Zug.

»Sie suchen Domanski?« fragte der alte Priester unvermittelt, nachdem er die Gläser nachgefüllt hatte.

Sembritzki schwieg. Er wußte, daß die Frage keine Antwort verlangte, sondern nur Auftakt war zu einer Reihe von Informationen über das Monster von Krakau, die Sembritzki vielleicht nützlich sein konnten. Aber er hatte sich getäuscht. Lipska wechselte urplötzlich das Thema.

»Würfeln Sie?«

Sembritzki schaute den Alten erstaunt an.

»Ich verstehe Sie nicht?«

»Ich sitze jeden Abend allein in diesem Zimmer, Herr Sembritzki. Ich bin alt, meine Augen werden müde. Ich kann nicht mehr lange hintereinander lesen. Darum habe ich zu würfeln begonnen. Abend für Abend!«

»Ganz allein?«

Lipska kicherte. »Der liebe Gott ist mein Partner.«

»Partner oder Gegner?« fragte Sembritzki lächelnd.

Der Alte kicherte wieder. »Beides. Ich hasse ihn, wen er gewinnt. Ich liebe ihn, wenn er mich gewinnen läßt.«

Er leerte sein Glas ein zweites Mal und zauberte eine Handvoll Würfel aus der Hosentasche.

»Worum würfeln Sie in Ihrem Spiel mit dem lieben Gott?«

»Wenn er verliert, erlaube ich mir in meinen Predigten ein paar kritische Bemerkungen zur Bibel. Wenn ich verliere, lobe ich ihn und die ganze Schöpfung vorbehaltlos!«

»Was ist, wenn ich gewinne, *ojcze?*« fragte Sembritzki.

»Mit Ihnen könnte ich höchstens um Geld spielen!«

»Nicht auch um Informationen?« fragte Sembritzki lauernd.

»Um Informationen spielt man nicht. Man darf das Schicksal anderer Menschen nicht vom Zufall abhängig machen!«

»Sie machen aber das Schicksal der Kirche vom Zufall abhängig! Sie sind ein wahrhaftiger Diener der Kirche, wenn Sie im Würfeln gegen Gott verlieren. Und Sie sind deren Kritiker, sind ein Zweifler, wenn Sie gewinnen!«

Lipska kicherte und schüttelte den Kopf. »Gott wird schon wissen, wieviel Kritik und Zweifel die Kirche verträgt. Aber ich weiß nicht, was ich von dem preisgeben darf, was ich erlebt und gesehen habe!«

»Lassen wir es darauf ankommen, *ojcze!*«

Lipska rückte seinen Stuhl an den Tisch und begann die Würfel zwischen den zur Muschel geformten Händen zu schütteln.

»Kennen Sie einen Priester namens Jan Irzykowsky?« fragte Sembritzki und starrte gebannt auf den Tisch, als die fünf Würfel auf den Tisch prasselten.

»21!« sagte der Alte befriedigt, raffte die fünf schwarzen Würfel mit der Rechten zusammen und hielt sie dann mit der offenen Handfläche seinem Gast hin.

Sembritzki ließ sie über den Zeigefinger der nach oben gedrehten rechten Hand auf den Tisch kollern. »23! Ich habe gewonnen.«

»Irzykowsky lebte in Rodziele, ein paar Kilometer von hier!«

Sembritzki legte seine Hand auf die Würfel, bevor Lipska zugreifen konnte.

»Haben Sie ihn gekannt?«

Der Priester nickte. »Ein beeindruckender Mann. Groß, wild und mutig.«

Die Beschreibung kam Sembritzki vertraut vor.

»Ein Mann der Kirche – im wahrsten Sinne des Wortes?«

Lipska verneinte bedächtig. »Kein Redner. Kein Tröster. Ein Draufgänger, der sich in den Schoß der Kirche verirrt hatte!«

»Wann ist er gestorben?«

»1945!« sagte der Priester, schob Sembritzkis Hand weg und ließ dann die Würfel, einen nach dem andern, aus seiner zur Röhre geformten Hand kollern.

»18!« murmelte er enttäuscht und schob wütend die Würfel von sich.

Sembritzki rollte sie wie Teigkugeln zwischen den Handflächen und schleuderte sie in einem Wurf auf den Tisch.

»13!« schrie Lipska triumphierend, raffte die Würfel an sich und behielt sie in der hohlen Hand.

»Diesmal haben Sie gewonnen, *ojcze.* Fragen Sie!«

Aber davon wollte Lipska nichts wissen. »Der Sieg macht mich glücklich, Herr Sembritzki. Er öffnet mein Herz und macht mich gesprächig. Ich sagte Ihnen schon, ich treibe keinen Handel mit Informationen.«

»War Irzykowsky der Vater von Domanski?«

»Das weiß ich nicht, Herr Sembritzki. Eine Weile lief hier zwar das Gerücht um, Irzykowsky sei ein Frauenheld. Aber offen hat das wohl niemand zu sagen gewagt, denn Irzykowsky war aufbrausend und manchmal sogar gewalttätig.«

»Wie ist er gestorben?«

»Sie müssen bedenken, Herr Sembritzki, daß ich manches, was ich Ihnen erzähle, nur aus zweiter Hand habe. Ich wurde 1943 von den Nazis verhaftet und kam nach Sachsenhausen. Ich habe überlebt. Aber ich war nicht die ganze Zeit über hier.«

»Ist Irzykowsky auch in Gefangenschaft gestorben?«

Lipska schüttelte den Kopf. »Er wurde von den Nazis erschossen, als er eine Gruppe von Juden und Zigeunern in einem Stollen des Salzbergwerks von Wielicka zu verstecken versuchte.«

»Domanski war Bergwerksarbeiter!«

Der Priester winkte ab. »Bergleute gab es viele. Sie brauchen mehr Indizien, um Schlüsse ziehen zu können, Herr Sembritzki!«

Er legte sich die Würfel, einen nach dem anderen, auf den Handrücken der ausgestreckten rechten Hand, die er plötzlich blitzschnell wegzog, so daß alle Würfel gleichzeitig auf den Tisch fielen. »24! Ein Gewaltwurf!« sagte er befriedigt. »Sie sind dran!«

Sembritzki nahm die Würfel und ließ sie einzeln aus der geschlossenen Hand fallen.

»23! Schade! Ein Massengrab?«

»Mit den Opfern, die er hatte retten wollen, wurde Irzykowsky auf dem Friedhof von Rodziele begraben. Ordentlich. Für die Zigeuner wenigstens ein kirchliches Begräbnis. Die Juden waren da sozusagen inbegriffen. Sie wurden immerhin nicht einfach irgendwo verscharrt!«

Sembritzki hatte sich erhoben. »Kommen Sie, *ojcze!*«

»Wohin? Zu so später Stunde, Herr Sembritzki?«

»Ich muß den Friedhof von Rodziele sehen!«

Lipska schenkte noch einmal die Gläser voll, prostete und trank. »Sie glauben an einen Schulterschluß von Solidarnosc und einer wiederauferstandenen Heimatarmee, hat mir mein junger Bruder berichtet. Ich weiß nicht, ob Sie den Geist der Soli-Leute kennen, Herr Sembritzki. Sie sind für den Frieden und nicht für den Kampf. Sie lehnen Gewalt im Grunde ihres Herzens ab. Sie gehen sogar so weit, durch ihr öffentliches Auftreten ihre eigene Inhaftierung zu provozieren.«

»Warum sollen nicht auch die Soli-Leute eine Überzeugung gegen eine andere eintauschen? Ich weiß, daß Krieg keine Lösung ist...« Er dachte an Wozniak, der die Grenze bereits überschritten hatte.

»Sie sind Deutscher, Sembritzki«, unterbrach ihn der Priester. »Sie fühlen sich als Deutscher für den Ausbruch des Krieges verantwortlich. Sie sollten wissen, wie schwer es ist, mit Schuldgefühlen umzugehen. Die Heimatarmisten waren auf eine Weise Abenteurer – richtige Kriegsgurgeln waren sogar darunter. Die Solidarnosc-Leute sind schon von ihrer Herkunft her anders. Schriftsteller gehören zu ihnen, Künstler, Musiker. Sie wissen, daß eine Niederlage auch schöpferische Impulse freisetzt – mehr als Sieg und Kampf, der nur die Verherrlichung und das hohle Pathos provoziert.«

Lipska ließ einen Würfel nach dem andern in sein leeres Glas fallen, deckte es mit der Hand ab, schüttelte es und schoß sie dann mit einer brüsken Bewegung auf die Tischplatte.

»Zwölf!« schrie er entsetzt. Und fügte, wieder ganz ruhig, hinzu: »Gewalt ist ein Zeichen von Schwäche! hat Priester Popielusko gepredigt. Andererseits ist totalitäre Ruhe kein Frieden!«

Es war, als ob er laut dachte. Er stand auf. »Gehen wir schlafen!«

Sembritzki war enttäuscht. Langsam klaubte er die Würfel zusammen und ließ sie dann müde auf den Tisch rollen.

»Neunzehn! Sie haben gewonnen, Herr Sembritzki. Kommen Sie! Ich zeige Ihnen Ihr Bett. Morgen früh, in drei Stunden schon, begleite ich Sie nach Rodziele.«

13

Sembritzki erwachte, als die Hand des alten Priesters auf seiner Schulter ruhte. In einem gelbbraunen Militärmantel, mit einer dunkelblauen Strickmütze auf dem Kopf, stand er über ihn gebeugt.

»Halb sechs Uhr. Drei Stunden Schlaf müssen diesmal genügen, Herr Sembritzki.«

Stehend trank Sembritzki eine Tasse Tee, aß er ein Stück Brot mit Wurst. Dann fuhren die beiden auf Lipskas altem Motorrad, von dem Lipska die riesige Satteltasche aus rissigem Leder auf jeder Seite abgeschnallt hatte, um Platz zu machen für Sembritzkis Beine, in den diesigen Morgen. Sie fuhren in südlicher Richtung, passierten einen kleinen Wald, die Straße stieg an, und wenn sie durch eines der vielen Schlaglöcher fuhren, denen Lipska trotz seiner verblüffend akrobatischen Fahrkünste oft nicht auszuweichen vermochte, spritzte hoch das Wasser auf. Das Land wurde hügelig. Nebelschwaden hingen in den kahlen Bäumen. Ein Dorf tauchte verschwommen als Silhouette hinter einer Kurve auf. Vom Kirchturm schlug es sechsmal.

»Gleich sind wir da!« Der Priester rief es über seine rechte Schulter und peilte direkt auf die Kirche zu, hielt aber nicht in unmittelbarer Nähe des Friedhofs an, der auf der Rückseite des Kirchenschiffes lag, sondern blieb erst ein Stück weiter im Schatten einer ausladenden Fichte stehen. Durch ein kleines Eisentor in der Mauer schlüpften sie in den Friedhof. Lipska lief zielstrebig durch Gräberreihen. Sembritzki hatte Mühe, seine Füße sanken mit jedem Schritt tief in den lehmigen Boden ein.

»Hier!«

Lipska deutete auf ein Holzkreuz. *Jan Irzykowsky, 1902–1945.* Buchstaben und Jahreszahlen waren schwarz ins Holz eingebrannt. Darunter standen in kleinerer Schrift drei polnische Worte: *Nie damy sie!*

»Was heißt das?« flüsterte Sembritzki.

»Wir lassen uns nicht unterkriegen! Es gibt wenige Sätze, die im Polen der Nachkriegszeit eine größere Rolle gespielt hätten.«

»Der Satz wurde erst nach dem Krieg auf das Kreuz geschrieben?«

»Natürlich. Denken Sie, die Deutschen hätten es erlaubt? Das einzige Zugeständnis, das sie machten, war ein Grab innerhalb der Friedhofsmauern. Aber ohne Grabsteine, ohne Kreuze, ohne Inschriften.«

»Wer hat das nachher besorgt?«

»Das Kreuz für Irzykowsky die überlebenden Freunde des erschossenen Priesters. Die übrigen Grabaufschriften und Medaillons sind von Familienmitgliedern der Toten.« Rechts und links vom zentralen Kreuz, das Irzykowskys Grabstätte markierte, waren in der Tat Täfelchen und Medaillons auf der Mauer befestigt. Sembritzki sah sie erst jetzt. »Selbstverständlich sind die Täfelchen und das Kreuz in der Mitte willkürlich. Die Nazis hatten jede Identifizierung von Gräbern verweigert.«

»Haben Sie ein Licht für mich, *ojcze*?«

Lipska suchte in den weiten Taschen des alten Militärmantels und reichte Sembritzki eine verbeulte Taschenlampe. Sie war gelb wie der Mantel.

Mit dem Strahl der Taschenlampe beleuchtete Sembritzki, am linken Ende des Massengrabes beginnend, die schwarzen Täfelchen, auf denen die Namen der Toten sowie Geburts- und Todesjahr festgehalten waren – immer das gleiche Todesjahr: 1945.

»Insgesamt 23!« stellte Lipska fest, der mit Sembritzki zusammen das Grab abgeschritten hatte.

Als Sembritzki in der Mitte ankam, wo das Kreuz und die Inschrift Irzykowskys Grabstätte kennzeichnete, hatte er bereits elf Namen gelesen und die Gesichter der Ermordeten betrachtet, deren Bild die Hinterbliebenen in einem Medaillon hatten anbringen lassen. Es befand sich kein Name darunter, der ihn stutzig gemacht hätte, kein einziges bekanntes Gesicht. Ihm fiel lediglich auf, daß die Grabstätte nicht kahl, verwahrlost oder von Unkraut überwuchert war; sie wurde ganz offensichtlich gepflegt; frische Blumen schmückten die einzelnen Gräber.

»Bedenken Sie, gestern war Ostern, Herr Sembritzki. Da kommen die Nachkommen der Toten oft von weither, um die Gräber ihrer Verstorbenen zu schmücken«, erklärte Lipska, als hätte er Sembritzkis Fragen erraten.

»Wer hat Irzykowskys Grab geschmückt?« Sembritzki deutete auf einen riesigen Strauß weißer und roter Tulpen.

»Ihre Helden vergessen die Polen so schnell nicht. Es muß nicht unbedingt ein Angehöriger gewesen sein.«

Lipska hatte ja so recht. Mit einfacher Logik, mit kühlem

Menschenverstand ließen sich diese Geheimnisse nicht klären. Konnte ihm wirklich nur noch ein Wunder weiterhelfen? Er richtete den Lichtstrahl auf die Grabinschrift neben Irzykowskys Kreuz: *Tamara Szaruga* sagten die kleinen Goldbuchstaben auf dem schwarzen Täfelchen. Und dann die Jahreszahl: 1926–1945.

Die Frau war neunzehn Jahre alt gewesen, als sie ums Leben kam.

Sembritzki leuchtete mit dem zitternden Lichtkegel das ovale Medaillon aus.

Das Wunder – Sembritzki konnte einen Ausruf der Überraschung nicht unterdrücken.

»Was haben Sie, Sembritzki?« Lipska hatte Sembritzki am Arm gepackt und starrte wie er auf das braungetönte Bild – eine junge schöne Frau, die unter halbgeschlossenen Lidern durch ihren Betrachter hindurchzuschauen schien.

»Wer war Tamara Szaruga?« fragte Sembritzki und hielt den zitternden Lichtstrahl unverwandt auf das fremdartige Gesicht, das ihm doch so vertraut erschien.

»Ich kenne die Frau nicht!« murmelte der Priester, aber er schien konsterniert, und Sembritzki glaubte, den Grund für seine Verwirrung erraten zu haben.

»Erinnert Sie das Gesicht der Frau an jemand, *ojcze?*« fragte er freundlich.

Lipska schüttelte nach langem Nachdenken den Kopf. »Ich weiß es nicht, Sembritzki. Ich weiß es wirklich nicht, obwohl mir das Gesicht keineswegs fremd ist. Ich kenne es von irgendwoher!«

»Natürlich kennen Sie es. Aber Sie würden sich nie eingestehen wollen, zu wissen, *woher* Sie es kennen – die Frau ähnelt der Muttergottes.«

»Nein, Sembritzki! Das ist unmöglich. Sie wissen so gut wie ich, daß es mehr als eine Mariendarstellung gibt. Und keine Maria sieht der andern gleich!«

»Es gibt nur eine Madonna von Czestochowa!«

Sembritzki konnte es geradezu fühlen, wie neben ihm der alte Mann zusammenzuckte.

»Sie haben recht«, gab Lipska zuletzt betroffen zu. »Die Frau sieht der Maria von Czestochowa ähnlich. Dieselbe dunkle Haut. Der Gesichtsausdruck. Die lange Nase. Aber es handelt sich eindeutig um das Foto eines Menschen.«

»Ja – ein Foto, das eine junge Frau zeigt, die mit neunzehn Jahren gestorben ist, aber auf diesem Bild schon älter aussieht. Und noch etwas scheint auffallend, *ojcze!* Die Frau liegt neben Irzykowsky.«

»Das kann unter den gegebenen Umständen durchaus ein Zufall sein.«

Sembritzki schüttelte entschieden den Kopf. »Es könnte Zufall sein, aber ich glaube hier nicht an einen Zufall. Sie haben selbst gesagt, die Gedenktäfelchen seien erst später angebracht worden, und Grabstätte und Inschrift müßten sich nicht unbedingt decken. Es wäre doch naheliegend gewesen, den Priester neben einen Mann oder vielleicht neben ein Kind zu plazieren – vor allem im nachhinein. Daß er ausgerechnet neben dieser jungen, dunkelhäutigen Frau liegt, wird einen bestimmten Grund gehabt haben. Dafür spricht auch die Tatsache, daß auf ihrer Grabstätte der gleiche Strauß liegt wie bei Irzykowsky.«

Der Himmel über der Friedhofsmauer wurde allmählich heller, färbte sich gelblich, vertrieb die Schatten. Sembritzki hatte dem Priester die Taschenlampe zurückgegeben. Beide standen still da, die Hände tief in den Taschen vergraben.

»Sie meinen, es war Irzykowskys Geliebte?« fragte der Priester nach langem Schweigen, und Sembritzki konnte ihm nachfühlen, wie schwer die Worte über seine Lippen gingen.

»Überhaupt nicht! Mir kommt etwas völlig anderes in den Sinn, doch bevor ich darüber reden möchte, muß ich etwas mehr Gewißheit haben.«

»Was wollen Sie tun?«

»Wer weiß von den Toten mehr als nur die Namen und Lebensdaten?«

»Der Pfarrer von Rodziele«, antwortete Lipska und machte eine knappe Kopfbewegung zur Kirche hin.

»Wie gut stehen Sie mit ihm?«

»Wie Nachbarn eben.«

»Könnten wir ihn aufsuchen und um das Verzeichnis mit den Namen der Toten auf seinem Friedhof bitten?«

Lipska zeigte Unbehagen. »Ich würde abraten. Der Mann ist noch nicht lange hier. Und ich weiß wenig über ihn!«

»Und wenn Sie allein zu ihm gingen?«

Lipska rieb hörbar die Würfel in seiner rechten Hand gegeneinander und wiegte seinen Kopf nachdenklich hin und her.

»Unter welchem Vorwand?« fragte er unsicher.

»Können Sie sich nicht etwas Einleuchtendes einfallen lassen?«

»Sie verlangen von mir, daß ich einen Bruder anlüge?«

»Ich verlange von Ihnen nur, daß Sie sich Einsicht in die Liste verschaffen. Keine Lügen – höchstens ein bißchen Verschleierungstaktik.« Sembritzki grinste.

»Warten Sie beim Motorrad auf mich. Falls Sie jemanden kommen sehen, gehen Sie davon, als ob Sie mit dem Motorrad nichts zu schaffen hätten. Es gibt in der Umgebung zu viele Leute, denen meine Maschine bekannt ist.«

Es dauerte fast eine halbe Stunde, bis Lipska zurückkam.

»Nichts von Belang, Herr Sembritzki«, sagte er gleich.

»Wer ist die Frau, *ojcze?*«

»Eine Zigeunerin. Es waren ja auch Zigeuner und Juden, die damals gemeinsam hingerichtet worden sind.«

»Ist das alles?«

»Mein Bruder wollte zuerst gar nicht herausrücken mit der Liste. Erst als ich ihm erklärte, daß ich im Auftrag von möglichen Hinterbliebenen tätig sei, da hat er mir Einblick gewährt. Die Frau mit dem Namen Tamara Szaruga gehörte zu einer kleineren Zigeunersippe, die aus dem Osten hergezogen ist und in unregelmäßigen Abständen immer wieder in dieser Gegend auftauchte.«

»Hatte die Frau Kinder?« fragte Sembritzki gespannt.

»Das habe ich den Bruder auch gefragt, aber er erwiderte spöttisch nur, es gäbe wohl kaum eine Zigeunerin, die nicht mindestens fünf Kinder in die Welt setze.«

»Er hat auch keine Ahnung, wer die Blumen auf die beiden Gräber gelegt hat?«

»Leute kommen und gehen«, sagte er, »besonders zu Ostern!«

»Über Irzykowsky haben Sie auch gar nichts Neues erfahren?«

»Nur, daß die Namenstäfelchen auf den Gräbern erst 1947 angebracht worden sind, übrigens von Menschen, die zum Teil mit den Erschossenen unmittelbar nichts zu tun gehabt hatten.«

»Strohmänner«, murmelte Sembritzki nachdenklich. »Da wurde jemand vorgeschoben. Und wer hat bestimmt, in welcher Reihenfolge die Täfelchen plaziert werden sollten?«

Der Priester zuckte mit den Schultern. »Daß Irzykowsky in der Mitte sein Kreuz haben sollte, schien wohl selbstverständlich. Die andern hat man wahrscheinlich zufällig angebracht.«

Sembritzki blieb hartnäckig. »Es ist kein Zufall, daß Tamara Szaruga neben Irzykowsky liegt – oder daß sich dort jedenfalls ihre Tafel befindet.«

»Kommen Sie, *ojcze!*«

»Wohin wollen Sie?«

»Das Wunder ist eingetreten. Wir müssen es nur noch deuten«, sagte Sembritzki leise. »Fahren Sie mich nach Dziekanowice, bitte!«

Der Priester warf Sembritzki einen verständnislosen Blick zu, stellte aber keine Fragen. Schweigend knöpfte er sich den Mantel zu, zog die Wollmütze tief ins Gesicht und schwang mit schmerzverzerrtem Gesicht sein Bein über das Motorrad. Eng aneinandergepreßt, fuhren sie zuerst in südlicher Richtung, bogen in Limanowa westwärts, hielten sich ein ziemliches Stück auf der Autobahn und erreichten, nach Norden abbiegend, gegen acht Uhr Dziekanowice. Sembritzki dirigierte Lipska vor das kleine graue Haus mit der Fichte.

»Hier, *ojcze!*« rief er dem Alten von hinten ins Ohr, klopfte ihm auf die Schultern und stieg vom Rücksitz. »Ich danke Ihnen! Sie haben mir sehr geholfen.«

Lipska schob sich die runde alte Motorradbrille auf die Stirn. Er kicherte vor sich hin. »Ich bin Ihnen dankbar, weil Sie mit mir gewürfelt haben«, sagte er zum Abschied. »Es war schön, einmal einen Partner zu haben, dessen Tricks man nicht längst auswendig kennt. Leben Sie wohl, Konrad Sembritzki!«

Lipska hob grüßend die Hand und knatterte davon.

Helena Koziol stand auf dem Schild über der Türglocke. Aber davon ließ Sembritzki sich nicht verunsichern. Er drückte auf den Klingelknopf und wartete.

»Hat die Erinnerung an mich dich doch zurückgetrieben?«

Wirkte sie verschlafen? Falls der Besuch sie überraschte, war es ihr nicht anzumerken. Sie schien sofort hellwach.

»Der Augenblick ist gekommen, Helena!«

Sembritzki war es, als griffen sie beide ihr Gespräch dort auf, wo sie es abgebrochen hatten.

»Es ist früh am Morgen, Konradzie!«

Sie trat beiseite und forderte ihn mit einer Kopfbewegung zum Eintreten auf. Er streifte sie flüchtig beim Vorübergehen. Die Berührung ließ ihn zusammenfahren. »Keine Rückenansicht diesmal?« fragte er in der Diele.

»Keine Zeit für Rückenansichten, denke ich.«

Sie stupste ihn von hinten leicht an, und er setzte sich gehorsam wieder in Bewegung.

»Was willst du, Konradzie? Komm zur Sache – Vorspiele müssen wir uns wohl für später aufheben.«

»Wie heißt du wirklich, Helena? Wie lautet dein vollständiger, richtiger Name?«

Er hatte sich im Wohnzimmer endlich nach ihr umgedreht,

kopfschüttelnd, als müsse er schon im voraus ihre Antwort abwehren. Sie war, wie er es erwartet hatte.

»Helena. Helena Koziol!«

Sembritzki packte sie.

»Koziol oder Szaruga oder Domanski?«

Sie riß sich los. War es ein Erschrecken, war es Angst oder ganz einfach Schock des Überrumpeltwerdens? Riesengroß sahen ihre Augen ihn an.

»Was willst du, Sembritzki?« Und da hörte Sembritzki die Angst, die ihre Stimme erstickte.

»Bitte, antworte mir, dann erkläre ich dir, warum ich hergekommen bin.«

»Das ist ein Spiel mit ungleichen Karten.«

»Wir haben leider keine Zeit, die Karten neu zu mischen, Helena. Finde dich mit deinen Karten ab. Zeig, was du in der Hand hast.«

Sie wandte sich ab. Wieder sah er nur ihren Rücken und die zusammengebundenen schwarzen Haare.

»Du zuerst, Konradzie!«

Die Perlen des Leuchters aus Salzgestein bebten leise über ihrem Haar. Sembritzki mußte sich einen Ruck geben.

»Du bist die Tochter von Marian Domanski und Tamara Szaruga. Dein Großvater war Priester, er hieß Irzykowsky, deine Großmutter hieß Domanski.«

Sie rührte sich nicht. Die Hände hingen ihr schlaff an der Seite.

»Weiter«, bat sie leise.

»Dein Vater Marian Domanski ist das uneheliche Kind dieses Priesters Jan Irzykowsky und der Bäuerin und späteren Straßenarbeiterin Teresa Domanski.«

»Herr Sembritzki, Sie wiederholen sich!«

»Ich warte auf eine Bestätigung!«

»Ich will zuerst meine ganze Geschichte hören!«

»Dein Vater war . . .« Sembritzki hielt inne. Warum mußte er sie verletzen?

»Er war ein Monstrum, wolltest du doch sagen. Kahlköpfig, schuppige Haut, entstellt . . .«

»Laß das! Er verließ früh seine Mutter, die nach Krakau zog, um den Priester Irzykowsky nicht zu kompromittieren. Bald danach arbeitete er als Arbeiter im Salzbergwerk von Wielicka. Irzykowsky war als Priester wahrscheinlich in Zegocina tätig!«

Er wartete umsonst, daß sie sich ihm zukehrte.

»An Wochenenden«, fuhr er fort, »hat sie ihn anfangs zusammen mit ihrem Sohn getroffen, als der noch klein war. Als er heranwuchs, ging sie oft allein. Sie hat dem Sohn verschwiegen, wer sein Vater war; sie wollte ihm nicht sagen, daß er ein Priester war . . .«

»Noch was?« fragte Helena nur. Ihre Ruhe machte ihn wahnsinnig.

»Der junge Domanski arbeitete im Salzbergwerk.«

»Das hast du bereits erwähnt, Konradzie.«

»Er wurde mit Beginn des Krieges zu einem der Führergestalten der *Armija Krajowa,* der Heimatarmee. In dieser Zeit auch hat er vermutlich erfahren, wer sein Vater war.«

»Jan Irzykowsky«, murmelte Helena.

»Es wäre naheliegend, daß Irzykowsky mindestens teilweise mit der *Armija Krajowa* zusammengearbeitet hat.«

»Er war sogar Mitkämpfer, Konradzie!«

Sembritzki machte einen Schritt auf Helena zu und packte sie von hinten an den Schultern.

»Sieh mich an, Helena«, flehte er.

»Nicht, bevor du zu Ende gesprochen hast!«

»Marian Domanski hat irgendwann in der Zeit vor 1945 eine junge Frau kennengelernt. Eine Zigeunerin.«

»Tamara Szaruga.«

»So ist es: Tamara Szaruga. Diese junge Frau, sie war damals kaum neunzehn Jahre alt, hat von ihm ein Kind bekommen.« Sembritzki wartete, daß Helena sich zu erkennen geben würde. Sie blieb stumm.

»Helena Domanski – du bist das Kind!«

»Ich heiße Helena Koziol. Wie du an meiner Haustür lesen kannst.«

»Es geht nicht um den Namen, Helena.«

»Helena Domanski. Helena Szaruga. Was ist dir lieber, Konradzie?«

»Die *Namen* sind mir gleich, Helena. Als die Nazis sich daranmachten, auch die Juden und Zigeuner auszurotten, die sich bis dahin irgendwie noch durchgeschlagen hatten, hat sich Jan Irzykowsky, dein Großvater, für sie eingesetzt. Er hat versucht, sie in den Salzbergwerken von Wielicka in Sicherheit zu bringen.«

»Umsonst!« Sie schrie das Wort in den Raum hinaus, aber sie bewegte sich nicht.

»Umsonst?« fragte Sembritzki sanft. »Irzykowsky hat versucht, vor allem die Frau zu retten, von der sein Sohn Marian Domanski ein Kind hatte. Helena! Dich!«

»Er wollte alle retten.«

Sembritzki schloß die Augen. Die Diskussion drohte problematisch zu werden. Er konzentrierte sich. »Irzykowsky und alle, die er retten wollte, wurden hingerichtet. In einem Massengrab im Friedhof von Radziele wurden sie beigesetzt – anfangs ohne Grabsteine und Inschriften.«

Da drehte sich Helena um. Sie wirkte aschfahl. Unter halbgeschlossenen Lidern schaute sie gleichsam durch Sembritzki hindurch.

»Bitte!«

»Viel gibt es nicht mehr zu erzählen, Helena. Nur, daß Marian Domanski zum Rächer wurde. Daß er gegen die Nazis und über das Kriegsende hinaus gegen die Kommunisten in Polen gewütet hat. Und daß er wahrscheinlich irgendwann, als die Heimatarmee zerschlagen war, in die Bundesrepublik emigriert ist.«

»Warum hätte er ins Lager seiner ehemaligen Feinde wechseln sollen?«

»Motive kann man sich immer zurechtzimmern, wenn es

darum geht, eine fixe Idee zu Ende zu leben. Seine fixe Idee war die Heimatarmee, und ich nehme an, es gab in der Bundesrepublik genügend Leute, die ihn darin unterstützt haben.«

»Wer sollte ihn darin unterstützt haben?« fragte Helena tonlos.

»Der bundesdeutsche Geheimdienst zum Beispiel. Anfangs die Org., die Organisation Gehlen, später werden ihn dann meine Kollegen in Pullach übernommen haben. Und noch später hat sich dann wohl mein Kollege Bartels im besonderen jenes Mannes angenommen, dem der Krakauer Historiker Baranczak den Namen Monster von Krakau gegeben hat.«

Zum ersten Mal blickte Helena Sembritzki nun direkt in die Augen.

»Und weshalb, Konrad Sembritzki? Was hatten sie mit meinem Vater vor?«

»Die Frage kann ich dir leider nicht beantworten. Das muß ich den großen Strategen überlassen.«

Helena trat ans Fenster. Sie schaute hinaus. Wollte sie darauf warten, daß Sembritzki den wahren Grund seines Kommens preisgeben würde?

»Du hast die roten und weißen Tulpen auf die Gräber deiner Mutter und deines Großvaters gelegt, nicht wahr?«

»Das war nicht ich, Konrad.«

»Dann war es also Marian Domanski. Rot-weiß, die Farben Polens. Wo ist dein Vater, Helena?«

Sie machte eine müde Geste mit der rechten Hand. »Marian Domanski ist bei einem Angriff der polnischen Polizei im Jahr 1948 ums Leben gekommen.«

Sembritzki trat ganz dicht an Helena heran, faßte sie an den Schultern, schüttelte sie und drehte sie mit Gewalt um. »Domanski lebt! Und wenn du mir nicht sagst, wo und wann ich ihn treffen kann, wird er nicht mehr lange leben.« Aber Sembritzkis Worte machten auf sie keinerlei Eindruck, oder sie mußte eine außergewöhnliche Selbstbeherrschung besitzen. Sie machte sich frei. Sie entwich ihm wieder in die Mitte des Zimmers.

»In ein paar Tagen vielleicht, Konradzie«, sagte sie gleichgültig. »Ich werde dir Bescheid sagen, wenn du mir sagst, wie und wann ich dich erreichen kann.«

Sembritzki hatte schon wieder einen Zigarillo zwischen den Lippen.

»Heute, Helena!«

»Nicht heute und nicht morgen!« widersprach sie. »Die Termine sind belegt.«

Sembritzki mußte trotz der gespannten Situation laut lachen. »Du redest plötzlich wie eine Sekretärin.«

»Ich *bin* so etwas wie eine Sekretärin, Konradzie.«

Da ging Sembritzki ein Licht auf – Helena war es, die den Kontakt Domanski–Solidarnosc steuerte, ohne selbst in Erscheinung zu treten. Sie war die Verbindung zwischen beiden Lagern. Sie betrieb Domanskis Geschäfte, während er im Hintergrund blieb.

»Heute, Helena!« beharrte Sembritzki. »Ich weiß, daß morgen ein Treffen ansteht. Zwischen deinem Vater und den früheren Solidarnosc-Leuten aus Krakau.«

»Nenne mir Namen«, rief sie.

»Baranczak. Den Namen erwähne ich nicht zum erstenmal. Dann Wozniak, auch zwei weitere Männer sowie eine Frau.«

»Woher weißt du das?«

»Nein, Helena! Jetzt bist du dran.«

»Das Treffen findet statt. Zugegeben. Weiter!«

»Du mußt unter allen Umständen verhindern, daß die Zusammenkunft stattfindet.«

»Sag mir die Gründe!«

Sembritzki schüttelte völlig verzweifelt den Kopf. »Ich werde dir keine Gründe nennen. Arrangiere eine Begegnung zwischen mir und Domanski. Erst wenn ich deinen Vater mit eigenen Augen gesehen habe, wenn ich mich davon überzeugt habe, einen lebendigen Menschen und nicht eine Legende vor mir zu haben, werde ich die Gründe nennen.«

Helena zögerte. »Ich kann dir nichts versprechen. Eines aber weiß ich, Konradzie. Sorg dafür, daß deine Gründe stichhaltig sind, wenn dir dein Leben lieb ist.«

»Sie sind immerhin stichhaltig genug, daß sie Domanskis Leben vorläufig garantieren!«

Helena ging in den Flur und kehrte mit der Wolljacke über den Schultern zurück.

»Warte auf mich, Konradzie. Es kann eine Weile dauern. Leg dich hin, du siehst müde aus!«

»Ich bin müde, Helena.«

»Leb wohl!«

Sie war schon in der Tür, als er ihr eine letzte Frage stellte. »Wie kommt es, daß du weder den Namen Domanski noch den Namen Szaruga trägst, Helena?«

»Domanski ist kein Name, den man in dieser Gegend noch tragen könnte.«

Sembritzki setzte sich. »Warum nicht aber Szaruga?«

»Meine Mutter ist von den Nazis hingerichtet worden. Du hast es selbst gesagt. Zu der Zeit hat mich eine Familie aufgenommen, mit der mein Großvater befreundet war. Dafür hat er gesorgt, weil er befürchtete, daß ich in ein Konzentrationslager deportiert werden könnte. Als mein Großvater und meine Mutter umgekommen waren, bin ich bei dieser Familie geblieben. Sie hat mich großgezogen. Ich trage ihren Namen: Koziol!«

Sie hob die Hand zu einem Abschiedsgruß. Sembritzki legte sich dann in den Kleidern aufs Bett. Er schlief so rasch ein, daß er kaum mehr hörte, wie draußen Helenas Fiat Polski ansprang und sich das Motorengeräusch in der Ferne verlor.

Es war drei Uhr vorbei, als Sembritzki aufwachte. Vor ihm stand Helena. Er setzte sich hastig auf.

»Heute noch!« sagte sie schlicht und setzte sich neben ihn aufs Bett.

»Domanski?«

Sie nickte.

»Wann?«

»Nach sechs. So lange müssen wir warten!«

»Wo?«

Sie schaute weg, als sie ihm antwortete. »Im Salzbergwerk von Wielicka!«

»In welchem Teil, Helena? Im stillgelegten Teil für die Touristen? Oder in dem Teil, der noch in Betrieb ist?«

»Im stillgelegten Teil. Im andern Teil ist es schwerer, unbemerkt einzufahren!«

»Warum nicht über Tag, Helena? Warum nicht dort, wo Domanski jetzt lebt?«

Helena sah ihn mitleidig an. »Die Frage stellst du wohl nicht im Ernst, Konradzie!«

»Doch. Jeder Umweg, jede Verzögerung bedeutet ein zusätzliches Risiko, ein größeres Risiko, als wenn du mich direkt zu Domanski führen würdest!«

»Hier gibst nicht du die Befehle!« Sie war erregt, stand auf, verschwand in der Küche. Gläser klirrten, ein Wasserhahn rauschte, eine Schranktür wurde zugeschlagen – ganz wie bei seinem ersten Besuch. Dann kam sie zurück, die Wodkaflasche unterm Arm und die beiden Gläser in der Hand.

»Es gibt Situationen, die einem unvergeßlich bleiben...«, sagte er.

»Es sind nicht die Abläufe, die eine Situation entscheiden, Konradzie. Es kommt ganz darauf an, wie ein Mensch auf die sich wiederholenden Signale reagiert. Ausschlaggebend ist unsere innere Bereitschaft, nicht der äußere Anreiz«, belehrte ihn Helena spöttisch.

»Du willst also nicht...«, fragte Sembritzki und mühte sich vergebens, seine Enttäuschung zu verbergen.

»Nein, ich will nicht mit dir schlafen! Und hättest du nur etwas Verständnis oder Frauenkenntnis, du hättest heute erst gar nicht daran gerührt.«

»Du machst dir Sorgen?«

Sie lachte laut auf. »Konrad Sembritzki, es gibt Situationen, da kann man gar nichts machen. Außer abwarten.«

14

Sie kamen kurz vor sechs Uhr am Stadtrand von Wielicka an. Sie bat ihn auszusteigen; den Weg zum Touristentrakt sollte er zu Fuß gehen, allein, und auf dem Wege, der ihm beim letztenmal das unauffällige Verlassen ermöglicht hatte, das Bergwerk betreten – wo sie in der Eingangshalle zu ihm stieß.

Alle Lichter waren gelöscht. Das Bergwerk schien offiziell geschlossen. Sembritzki fröstelte, als er neben Helena vor dem Fahrstuhl stand. Der Mann im blauen Kittel lehnte an der Rückwand und legte, als er Sembritzki sah, Zeige- und Mittelfinger an den Rand seines gelben Helms. Der Fahrstuhl vibrierte beim Eintreten unter Sembritzkis Füßen. Es roch nach Teer und Tabak. Schweigend starrten alle drei auf die Tür, die dumpf zuklappte. Sembritzki fühlte sich ins Leere fallen, als sie in die Tiefe glitten. Wenn sie ein erleuchtetes Stockwerk passierten, schnitt kurz und scharf ein Lichtstrahl durch die Kabine, und jedesmal schien die anschließende Dunkelheit noch undurchdringlicher als zuvor.

»*Jestesmy na miejscu!*« murmelte der Mann mit dem Helm und klappte die Türen auf.

»Wir sind angekommen«, übersetzte Helena und drängte auch schon an Sembritzki vorbei.

Im Stollen fuhr ihm ein kalter Wind ins Gesicht. Helena deutete vage ins Dunkel. »Jerzy geht voran. Du folgst. Ich bilde den Schluß.«

Sembritzki sah vor sich die schwarzen Schuhe des Polen, die monoton und schwer einherstapften. Einmal spürte er Helenas Atem im Nacken, dann ein kurzes Husten. Nirgends ein Licht – nur Jerzys Grubenlampe, deren Schein vor ihnen herschwankte, auf einem Marsch, der Sembritzki bald endlos vorkommen sollte; einige wenige Male glaubte er schwach ein Kreuz, einen Altar, eine Salzsteinfigur zu erkennen, die in ihrer grauen Schemenhaftigkeit noch unheimlicher wirkten als bei seinem ersten Besuch. Sembritzki drückten immer dichtere Bilder aus seiner

Kindheit so massiv ins Bewußtsein, er prallte unversehens gegen den Rücken vor ihm, als Jerzy unerwartet stehengeblieben war. »Verzeihung«, murmelte er und legte ihm besänftigend die Hand auf die Schulter.

Sie standen auf einem schmalen Holzsteg am Rand eines ovalen Salzsees. Auf der melassigen Wasseroberfläche schwammen weißkrustige Blasen und ein Faltschiffchen aus Zeitungspapier. Sembritzki mußte lächeln, als er an einigen Buchstaben des Zeitungskopfes die *New York Herald Tribune* zu erkennen meinte – ein Signal wie von einem anderen Planeten.

»Gehen Sie weiter, Herr Sembritzki. Sie erreichen nach dem Steg eine kleine Kapelle. Dort warten Sie bitte.«

Sembritzkis langsame Schritte auf dem Holzsteg dröhnten mit einem Male; unwillkürlich versuchte er, sie zu dämpfen. Er lief fast auf Zehenspitzen, bis er wieder festen Boden unter den Füßen hatte.

Er hörte seinen Namen.

Aus einer kleinen Höhle im Salzgestein drang schwaches Licht. Eine dunkle Gestalt lehnte gegen einen Altar, über dem ein Kreuz aufragte.

»Marian Domanski!« sagte Sembritzki und trat näher.

Da kam Bewegung in den Schatten. Der Mann hob abwehrend den rechten Arm.

»Was wollen Sie von mir?«

Domanskis Stimme klang brüchig. Er veränderte seine Stellung. Sembritzki bemerkte, daß er sich mit der rechten Hand auf einen Stock stützte.

»Ich möchte Sie davon abhalten, sich mit den Leuten von Solidarnosc zu treffen.«

Domanski schwieg. Er kratzte mit der Spitze seines Stockes über den Boden.

»Warum?«

»Sie müssen mir nur glauben.«

»Welchen Grund hätte ich, Ihnen zu glauben, Herr Sembritzki?«

»Ich denke, wir haben einen gemeinsamen Freund.«

»Wen?« fragte Domanski und richtete die Spitze des Stocks gegen Sembritzkis Brust.

»Bartels.«

Der Stock sank herab.

»Also doch!«

»Sie sind ein BND-Mann, Sembritzki!«

»Ich habe durchaus für den BND gearbeitet. Doch in Polen bin ich rein privat.«

Die Stille wuchs, wurde unheimlich, und unheimlich kam Sembritzki die dunkle Gestalt vor, deren Gesichtszüge er vergeblich zu erkennen versuchte. Die gesichtslose Stimme war ein Laut vor einem Abgrund, in den er zu stürzen drohte, mitten hinein in ein bodenloses Schweigen. Nur mühsam gelang es ihm, in die Situation zurückzufinden.

»Ich wüßte nicht, was *Sie* gegen den BND haben könnten.« Der abweisende Unterton in Domanskis Stimme war ihm nicht entgangen. »Falls es Ihnen jedoch hilft, Ihr Mißtrauen meiner Person gegenüber abzubauen, möchte ich Sie auf das menschliche Interesse des Westens an Polen hinweisen, auf seine echte Anteilnahme an diesem Land und an jenen, die das alte Polen lieben. Und im Westen hat so mancher«, fügte Sembritzki noch hinzu, um der inzwischen bereits stereotypen Frage nach seinem Ursprung zuvorzukommen, »nicht nur aus Zufall einen polnisch klingenden Namen.«

Domanski ließ sich Zeit, bis er auch diesmal in fehlerlosem, akzentfreiem Deutsch das Wort ergriff: »Berichten Sie, Sembritzki!«

Sembritzki überlegte jedes Wort, durfte er doch nur soviel sagen, wie unbedingt nötig war, um Domanski von seiner Loyalität zu überzeugen, ihn zur Aufgabe seines Treffens mit den Soli-Leuten zu veranlassen – aber nichts von der Rolle Baranczaks, nichts von dem bevorstehenden Agentenaustausch zwischen Ost und West.

Als Sembritzki geendet hatte, war es still, unheimlich still.

Tropfen fielen in den See, und Sembritzki horchte in dieser beinahe tödlichen Ruhe nach Helenas und Jerzys Atemzügen, die am Eingang der Kapelle stehengeblieben waren.

Endlich trat Domanski, auf seinen Stock gestützt, näher. Einen Augenblick blieb er neben Sembritzki stehen und hinkte dann auf den Ausgang der Kapelle zu. Unter der tief in die Stirne gezogenen Schirmmütze hatte Sembritzki unter struppigen Brauen in kohlrabenschwarze Augen geblickt, hatte gesehen, wie Domanskis Stirn über der Nasenwurzel eingedrückt war und dem großen Mund die Oberlippe fehlte, so als ob die makellosen Zähne oben frei stünden.

Beim Verlassen der Kapelle schlossen sich die beiden andern an.

Domanski trug eine Grubenlampe auf der Brust. Ab und zu schien er, sich an die Stollenwand lehnend, ausruhen zu müssen. Seine Schritte wurden immer schleppender, langsamer, und die große Kapelle mit der monströsen Kanzel, an die sich Sembritzki genau erinnerte, erreichte er im Zustand totaler Erschöpfung. Er ließ sich auf eine der Holzbänke in unmittelbarer Nähe des Kiosk sinken und forderte Sembritzki mit einer Kopfbewegung auf, sich ihm gegenüber hinzusetzen.

»Durst!« Nur unter größter Anstrengung stieß er dieses einzige Wort aus und stützte dann seine Ellbogen schwer auf den Tisch und verharrte so mit gesenktem Kopf. Sembritzki sah den Handschuh über der linken Hand und einen gestrickten grauen Pulswärmer über dem Handgelenk. Domanski war ein alter Mann, mehr als das vielleicht: ein Wrack. Jerzy hatte eine kleine Feldflasche aus seiner Berufsschürze geholt und füllte einen Blechbecher. Domanski stürzte dessen Inhalt hinunter und stellte ihn erleichtert auf den Tisch zurück.

»Haben Sie etwas zu rauchen, Sembritzki?«

»Zigarillos.«

»Zigarillos. Gut!« Er griff nach der Schachtel, die ihm Sembritzki hinstreckte. »Feuer?«

Sembritzki schüttelte mit einem Ausdruck des Bedauerns den Kopf. »Ich rauche meine Zigarillos nicht.«

»Ein Tick?«

»Kollegen von der anderen Seite wollten in Prag einmal eine Information aus mir herauspressen – mit glühenden Zigarrenspitzen. Seither sind mir kalte Zigarren lieber.«

Helena gab ihrem Vater Feuer. Domanski atmete den Rauch tief ein. Mit einem kurzen, bellenden Husten stieß er ihn wieder aus. Der Rauch stieg in Schwaden kreisend hoch und löste sich zwischen den Perlen der weißglitzernden Leuchter auf.

»Kennen Sie meine Geschichte, Herr Sembritzki?«

Sembritzki wandte sich ihm zu. »In groben Zügen bis zum Jahr 1948. Über das, was danach gekommen ist, könnte ich nur Vermutungen anstellen!«

»1948«, sagte Domanski bitter. »Da hat die«, er schluckte, »Geheimpolizei den harten Kern«, Domanski hatte offensichtlich Atemnot, »der *Armija Krajowa* zerschlagen. Zu meinem Glück war ich«, er faltete die Hände über dem Stock, »unterwegs zwischen Warschau und Krakau.«

»Und Ihre Tochter, Domanski?« fragte Sembritzki, während Helena ihren Vater sorgenvoll musterte.

»Ich sagte Ihnen ja schon, Herr Sembritzki«, unterbrach sie ihn kühl, »ich bin bei einer fremden Familie aufgewachsen.«

Domanski legte beinahe verschämt seine rechte Hand auf ihren Arm. »Ich war ein Gejagter, Sembritzki. Ich wanderte nachts, tagsüber schlief ich. Bis es mir gelang, die deutsche Grenze zu überqueren. Bis zu den Kontakten mit der Organisation Gehlen. Ich hätte für meine Tochter in Polen nichts tun können. Und für die Flucht mit mir war sie zu jung.«

»Gehlen hat in Ihnen sofort die Galionsfigur erkannt, die aufzubauen sich lohnte, nicht wahr?«

Domanski nickte. »Ich wurde ausgebildet. Auf allen Gebieten des Nachrichtendienstes. Es gab einen Zeitplan. Darin war meine etappenweise Rückkehr nach Polen vorbereitet. Gleichzeitig brachte man mich mit emigrierten polnischen Bergleuten im Ruhrgebiet in Kontakt. Ich bin ja in den Salzbergwerken hier groß geworden. Die Arbeit in der Zeche unterschied sich nur unwesentlich von meiner früheren Tätigkeit. Abgesehen davon, daß es angenehmer ist, Salz abzubauen als Kohle.« Domanski lächelte schwach.

»Warum sind Sie nicht zurückgekehrt?«

Domanski zuckte mit den Schultern. »Der genaue Grund, warum Gehlen plötzlich das Interesse an mir verlor, ist mir unbekannt. Ich kann nur versuchen, das Ganze zu rekonstruieren. Am 20. März 1950 wurde das Gesetz über die Enteignung kirchlichen Grundbesitzes zugunsten des polnischen Staates proklamiert. Es kam zu einer Verwaltungsreform. Im Juli wurde die endgültige Staatsgrenze zwischen Polen und der DDR festgelegt. Im Jahr darauf wurde Gomulka verhaftet. 1952 wurden die polnischen Streitkräfte auf eine halbe Million verdoppelt. Marschall Rokossovskij setzte ihm ergebene polnische und sowjetische Offiziere in maßgebende Stellungen ein. Gehlen schien seine Interessen zu verlagern.«

»Man hat Sie darüber informiert?« fragte Sembritzki.

»Informiert? Über die Interessensverlagerung? Man hat mich fallengelassen. Zahlungen blieben aus. Kontakte zum BND schliefen ein. Ich war ein gewöhnlicher Kumpel geworden.«

Sembritzki konnte sich ausmalen, wie es weiterging. Trotzdem fragte er: »Bis man sich eines Tages auf einmal wieder an Sie erinnert hat, nicht wahr?«

Domanski hustete. »Vor drei Jahren.«

»Bartels?«

»Ja, es war Bartels. Zuerst hat er sich allerdings als Landsmann, als ein Herr Tomaczewski vorgestellt, der mir Nachricht von meiner Tochter in Polen brachte.« Domanski griff nach Helenas Arm.

»Authentische Nachrichten?«

Helena schüttelte den Kopf. »Kaum. Aufgrund des Aktenstudiums in der BND-Zentrale ist Bartels wahrscheinlich darauf gekommen, daß das sogenannte ›Monster von Krakau‹ eine

Tochter hatte – er hat das wohl einfach genutzt, sich meinem Vater zu nähern. Jedenfalls habe ich nie festgestellt, daß sich in jener Zeit jemand speziell um mich gekümmert hätte.«

»Bartels hat Gehlens Domanski-Akte ausgegraben. Und er hat erkannt, welche Trumpfkarte Gehlen hätte ausspielen können.« Sembritzki blickte Domanski fragend an. »So muß es doch gewesen sein?«

Ein Zittern lief durch Domanskis Körper. »Bartels ist es gelungen, in mir die versunkene Vision von einem neuen Polen wiederzuerwecken.«

»Sie haben mit Bartels darüber gesprochen?«

Domanski nickte. »Wir haben lange Abende miteinander verbracht. Bartels hat es erreicht, daß der BND die Zahlungen wiederaufgenommen hat. Und er hat endlich meine Tochter Helena wiedergefunden.«

»Und das hat Sie zur Rückkehr bewogen?« fragte Sembritzki lächelnd.

»Vielleicht hätte es mich dazu bewegen können, wenn ich nicht schon entschlossen gewesen wäre. Das eigentliche Motiv meines Denkens und Handelns ist immer dasselbe gewesen. Bartels hat mir Hoffnung gemacht, daß Polens Zukunft nicht sowjet-kommunistisch sein müßte. Wir haben Pläne erarbeitet. Als erstes sollte ein weitgespanntes Netz von Widerstandskämpfern im Untergrund geknüpft werden. Die Salzbergwerke von Wielicka waren als Kernzelle gedacht. Hier sollten auch die ersten Kämpfer rekrutiert werden. Dann, als nächstes, im Bergbaugebiet von Katowice. Dann in Schlesien.«

»Diesem Plan zufolge wäre jetzt die Zeit reif für die Kontakte zu Solidarnosc, nicht wahr?«

»Und für die Kontakte zu baltischen Staaten.«

»Zu den Nationalisten?«

Domanski nickte. Sembritzki schoß der alte Szawul durch den Sinn, der privat und für sich allein Kontakte in diese Richtung aufgenommen hatte. Alles ehemalige Gehlen-Leute!

»Passiver Widerstand genügt nicht.« Domanski stand plötzlich hoch aufgerichtet am Tisch und schaute hinaus auf den Altar. »Ein Leben der Niederlage zerstört alles.«

»Marian Domanski verkörpert den Sieg, Herr Sembritzki.«

Es war der Mann mit dem gelben Helm, der überraschend das Wort ergriffen hatte. Er sprach englisch. »Das Monster von Krakau symbolisiert den Widerstand. Den Widerstandsgeist der Polen vermag einzig und allein das Monster von Krakau wieder zu erwecken. Über den Kampf muß Polen zu seiner Identität zurückfinden – nicht über den passiven Widerstand!«

»Wollen Sie die polnische Geschichte umkehren?« fragte Sembritzki skeptisch.

»Geschichte ist doch keine feste Größe!« widersprach Helena.

Sembritzki dachte an die Zeichen auf den Gräbern verstorbener Mitglieder der *Armija Krajowa:* Da hatte Domanski also den Versuch aufgenommen, um seine eigene Person herum die Erinnerung an die Heimatarmee zu beleben, ihre Größe und Präsenz zu dokumentieren. Der auf das Schwert geschlagene Christus war sein persönliches Symbol, an das die Menschen sich erinnern würden. Und wer es nicht mehr kannte, würde es bald kennenlernen.

»Sie sind eine Figur von Bartels«, sagte Sembritzki unvermittelt. Es war eine Feststellung, in der sein ganzes Erstaunen mitklang – sein Erstaunen über eine Entwicklung, die er offensichtlich nie und nimmer für möglich gehalten hätte.

Domanski erhob vehementen Einspruch. »Welch ein Fehlschluß! Schwachsinn! Daß *meine* Interessen sich vorübergehend decken mit jenen von Bartels oder der Bundesrepublik, macht mich doch nicht abhängig.«

»Der Bundesrepublik, sprich Bundesnachrichtendienst. Und wer sagt Ihnen, daß nicht auch der CIA mitmischt? Polen als vorgeschobene Speerspitze des Westens?«

»Halt du dich da heraus!« Es war Helena, die Sembritzki urplötzlich anfuhr. Ihre Augen sprühten, es zuckte um ihren Mund, doch Sembritzki ignorierte sie, und er tat es bewußt.

»Verstehen Sie mich bitte nicht falsch, Herr Domanski. Ich bin kein Politiker. Ich kann die Chancen eines nationalen Schulterschlusses in Polen nicht beurteilen. Und ich weiß auch nicht, wie bedeutsam die Kontakte zu den Balten sind.«

»Sie verstehen die polnische Mentalität nicht, Herr Sembritzki.« Domanski hatte sich wieder gesetzt. Er hatte sich völlig in der Gewalt. Seine Stimme klang ruhig und beherrscht. »Es gibt keinen Polen, der die polnische Leidensgeschichte nicht beendet sehen möchte. Alle wollen endlich ein unabhängiges, selbständiges Polen. Dafür wird ein Pole alles tun. Er wird sogar sein Leben aufs Spiel setzen. Und mit diesem klaren Ziel vor Augen können wir die Kräfte anderer nutzen, ohne uns durch sie in unserer Position gefährden zu lassen.«

Domanski stand vorsichtig auf und ging an seinem Stock in den graublauen Sakralraum. Dreifach kam das Echo seiner Schritte; zweimal schwer und dumpf, und einmal, wenn Domanskis Stockspitze den Boden berührte, klickend scharf. Vor der Absperrung, die die Marienskulptur vom übrigen Teil der Kapelle trennte, blieb er stehen. Er drehte sich um und streckte seine behandschuhte Hand in die Höhe.

»Marian Domanski ist zurückgekehrt.«

Und er begann mit heiserer Stimme zu singen: *»Boze coś Polske . . .«* Ein Hustenanfall begann seinen Körper zu schütteln. Der ein Volksheld sein wollte, sackte in sich zusammen, ein alter, müder Mann, der sich an seinem Stockknauf klammerte vor dem Standbild der Maria, ein gebrochener Mensch, der Hilfe erflehte. Helena lief zu ihrem Vater und führte ihn zur Holzbank zurück. Domanski erholte sich wieder.

»Es ist nichts«, erklärte er nach einem peinlichen Schweigen. »Nur vierzig Jahre unter Tage! Wenn das keine Spuren hinterlassen hätte.« Er fuhr sich mit der Hand über den Mund. »Das Parlament hat im vergangenen Jahr neue Strafgesetze erlassen, Herr Sembritzki«, fuhr Domanski ruhig fort. Er konnte sich bewundernswert rasch fangen und seine Souveränität zurückgewinnen. »Wer ohne Erlaubnis die Nationalhymne singt, wer

Flugblätter verteilt, eine Fahne oder ein Transparent mit der Aufschrift Solidarnosc trägt, wird ohne förmlichen Gerichtsprozeß mit einem Vierteljahr Haft oder einer Buße von vier Monatslöhnen bestraft.«

»Ich habe von diesem Gesetz gehört«, gab Sembritzki zu.

»Kennen Sie auch die Begründung dieser neuen Gesetze?« Aber da mußte Sembritzki passen.

»Der Innenminister hat die Begründung geliefert. Weil es in Polen ungefähr dreihundert illegale Gruppierungen gebe und mindestens 1500 erklärte Feinde des Sozialismus. Und weil Polen zuwenig Polizisten habe!«

Waren das Bartels' Vorstellungen? War es überhaupt denkbar, daß jemand beim BND sich in solche Illusionen verrannte? Oder hatte hier ein polnischer Patriot, der allzu lange von seiner Heimat abgeschnitten gewesen war, den Boden unter den Füßen verloren und sich in der Übersteigerung aller Träume in Wahnvorstellungen verloren, die ihn allerdings rasch Kopf und Kragen kosten könnten? Sembritzki lief ein Schauer über den Rücken. Er schaute zu Helena hinüber: Weiß der Himmel, was in ihrem Kopf vorgehen mag, dachte Sembritzki, von der Gefahr, in der sich ihr Vater mit solchen Ideen befindet, weiß sie jedenfalls nichts. Und Jerzy war ein kopfloser Fanatiker. Sembritzki konnte es ihm am Gesicht ablesen.

Domanski richtete sich auf. »Mit den meisten illegalen Gruppen – es gibt wohl noch mehr als dreihundert – haben wir Kontakt aufgenommen. Keinesfalls nur mit der größten, der Solidarnosc. Im übrigen hilft uns folgendes: Ein Gesetz, wie es der Innenminister durchgesetzt hat, erhöht den Widerstand nur. Polen wird nie genügend Polizisten haben, um mit Terror die innere Ruhe zu garantieren. Und dann ist da noch etwas, Herr Sembritzki!« Er schloß die Augen und ein verklärtes Lächeln spielte über seine Züge – hätte, korrigierte sich Sembritzki, sein Gesicht verklärt, wenn es nicht so verunstaltet gewesen wäre. »Es könnte eines Tages zu einem Bündnis zwischen uns und der

Regierungsspitze gegen die Miliz kommen. Die Möglichkeit ist nicht mehr von der Hand zu weisen!«

»Bei allem, was Ihnen lieb ist, Herr Domanski«, sagte Sembritzki eisig, »nehmen Sie zunächst einmal die Fakten zur Kenntnis: Ihr Zusammentreffen mit der Solidarnosc darf nicht stattfinden. Sonst sind Sie ein toter Mann.«

Sembritzki erhob sich. Mit allem weiteren müßte Bartels fertig werden.

»Ich reise heute nacht noch ab«, erklärte er.

Er sah die Enttäuschung auf den Gesichtern der andern. Sie hatten erwartet, daß er wenigstens mit einem Wort auf Domanskis Vorstellungen von einem neuen Polen eingehen würde.

»Wie willst du denn ausreisen, Konradzie?« fragte Helena.

»Ich weiß, daß ich Polen auf legalem Weg nicht verlassen kann«, entgegnete er.

»Was wollen Sie also tun?« Domanski war wie verwandelt. Er war nüchtern, knapp – die vorhergehende Szene kam Sembritzki mit einem Male vor wie – er spürte plötzlich, daß die ganze Zeit über etwas ihn befremdet hatte, das er aber nicht fassen konnte, und jetzt hatte er es, hell stand alles vor ihm: wie aus dem Theater kam ihm die Szene vor, ein gestelltes Bild, das einen ganz bestimmten Eindruck vermitteln sollte, an dem Helena und Jerzy irgendwie noch mehr zu liegen schien als Domanski, der zumindest physisch Mühe mit seiner Rolle hatte.

»Also werde ich den illegalen ,Weg wählen«, erwiderte Sembritzki.

»Die DDR ist ausgeschlossen.«

»Ich weiß!«

»Die ČSSR kommt ebenfalls kaum in Frage. Also?«

»Ich werde vermutlich über Schweden zurückkehren!«

Domanski sah Sembritzki überrascht an. »Vermutlich?«

»Möglich, daß ich Hilfe kriege!«

»Über die Ostsee?«

Sembritzki nickte.

»Wie zuverlässig ist diese Hilfe, Sembritzki?«

»Das weiß ich erst, wenn ich mit der betreffenden Stelle Kontakt aufgenommen habe.«

»Wie nehmen Sie Kontakt auf?«

»Per Funk!«

Domanski schaute Sembritzki fragend an. »Sie haben doch kein Funkgerät.«

»Wir können ihm doch ein Funkgerät beschaffen!« Es war Helena, die den Vorschlag machte. Aber Domanski hob abwehrend die Hand. »Wir können es uns nicht leisten, ein Funkgerät oder eine Position aufs Spiel zu setzen.«

Helena hielt den Blick auf den Boden gerichtet.

»Wo wollen Sie an ein Funkgerät herankommen?« fragte Domanski.

»In Krakau«, erwiderte Sembritzki. »Hoffentlich«, fügte er hinzu. Szawul war ja verhaftet worden.

Möglicherweise war sein Kellerversteck entdeckt worden. Da Szawuls Haus höchstwahrscheinlich überwacht wurde, war Sembritzkis Risiko immens.

»Helena wird Sie hinfahren.«

»Warum wollen Sie Helena gefährden?« fragte Sembritzki fassungslos.

»Helena ist kein Risikofaktor. Sie ist unverdächtig. Eine Malerin und Angestellte hier im Salzbergwerk.«

»Und dann?«

Domanski überlegte. Die Finger seiner rechten Hand krallten sich um den Stockknauf. »Haben Sie eine Waffe, Sembritzki?«

Sembritzki verneinte.

»Ich werde Ihnen eine Waffe geben, bevor Sie abreisen.«

»Wir können ihm gleich hier eine Waffe geben, Marian«, schlug Jerzy vor.

»Bringt Herrn Sembritzki zu mir, nachdem er den Funkkontakt hergestellt hat.«

Jerzy schaute finster drein. Helena zuckte zusammen. »Zu dir? In dein Haus?«

»Laß ihn zwei Kilometer vor meinem Haus aussteigen. Von

da aus soll er den Rest zu Fuß gehen – den Weg beschreibst du ihm, Helena. Und du deckst ihm den Rücken.«

»Ich verstehe dich nicht«, sagte Helena leise.

»Konrad Sembritzki hat uns geholfen, Helena. Er hat mir wahrscheinlich das Leben gerettet. Er verdient mein Vertrauen. Unser Vertrauen.«

Jerzy schien die neue Entwicklung gar nicht zu gefallen.

15

Während der Fahrt nach Krakau schaute Helena angestrengt geradeaus, und Sembritzki war damit beschäftigt, die Eindrücke zu verarbeiten, die die Begegnung mit dem Monster von Krakau in ihm hinterlassen hatten.

»Siege erdrücken den künstlerischen Ausdruck«, sagte er schließlich, als sie, am Ufer der Weichsel angekommen, scharf nach rechts abbogen.

Sie schwieg verbissen.

»Du bist eine Künstlerin, Helena. Aber Siegerfiguren lassen sich nur von vorne darstellen.«

»Was soll die Anspielung auf meine Rückenansichten, Konrad Sembritzki? Du glaubst nicht an unsere Sache? Das ist es doch wohl?«

»Was ist dir wichtiger, Helena – der Sieg Polens oder deine Kunst?«

»Als ob sich das gegenseitig ausschließen müßte«, sagte sie nur.

Sembritzki erkannte das Haus, in dem Szawul gewohnt hatte oder vielleicht schon wieder wohnte, sofort wieder, als Helena vorbeifuhr. Sie lenkte ihren Fiat Polska in eine Parklücke etwa hundert Meter weiter.

»Ich warte hier auf dich«, versprach sie leise, ohne ihn anzuschauen. Seit seinen Bemerkungen über die Alternative von Kunst und Politik war sie verstört.

»Falls jemand auftaucht, der dir verdächtig vorkommt, machst du dich aus dem Staub«, raunte ihr Sembritzki noch beim Aussteigen zu. »Aber mit ausgeschalteten Scheinwerfern!« fügte er hinzu, als er sich von draußen noch einmal zu ihr beugte und ihr einen Kuß auf die Wange hauchte.

Er ging zurück, an Szawuls Haus vorbei, kehrte wieder um, drückte einmal kurz auf den Klingelknopf, und schon war er im Schatten eines Baumes untergetaucht, wartete – eine Minute, zwei Minuten. Doch im Haus bewegte sich nichts. Kein Vorhang, kein Fensterladen.

Er klingelte ein zweites Mal, beobachtete das Haus anschließend von der Gegenseite. Wiederum nichts. Er mußte es wagen. Er holte den größeren der beiden Schlüssel, die ihm Szawul mitgegeben hatte, aus der Tasche und steckte ihn ins Schloß – Szawul hatte ihn also nicht betrogen, das Schloß war auch nicht ausgewechselt worden nach Szawuls Verhaftung: Der Schlüssel paßte. Das hellblaue Kinderfahrrad und der Puppenwagen standen im Hausflur, wie beim letzten Mal. Die Tür zum Keller war nicht verschlossen. Behutsam schlüpfte er durch und schloß sie vorsichtig hinter sich zu. Er zündete die Grubenlampe an, die Domanski ihm mitgegeben hatte – da sah er die graue Tür mit dem großen Vorhängeschloß. Mit einem Klicken gab der Bügel nach, und Sembritzki befand sich in dem gewölbeartigen Raum mit den Eisengestellen und den Werkzeugen. Niemand schien inzwischen den Raum betreten zu haben. Ein Spinnennetz zitterte im Licht der kümmerlichen Glühbirne vor dem Weinfaß. Sembritzki griff nach dem Stiel eines Rechens und kappte den feinen Faden. Er löste die Bolzen des Fasses, löste es aus der Halterung. Alles schien unberührt. Für einen Augenblick fuhr Sembritzki zusammen, als er im Spiegel des alten Wandschrankes sich selbst – verzerrt – erblickte. Die Schubladen mit den Karteikärtchen waren vollständig; ebenso die Kisten mit den Dokumenten und die Kiste mit dem Funkgerät.

Sembritzki hob es ans Licht: ein älteres Modell, das er nicht kannte, mit dem er aber zurechtkommen würde, eine sowjetische Station aus Sende-, Empfangsgerät und Stromversorgungsteil. Sembritzki schätzte die Ausgangsleistung auf 80 Watt und eine Gebegeschwindigkeit von 2500 Zeichen pro Minute. *Tuning, Light, Key* las Sembritzki: Die Bezeichnungen waren englisch. Der Draht war um das Gerät gerollt. Nichts fehlte, außer der einzustellenden Frequenz, der Kennziffer, mit der er sich beim Empfänger identifizieren konnte; auch ein Code war nirgends zu entdecken.

Trotz gründlichen Suchens war in der Kiste außer einer Taschenlampe nichts zu finden. Es war eine gewöhnliche Stablampe, wie sie Szawul bei sich gehabt hatte. Als Sembritzki den Verschluß aufschraubte, fand er, was er dort vermutet hatte. Anstatt der Batterie lag, als er die Lampe auf den Kopf stellte, eine Metallhülse in seiner Hand. Die Codeblätter bestanden aus durchsichtigem Cellophan, auf dem das ganze Alphabet und die entsprechenden Zahlen eingestanzt waren. Einem Buchstaben entsprach ein Zahlendreierpaket. Für A 634, B 547, C 865 und so weiter. War das Prinzip einmal durchschaut, schien alles spielerisch leicht. Zu jeder Zahl wurde fortlaufend die Zahl eins addiert, und mit jedem neuen Buchstaben wurden die Zahlen der dritten Position in die erste versetzt.

Sembritzki steckte den Code in die Hülse zurück, schraubte die Taschenlampe zu und klemmte sich das Funkgerät unter den Arm. Er schaltete das Licht aus, schlüpfte durch das Faß in den vorderen Kellerraum, befestigte die Faßwand mit den Bolzen und trat, nachdem er die Tür sorgfältig wieder verschlossen hatte, ins Treppenhaus.

Es war totenstill. Irgendwo tickte ein Stromzähler. Sembritzki ging auf Zehenspitzen, hatte jedoch das Gefühl, bei jedem Auftreten das ganze Haus zu erschüttern. Zweimal hörte er ein Geräusch vorbeifahrender Autos, sah er ein Scheinwerferbündel über das gerippte Glas der Eingangstür wischen. Die Geräusche verloren sich in der Ferne.

Sembritzki stand in der Tür, hatte sich bereits vergewissert, daß die Straße vor ihm menschenleer war, als hinter ihm das Treppenhauslicht aufblitzte. Er hörte Türen schlagen, dann die eiligen Schritte eines Mannes, der in großen Sätzen über die Stufen sprang. Es war also doch jemand in Szawuls Wohnung gewesen, der sich vermutlich nur deshalb nicht gerührt hatte, weil er der festen Gewißheit gewesen war, daß der nächtliche Besucher auf jeden Fall nach oben kommen würde.

Sembritzki rannte los. Das Gerät hinderte ihn beim Laufen. Er preßte es mit beiden Armen gegen die Brust. Er mußte Helenas Auto erreichen, bevor ihn sein Verfolger wirklich entdeckte. Helena mußte ihn im Rückspiegel rennen gesehen haben. Sie öffnete die rechte Wagentür, um ihn einsteigen zu lassen. Aber das wäre zu gefährlich gewesen. »Fahr erst weg, wenn mein Verfolger an dir vorbei ist!« keuchte er, warf das Funkgerät auf den Vordersitz und lief weiter, nachdem er ihr noch leise zugerufen hatte: »In einer Stunde: Ostseite Ogrodki dzialkowe.« Der Name des kleinen Parks war ihm beim Kartenstudium auf der Suche nach Szawuls Wohnung aufgefallen.

Ein rascher Blick über die Schulter ließ Sembritzki den Verfolger erkennen, der vor Szawuls Haus auf der Straße stand, sich umschaute und an die Verfolgung machte. Er hatte Sembritzki entdeckt. Keine Möglichkeit für Sembritzki, nach rechts oder links abzubiegen. Die Häuser standen hier dicht nebeneinander.

»*Stoj!*«

Sembritzki duckte sich zwischen zwei geparkte Autos, als der Schuß fiel, rannte er bereits wieder auf der Straße, ließ dem Verfolger keine Chance, ihn ins Schußfeld zu bekommen, indem er unentwegt, die abgestellten Wagen nützend, zwischen Gehsteig und Straße wechselte, bis der Verfolger nicht mehr auf Sembritzkis Hakenschlagen reagierte und einfach auf dem Trottoir blieb. Sembritzki, den allmählich die Kräfte zu verlassen drohten, merkte, daß der Mann hinter ihm aufholte; lange würde er dieses Tempo nicht mehr durchhalten können. In den

Häusern auf beiden Straßenseiten ging Licht an. In den Fenstern hingen Leute, die durch den Schuß geweckt worden waren. Wie bei einem Stadtlauf von Leichtathleten, dachte Sembritzki und mühte sich, seine Angst zu unterdrücken.

Dekerta. Der Straßenname auf seiner rechten Seite kam ihm wie ein Rettungsruf vor. Er erinnerte sich, daß ihn die Abzweigung in ein dichtes Netz von kleinen Gassen führen müßte, die bessere Möglichkeiten zum Untertauchen boten als die ungeschützte Straße. In einem letzten verzweifelten Anlauf, mehr Distanz zwischen sich und den Verfolger zu bringen, gewann Sembritzki drei, vier Meter Vorsprung, um dann blitzschnell um die Ecke zu biegen.

Sembritzki hielt inne. Ihm klopfte wild das Herz. Nichts – der Verfolger schien seine Spur verloren zu haben. Trotzdem lief Sembritzki, bis er ein Straßenschild mit der Aufschrift *Pana Tadeusza* erreichte, die Straße, die unmittelbar zu dem öffentlichen Park führte, wo Helena auf ihn wartete.

Auf der anderen Seite des Parks sah er den kleinen Wagen endlich, der langsam die östlich angrenzende Straße entlangfuhr, beim Ende der Grünfläche wendete. Als Helena sich näherte, trat Sembritzki hinter einem Baum hervor und winkte ihr. Sie bremste abrupt. Sembritzki stieg zu.

»Hat dich jemand verfolgt?« fragte er, als sie die Vorstadt von Krakau bereits hinter sich gelassen hatten und in Richtung Wielicka fuhren.

»Nein.«

»Halte irgendwo an einem Waldrand an. Und weit weg genug von Domanskis Haus, damit im Falle einer zufälligen Peilung nicht sein Haus oder die Nachbarschaft durchsucht wird.«

Sie warnte: »Wald gibt es an unserer Strecke nicht!«

»Ein paar Bäume genügen. Oder ein x-beliebiges freistehendes, unbewohntes Haus.«

Sie fuhren durch das wie ausgestorbene Wielicka hindurch in nordöstlicher Richtung weiter. Es ging ein wenig bergauf, die Gegend wurde kahler. An den Hügeln schoben sich Wiesen hoch. Sembritzki hatte das Fenster heruntergekurbelt. Es roch nach Feuchtigkeit und Erde. Der Motor zerknatterte die Stille. Als am Horizont eine kleine Baumgruppe sichtbar wurde, verlangsamte Helena die Fahrt und wandte ihm den Kopf zu. Sembritzki nickte. Er hatte sich die Codezahlen in der Reihenfolge notiert, wie er sie nach Dorpat senden wollte. Er packte das Funkgerät und stieg aus.

Seine Schuhe sanken im feuchten Boden der Wiese ein. Es gluckste bei jedem Schritt. Er kauerte sich vor einen Baumstamm, stellte die Frequenz ein, die auf dem Codeblatt vermerkt war, warf den Draht über einen tiefhängenden Ast und wartete ein Weilchen, nachdem er eine Reihe von Erkennungszeichen ausgesendet hatte. Er hatte fast damit gerechnet, keine Antwort zu bekommen. Es kam auch keine Antwort. »Donnerstag, Hafen, Karwia. Abend. Grün.« Ihm fehlte die Zeit, seinen Funkspruch doppelt zu verschlüsseln. Er mußte es riskieren.

Er wartete. Die Nässe drang durch die Schuhsohlen. Vom Baum fielen ihm Tropfen auf den Kopf und in den Kragen. Er tickte seine Nachricht ein zweites Mal hinaus in die Nacht. Die Rinde des Baumes machte ein raspelndes Geräusch, als er sich erhob. Er wollte den Draht eben einrollen, als er die Bestätigung hörte. Man hatte seine Nachricht empfangen. Irgendwer würde ihm helfen . . .

Helena legte ihm die Hand auf den Arm, als sie seine Erleichterung spürte. Sie startete den Motor. Nach etwa zehn Minuten Fahrt hielt sie vor einer allein stehenden Scheune.

»Geh in dieser Richtung weiter«, sagte sie leise. »Ungefähr vierhundert Meter, dann kommst du zu einer Kurve. Linker Hand wirst du ein Kruzifix sehen, unten fließt ein Bach vorbei, gegenüber steht ein zerfallenes gelbes Haus, das in dieser Gegend wie ein Fremdkörper wirkt. Neben diesem Haus mit zwei Eingangssäulen im dorischen Stil steht ein Bauernhaus, das von einem Maschendrahtzaun umgeben ist. Dort klopfst du viermal an die Tür. Domanski wird dir öffnen.«

»Und du?«
»Ich warte hier.«
»Wie lange?«
»Solange es eben dauert.«

Domanski trug eine rote Wollkappe, die er über die Ohren und tief in die Stirn gezogen hatte, und die linke Hand, mit der er Sembritzki einzutreten winkte, steckte in einem grauen Wollhandschuh. Domanski schloß die Tür und drängte an ihm vorbei. Er hat getrunken, dachte Sembritzki, den der Anblick Domanskis erschütterte.

Es mochte an den veränderten Gegebenheiten liegen, aber das Feierliche, fast Theatralische, das Domanskis Auftreten im Salzbergwerk so eindrucksvoll hatte werden lassen, war wie abgefallen. Hier stand ein gebrechlicher, alter Mann vor Sembritzki, ein Mann, der Mühe hatte, vor sich selbst sein Gesicht zu wahren. Oder lag es an der vorgerückten Stunde, an Erschöpfung und Übermüdung, wie sie auch einem Jüngeren zu schaffen gemacht hätten?

»Es ist spät, ich weiß«, murmelte Sembritzki entschuldigend, als sie einen leeren Kuhstall durchquerten und über eine enge Treppe in den Keller des Gebäudes hinabstiegen.

»Ich bin ein Mann, der immer unter Tage lebt, Herr Sembritzki. Tageszeiten spielen für mich keine Rolle. Sie brauchen sich nicht zu entschuldigen.«

Sie erreichten ein aus Backstein gemauertes kleines Kellergewölbe mit leeren Flaschen und Kisten, stiegen über eine Treppe in einen düsteren Flur, der schon zum eigentlichen Wohnhaus gehörte, das anscheinend nur im Umweg über den Stall zu erreichen war.

»Hier«, sagte Domanski und stieß eine Tür zu einem karg eingerichteten Raum auf. Ein Lederstuhl, ein einsames, mit einer Wolldecke bezogenes Bett, ein alter braungelber Schreibtisch und eine ausgebleichte Kommode – kein Bild, keine Landkarte, auch keine Insignien der *Armija Krajowa.*

»Setzen Sie sich!«

Domanski deutete mit seiner behandschuhten Linken auf den Klavierstuhl vor dem Schreibtisch. Er selbst ließ sich in dem abgewetzten Ledersessel nieder, aufrecht wie eine Statue, den Stock zwischen die Beine geklemmt.

»Schwierigkeiten gehabt?«

»Doch.«

»Erledigt?«

»Glück gehabt.«

»Wodka?«

Sembritzki nickte. Domanski machte eine Kopfbewegung in Richtung Kommode. Sembritzki stand auf, zog die erste leere Schublade auf, dann die zweite, in der er eine Flasche und ein Glas fand.

»Mir die Flasche!« befahl Domanski. Auch seine Stimme war anders – brüchiger, unsicherer. Der Alkohol spielt dabei sicherlich eine Rolle, überlegte Sembritzki, doch glaubte er einen tieferen Verfall an Selbstgewißheit und -überzeugung zu spüren, einen Verlust an Selbstkontrolle sogar. Domanskis Blick war seltsam leer.

Sembritzki schenkte sich ein, reichte die Flasche Domanski und ließ sich wieder auf seinem Klavierstuhl nieder. Sie tranken schweigend. Domanski fuhr sich mit seiner behandschuhten Hand über die freiliegenden Zähne im Oberkiefer. Er war abstoßend häßlich.

»Es ist noch nicht alles gesagt, Herr Sembritzki«, erklärte er endlich.

Sembritzki trat neben Domanski, nahm ihm sanft die Flasche aus der Hand und schenkte sich nach.

»Vierzig Jahre lang habe ich in Deutschland gelebt. Ein Leben unter Tage. Sembritzki, Sie sind Pole!«

Sembritzki widersprach diesmal nicht.

»Sie leben in der Schweiz. Was ist Ihnen von Ihrer polnischen Heimat noch übriggeblieben? Was haben Sie hinübergerettet?« Domanski beugte sich weit vor und fixierte Sembritzki nervös.

Sembritzki schlug die Beine übereinander. Er mußte sich zwingen, kühl zu bleiben. Die Augen Domanskis hatten einen flehenden Ausdruck angenommen.

»Erinnerungen.«

Domanskis Kopf kam noch näher. Wollte er ihn hypnotisieren? »Erinnerungen, die der Realität dann nicht standhalten?«

Sembritzki schwieg. Er drehte das leere Glas zwischen seinen Fingern.

»Hat die polnische Wirklichkeit Sie in diesen Tagen *nicht* enttäuscht? Sind Ihre Erinnerungen Ihnen nicht bodenlos und verlogen vorgekommen? Bitte, antworten Sie mir«, fügte Domanski hinzu, als Sembritzki sich in sich zurückzog.

»Möglich.«

Domanski setzte die Flasche an. Sein Zug schien kein Ende nehmen zu wollen, ein Schluck folgte dem andern, und dann hörte Sembritzki den gläsernen, hellen Ton, als Domanskis Zähne auf dem Flaschenhals aufschlugen.

»Die Heimat, an die man sich erinnert, Sembritzki, ist eine Fata Morgana. Aber ich habe eine Tochter.«

Sollte Domanski etwa wissen . . .

»Sie ist Malerin geworden. Ich liebe sie.«

»Alle Väter lieben ihre Töchter.« Sembritzki *mußte* versuchen, dem Gespräch eine Wendung ins Allgemeine zu geben. Er hatte keine Ahnung, worauf Domanski hinauswollte. Er sah nur, daß Domanski furchtbar litt.

»Kunst ist ein Produkt der Niederlage. Oder so ähnlich haben Sie es ausgesprochen, Sembritzki.«

Sembritzki nickte. Was wollte Domanski nur?

»Helena aber tut alles, um Polen zu befreien. Und sie tut es nur meinetwegen.«

Sembritzki wollte sprechen. Domanski hob den Arm. »Sie tut es nur meinetwegen!« wiederholte er. Er krempelte den rechten Ärmel seiner Uniformjacke zurück und zeigte aufgeregt seinen weißen fischartig geschuppten Unterarm.

»Ihre Tochter liebt Sie.«

Domanski schüttelte traurig den Kopf. »Sie ist meine Tochter, deshalb glaubt sie, mich lieben zu müssen. So wie ich geglaubt habe, Polen lieben zu müssen.«

Sembritzki wollte seinen Ohren nicht trauen. »Lieben Sie denn Ihre Heimat nicht?«

»Schauen Sie, ich habe eine Vorstellung von meiner Tochter gehabt. Das, was ich vor beinahe vierzig Jahren als Vorstellung mitgenommen habe in die Welt, die nicht meine Heimat war, und die ich dort bewahrt und gepflegt habe. Als ich schließlich zurückkehrte, mußte ich mir eingestehen, daß mein *Bild* meiner Tochter nichts mit meiner wirklichen Tochter zu tun hatte – und der Ort, den ich als Fremde betrachtet hatte, war für mich zur Heimat geworden.«

»Deutschland?« fragte Sembritzki ungläubig. »Die Bundesrepublik Deutschland?«

Domanski schüttelte den Kopf.

»Nein, nicht Deutschland und nicht die Bundesrepublik Deutschland. Die Nacht, Sembritzki. Das Leben unter Tage. Gestein. Schatten. Kohle. Stollen. Förderkörbe. Die unmittelbare Umgebung, in der ich gelebt hatte.« Es klang fast, als ob ein Weinen hinter den Worten laut werden wollte, so tonlos sprach Domanski, der vor sich hin stierte.

»Das Bild meiner Tochter wurde zum Phantom, das mich zunehmend beherrschte. Als ich auf Bartels' Drängen nach Polen zurückkehrte, da lernte ich meine *Tochter* lieben, wie nur ein Vater seine Tochter lieben kann – und das Bild, das ich mir von ihr gemacht hatte, zerfiel wie Staub. So wie meine Erinnerungen an Polen wie Staub zerfielen. Zu nichts. Und was immer Bartels mir gesagt hatte, was immer meine Freunde und Landsleute beteuern mögen, so sehr sie an mich glauben – ich selbst bin eine Legende, die sich überlebt hat: Schall und Rauch.« Domanski streichelte mit der behandschuhten Linken seinen fahlen rechten Vorderarm. »Ja, ich habe mich selbst überlebt, Sembritzki. Mit jedem Schritt, den ich in den vergangenen vierzig Jahren in die Zukunft hinein tat, habe ich ein Stück von dem, was ich als Heimat ansah, verloren.«

Domanski stieß ein bitteres Lachen aus. »Polen? Polen! Ein Wort! Eine fremde Welt – ein Land, das heute *seinen* Weg finden muß und nicht nach überholten Legenden streben darf, die nur noch mehr Leid bringen – sinnloses Leid. Und ich möchte meinen eigenen Tod sterben, Herr Sembritzki, und nicht einen Tod, den mir andere aufdrängen.«

»Sie sind Marian Domanski. Sie sind eine *lebende* Legende!« Sembritzki wehrte sich gegen die Demontage, der sich Domanski selbstzerstörerisch unterzog. Es schnitt ihm durchs Herz mitanzusehen, wie dieser Mann sich alles abstritt, was ihn am Leben erhalten hatte, was andere in diesem Land mit Hoffnung erfüllte, die *er* vor kurzem noch neu entfacht hatte. Wie konnte ein solcher Wandel eintreten? Handelte es sich um eine vorübergehende Depression und Verzweiflung?

»Sembritzki, ich war ein Mensch, der in den Wäldern gelebt hat. Ich habe mit der Natur gelebt, habe sie unmittelbar gespürt, auf der Haut. Regen, Sonne, Wind. Erde, Feuer. Und dann mußte ich nach Deutschland fliehen.«

Sembritzki verstand nicht, was Domanski ihm mitteilen wollte, fragte sich, ob es am Alkohol lag, daß sein Gegenüber sich so vage ausdrückte – oder daran, daß er über diese Dinge wahrscheinlich bisher nie gesprochen hatte.

»Ihnen ist die Natur abgegangen?« fragte Sembritzki ungläubig. Aber Domanski schüttelte nur heftig den Kopf. Und dann begann er plötzlich zu lächeln, ein leises, tiefsinniges Lächeln war es, das seinen Zügen ein wenig von der Häßlichkeit nahm.

»Wie hätte mir die Natur abgehen sollen?« erwiderte er. »Nein – ich habe sie nur von der anderen Seite kennengelernt: in ihrer Versteinerung, in der Form, die Licht und Wachstum überdauert hat. Ohne ihre Kraft und Energie zu verlieren. Wie hätte ich da die Natur vergessen können?«

Sembritzki steckte sich einen neuen Zigarillo zwischen die Lippen.

»Sie sind ein Kaltraucher, Sembritzki«, sagte Domanski plötzlich, und es klang, als ob ihn die Erkenntnis zufrieden stimmte. Er setzte wieder die Flasche an.

»Was wollen Sie damit sagen?«

»Sie sind auch einer, der das Feuer scheut. Sie haben dem lebendigen Leben abgeschworen.«

»Unsinn!« Sembritzki warf wütend den Zigarillo von sich. Er rollte Domanski vor die Füße.

»Ich wollte auf etwas anderes hinaus«, fuhr Domanski fort, ohne Sembritzkis Ärger zu beachten. »Daß Tageszeiten für mich keine Rolle mehr spielen, habe ich Ihnen schon am Anfang gesagt. Ich habe unter Tage gelebt, in der Dunkelheit, die den Rhythmus des Lebens verändert, und das ist eine Veränderung, die aus *mir* einen anderen Menschen gemacht hat. Ich habe es erst gemerkt, als ich wieder hier war, in Polen, zurück aus der doppelten Isolation eines anderen Landes und eines Lebens in einer anderen, nächtlichen, versteinerten Welt – es kann wohl keiner verstehen, der nur auf der Oberfläche der Erde gelebt hat, in der unablässigen Verflechtung mit dem, was Menschen *bewegt.* Ich habe mich selbst verloren, das, als was ich mich gekannt habe. Für mich ist die Geschichte unterbrochen gewesen, und jetzt hat sie keinen Sinn mehr für mich. Die Welt ist für mich sinnlos geworden.«

Die Flasche fiel aus Domanskis Händen. Sie zersprang nicht beim Aufprall auf dem Steinboden. Sie rollte langsam auf Sembritzki zu. Der verschüttete Wodka bildete zwei Rinnsale, die Sembritzkis Schuhe erreichten.

»Mich interessiert nicht mehr, was kommt. Aber Mitleid kenne ich noch – das Mitleid mit all jenen, die ihre Hoffnung hier in Polen an meine Person knüpfen.«

Sembritzki gab der Flasche einen heftigen Stoß mit der Schuhspitze. In kreisenden Bewegungen trudelte sie Domanski vor die Füße.

»Doch wie kann das gutgehen?« fuhr Domanski fort. »Die Hoffnung all der Frauen und Männer, die sich neu zusammengeschlossen haben, hat mich bewegt. Im wahrsten Sinne des Wortes hat sie mich zu etwas bewegt, was ich nicht wollte. Ich habe mich zum Teil ihrer Illusion *machen* lassen. Ich bin als Pole nach Deutschland gegangen, Herr Sembritzki. Das Monster von Krakau, häßlich, grauenerregend, ein Symbol. Je länger ich aber in Deutschland lebte, desto mehr habe ich meine Häßlichkeit als Teil meines Wesens zu akzeptieren begonnen. Und ich habe deutsch zu sprechen, zu denken und am Ende deutsch zu träumen begonnen. Wer in einer fremden Sprache zu träumen beginnt, wird nie wieder in die Zeit vor *diesen* Träumen zurückfinden. Nicht mehr in seine Heimat und nicht mehr zu seinem früheren Selbst – vor allem, wenn sein früheres Selbst zu einer Geschichte gehört, in der er mehr Symbol als Person war, und wenn die Geschichte für ihn vorbei ist.«

Er sah Sembritzki mit einem durchbohrenden Blick an. »Sie arbeiten für den Bundesnachrichtendienst, aber Sie leben in der Schweiz!«

»Und?« fragte Sembritzki, doch Domanski spann bereits wieder seinen eigenen Faden weiter. »Die Deutschen . . .« Er wollte aufstehen, verlor aber das Gleichgewicht und fiel schwer in seinen Sessel zurück.

»Die Deutschen hatten mich 1945 zum Tode verurteilt. Damals haben sie mich nicht erwischt. Später bin ich in ihr Lager gewechselt. Dann haben sie die Welt auf den Kopf gestellt und mich zum Leben verurteilt; zum Weiterleben. Aber diese Verurteilung zum Leben ist nichts anderes als das frühere Todesurteil, das sie nun doch noch an mir vollstrecken. Ich bin zum lebendig Sterbenden geworden.«

In einer zweiten, verzweifelten Anstrengung gelang es ihm, auf die Beine zu kommen. Er schaute Sembritzki erstaunt an, und plötzlich begann er zu schwanken, drehte sich einmal im Kreis und stürzte wie ein gefällter Baum zu Boden.

»Aufhören«, murmelte Domanski.

Sembritzki griff ihm unter die Arme, zog ihn mit einem Ruck

hoch und manövrierte ihn wieder in den Sessel. Domanski stierte auf seine linke Hand mit dem Wollhandschuh, griff mit der rechten danach und zerrte ihn von den Fingern. Er riß sich die Wollmütze vom Kopf. Mit seiner verstümmelten Hand deutete er auf sein ausgefranstes Ohr und auf seinen kahlen, mit rotblauen Narben übersäten Kopf.

»Das Monster von Krakau – eine Figur für das Theater«, murmelte er.

Sembritzki half ihm auf die Beine. Domanski stützte sich auf seinen Stock, der jeden Augenblick unter ihm wegzurutschen drohte.

»Was haben Sie vor?«

Domanski schüttelte verständnislos den Kopf. »So viele Reden, und Sie haben mich noch immer nicht kapiert!«

»Ihre Leute! Ihre Tochter! Sie können sich doch nicht einfach davonstehlen!«

»Ist Ihnen eigentlich aufgefallen, wem meine Tochter ähnlich sieht?«

Sembritzki legte die Hände über dem Kopf zusammen. »Natürlich. Der Schwarzen Madonna von Tschenstochau.«

»Sie haben es also bemerkt. Sie gleicht der Madonna von Tschenstochau, so wie schon ihre Mutter der Madonna ähnlich gesehen hat. Im Jahre 1655 ist die Muttergottes von Tschenstochau zur Königin der Krone Polens gekrönt worden, Sembritzki. Am 7. September 1957 hat eine Kopie der Schwarzen Madonna, von Papst Pius XII. geweiht, ihre Wanderung durch alle Pfarreien Polens begonnen. *Peregrinatio Mariae!* Die Wanderung hat neun Jahre gedauert.«

»Warum erzählen Sie mir all das?«

»Helena gleicht der Madonna. Warum kann nicht sie ebensogut wie ich eine Integrationsfigur sein, Sembritzki?«

Sembritzki schüttelte den Kopf. »Es genügt nicht, einer Symbolfigur ähnlich zu sehen, Domanski. Man muß selbst eine *sein!*«

Domanski stieß ein triumphierendes Lächeln aus. »Genau das

wollte ich hören, Sembritzki! Ich bin ja auch nicht das Monster von Krakau. Ich sehe ihm nur ähnlich!«

Sembritzki schaute Domanski erstaunt an. »Wie soll ich das verstehen?«

»Gewalt ist keine Lösung, Herr Sembritzki. Sie sind trotz Ihrer polnischen Abstammung Deutscher. Sie gehören zu der Generation jener, die sich für den Ausbruch des Krieges verantwortlich *fühlen*. Ich aber *war* das Monster von Krakau. Ich *habe* Angst und Schrecken verbreitet. Ich *war* so etwas wie der Inbegriff des Widerstandes, des heldenhaften Kampfes. Und die, gegen die ich damals gekämpft habe, die Deutschen, wollen mich jetzt wieder in dieser Rolle einsetzen. Aber ich habe mit jenem Marian Domanski von damals nichts mehr zu schaffen. So wie auch Sie nichts mehr mit den Deutschen von damals etwas zu schaffen haben wollen.«

»Und was wollen Sie jetzt tun?«

Domanski begann hysterisch zu lachen. »Begreifen Sie denn noch immer nicht? Warum haben Sie das Treffen mit den Soli-Leuten zu verhindern versucht? Man hätte mich verhaftet. Man hätte mich eingesperrt. Was hätte mir Besseres passieren können? Ich bin ja an das Leben im Dunkeln gewöhnt. Ich will keinen neuen Kampf! Keine neue Gewalt! Sie haben mir das Leben retten wollen, und Sie haben nichts anderes getan, als mich umzubringen!«

»Ich habe es um Ihrer Tochter willen getan«, murmelte Sembritzki zu seiner Rechtfertigung und wußte sogleich, wie falsch sie klang.

»Sie haben Bartels helfen wollen. Sie haben die Interessen Ihres Vereins und der Leute, die dahinterstehen, vertreten, die mich als die lebende Legende für ihre Zwecke verwenden wollten. Aber es geht doch gar nicht mehr um mich oder das Monster von Krakau, das ich einmal war. Das Monster, um das es wirklich geht, ist kein einzelner Mensch. Das Monster der Gewalt ist überall, ist in jedem. Und es kann nur darum gehen, dieses Monster zu entwaffnen.«

»Ich verstehe Sie nicht.«

»Warum versuchen Sie krampfhaft, eine Überzeugung zu vertreten, die längst nicht mehr *Ihre* Überzeugung ist? Sie müßten es doch wissen, wozu taugen Ihre historischen Fachkenntnisse sonst? Waren die Monster des ausgehenden Mittelalters denn etwas anderes als Symbole der Angst, die Angst gebiert, und Zeichen der Gewalt, von der Gewalt kommt? Waren sie nicht deshalb Boten eines Weltunterganges, einer Apokalypse, die die Menschen in Krakau und Ravenna und wo immer sonst in Furcht und Schrecken versetzten? Gehen Sie, Sembritzki! Ich bin zwar das Monster, das Sie gesucht haben, aber nicht das Monster, um das sich alles dreht, das die Welt bedroht!«

Er griff in seine Jackentasche und schob eine Pistole in Sembritzkis Hand. »Machen Sie, daß Sie wegkommen! Und vergessen Sie mich!«

Sembritzki rührte sich nicht. »Wie könnte ich Sie vergessen!«

»Dann machen Sie, was Sie wollen! Machen Sie Ihre Freunde und meine Freunde glauben, daß es das Monster von Krakau wirklich gibt! Verschließen Sie eben die Augen vor dem, was kommen *wird!*«

»Ich kann nicht anders, Domanski!«

»Gewiß«, sagte Domanski leise. »Natürlich!« Dann ging er schleppend zu seinem Sessel, ließ sich schwer hineinfallen und blieb mit geschlossenen Augen unbeweglich sitzen. »Ein Mythos darf ja nie sterben.«

Helena kurbelte die Scheibe herunter, als er sich näherte. Sie rauchte. Sembritzki beugte sich zu ihr hinunter.

»Und?«

Sembritzki küßte sie auf die Stirn.

»Hat er dir von den Waffenlagern erzählt, die wir im Salzbergwerk angelegt haben?«

»Gewiß«, murmelte Sembritzki.

»Seine Idee. Den öffentlich zugänglichen Teil an gewissen

Stellen zusätzlich auszuhöhlen und dort die Waffenlager anzulegen.«

»Wer liefert euch die Waffen, Helena?«

Sie schaute ihn verblüfft an. »Das hat er dir nicht gesagt?«

Sembritzki legte ihr die Hand auf die Schulter. »Er muß angenommen haben, daß ich es schon wußte.«

»Ihr liefert die Waffen, Konradzie.«

»Wir?« stieß Sembritzki hervor. »Was heißt wir?«

»Die Bundesrepublik, die USA, die Schweiz, was weiß ich?«

»Und wie kommen die Waffen ins Land?«

»Auf allen möglichen Wegen – je nachdem.«

Sie war offensichtlich beunruhigt. Ihre Stimme war immer schwächer geworden; den Schluß des letzten Satzes hatte er kaum mehr verstanden.

»Er hat dir also gar nichts von den Waffen erzählt.«

»Nein.«

Sie schwieg nervös.

»Was macht das schon?« fragte er, ging um den Wagen herum und setzte sich neben sie.

»Ich verstehe nicht, warum er es dir nicht erzählt hat, Konradzie. Er hat dich als Freund akzeptiert. Du hast ihm das Leben gerettet. Dankbarkeit ist ein Begriff, der ihm viel bedeutet.«

»Fahren wir los!« sagte Sembritzki rauh.

»Du glaubst nicht an unsere Sache.«

»Kommt es denn auf mich an, Helena?«

Sie schüttelte den Kopf. »Nein, auf dich kommt es nicht an. Auf Marian Domanski kommt es an.«

»Von Marian Domanski wird alles abhängen. Da hast du recht«, bestätigte er. Er konnte ihre Irritation und Unruhe spüren, wußte aber auch, daß sie nicht weiter in ihn dringen würde. Dazu war Helena zu stolz.

»Wie komme ich aus Polen heraus, Helena?«

»Über Schweden. Du hast gesagt, du hättest dort Kontakte.«

»Habe ich auch. Aber wie komme ich an die Ostsee?«

»Einer unserer Männer wird dich hinfahren. Er fährt einmal

wöchentlich mit dem Laster die Strecke Krakau–Danzig. In zwei Stunden wirst du ihn unterwegs treffen.«

»Wo?«

»Ich muß dir doch auch nicht alles sagen.«

Sie ließ den Motor an. Sembritzki tastete in seiner Jackentasche nach der Pistole, die ihm Domanski mitgegeben hatte. Doch obgleich er jetzt bewaffnet und gegenüber einem Verfolger nicht mehr so hilflos war wie bisher, war ihm unwohl bei dem Gedanken, die Waffe vielleicht wirklich einsetzen zu müssen.

»Du hast dich getäuscht.«

Sembritzki drehte sich überrascht um. Er betrachtete Helenas Profil, das vor dem langsam dämmernden Horizont wie ein Schattenriß aussah.

»Worin soll ich mich denn getäuscht haben?«

»Ich weiß, daß ich der Madonna von Tschenstochau ähnlich sehe. Deshalb habe ich mein Gesicht vor dir versteckt, als ich dich lieben wollte – um es dir leichter zu machen.«

In Sembritzki stieg ein Gefühl wehmütiger Rührung auf. »Und du glaubst, ich könnte beim Lieben das Gesicht der Frau vergessen, nur weil sie es vor mir verbergen möchte?«

»Du erwartest von allen Menschen, daß sie sind, was sie scheinen!« warf sie ihm heftig vor.

»Nein, Helena. Da irrst du gewaltig – einer wie ich, der im geheimen agiert, der selbst Rollen spielt und die Rollen der anderen entlarven muß, um zu überleben, der nimmt die Menschen nicht als das, was sie zu sein vorgeben.«

»Du lügst, Sembritzki! Du hast es nicht geschafft, den Eindruck meines Gesichtes auf dich zu trennen von dem, was *ich* bin – in mir *die Frau* zu sehen!«

Sembritzki schwieg.

»Hab ich nicht recht?« fragte sie mit lauter Stimme. Sie fuhr plötzlich wie wild. »Hast du einmal darüber nachgedacht, wie wenig der Mensch mit dem Eindruck identisch ist, den er auf andere macht? Daß er vieles aus einer Art Verzweiflung tut, um diesen Eindruck zu zerstören? Daß auch der wieder einen falschen Eindruck hinterlassen kann? Ich sehe der Schwarzen Madonna von Tschenstochau ähnlich, Konradzie. Aber ich *will* nicht die Königin der Krone Polens sein! Ich will die Rolle nicht.« Sie schrie. »Ich will nicht, daß du deshalb etwas für mich tust. Oder Rücksicht auf mich nimmst. Oder mich verehrst«, fügte sie leise hinzu, »und dann verlangst, daß ich mich so verhalte, wie du das von mir erwartest.«

In der Ferne sah er die Türme des Wawel aufragen. Sie fuhren über die Weichsel, durch Nebelschwaden hindurch, die die Brücke umdampften. Sie fuhren auf der Ringstraße und schwenkten dann in Richtung Kattowitz ab. Es wurde unglaublich rasch heller. Sembritzki zog seine Mütze tief in die Stirn.

Sie mußten fast angekommen sein, da holte Sembritzki den Rosenkranz mit dem aufs Schwert geschlagenen Christus aus der Tasche.

»Woher hast du das?« Sie griff mit der rechten Hand danach.

»Ich habe ihn von einer alten Frau, Helena.«

»Er gehörte Domanski?«

»Es ist das Zeichen, dem er sich ein Leben lang verpflichtet fühlte.«

»Dann will ich es nicht, Sembritzki.«

»Es ist das Zeichen, das ich auf vielen Grabsteinen gefunden habe. Das Zeichen: Das Monster von Krakau lebt und ist wieder unter euch! Willst du es noch immer nicht?«

»Warum hast du es Domanski nicht zurückgegeben?« fragte sie.

Als sie abrupt abbremste und durch ein geöffnetes Tor in einen gepflasterten Hof hineinfuhr, sah Sembritzki vor einer offenen Garagentür den grauen Kleinlaster mit einem Segeltuchverdeck. Ein Mann beugte sich aus dem Fenster der Fahrerkabine und zog sich auch schon wieder zurück.

»Das ist dein Mann, Pjotr«, sagte Helena.

»Danke!« Er streichelte mit einer zärtlichen Bewegung ihre Wange und öffnete die Tür.

»Du bist mir noch eine Antwort schuldig, Konrad Sembritzki!« Sie hatte beide Arme auf das Lenkrad gestützt. Ihr Kinn ruhte auf den gefalteten Händen.

»Glaubst du, daß Marian Domanski das Monster von Krakau sein *will*?« fragte er zurück und stieg aus.

Sie schaute ihm mit weitaufgerissenen Augen nach.

16

Gesprochen wurde auf der Fahrt wenig. Als sie zum ersten Mal von einem Auto mit einem MO-Nummernschild überholt wurden, zeigte Pjotr mit der linken Hand hinter sich, wo Sembritzkis Lehne nur lose befestigt war und nach Bedarf entfernt werden konnte. Darunter war ein schmaler Durchgang zur Ladefläche des Lasters sichtbar.

»Ihre Cousine . . .«, begann der Fahrer ein anderes Mal in mühsamem Deutsch.

»Ja?« fragte Sembritzki.

»Sie verläßt Krakow!«

»Woher wissen Sie das?«

»Weil ich den Umzug organisiere!«

Sembritzki kurbelte das Fenster herunter.

»Sie kennen Kristina?«

Pjotr strahlte. »Wir sind Nachbarn.«

Sembritzki war unbehaglich zumute. Überall dieses Netz.

»Wohin?« fragte er und kurbelte das Fenster wieder hoch.

»Wroclaw. In die Wohnung ihrer verstorbenen Mutter!«

Sembritzki überlegte. Kristina kehrte in das Haus zurück, in dem sie aufgewachsen war, das sie eigentlich nie geliebt hatte: Sie hatte resigniert.

»Und?«

»Weiter nichts!« antwortete Pjotr.

Von Baranczak kein Wort. Aber wahrscheinlich wußte Pjotr auch nicht Bescheid. Sembritzki packte plötzlich eine tiefe Müdigkeit. Seine innere Spannung hatte sich gelöst. Er döste, tauchte für kurze Augenblicke wieder auf, wenn Pjotr hart bremsen mußte oder den Gang wechselte und dabei Sembritzkis Knie berührte. Torun – Thorn. Hier hatte der Prozeß gegen die Mörder des Warschauer Arbeiterpriesters Popielusko stattgefunden, 1984, die polnische Regierung in der Defensive prozessierte gegen ihre eigenen Staatssicherheitsbeamten.

»Hunger?«

Pjotr schob Sembritzki auf dem durchgesessenen Kunstlederpolster ein in fleckiges Packpapier gewickeltes Stück Wurst und eine Scheibe Brot hin. Sie aßen. Die braune Mineralwasserflasche wechselte die Hand. Pjotr rauchte und summte vor sich hin.

Dann standen sie eine Viertelstunde lang in der Kolonne an einer Tankstelle. Auf der Autostraße schlief Sembritzki wieder, bis ihn Pjotr anstieß, und da war es bereits fast dunkel geworden. Die Zahlen auf dem Armaturenbrett leuchteten. Leichter Regen hatte eingesetzt, die Scheibenwischer rubbelten über das Glas.

»Danzig vorbei«, sagte Pjotr.

»Noch weit?«

»Fünfzig Kilometer.«

Sembritzki war sofort hellwach. Auf diesem Territorium konnte er sich keineswegs mehr sicher fühlen. Er war ganz auf Szawuls Kontaktmann angewiesen, und falls Szawul dem Verhör nicht standgehalten hatte, würde er möglicherweise in Karwia von der polnischen Staatspolizei erwartet.

»Bis wohin fahren Sie mich? Bis nach Karwia?« fragte Sembritzki. Er starrte in die Dämmerung, um sich zu orientieren, um wenigstens zu sehen, wie die Landschaft aussah, die sie durchfuhren – selbst wenn er sie identifizieren konnte. Die Gegend war flach, gelegentlich tauchten Häuser auf. Ein Dorf. Eine geschwungene steinerne Brücke über einem kleinen Fluß.

»Nicht bis Karwia. Hinter Krokowa lasse ich Sie aussteigen.«

»Und wie soll ich weiterkommen?«

Pjotr deutete hinter sich.

»Im Laderaum liegt für Sie ein altes Fahrrad.«

Sembritzki fiel in ein Dösen, wehrte sich dagegen, mußte dann doch eingeschlafen sein. Das dunkler werdende Motorengeräusch weckte ihn. Pjotr begann das Tempo zu verlangsamen. Er gab Sembritzki einen Stups.

»Gehen Sie nach hinten. Wenn ich anhalte, steigen Sie aus.«

»Danke für alles«, sagte Sembritzki und kletterte auf die Ladebrücke.

»Viel Glück!« rief ihm Pjotr noch nach. Das Segeltuch des Verdecks knatterte. Es roch nach Öl. Sembritzki tastete nach dem Rad. Er hockte mit angezogenen Knien an der Rückwand und wurde nach vorn geschleudert, als der Laster mit einem Ruck stehenblieb. Mühsam rappelte er sich wieder hoch, schlug das Verdeck auseinander, hob das Rad auf die Straße und sprang nach.

Eine Abgaswolke schlug ihm ins Gesicht, als Pjotr wieder anfuhr. Von Norden trieben salzige Schwaden auf ihn zu. Den Kopf über den Lenker gebeugt, stemmte er sich gegen Wind und Regen. In der Ferne flackerten ab und zu Lichter. Einsamkeit begann durch die Landschaft zu wachsen. Polen verlor sich hinter ihm. Es war eine furchtbare Anstrengung – aber dann, als er es fast schon nicht mehr glauben wollte, kam die Küste näher. Karwia.

Er strampelte durch die trüben Lichtkegel der Straßenlaternen. Das Kopfsteinpflaster schlug in seinen Reifen durch – sie hatten nicht eben einen hohen Druck, wie's schien, doch vielleicht war es auch besser, daß da wer die Lust am Aufpumpen verloren hatte. Immer wieder rutschten seine klammen Finger an den Bremsgriffen ab. Er drehte den Kopf. Er sah niemand.

Die Straßen waren menschenleer, sogar zum Stadtzentrum hin. Er hielt in nördlicher Richtung auf den kleinen Hafen zu.

Als er die ersten Schiffsumrisse sah, stieg er ab. In einigen wenigen Häusern erst brannte Licht. Er lehnte sein Rad an eine Hausmauer und trat, die Mütze tief im Gesicht, die Hände in den Taschen, langsam auf den Platz hinaus. Im Licht einer Laterne, die gleichsam das Zentrum der bescheidenen Hafenanlagen bildete, blieb er einen Moment lang stehen. Er tat so, als suche er in den Taschen nach Feuer, um seinen Zigarillo anzuzünden, und ging dann weiter auf den Kai zu. Von dort kam ein Mann näher, ein Netz trug er über den Schultern, mit gebeugtem Rücken schlurfte er an ihm vorbei, raunte ihm plötzlich zu: »Donnerstag, Hafen, Karwia.«

»Abend. Grün«, erwiderte Sembritzki und blieb stehen, als dem Mann das Netz von den Schultern glitt und auf dem Boden entrollte. Sembritzki bückte sich, um dem Mann zu helfen.

»Sie werden beobachtet.«

»Was soll ich tun?«

»Versuchen Sie, rasch und unauffällig in jenes langgezogene Lagerhaus auf der östlichen Seite des Hafens zu kommen.«

Sembritzki warf einen Blick in die Richtung.

»Und wie komme ich hinein? Es ist von einem hohen Eisenzaun umgeben.«

»Hier ist der Schlüssel für das Tor. Sie finden es im Schatten des Baumes. Und hier ist der zweite Schlüssel – für das Gebäude. Ich werde Sie dort abholen.«

Sembritzki steckte die beiden Schlüssel ein, stemmte mit einem Ruck das Netz auf die Schultern des Mannes, nickte ihm einmal kurz zu und ging weiter. Man hatte ihn hier also schon erwartet. Er kehrte in einem großen Bogen über den Platz zu seinem Rad zurück. Nirgendwo ein Schatten, der Umriß eines Menschen, ein Kopf, etwas Verdächtiges. Vermutlich lauerten seine Beobachter in einem der Häuser hinter den Fenstern.

Er radelte. Er war hellwach. Hinter ihm näherte sich ein Auto. Rein instinktiv machte er im letzten Moment abrupt einen Schwenker nach rechts. Das Auto streifte ihn trotzdem noch am Hinterrad. Er verlor das Gleichgewicht. Der Lenker schlug ihm aus der Hand. Er stürzte. Und er lag noch am Boden, da hatten sich auch schon zwei Männer auf ihn gestürzt und an den Armen gepackt, und ein Dritter, es mußte der Fahrer sein, der ebenfalls ausgestiegen war, leuchtete ihm mit der Taschenlampe ins Gesicht. Sie redeten auf ihn ein. Sembritzki verstand nur »Arzt, Verletzung«, schüttelte immer wieder den Kopf, aber es half nichts. Zwei Männer nahmen ihn in die Mitte, halfen ihm auf die Beine und führten ihn mit festem Griff zum Wagen, wo der Fahrer bereits den Schlag geöffnet hatte. Und da saß er dann eingezwängt zwischen seinen beiden Helfern.

»Wohin?« fragte er, ohne eigentlich mit einer Antwort zu rechnen.

»Arzt!« sagte der Mann zu seiner Rechten.

»Ich brauche keinen Arzt!« protestierte Sembritzki.

»Wer weiß?« sagte der Mann links vor ihm. Dann herrschte Schweigen, bis der Fahrer vor einem schmalbrüstigen Haus aus dunkelroten Backsteinen anhielt.

»Bitte!«

Sie behandelten ihn mit einer Höflichkeit, die ihn überraschte. Zwar wichen sie keinen Schritt von seiner Seite, als sie im Haus durch einen düsteren engen Flur schritten, aber sie hatten den Griff gelöst und traten nach zweimaligem Klopfen an einer massiven Eichenholztür sogar diskret zurück, um ihm den Vortritt zu lassen.

»Bitte!« sagte der Mann zu seiner Rechten ein zweites Mal, und beide traten noch einen Schritt zurück, als sich die Tür öffnete und Sembritzki fassungslos auf den Mann starrte, der hinter einem schäbigen Schreibtisch unter einem Foto Jaruzelskis saß. Er hatte vor sich eine Karaffe mit Wasser.

»Treten Sie näher, Herr Sembritzki!«

Sembritzki trat auf den Schreibtisch zu, während sich leise die Tür hinter ihm schloß.

»Herr Mikuli!« sagte Sembritzki, der sich blitzschnell gefangen hatte. Mit sarkastischem Ton fügte er hinzu: »Oder legen Sie auf Ihre Anrede in Bern weiterhin Wert – Herr Kollege?«

Mikuli verzog keine Miene. Seine hellgrauen Augen schauten Sembritzki über den Rand einer Lesebrille spöttisch an.

»Warum nicht? Aber gern! Bitte, setzen Sie sich, Herr Sembritzki!«

Sembritzki ließ sich auf dem Stuhl gegenüber dem Schreibtisch nieder. Sein Blick fiel auf Mikulis Schuhe aus gelbem Schweinsleder und auf die schwarzen Wollsocken.

»Ich habe Geschichte studiert und verstehe auch etwas von Büchern, Herr Kollege. Von alten Büchern«, ergänzte er.

»Das wäre die eine Seite, Herr Kollege Rydel«, antwortete Sembritzki und steckte sich einen Zigarillo in den Mund: Falls Wozniak jemand in die Weichsel gestoßen hatte, war es jedenfalls nicht Rydel gewesen.

»Feuer?« fragte Rydel liebenswürdig und griff in die Schreibtischschublade. Daß Sembritzki seinen wahren Namen kannte, schien ihn nicht einmal zu überraschen.

»Danke, nein. Seit Ihre Kollegen aus der ČSSR mich . . .«

»Vergessen Sie doch die alten Geschichten«, wehrte Rydel ab. »Und daß uns mehr verbindet als ein Interesse an der *Geschichte,* wissen wir beide längst.«

Rydel zog wieder die Schublade seines Schreibtisches auf, nahm eine dichtbeschriebene Seite heraus, überflog sie flüchtig und ließ seinen Blick nachdenklich auf Sembritzki ruhen.

»Konrad Sembritzki, Antiquar und Agent des Bundesnachrichtendienstes.«

»Ich bin privat nach Polen gefahren, Herr Rydel«, unterbrach ihn Sembritzki.

»Ich weiß. Tod einer Tante in Wroclaw.«

»Sie haben gewußt, daß ich kommen würde?«

Rydel nickte. »Natürlich. Ihre Cousine . . .«

»Kristina!« sagte Sembritzki nur, aber er spürte nicht den mindesten Groll auf die Frau, mit der er außer verwandtschaftlichen Banden nichts gemein hatte. »Die Mitarbeiterin von Professor Baranczak.«

»Ganz richtig.«

»Herr Rydel, ich nehme an, Sie wissen, daß ich weiß, wer Sie sind und daß ich auch weiß, in welchem Verhältnis Sie zu Professor Baranczak stehen?«

»So ist es«, sagte Rydel. »Szawul.« Dieses eine Wort, ganz für sich allein, traf Sembritzki mehr als ihn ein ausführlicher Bericht über Rydels Hintergrund und Tätigkeit hätte berühren können. Er bemühte sich, Rydel nicht in die Augen zu schauen. Er fixierte das Foto Jaruzelskis.

»Professor Szawul ist tot«, fügte Rydel hinzu, ohne Sembritzki zu schonen.

»Ich nehme an, er ist an Herzschwäche gestorben?« fragte Sembritzki bitter.

»So ist es. An Herzschwäche.«

Rydel trommelte auf die Schreibtischplatte. Er goß Wasser in sein Glas, setzte es an die Lippen, stürzte es hinunter, füllte es ein zweites Mal, ließ es dann aber unangerührt stehen.

»Sie wissen, Herr Sembritzki, daß Sie sich nur deshalb frei bewegen konnten, weil zwischen Ost und West zur Zeit intensive Gespräche über einen Agentenaustausch stattfinden.«

»Ganz richtig – ich habe von einer Situation delikaten Gleichgewichts profitiert.«

»So ist es«, antwortete Rydel.

»Und umgekehrt hat Ihr Baranczak von der Situation profitiert«, sagte Sembritzki und stützte sich zynisch lächelnd mit den Ellbogen auf Rydels Schreibtisch auf.

»So ist es«, wiederholte Rydel. Er wirkte plötzlich bekümmert.

Schweigen. Sembritzki schwieg mit Absicht: Rydel mußte das Gespräch auf Domanski bringen.

»Warum sind Sie nicht abgereist, wie man Ihnen nahegelegt

hat?« Rydels Stimme war laut geworden. Er hatte die Brille vor sich auf den Schreibtisch gelegt.

»Auch ich habe Anweisungen.«

Rydel winkte ab. »Sie hatten keine Anweisungen, Herr Sembritzki. Sie handelten auf eigene Faust.«

Sembritzki hätte sich gern angelehnt, aber sein Stuhl hatte keine Lehne.

Rydel spielte nervös mit den Bügeln seiner Brille, griff in die Hosentasche, zog ein Taschentuch hervor und putzte umständlich die Gläser.

»Sie können sich vorstellen«, sagte er, ohne aufzuschauen, »daß wir Sie hier jetzt so lange zurückhalten könnten, bis der ost-westliche Agentenaustausch, dem Sie Ihre relative Sicherheit in Polen verdanken, über die Bühne gegangen ist, und dann . . .«

Er brachte den Satz nicht zu Ende, sondern griff wieder nach dem Blatt Papier, setzte sich die Brille auf und schien ganz in den Text versunken.

»Und dann?« fragte Sembritzki und stand auf.

Rydel schaute erstaunt hoch. »Sie glauben, daß ich Sie einfach so gehen lasse, Herr Sembritzki. Ab über die Ostsee?«

»Ja«, sagte Sembritzki. »Sie haben keinen Grund mehr, mich zurückzuhalten. Die Sache ist gelaufen.«

»Welche Sache?« fragte Rydel leise.

Sembritzki zuckte mit den Schultern. »Lassen Sie mich gehen, Herr Rydel!«

»Über die Ostsee?«

»Über die Ostsee. So wie sich ein richtiger Agent absetzt. Bei Nacht und Nebel.«

»Was bieten Sie mir als Gegengeschäft an, Herr Sembritzki?«

Sembritzki griff in seine Lederjacke und zog beinahe feierlich die Kopie hervor, die ihm Rydel in Bern gegeben hatte.

»Das Monster von Krakau?« fragte Rydel. War sein Erstaunen gespielt? Sein Blick hatte etwas Lauerndes.

»Das Monster von Krakau«, wiederholte Sembritzki ruhig

und zerriß das Papier in zwei Stücke, die er auf Rydels Schreibtischplatte flattern ließ.

Rydel schien zu begreifen. »Und welche Informationen bringen Sie nach Hause?«

»Ich bin als Privatmann nach Polen gefahren. Als Privatmann kehre ich zurück. Keinem Vorgesetzten verantwortlich.« Er warf einen letzten Blick auf das gerahmte Foto von General Jaruzelski.

»Ich habe keine Garantien, Herr Sembritzki«, gab Rydel zu bedenken, während er seinem Blick folgte.

»Sie sind von Haus aus Historiker. Da müssen Sie doch wissen, daß Mythen langlebig sein mögen und trotzdem sterblich sind. Auch in Polen.«

EPILOG

»Die ihr den Namen ›Brücke der Einheit‹ gaben, bauten auch die Mauer, zogen Stacheldraht, schufen Todesstreifen u. verhinderten so die Einheit.«

Es nieselte. Es war neun Uhr vierundfünfzig. Mit hochgeschlagenem Jackenkragen stand Sembritzki vor der Steinmauer, die den Fluß verbarg und las mit halblauter Stimme den Text auf der riesigen weißen Tafel.

Glienicker Brücke. Berlin.

»Es dauert noch.«

Bartels lehnte im Regenmantel an der Brüstung. Sein fettiges, strähniges Haar schaute hinten unter der Baskenmütze hervor. In der Verlängerung seines Kopfes schwenkte ein Eisenträger in den milchigen Himmel. Sembritzki trat neben Bartels und warf seinen Zigarillostummel in den Fluß. Bartels wandte sich um und schenkte Sembritzki ein Lächeln.

»Die Sache wird dir das Bundesverdienstkreuz einbringen, mein Lieber.«

Ein Motorboot mit Uniformierten fuhr unter der Brücke durch, genau in der Mitte der Havel, die Westberlin von Potsdam trennte.

»Sacharow ist nicht dabei«, sagte Sembritzki vorwurfsvoll und starrte ins Wasser. Bartels schüttelte den Kopf. »Nein. Aber andere Leute sind für uns – vom nachrichtendienstlichen Standpunkt – viel wichtiger. Und du hast Domanski gerettet. Das Monster von Krakau. Er spielt in unseren Plänen eine ungleich bedeutendere Rolle als der Regimekritiker Sacharow.«

»Eine Rolle im kalten Krieg? Oder im heißen Krieg?«

»Das hat uns beide wohl nicht zu kümmern.«

Sembritzki spuckte einen Tabakkrümel aus.

»Die Hauptsache ist . . .«, fuhr Bartels fort und brach plötzlich ab.

»Ja?« fragte Sembritzki.

»Du hast das Monster von Krakau gerettet.« Bartels blickte ihn durchdringend an. »Hast du doch?«

»Sie kommen.« Sembritzki wandte sich von Bartels ab. Von der andern Seite der Brücke kam im Schrittempo ein graues Auto näher und hielt an. Zwei Uniformierte in langen Mänteln stiegen aus, schlenderten zum Geländer und lehnten sich gegen die eisernen Streben und Stützen.

»Was willst du, Konrad? Du hast uns einen unschätzbaren Dienst geleistet. Zwar hast du einmal mehr auf eigene Faust gehandelt, doch diesmal ist das Ergebnis wenigstens in unserem Sinne. Wir haben unsere Trumpfkarte in Polen noch im Ärmel.«

»Bravo!« murmelte Sembritzki mit ironischem Unterton und mußte an die Worte denken, die ihm Domanski gewissermaßen mit auf den Weg gegeben hatte: *Das Monster ist nicht ein einzelner, von dem das Schicksal anderer Menschen abhängt. Es ist allgegenwärtig, überall, in jedem!*

»Es gibt das Monster von Krakau, Bartels«, sagte er. »Genauso wie es ein Monster von Ravenna, ein Monster von Nürnberg, Köln, Paris oder Florenz gibt. Jedes Land hat sein Monster, in dem Schrecken und Hoffnung zusammenfallen.«

Bartels schüttelte mißbilligend den Kopf. »Hör bloß mit dem Philosophieren auf!«

»Die Monster als Ankündigung von Untergang und Zerstörung.«

»Was soll das?« fragte Bartels heftig. Er packte Sembritzki wütend am Arm.

»Und wir beide als Handlanger. Agenten, die solche Monster am Leben halten.« Sembritzki riß sich los.

Ein grauer Kleinbus mit verhängten Fenstern wand sich auf der Gegenseite der Brücke durch ein Gewirr von rot-weißen Signaltafeln.

»Wir gehen unter, wenn wir nichts mehr tun«, murmelte Bartels.

»Wenn wir das Feuer im Untergrund schüren«, widersprach Sembritzki. Von Westen her rollte ein graugrüner VW-Transporter langsam auf die Brücke zu und blieb kurz vor der Auffahrt stehen. Auch bei diesem Wagen waren die Fenster verhängt.

»Die Welt im Untergrund im Griff haben. Das ist unsere Aufgabe, Konrad!« erklärte Bartels, der Sembritzki am Ellbogen festhielt und ihn mit sich auf die Brücke zog. Zwei Zivilbeamte ließen sie passieren, verwehrten aber den nachdrängenden Journalisten und Fotografen den Zutritt.

»Die Gegenwelt im Untergrund? Das Monster von Krakau? Domanski?« fragte Sembritzki. Bartels nickte.

»Marian Domanski ist nicht der Untergrundkämpfer, wie du ihn dir vorstellst«, sagte Sembritzki leise, aber seine Worte gingen im Motorenlärm des Transporters unter, der in eben dem Augenblick, als sie an ihm vorbeigingen, anfuhr. Sembritzki trat einen Schritt zurück. Der Kleinbus auf der Gegenseite hatte sich ebenfalls in Bewegung gesetzt. Die Fahrzeuge blieben erst stehen, als sie Stoßstange an Stoßstange standen. Hinter der Wellblechverschalung auf der andern Seite der Brücke tauchten Männer auf. Hinter Bartels und Sembritzki setzte sich eine andere Gruppe in Bewegung, auf die erste zu.

»Milena Davis gehört zu den Austauschpersonen. Bedeutet ihre Freiheit dir nichts mehr?«

Sembritzki schaute ihn ausdruckslos an. »Milena wechselt in den Osten«, sagte er nur und steckte die Hände tief in die Jakkentaschen.

Jetzt waren die Männer bei den Bussen angekommen. Sie standen sich stumm gegenüber. Zwei von ihnen trugen weiße Ärztekittel. Sembritzki betrachtete sie teilnahmslos wie Akteure in einem Theater, das ihn nicht mehr betraf. Ein einzelner Mann aus jeder Gruppe trat vor. Die beiden Auserwählten gingen aufeinander zu, schüttelten sich mit einem gefrorenen Lächeln im Gesicht die Hand, tauschten ein paar Worte aus und traten dann wieder ins Glied zurück.

Es regnete stärker. Das Wasser, das sich an den Brückenpfeilern teilte, gurgelte. Ein zweiter Mann löste sich auf jeder Seite. Beide waren mit einem Regenschirm ausgerüstet, den sie beinahe gleichzeitig aufspannten. Sie öffneten die Schiebetür ihrer Busse und traten dann wieder einen Schritt zurück.

In dem Augenblick, als die erste Gestalt in der Türöffnung erschien, drehte sich Sembritzki um und ging langsam auf der Brücke zurück. Es interessierte ihn nicht, wer ausgetauscht wurde. Vielleicht war einer darunter, den er kannte. Ja, und natürlich Milena.

Er ging an den Fotografen und Reportern vorbei, die ihm nur widerwillig Platz machten. Er passierte die Kontrolle am Brükkenende, stieg über die Stufen zum Ufer hinunter und ging neben dem kleinen Kassahäuschen auf den schmalen Bootssteg hinaus. »Stern- und Kreisschiffahrt« stand auf einer Tafel.

Sembritzki lehnte sich an das weißgestrichene Geländer. Von hinten trat ein Mann an ihn heran und klopfte ihm zweimal leicht auf die Schulter. Als sich Sembritzki umwandte, erkannte er einen seiner Vorgesetzten aus der Pullacher BND-Zentrale. Der Mann zeigte seine Zähne und nickte anerkennend.

Sembritzki griff in seine Jackentasche und holte das Futteral mit den Zigarillos hervor. Mit einer schnellen Bewegung seines Daumens klappte er es auf. Es war leer. Er zuckte mit den Schultern, wandte sich ab und ging in Richtung Westen davon.